Table des matières

Table des matières 3
Mot de l'auteur 5
Peu importe le décor. 9
Mission secondaire. 17
Haute température ambiante. 31
Se dégourdir les jambes. 45
Rencontre inattendue. 61
Visite informative. 77
Tir en plein cœur. 93
Sortir l'artillerie. 107
Vie de camp 115
En balade ! 127
Sable et déconvenue. 139
Premières réponses 149
La préparation, c'est sérieux. 167
Du neuf avec du vieux 175
Randonnée de nuit. 191
Rendez-vous dans la vallée 209
Esprit de groupe. 219
Affronter la mort 231
On fait tourner. 243
Cohésion. 257
On se mélange 267

Du vrai ou du faux ? 277
Séance de drill. 285
Mise au point. 297
On s'ensable. 305
Toujours pros 321
Le soleil en visite. 337
Vision brouillée 349
Ça pourrait être pire. 367
Une pause sous les étoiles. 377
On ne se laisse pas aller. 383
Chacun son job. 391
Visiteurs surprise 401
Jusqu'au bout de la nuit. 419
Révélations muettes. 439
Hélico — Assaut — Dodo. 457
Remerciements 463
Lexique 464
Autres romans d'Axelle Auclair 467
Pour suivre l'actualité d'Axelle Auclair 469

Mot de l'auteur

Comme pour le tome 1, cette fiction se déroule entièrement dans le milieu militaire, et j'espère réussir à vous faire voyager et vous donner un aperçu de la vie en missions et opérations.

Issue moi-même de l'armée de terre, je suis consciente que le langage utilisé n'est pas toujours clair pour les non-initiés. Il en va de même pour le fonctionnement et les règlements.

Par conséquent, toujours en respectant une ligne la plus proche de la réalité, pour rester dans l'esprit d'un roman et privilégier une lecture fluide, je me suis permise de simplifier certains détails quand cela n'apportait pas un intérêt notable (procédures de communications radio, totalité de la hiérarchie, utilisation des noms de code, par exemple).

Les notes de bas de page ont pour but de laisser à chacun le choix d'en apprendre plus, s'il le désire ; elles sont bien souvent optionnelles.

De plus, pour ceux qui souhaitent se faire une idée plus précise de l'équipement ou lieux cités dans cette histoire, vous trouverez des photos et détails sur ma page Facebook d'auteur, là :

https://www.facebook.com/Axelle.Auteur

Gaël

1

Peu importe le décor.

Mali – Plateforme opérationnelle désert (PfOD) de Gao.

Gaël

La mer, le sable, deux éléments souvent liés. Une petite tête dans la grande bleue, une petite bronzette sur la plage, c'est ça ma vie. Ou presque. La plage sur laquelle je me trouve actuellement est éloignée d'environ deux mille kilomètres de la mer. À marée haute.

Là, du sable, j'en prends pour au moins quatre mois puisque j'ai changé de groupe au sein de mon unité, le commando Jaubert. Bon... Pour rejoindre le groupe CTLO[1], il n'a pas suffi d'emballer mes affaires pour les ranger dans un autre placard. Pourtant, mes nouveaux locaux se trouvent à une cinquantaine de mètres des anciens, mais ce trajet m'a quand même pris six mois. Même en rampant ou sur deux doigts j'aurais été plus rapide. Il m'a donc fallu faire un détour, ou plus exactement : une formation de remise à niveau, suivie d'une préparation

[1] CTLO : contre-terrorisme et libération d'otages.

opérationnelle sur notre camp de Djibouti[2] avec ma nouvelle équipe. On ne passe pas de l'assaut maritime aux opérations sur théâtre de guerre juste avec un certificat médical. *Je soussigné docteur Machin, atteste que Gaël est apte à traquer de méchants terroristes dans le désert. Ça fera vingt-trois euros, s'il vous plaît.*

Les gestes, les techniques, le terrain lui-même, tout est à retravailler, en plus de revoir les bases et se confronter de nouveau à nos amis les 3 F : fatigue–faim–froid. Depuis, mes ampoules ont eu le temps de se soigner, mes muscles de se renforcer, les liens avec ma nouvelle équipe de se tisser, alors Mali, me voilà !

La seule ombre qui hantait mes pensées pendant toute cette période, c'était de n'avoir aucune nouvelle de Léthé. Je ne sais pas combien de fois j'ai appelé le secrétariat pour demander si j'avais reçu un message, un truc, n'importe quoi. À force, la secrétaire déclarait « Rien pour vous » avant que j'aie même ouvert la bouche.

Un jour, j'ai croisé Florian et je n'ai pas pu m'empêcher de l'interroger. J'ai louvoyé, demandant si l'opération de la fille en pleine mer s'était bien déroulée. J'étais le mec détaché, posant ma question sur le ton de la bonne blague, alors que mon

---

[2] Camp d'entraînement d'Arta à Djibouti. C'est également un passage obligé pour les jeunes commandos marine après l'obtention du brevet élémentaire. Pour marquer ce premier passage à Djibouti, la corne de l'Afrique, un ancien plie leur insigne de béret sur le coin supérieur gauche.

palpitant menaçait de sortir de ma poitrine à l'idée d'obtenir une information. « Ouais, nickel. » C'est tout ce que j'ai su avant qu'il embraye sur mon prochain déploiement et me prodigue quelques conseils, en vieux routard qu'il est. Inutile d'insister, le message était clair, compris et accepté. Comme prévu, après son exfiltration, elle a disparu. Par chance, mon changement d'affectation m'a permis d'oublier, un peu, cette occasion ratée. Ce nouveau départ le fera encore plus, car, avec mon groupe, nous sommes déployés sur l'opération Barkhane[3], au Mali.

Après plusieurs heures de vol, notre Transall se pose lourdement à Gao, charriant des nuées de sable dans son sillage, balayées par le souffle puissant des hélices. Plus de sel de mer à rincer, mais le sable est un élément redoutable pour toutes les pièces mécaniques. Tout s'use à très grande vitesse dans le désert. Nous sommes prévenus et équipés d'une soufflette qui nous suivra partout.

À peine débarqué, je m'offre un tour d'horizon des environs. Les installations s'étirent longuement de chaque côté de l'aéroport et la vue dégagée donne sur… pas grand-chose d'autre que de vastes étendues arides. Cette notion d'espace est bien différente du cloisonnement sur frégate. L'air aussi dépayse, c'est

---

[3] L'opération Barkhane regroupe environ 5 100 militaires et est conduite par l'armée française sur la bande sahélo-saharienne. Son but est de lutter contre la menace terroriste, et de soutenir les armées des pays partenaires, qui sont : Burkina Faso, Mali, Mauritanie, Niger, et Tchad.

comme une claque dans la gueule. Surtout après des heures de vol dans un climat frisquet. La fraîcheur et l'humidité laissent place à la chaleur sèche et étouffante.

Pendant que nous traversons la piste pour rejoindre le véhicule qui nous attend, les rafales ne nous mouillent plus, elles nous...

— Oh la vache ! Comment ça gifle la tronche ce sable, s'exclame Marc.

C'est exactement ça. Oui, Marc est du voyage. Après des années dans le même groupe, où chacun a surveillé l'autre plus de fois que je ne peux m'en souvenir, nous sommes devenus presque frères. Nous resterons ensemble tant que nous le pourrons.

— Tu avais oublié ce petit bonheur ? Ne me dis pas que tu regrettes déjà la grande bleue ?

— Non, ça fait du bien de changer. Ça évite de s'encroûter. Faut juste que je récupère mon cache-cou que j'ai fichu au fond du sac, comme un con.

S'encroûter... ça ne fait pas partie du vocabulaire des commandos marine. Nous remettons notre béret en jeu tout au long de notre carrière lors de stages d'aptitude obligatoires. On en rate un, c'est fini. Ça doit être une déception immense, mais soyons clairs, si nous ne sommes plus au top, alors nous serions un danger pour nous comme pour les autres. J'imagine mal des commandos proches de la retraite en train de contourner les murs au lieu de les franchir ! De plus, ce n'est pas ici que nous risquons de nous la couler douce. L'opération Barkhane est à missions multiples et ce n'est pas la partie « aide à la population » qui nous concerne, mais bien la lutte contre les groupes armés terroristes, les GAT, un acronyme que nous allons répéter au moins vingt fois par jour.

Nous sommes douze commandos tous frétillants, pour prendre le relais de nos collègues sur place depuis plusieurs mois. À leur tour de partir en permission. Ma dernière fut tranquille, en famille. Randonnées, repas, farniente et rires, pas mal de lecture aussi, le programme idéal pour recharger toutes les batteries : le physique et le moral. Pour ce dernier, il m'a fallu un peu de temps pour le retrouver totalement. D'ailleurs, Manon, la sympathique jeune femme que je retrouvais régulièrement pendant mes permissions en a fait les frais. Pas envie, pas le cœur à voir une autre fille que… mon fantôme. Terminé. Adieu Manon.

Pendant que nous rejoignons notre taxi, un camion militaire débâché, la luminosité m'agresse les yeux. Je sors l'étui de ma poche latérale et j'enfile mes lunettes noires. Tout de suite, ça va mieux.

— Waouh ! Elles déchirent tes nouvelles lunettes ! s'émerveille Marc.

Tu m'étonnes, et elles ne sont pas que belles. J'y tiens et ça n'a rien à voir avec leur valeur en magasin. Un petit secret bien gardé.

— Attends… Où est-ce que je les ai déjà vues ? continue-t-il, pensif.

— Nulle part. Laisse tomber et avance.

Une réponse un peu sèche, mais c'est un sujet que j'aime autant ne pas gratter, sinon il recommence à me démanger.

— Crois-y, c'est ça. Je trouverai, je suis sûr de les avoir déjà...

Il s'immobilise et me fixe avec les yeux ronds. Un instant d'hésitation en me scrutant plus attentivement, puis...

— Mais oui ! Ce sont celles de...

— Marc !

— Oups.

Et il se jette sur mon poignet, je grogne en tirant mon bras.

— Arrête !

— Non, je veux être sûr, insiste-t-il en levant ma manche. Ah ! Et sa montre ! Le cachottier. Ou voleur, j'hésite.

— Tu es con ou quoi ? Je ne les ai pas piquées, je les garde pour elle.

— Mouais. Comme on ne la reverra jamais, c'est du pareil au même. Je pourrais les lui garder aussi.

— Non !

— Allez, au moins la montre. J'en prendrai soin.

— Marc, la ferme !

Bien sûr que j'ai récupéré ses affaires, surtout qu'elle avait l'air d'y tenir. Le reste est chez moi puisque je ne savais pas à qui le confier. Où envoyer le sac d'une fugitive inconnue ? Pour les lunettes et la montre... c'est quand même con que ça ne serve à personne. Et puis... contrairement à lui, j'espère la revoir. Sept mois depuis son départ de la frégate, c'est un peu tôt pour ne plus y croire.

Entassés dans la caisse du camion, nous arrivons au camp délimité par des murs de cubes de sable et barbelés. Dans le long couloir, le camion roule doucement, contourne les chicanes contre les tentatives d'attaque au véhicule piégé, sous l'œil vigilant du garde posté dans la guérite qui surplombe l'entrée. Pendant que nous progressons sur les pistes de sable qui serpentent entre les installations, je découvre une ruche d'hommes et de véhicules. Marc me colle un coup de coude en pointant du doigt un grand bâtiment :

— La popote !

Il repère toujours les trucs les plus importants, la bouffe et les chiottes, quand il y en a.

Ce camp est cool, dans le sens confortable et bien pourvu en installations, mais nous n'y sommes qu'en transit jusqu'à demain. Raison pour laquelle nous ne déballons pas nos affaires, juste nous rafraîchir et nous reposer.

2

Mission secondaire.

Après le repas du soir pris dans l'ambiance bruyante d'un immense self bondé, nous voulons profiter de la relative fraîcheur pour faire un peu de sport. La zone prévue à cet effet est plutôt bien équipée, mais encombrée d'acharnés en sueur. Nous ne trouvons même pas un coin où nous glisser.

— On se monte un petit atelier ? propose Marc.

— C'est ça ou jeter une grenade pour les faire évacuer, mais je pense que ce serait mal vu.

Qu'à cela ne tienne, les militaires sont les rois de la débrouille et l'entretien physique est sacré. La nuit est tombée, alors nous nous installons devant notre tente, à la lueur de quelques ampoules à deux doigts de rendre l'âme.

— Envoyez vos gilets tactiques !

Une barre avec deux gilets remplis de chargeurs à chaque bout et le tour est joué. On en coince une autre entre deux blindés pour les tractions, des tapis de sol étalés par terre et c'est parti !

Torses nus, luisants de sueur, à pousser nos corps dans la bonne humeur, nous sommes bien. J'en suis à ma cinquième série de tractions quand un commandant s'approche de nous. Un coup d'œil rapide sur ses insignes, armée de terre. Position debout immédiate pour le groupe, nous le saluons d'un vigoureux coup de bouc[4], le souffle un peu court. Il nous renvoie la politesse.

— Je suis le commandant Barriand, officier détaché du COS.

Ah ! Le commandement des opérations spéciales, c'est donc lui qui nous transmettra les ordres. Il a réussi son petit effet, nous sommes on ne peut plus attentifs.

— Maître, je souhaite vous parler.

Les premières consignes vont tomber, nous n'aurons peut-être pas la nuit de repos prévue. Il me fait signe de le suivre et s'en va sans un mot. J'attrape ma veste et je pars sur les traces du commandant qui a déjà disparu. Houlà ! Il doit y avoir urgence pour qu'il ait le feu au cul. Je le rejoins à petites foulées puis le suis en silence. J'imagine que nous nous rendons dans son bureau, ou sa tente, peu importe.

Il s'insère dans un dédale entre camions et containers, sûrement un raccourci, puis s'immobilise dans un recoin sombre et s'accroupit. Je commence à m'interroger.

— Baissez-vous, murmure-t-il.

Je m'exécute, mais ça mouline sec dans ma cervelle. Il nous fait quoi le commandant à jouer les espions au milieu d'un camp français ? Il a un bureau

4 Le coup de bouc est un haussement vif du menton. Un militaire ne peut saluer avec la main sur la tempe s'il n'est pas coiffé (béret, casquette, képi, chapeau…).

pour les petits secrets, pourquoi nous n'y allons pas ? Il n'est pas follement tombé amoureux de moi au premier regard quand même ?

— Vous êtes bien le maître Kerriec ? demande-t-il en chuchotant.

— Oui, c'est bien moi.

— Du commando Jaubert ?

— Oui, toujours moi.

Il a de la chance d'être officier, sinon, je l'enverrais bouler de me poser des questions aussi débiles. Je ne suis pas venu en touriste, j'ai un ordre de mission émis par le COS, justement, avec un écusson sur ma veste signant mon appartenance au groupe. Et ça se verrait si j'avais expédié ma sœur à ma place, non ?

Il se penche vers moi pour parler encore plus bas. Il commence sérieusement à m'inquiéter.

— Il y a sept mois, vous étiez bien sur la frégate Floréal dans l'Océan Indien ?

Alerte ! Mes envies de sarcasmes s'évanouissent instantanément, c'est une conversation en terrain miné qui s'annonce.

— Oui, j'y étais.

— Bien.

Et il s'arrête là. Il se triture le menton en me laissant mort de faim d'information. Il sait obligatoirement quelque chose, alors qu'il le crache ! Mais non, il hésite, me jauge du regard, puis soupire. Je peux le frapper ? Juste un petit coup sur la tête pourrait l'aider à se libérer.

— Écoutez..., reprend-il avant de se taire pour se frotter le visage en observant le ciel.

Oui, j'écoute. Je ne fais que ça et ma patience a des limites. Je veux savoir !

Mais non, il me scrute de la tête aux pieds. S'il continue, je vais vraiment croire qu'il me drague. Je recule le buste pour mettre un peu de distance, juste au cas où il lui prendrait la folle idée de m'embrasser.

— Je prends un gros risque en vous parlant, pardonnez mon hésitation.

En fait, tu ne me parles pas vraiment, mec. Tu me fais languir et ça commence sérieusement à me chauffer.

Il affiche tout à coup un air de conspirateur, il se décide enfin ?

— Il y avait une femme sur votre frégate.

Là, je suis à présent aussi tendu que méfiant. Il hésite à me révéler ce qu'il sait, il en est de même de mon côté. Nous ne nous connaissons pas, la confiance n'est pas installée et le sujet n'a rien à voir avec nos fonctions respectives.

— Il y en avait, oui.

— Oui… bien sûr. Je vous parle de…

Il expire fortement et son soupir m'atteint en plein visage. En fait, il a l'air épuisé, des cernes bleus visibles malgré l'obscurité et les traits creusés. Pas vraiment l'officier fringant qu'il doit être habituellement. Plutôt jeune avec une carrure de sportif et pas un seul cheveu blanc dans sa brosse noire parfaitement taillée. Soit il est en opération depuis trop longtemps, soit il accumule les problèmes à gérer.

— On va faire autrement, reprend-il. Je dois être sûr de moi, vous comprenez ?

— Oui.

Pour sûr qu'il a besoin de certitudes s'il parle de qui je pense. Même s'il se trouve du mauvais côté en ce qui la concerne. Mais comme il m'en faut aussi, ça va être laborieux.

— Si je vous dis : cheveux.

— Je réponds blonds.

Il cille et fronce les sourcils. Je me suis planté ? Je me remémore ses mèches claires qui attiraient le soleil et je reformule en bougonnant :

— Clairs avec des mèches blondes. Je ne suis pas un spécialiste capillaire.

— On dit châtain. Pourriez-vous me donner votre sentiment à son sujet ?

Mon sentiment ? Lequel ? Je ne vais sûrement pas lui avouer tout ce que je rêve de lui faire. À Léthé, pas à lui.

— Non. Vous ne vous dévoilez pas, je ne le ferai pas non plus.

Il marmonne entre ses lèvres, mais ne se vexe pas.

— OK, logique. Pour poser les choses, mettons-nous d'accord sur le fait que cette conversation n'a jamais eu lieu. Nous sommes hors cadre officiel.

Il en a de bonnes ! Nous sommes planqués dans le noir sous des piles de matériel et accroupis l'un devant l'autre. Pour faire encore moins officiel, il faudrait que nous ayons notre futal baissé sur les chevilles et un rouleau de PQ à la main.

— Ça me va.

Je dois être convaincant puisqu'il se détend, mais on y passera la nuit à ce rythme. Il doit en être conscient, surtout que c'est lui qui est venu me trouver. Il se triture les doigts en regardant le ciel rapidement, puis il me fixe droit dans les yeux, l'air grave.

— Je cherche à la protéger. J'ai besoin d'aide.

— C'est vous qui nous l'avez envoyée ?

— Oui.

— Vous comprendrez que je dois en avoir la certitude. Dites-moi à qui vous l'avez transmise après.

— J'ai demandé une exfiltration que vous avez assurée vous-même. Vous l'avez déposée à un groupe du commando Hubert en pleine mer. Si vous en doutez encore, j'ai les coordonnées exactes du rendez-vous, mais pas sur moi. J'amasse tout ce qui concerne cette affaire et je le planque en lieu sûr.

Je peux me détendre, il n'en saurait jamais autant sans avoir réellement donné les ordres.

— Si vous cherchez quelqu'un pour lui venir en aide, vous avez le bon gars devant vous.

— Elle me l'a dit, mais vu l'ampleur du merdier, j'ai du mal à accorder ma confiance.

L'espoir me fait presque bondir.

— Elle est là ?

— Non, vous pensez bien ! Surtout aucun lien avec moi, jamais. J'ai désormais la preuve qu'on surveille mes faits et gestes. Il y a aussi de fortes probabilités pour que mes communications soient écoutées.

— Oh ? C'est à ce point ?

Il commence à me stresser. Depuis quand on espionne un officier supérieur, surtout avec sa fonction ?

— Je ne sais pas ce que vous imaginez, mais quoi que ce soit, dites-vous que c'est pire. Votre arrivée pourra m'aider à me concentrer sur l'enquête. Nous pourrons dialoguer sans que ce soit suspect puisque vous dépendez de moi.

— Vous m'avez fait venir ? C'est à vous que je dois mon changement de groupe ?

— Non, votre demande de mutation a suivi le chemin normal. J'aurais pu intervenir pour qu'elle se produise plus tôt, et ça m'a démangé, mais je ne dois surtout pas créer un lien autre que hiérarchique entre nous. D'ailleurs, si vous acceptez de nous aider, de l'aider, ce sera en plus de vos missions. Je dois assurer mon job qui n'est déjà pas de tout repos et m'occuper du problème dès que je trouve cinq minutes à tuer. Je passe des coups de fil quand je suis assis sur les chiottes ! Alors vous pensez bien qu'un peu de soutien est bienvenu.

— Vous téléphonez alors que vous pensez être surveillé ?

Je n'ose pas lui dire qu'il est stupide, mais ça doit se lire sur mon visage, parce qu'il me défie du regard de continuer sur ma lancée.

— Merci pour la confiance. Si j'étais aussi demeuré que vous semblez le croire, je ne serais pas devant vous, mais très certainement à deux mètres en-dessous dans une caisse en sapin. Je me suis déniché un vieil appareil sur le marché de Gao. Au besoin, je vous en dégoterai un, parce que nous devrons mettre en place un système de communication intraçable. Je vais trouver un moyen.

— Comment je peux la protéger si elle n'est pas là ? J'ai du mal à comprendre.

— En faisant de l'observation et de l'espionnage interne.

— Êtes-vous en train de me demander d'espionner mon unité ? je m'insurge.

— Non, pas du tout, je ne faisais pas référence aux commandos marine. Sûrement pas eux, ce sont bien les seuls en qui je voue une totale confiance. Je crains que le problème ne se situe haut dans le commandement, malheureusement.

— Haut de combien d'étages ?

— Haut comme un building, soupire-t-il.

Je suis largué. On ne parle même plus d'état-major, mais du gouvernement ou je me fais des idées ? Mais au fait, à ce sujet...

— Le dernier gros truc dans l'actualité... vous savez, le Ministre... Il y a un lien ? je questionne avec une note d'inquiétude largement perceptible.

— Eh oui, avoue-t-il avec lassitude.

Waouh ! Je me jette dans quelle affaire, là ? Je ne suis pas une gazelle effarouchée, mais tout ça m'a l'air trop important pour un seul homme. Ou deux. Mes doutes n'échappent pas au commandant.

— Je vous rassure, contrairement à vos habitudes, vous n'aurez pas à intervenir. Physiquement, du moins. Je ne vais pas vous demander de prendre l'Élysée d'assaut, soyez tranquille.

— Pardon ? C'est aussi haut que ça ?

Là, j'ai clairement un coup de stress.

— Mais non, c'était une façon de parler. Enfin... j'espère. Je dois remonter le fil pour comprendre et obtenir des preuves. Après, je trouverai une solution pour que ça explose.

— Loin de nous, si possible, je marmonne.

— C'est le but, oui.

— Sans vouloir être défaitiste, vous m'avez répondu deux fois que vous deviez trouver une solution ou un moyen. Ça commence à faire. On a annulé des opérations pour moins que ça.

Il se masse la nuque et exhale un long soupir.

— Je sais. Je pédale tellement dans la semoule que je ne peux même plus en bouffer. Mais peu importe. Je vous demande juste si vous acceptez de l'aider. Ce serait déjà pas mal si vous gardiez un œil sur elle, vous pourriez sentir le danger venir et la mettre à l'abri.

— Bien sûr que oui, mais vu que je suis en opération, ce sera dans la mesure de mes possibilités. Honnêtement, si votre truc est aussi énorme que ça en a l'air, il est plus sûr que ça ne s'ébruite pas, mais ajouter mon adjoint dans la confidence serait une bonne idée. Il est aussi fiable que moi et pourra me couvrir en cas de besoin.

— Je vous en laisse juge, mais ne lui parlez pas de moi. Attendez d'être au calme dans votre camp.

— Désolé, mais il est loin d'être con, justement. Vous êtes venu me chercher devant lui.

— Certes. Raison pour laquelle vous lui montrerez ce document. C'est un résumé de la situation politique et des groupes terroristes dans la région où vous vous rendez. Ça vous laissera le temps de décider quand le mettre dans la confidence.

Qu'il soit prévoyant et attentif aux détails est une bonne chose, mais je doute que cela suffise à tout résoudre.

— Concernant… vous savez qui, je ne vois pas comment l'aider à distance.

J'insiste, mais c'est un réel problème. Je suis fort, mais pas doté de pouvoirs surnaturels non plus.

— Quand arrivera le moment de vous interroger sur ce que vous devez faire, les réponses viendront avec. Nous naviguons à vue, j'entrevois à peine les premières lueurs d'explications. Surtout que celui qui apparaissait comme l'instigateur a été descendu. Il faut maintenant que je monte un cran au-dessus. À ce sujet, une information importante : un commandant sur ce camp est directement mêlé à cette affaire, c'est d'ailleurs la raison pour laquelle j'avais expédié notre protégée loin d'ici. Il rend compte et reçoit des ordres, c'est un fait établi. Je dois justement trouver de qui. Vous ne devez faire confiance qu'à moi.

— Et à elle aussi, non ?

— Oui, bien sûr. Elle est totalement fiable et n'a rien à se reprocher. Tout est dit, alors séparons-nous.

Comment ça, tout est dit ?! Il aurait pu choisir une autre formule vu la nébuleuse dans laquelle il me laisse. Avant de partir, j'ai quand même un détail à régler.

— Si besoin, comment je vous contacte ?

— Vous ne le faites pas. Je suis trop entouré et surveillé. Je trouverais... vous avez compris, se coupe-t-il en grimaçant.

— Je ne peux vraiment pas en savoir plus ?

— Ça ne vous avancera pas. En outre, les infos que j'ai recueillies jusqu'ici demandent à être vérifiées, la seule certitude est que le ministre de l'Intérieur est... était mouillé. Obtenir les preuves et comprendre les tenants et aboutissants n'est pas une mince affaire. Je vous certifie que je vous tiendrai au courant au fur et à mesure. Pour l'instant, faites votre travail normalement, c'est moi qui organiserai nos rencontres ou échanges de messages.

Nous nous redressons, mais avant de nous séparer, il pointe mon poignet du doigt.

— Prenez soin de cette montre, elle y tient beaucoup. C'était celle de son binôme.

— Lui aussi est en danger ?

Il reste muet. Je m'attends à ce qu'il ne m'en révèle pas plus, quand il ajoute, dans un souffle :

— Plus maintenant. Il est mort...

Je tressaille, je ne l'avais pas vu venir celle-là !

— Et, oui, c'est du fait de ceux qui la recherchent.

Sur ce, il se faufile entre les pneus et disparaît. Je suis sur le cul. Je réalise que Léthé a sûrement échappé de peu à une sale fin. Je comprends également son comportement sur la frégate, surtout le soir de l'assassinat. L'inquiétude pointe. J'espère qu'elle va bien. Je voulais la revoir un jour, désormais, je ne vais plus penser qu'à ça.

Le cerveau en ébullition à force de chercher des liens, des causes et des coupables, je rejoins mon équipe. À mon arrivée, Marc cesse de pomper et se redresse, intrigué par ma mine soucieuse et mon pas hésitant.

— Eh bien ! Tu fais une de ces tronches ! Notre mission s'annonce aussi horrible que ça ?

— Non, rien à voir. Même si la région où on nous envoie n'est pas de tout repos. Tiens, regarde ça, je réponds en lui tendant le papier fourni par le commandant.

Il ne lui faut pas plus de trois secondes de lecture, juste le temps de découvrir notre camp d'affectation, pour siffler.

— Tu voulais du changement et de l'action, le Dieu des commandos t'a entendu.

— Sûr qu'on ne va pas passer notre temps à griller des saucisses, je confirme en riant.

Nous allons pouvoir mettre en pratique tous ces mois d'apprentissage, toutes ces années d'entraînement. Nous avons hâte. Il y a un moment où il faut arrêter de simuler et se lancer. Aller au combat, pour de vrai. Ce moment est arrivé et je suis au taquet.

La seule ombre au tableau, à l'origine d'une petite contrariété, c'est que le coin où nous nous rendons est plutôt paumé. En matière de forces françaises sur place en tout cas. Donc, ça ne va pas m'aider à retrouver Léthé et c'est quand même ce qui me tracasse depuis mon entretien avec le commandant. Ne pas savoir où elle se trouve et ce qu'elle fait, c'est aussi frustrant qu'inquiétant. L'opération Barkhane s'étend sur tellement de territoires que tomber sur elle par hasard relève de l'impossible. Il n'y a plus qu'à me reposer sur le commandant, en priant pour qu'il gère correctement la situation.

3

Haute température ambiante.

La nuit fut agitée. Quelle surprise ! Les mains sous la nuque, à fixer la toile au-dessus de ma tête, à me triturer la cervelle, pour finalement appliquer le conseil du commandant : attendre. Et m'endormir par la même occasion. Il n'a aucune réponse après plusieurs mois, je n'en aurai pas plus en quelques heures avec le peu qu'il m'a confié.

Malgré tout, ce peu est énorme et me stresse. Un ministre assassiné ! C'est un truc pour Hollywood, pas pour un gars de Lorient comme moi, tout commando marine que je suis. Je n'arrive pas à comprendre le lien avec Léthé et son binôme assassiné, c'est ce qui me flingue les neurones.

Je n'ai pas encore prévenu Marc, mais le ferai dès que nous aurons un moment sans oreille active dans les environs. Vu que nous vivons les uns sur les autres sous des tentes, dès qu'un créneau se présentera, il ne faudra pas le louper.

Après le déjeuner, je me rends avec lui pour prendre nos consignes auprès de l'autorité dont nous dépendons : le commandant détaché du COS. Lui faire face à nouveau et me présenter comme si nous n'avions pas un secret en commun est assez étrange. À cette occasion, je peux me rendre compte qu'il maîtrise très bien ce jeu, Marc n'y voit que du feu. D'ailleurs, il le confirme lorsque nous quittons son bureau avec nos feuilles de mission.

— Il me paraissait moins froid hier soir. Il n'a pas l'air commode ce type. Il devrait boire un coup, ça le détendrait.

C'est vrai qu'il a été distant, mais clair dans ses propos. Je ressens le besoin de prendre sa défense. Après tout, c'est mon allié.

— Tu as vu sa tête ? Il donne l'impression de dormir deux heures par nuit. Si c'est pour s'assurer que nos informations sont précises et crédibles, je n'ai pas besoin qu'il nous galoche quand on le croise.

— Je n'en demande pas tant ! La bise suffirait, rétorque-t-il en prenant un air enamouré.

Nous quittons Gao une heure plus tard en embarquant dans deux hélicoptères, de grosses machines comme je les aime. Les petites choses ou le délicat, ce n'est pas mon truc. Pour les femmes non plus, mais je crois que je me répète.

Assis les uns à côté des autres, le vacarme ambiant ne nous permet pas de discuter, alors je regarde le paysage défiler à travers les portes latérales. Hostile est le premier adjectif qui me vient. Nous survolons une mer de sable où serpentent des oueds asséchés d'un ocre un peu plus sombre. La végétation est rare. Chaque arbuste ou touffe d'herbe fait preuve d'un courage et d'une détermination admirables pour s'accrocher à la vie. À l'approche de notre destination, ce sont des stries de roches noires qui ponctuent l'horizon. Le paysage se fait encore plus minéral, le terrain escarpé et les pistes se parsèment de pierres aux bords saillants. Nous arrivons à Kidal, au nord-est du Mali.

Un gros rocher peint fait office de panneau d'accueil et le ballon de surveillance qui plane dans le ciel annonce l'emplacement du camp. Il est ceinturé par deux hauts murs de *bastion wall*[5], traçant une piste entre eux. Vu du ciel, le camp forme un dédale de tentes serrées, de containers alignés et quelques bâtiments en dur. Des véhicules partout, des pièces d'artillerie dans les coins, des mitrailleuses à l'accueil sur les tours de guet, et une courte piste pour les hélicos et les drones. Situé au sud de la ville, le camp est cerné par le désert et les collines de roches noires.

Ici, la situation est aussi compliquée qu'explosive, et ce n'est pas uniquement une expression. La région vit au rythme de guerres de territoire depuis des années, qui incluent entre autre les Touaregs, les groupes terroristes et les forces maliennes. D'ailleurs, l'état malien en a perdu le contrôle.

Les forces françaises ainsi que celles de l'ONU font de Kidal une ville très militarisée, ce qui n'empêche pas les groupes terroristes d'y être présents sous forme de cellules discrètes, posant des mines et commettant des attentats ciblés. L'insécurité est très forte dans toute la région qui se trouve sous leur joug, même si les grandes agglomérations sont plus ou moins sous contrôle.

---

[5] Bastion wall : cube de toile grillagé rempli de sable utilisé pour créer une enceinte fortifiée.

Le camp est bien plus petit qu'à Gao et comprend environ trois cents militaires. Mille de moins, pas vraiment une broutille en cas d'attaque. Nous nous posons directement à l'intérieur et sommes accueillis par un capitaine de la logistique. Les saluts sont rapides, nous avons hâte de nous débarrasser de notre barda et d'enfiler un short, comme lui.

— Bienvenue messieurs. Je vous conduis jusqu'à chez vous. Vous êtes logés au quartier Josette.

Avec Marc, nous échangeons un regard intrigué, mais tout s'éclaircit quand nous traversons le camp. Ce sont des carrés formés par des murs de sacs de sable ou des containers, clos par une porte arborant l'écusson et la devise de l'unité présente, et devant l'entrée de chacun est peint en gros le nom attribué au quartier. Au fil de notre progression, nous découvrons donc Ginette, Paulette et toutes leurs copines[6].

— Bordel ! On a fait cinquante mètres et je suis en nage, commente Marc en soufflant.

— Il fait meilleur le soir et le matin, vous pourrez faire du sport à la fraîche.

— C'est combien, meilleur ? questionne-t-il, clairement méfiant.

— Environ trente degrés.

— Ah ouais ! Nous n'avons pas la même notion de « à la fraîche ».

En progressant dans les allées sableuses, je découvre l'organisation somme toute classique d'un

---

[6] Le nom féminin des quartiers dans les camps est un héritage de la guerre d'Indochine.

camp en opération extérieure. Le gros ballon captif qui assure la surveillance et plane à une centaine de mètres au-dessus de nos têtes me fait penser à un objet publicitaire. C'est assez décalé.

Nous croisons pas mal de légionnaires, logique puisque les régiments étrangers sont toujours dans les coins les plus risqués et nous serons amenés à sortir avec eux. Pas en boîte de nuit, mais sur le terrain.

— Vous voici chez Josette.

— C'est le plus petit quartier, vous auriez dû le nommer « Minnie », ironise Marc.

— Pas si petit si on tient compte de l'effectif qui y loge. Vous êtes douze, les autres tournent plutôt à quarante, le rembarre-t-il.

Il vaut mieux que j'intervienne avant que Marc ne nous le mette à dos. Sa fonction le rend hautement intéressant puisque c'est lui qui gère toute la logistique sur le camp, y compris le PQ, et répond aux demandes diverses.

— Ce sera parfait. Merci.

— Je vous souhaite une bonne installation, déclare-t-il en s'éloignant.

La porte est entrouverte mais nous la refermons derrière nous. Premier constat, le mètre carré doit valoir de l'or, car il y a peu d'espace dégagé. C'est une succession de grandes tentes collées les unes aux autres et un grand barnum au centre. Ses pans latéraux sont relevés, certainement pour ôter l'impression de confinement plus que pour aérer puisqu'il n'y a pas un souffle d'air.

Nous allons à la rencontre de nos collègues sur le départ qui se trouvent justement dessous. Nous les trouvons affalés sur leurs chaises, les coudes sur la table, les cheveux en bataille, les visages creusés sous des barbes hirsutes et une tenue qui tranche avec la nôtre. À côté, nos treillis semblent sortir d'une publicité pour lessive, quand eux ne portent que le bas et des t-shirts civils qui ont connu des jours meilleurs. Ils font débraillés et ça ne colle tellement pas avec la rigueur militaire que ça nous met dans l'ambiance instantanément : on va morfler.

— La relève ! s'exclament-ils en chœur.

Après une brève hésitation, je reconnais le chef du groupe.

— Salut, Anton. T'as une sale tronche. C'est si terrible ici ?

— Ce n'est pas la franche rigolade, j'ai connu plus accueillant, répond-il en se levant.

Je lui tends la main, mais il ne réagit pas. Je reste comme un con avec ma paluche en l'air, quand finalement, il donne un léger coup de poing sur l'extérieur de mes doigts.

— On ne se serre pas la main ici, on check. Ravitaillement difficile, tout est compté. Chaque homme a droit à neuf litres d'eau par jour et une douche. Rapide. On ne se lave pas les mains sauf avant de manger ou cas particulier. Alors pas de serrage de paluches pour ne pas faire tourner les bactéries.

— Waouh ! Sympa comme coin.

— On oublie la piscine, alors, renchérit Marc.

— Oublie tout, ça t'évitera de déprimer, confirme Anton en riant.

— Sauf la clim. Ça, ce n'est pas du luxe, intervient son adjoint.

— Ouais. Sans la clim dans les tentes, les troupes seraient au tapis. Je vous fais visiter le château ?

Ils ont déjà fait place nette, tout est emballé et empilé à l'entrée. Le barnum est équipé d'une cuisine dans le fond, une longue table au centre et de plus petites sur les côtés pour le matériel. Et un écran plat qui diffuse du foot, bien sûr. À côté, une petite cour, le seul espace extérieur libre, mais en partie encombré d'équipements de sport fait maison.

Nous devons progresser avec notre barda dans une allée étroite, couverte d'un revêtement souple qui gondole çà et là au passage de nombreux câbles et gaines. Parfait pour se prendre les pieds, surtout qu'il est lui-même longé de rigoles creusées un peu à l'arrache et de sacs de sable posés sur le bas des tentes à la va-comme-je-te-pousse.

— C'est quand même pas bien pratique, commente Marc qui trébuche.

— Attends de découvrir la saison des pluies. Ici, ça tombe rarement, mais ça te tombe d'un coup sur la tronche. Si vous êtes encore là en juillet et août, vous comprendrez l'utilité des rigoles et du tapis, se moque Anton.

— Mais comme j'ai hâte !

— Le truc à retenir, c'est de ne pas sortir de nuit en courant, au risque de tous finir en tas au bout de l'allée.

Les tentes sont divisées par des panneaux de contreplaqué pour en faire deux chambres doubles et chacune avec son accès vers l'extérieur. Elles ne contiennent que deux lits picots et un meuble bas en métal, rien d'autre. J'en partage une avec Marc. En guise de placard, il n'y a que des crochets vissés dans le bois pour pendre ses affaires.

Autour d'un café, nous passons une bonne heure à faire le point de la situation sur place et écoutons leurs précieux conseils. La dernière information fournie par Anton me fait presque soupirer :

— Équipements réduits, le personnel aussi, alors chacun doit se débrouiller avec son linge, sa bouffe et sa vaisselle. Les douches et le carré équipé pour le sport sont les seuls luxes ici. Bien que pour les exercices, nous avons aussi monté notre propre coin parce que l'autre est pris d'assaut par les légionnaires.

— Pour le linge, ça ne nous changera pas de la frégate. Il y a bien une laverie au moins ?

— Oui, à côté des douches.

— Elle fonctionne bien ? Il n'y a pas un truc à savoir ? se renseigne Marc.

— Oui, pourquoi tu demandes ça ?

— Ben… Tu as vu la gueule de vos fringues ?

Avec ses gars, ils s'inspectent, se comparent à nous d'un coup d'œil, puis éclatent de rire.

— C'est clair qu'on n'a pas la même allure que vous. Disons que nous avons perdu de notre prestance au fil des mois. Vous me raconterez comment se passent vos séances de repassage sous 45 degrés, se défend-il avec un air narquois.

Quelques derniers conseils pendant qu'ils s'habillent et ramassent leurs affaires, et les voilà partis. Inutile de les pousser aux fesses. Dès que la porte du quartier se referme derrière eux, Marc tape dans les mains :

— Bon ! Une petite douche ?

— On y va par binôme, les chefs en preums !

Sur le trajet, nous demandons trois fois notre chemin pour trouver le coin « flotte » du camp.

— Je suis curieux de voir leur installation, on fait un tour ? propose Marc.

— Yep ! L'eau dans le désert, ça me fascine aussi.

C'est une succession de barnums alignés sous lesquels sont posées des citernes souples qui stockent l'eau forée en profondeur. De là part une quantité de tuyaux qui desservent des rangées de lavabos et de plonges directement dehors, la laverie et les douches. Rustique, mais fonctionnel.

— Franchement, je m'attendais à pire en les écoutant.

— Carrément, il y a même la ventilation dans les chiottes, rétorque-t-il en pointant du doigt une petite baraque dont les tôles du toit sont maintenues en l'air avec des bouts de bois.

Nous trouvons le système de douches ingénieux. Une plateforme mobile sur laquelle un système de bâches forme des carrés individuels. À l'intérieur, trois poches superposées fermées par velcro, avec un dessin sur chaque.

— Regarde, ils ont pensé à ceux qui ne savent pas lire. Tu es sauvé ! me charrie Marc.

— Attends, je veux être sûr de ne pas me tromper. Vêtements propres en haut, les sales au milieu et les chaussures dans celle du bas. J'ai tout bon ?

— Bravo ! Tu es trop fort, chef.

— Gros niveau cette année chez les commandos, commente un légionnaire.

Au lieu de le reprendre, nous éclatons de rire. Mais ma bonne humeur flanche quand je commence à me savonner.

— Encore plus étroit, tu crois qu'ils pourraient faire ?

— Pas de problème pour moi. Ça t'apprendra à te la jouer avec ta carrosserie de char Leclerc.

Nous sortons de là tout frais et rentrons en plaisantant, la serviette sur l'épaule, pour arriver en sueur chez Josette. À peine à cent mètres !

Pour commencer, comme nous sommes tous de bons mangeurs, il faut penser à se nourrir. La popote est d'un genre artisanal, mais suffisamment équipée. Les gars ne vont pas rire quand ce sera mon tour. J'espère que les menus sont prévus pour les handicapés des poêlées en tout genre. Ceux qui s'y collent ce soir sont Thomas et Tonio. Le même Thomas qui était sur la frégate avec nous. Quitte à être célibataire, il en profite pour voir du pays, toujours avec sa houppette. Tonio, je n'avais jamais fait équipe avec lui. Beau gosse aux traits latino, il est aussi l'ambianceur du groupe, prompt à rire de tout.

Ils forment un très bon binôme en assaut, même quand c'est pour investir la cuisine.

Pendant ce temps, je m'éclipse avec Marc pour un passage rapide au PC[7] afin de nous présenter.

Dans la soirée, les rires résonnent sous le barnum. Si nous n'avons pas pris nos marques sur le camp, cette ambiance d'une bande de potes fait le reste. À partager les bons moments comme les plus durs, nous tissons des liens forts qui nous unissent en mission et dans la vie. Une famille soudée, et qui sait se marrer.

Le lendemain matin, Marc et moi posons notre brouette derrière les autres dans la file d'attente. Nous sommes de corvée de vivres, chaque unité vient chercher sa nourriture pour vingt-quatre heures.

— Dix brouettes devant la nôtre, souffle Marc. Tu crois qu'on peut se la jouer « priorité aux commandos » ?

— Si nous étions en opération imminente, on pourrait le tenter, mais la première n'est même pas encore programmée.

Tous les binômes qui attendent leur tour sont postés à l'ombre, sous l'avancée de toit du bâtiment d'en face. Pas con. Nous les rejoignons, mais je me ravise en tirant Marc vers le fond pour nous isoler. C'est le moment d'aborder ma conversation avec le commandant à Gao.

7 PC : poste de commandement.

Au fil du récit que je m'applique à faire bref mais précis, Marc écarquille les yeux.

— Et genre ? Tu me jettes dans ce merdier sans me demander mon avis ?

— Depuis quand tu rechignes à foncer ?

— Jamais, mais c'est mon choix. Si j'en crois ce que raconte ton... type, ça nous dépasse largement son histoire.

— Je te le répète, il ne s'agit pas d'intervenir, juste de la protéger, elle.

— Mouais. Déjà, ton type ne sait pas grand-chose, donc pas plus sur l'origine réelle de la menace. En plus, il nous demande d'aider une ombre. Je fais plutôt dans le concret, moi.

— Une ombre pour l'instant, mais nos routes vont se croiser, il l'a obligatoirement prévu. Ça me surprend que tu refuses, mais tu as raison, c'est à toi de décider.

— Oh ! Pour qui tu me prends ? Bien sûr que j'en suis. Un truc dangereux où je ne pige rien, tu penses bien ! Trop tentant, finit-il par avouer en riant.

— Je n'en doutais pas.

— Par contre, que tu te lances là-dedans m'étonne beaucoup plus. Tu étais le plus méfiant vis-à-vis d'elle. On dirait que tu as fini par te ranger à l'avis général.

S'il savait combien l'avis général est très très en deçà de ce que je ressens pour elle...

— Le Pacha avait fini par me faire changer d'avis et son comportement à elle, aussi.

— Donc, on doit juste attendre de tomber dessus un jour. Comme c'est excitant ! raille-t-il.

— Nous avons de quoi nous occuper en attendant. D'ailleurs, va donc avancer la brouette, c'est bientôt notre tour.

4

Se dégourdir les jambes.

Mali – Plateforme désert relais (PfDR) de Kidal.

C« est toujours comme ça au début. On découvre, on explore, on observe. C'est tellement différent de notre précédente mission que la première semaine se termine sans qu'on ne l'ait vue passer. D'ailleurs, le concept de semaine, ou de jour de la semaine, perd peu à peu de sa substance. Lundi, jeudi, ou samedi, quelle importance ? Janvier, mars ou octobre, idem. Il fait chaud toute l'année, la végétation est toujours au même stade, et la durée des jours ne varie pas beaucoup sous ces latitudes. On a donc vite fait de perdre ses repères.

Un détail qui ne me dépayse pas car presque comme sur un navire, c'est le ronronnement permanent qui se fait entendre, dû aux moteurs des clims et groupes électrogènes toujours en fonctionnement. C'est à se demander à quoi servent tous les panneaux solaires, au moins en journée.

Un des rituels chez les commandos veut que nous profitions des premiers jours pour arranger notre zone de vie. Chaque groupe ajoute sa marque, les suivants continuent. Les derniers héritent presque d'un palace.

Débrouillards de nature, capables de bricoler avec n'importe quoi, nous fouillons les recoins du camp pour récupérer des planches, des palettes, des barres, tout ce qui nous semble utile dans ce que les autres jettent. Notre barnum est désormais équipé d'un salon composé de trois canapés en bois. C'est un peu raide pour le cul, alors nous avons rajouté des duvets et matelas réformés.

Ce soir, la table basse en palettes accueille nos verres et nos pieds, ainsi qu'un agité dessus, Marc qui y fait le mariole.

— Marc ! Tu vas la péter avec tes conneries !

— C'est une table de commandos ! Indestructible ! réfute Olivier.

Lui, la grande tige, c'est l'infirmier du groupe. Ça ne le rend pas plus sage pour autant, bien au contraire puisqu'il saute à son tour dessus et se met à danser pour prouver sa solidité.

— Pète-toi un truc, on aura l'air malin en mission sans toi.

— On ne sait déjà pas s'il va survivre à ses coups de soleil, abonde Tonio. Quelle idée d'envoyer des rouquins dans le désert, franchement.

Contrairement aux apparences, nous ne sommes pas des ados attardés, ces moments font office de soupape de décompression. D'ailleurs, il suffit d'entendre le barouf venant du quartier des légionnaires juste à côté pour comprendre qu'ils ne sont pas plus sages que nous.

La deuxième semaine, le programme devient plus intensif. Malgré les conditions climatiques suffocantes, nous enchaînons les entraînements afin d'adapter nos organismes, améliorer nos techniques, tester le matériel et nos limites, mais surtout, renforcer la cohésion et notre efficacité.

Chaque soir, nous déterminons un trajet et nous nous faisons déposer le lendemain par hélicoptère, qui revient nous chercher plus loin. Nos corps ramassent au début, nous avons des auréoles sur nos vêtements et un goût de sel sur les lèvres en permanence, en plus du sable qui tapisse nos palais et nos fosses nasales. Équipés de pied en cap, nous portons environ quarante kilos, et bien souvent plus.

Mais en cette fin d'après-midi, si nous sommes tous assis dans un Cougar[8], ce n'est pas pour se balader. Face à la porte latérale ouverte, le *gunner*[9] est positionné derrière la mitrailleuse, avec son casque intégral noir à la Mad Max. À moins de cinquante mètres du sol et en rasant les reliefs, le paysage défile à plus de 260 km/h. Le vol tactique fait toujours son petit effet. Encore plus avec notre

---

[8] Le Cougar est un hélicoptère de transport tactique et logistique. En plus des 3 membres d'équipage, il peut transporter environ 14 commandos, ou 21 passagers (parce qu'un commando pèse bien plus lourd avec son équipement).

[9] Le *gunner* est, dans sa version officielle, le MOS (Membre opérationnel de soute). Il est le responsable de la partie arrière et le tireur de la mitrailleuse embarquée. Il gère les passagers, le stockage ainsi que l'aérocordage, le treuillage…

escorte tout près, un hélicoptère d'attaque Tigre[10]. Pour l'ambiance, c'est bon, nous sommes dedans.

— Nous arrivons au point de dépose ! annonce le navigateur par radio.

L'appareil ralentit, nous passons en stationnaire et le *gunner* déroule la corde lisse, puis reprend son poste pour nous appuyer en cas de besoin. Je détache le mousqueton qui me relie au câble de sécurité et je me place sur le côté de la porte. Tonio est le premier à s'approcher, assis, les deux mains gantées sur la corde et les jambes dans le vide. Les autres se préparent.

— Top dépose !

Tape sur l'épaule de Tonio, il disparaît aussitôt. Le suivant arrive, attrape la corde et ça défile. Il ne reste plus que Marc et moi, je plonge le premier. Aussitôt les pieds au sol, je m'écarte pour ne pas le recevoir sur la tête. Les gars se sont déjà déployés, ils scannent toute la zone en position d'attente, genou au sol. Marc se poste à côté de moi et l'hélicoptère repart. L'assaut vertical est une manœuvre délicate, mais le gain de temps est indiscutable, sans compter que l'hélico est moins vulnérable en l'air.

Nous connaissons la mission par cœur, alors la mise en route se fait sans un mot. Laurent prend la tête de la colonne avec son GPS. Chacun a sa spécialité, lui, c'est le cartographe. C'est parti pour

---

[10] Le Tigre est un hélicoptère d'attaque. Étroit, maniable et équipé de technologies de pointe, comme la vision de nuit. Il est biplace, juste pour son équipage, avec le navigateur placé derrière et au-dessus du pilote.

six kilomètres de marche afin de rejoindre notre point de surveillance.

La lumière du jour décline rapidement lorsque nous atteignons la colline visée. Étendus sur un kilomètre, deux cirques rocheux se font face, une plaine de sable au milieu, traversée du nord au sud par une piste.

Nous nous infiltrons par le sud-ouest, grimpons jusqu'au sommet, profitons des renfoncements naturels pour descendre en toute discrétion, puis nous répartir en binôme sur ce bout de versant.

Aux deux tiers de la pente, je me poste avec Marc derrière des blocs. Nous nous allongeons sur la roche noire qui exhale son haleine chaude sur nos corps. Un tour d'horizon avec les jumelles me confirme que nous sommes seuls, aucun mouvement perceptible sur les versants autour. Pas un bruit non plus, même le vent a décidé de faire une pause.

Ce point est désigné comme le théâtre de trafics en tous genres. Les groupes armés viennent se ravitailler avant de prendre la route du nord vers les zones refuges sur la frontière avec l'Algérie. C'est ce que nous a montré la caméra du drone et nous sommes ici pour en apprendre plus, notamment photographier individus et véhicules identifiables.

Nous patientons dans la nuit depuis près de trois heures, quand le calme est rompu par le bruit d'un moteur. Quelque chose de discret au départ, mais dans un environnement aphone, même une feuille qui tombe se ferait remarquer. Nous distinguons deux individus sur une moto qui remontent la piste devant nous, suivis rapidement par une seconde.

— Papier bulle partout, chuchote Marc.

Nous nous méfions des motos, souvent utilisées par les groupes armés parce qu'elles leur permettent des attaques aussi rapides que meurtrières. Mais si tous les motards ne sont pas des terroristes, quand la totalité des parties chromées sont occultées dans le but de supprimer les reflets du soleil visibles de très loin, ça en dit long sur le type de passagers.

En une heure, c'est un défilé de deux roues et de 4x4 qui se regroupent au nord de la vallée. Des sacs et des paquets s'échangent, de la nourriture, mais d'autres qui nous intéressent bien plus, comme des fusils, des munitions et des explosifs. Les armes sont glissées sous les longs vêtements pour les motards, ou chargées dans les coffres et recouverts par les provisions. Bienvenue au salon du terrorisme. Produits locaux et d'ailleurs, explosifs fermiers, grenades artisanales sans OGM, etc.

— Si on est en rade de munitions, on pourra venir recharger ici, s'amuse Marc.

— Ça donne une bonne idée de l'arsenal qui transite dans les villages alentour.

Les hommes palabrent et discutent, certains s'assoient par groupes, inconscients d'être surveillés. En opération, la nuit est notre amie. C'est même notre meilleure alliée puisque nous sommes équipés en vision nocturne, contrairement à nos ennemis. Ils le savent, mais également qu'il nous est impossible de les garder sous surveillance constante. Trop nombreux, trop bien fondus dans la population, sur un territoire immense qu'ils connaissent par cœur.

Sous le regard des étoiles, je balaye plus finement la zone avec des jumelles et je détecte du mouvement entre les rochers au-dessus du lieu de rassemblement. Une dizaine d'hommes ou plutôt une vingtaine maintenant.

— La vache ! Ils organisent une fête ?

— Souhaitons qu'ils n'aient pas prévu de feu d'artifice.

— Hey ! On en a deux en face de nous ! s'alarme Marc.

Je vérifie aussitôt et ravale un juron en découvrant deux formes humaines, couchées côte à côte sur une position plus élevée que la nôtre. Léger coup de stress. Qui augmente quand je remarque la posture familière de l'un d'eux. Jambes écartées et un bras replié dont la main vient se poser sur son épaule opposée. Un tireur couché avec arme sur bipied. Ça pue. Je donne un coup de coude à Marc pour qu'il confirme mes craintes. Il zoome dessus puis lâche les jumelles, contrarié.

— On a un sniper sous notre nez ! Mais comment on a pu le rater ?

— Parce que tu viens de le dire, c'est un duo de snipers. Ils sont isolés et immobiles comme des statues.

— C'est même à se demander s'ils respirent.

— Préviens les autres. Continuez la surveillance dans la vallée, moi je reste sur eux.

Autant ne pas épiloguer sur le fait qu'ils ont réussi à nous surprendre, donc arrivés avant nous. C'est typiquement le genre d'imprévu qui me fait grogner. Si le mec est bon, il va sérieusement nous compliquer la tâche. Quoique… à bien y regarder, ces deux-là m'ont l'air quand même très pros, au point d'instiller le doute dans mon esprit.

— Tu ne penses pas que ça pourrait être les tireurs des légionnaires ? Ceux prépositionnés pour notre exfiltration ?

— Possible, mais ils devraient être de l'autre côté pour surveiller les abords extérieurs. S'ils ont changé de position sans prévenir, ils sont stupides. C'est un truc à se tirer dessus !

— On doit s'en assurer et il n'y a qu'un moyen sans allumer la radio. Sors ta lampe infrarouge.

Marc la brandit et la pointe sous les tireurs. À l'œil nu, rien de détectable, mais à travers mes jumelles, j'aperçois le faisceau vert qui apparaît brièvement deux fois de suite. Nous allons être fixés. Un des nôtres répondra, alors qu'un ennemi ne verra rien du tout. Au pire, même s'il avait réussi à se procurer un système de vision nocturne, il ne saura pas qu'il faut renvoyer deux coups plus longs et espacés.

Quelques secondes plus tard, le verdict tombe. Des nôtres. Nous soufflons de concert, Marc range sa lampe.

— Sont vraiment cons de mettre un tireur sans prévenir. Tu pourras leur passer une avoinée.

— Avant de gueuler, on se renseignera. Ils ont sans doute un motif valable pour s'être déplacés.

Le danger désormais levé, nous reprenons notre surveillance. Deux heures plus tard, nous avons photographié tous les éléments souhaités et les hommes partent les uns après les autres. Inutile de rester plus longtemps, je l'annonce à mon équipe par radio :

— On remballe. On décroche dans dix minutes, dans l'ordre des binômes.

Nous mettons à profit ce délai pour inspecter notre planque et tout ramasser, du bout de papier qui nous aurait échappé, au sol piétiné que nous balayons pour effacer nos traces. Pas de signature qui puisse trahir notre venue. Les dix minutes sont écoulées, le premier binôme démarre, les autres suivent, chacun leur tour. Sans redescendre, nous longeons la colline vers la sortie sud et stoppons à une vingtaine de mètres avant la fin de la vallée. Dissimulés entre les roches, nous attendons maintenant que les légionnaires nous récupèrent à l'aube.

Un bout de ciel prend une teinte plus claire et la vallée s'est totalement vidée. Je suis en train d'avaler une barre énergétique quand David, le plus en hauteur, intervient par radio :

— Quatre VAB[11] en approche par le sud-est.

---

[11] Le VAB (véhicule de l'avant blindé) est utilisé, entre autres, pour le transport des combattants. Il est équipé d'une mitrailleuse sur le toit (en 12,7 mm ou une version en 7,62 mm téléopérée de l'intérieur par le passager avant). Le VAB est en cours de remplacement par le VBMR Griffon (véhicule blindé multi-rôles), qui est climatisé (pour protéger son électronique en premier, mais les troupes vont apprécier).

Nos taxis. Encore quelques minutes sans bouger, mais nous sommes prêts à décoller. Lorsque j'estime qu'ils sont assez proches, je donne le top :

— Au point B !

Nous nous extrayons de la colline aussi discrètement que possible, mais il fait jour et nous sommes désormais repérables. Nous fonçons droit devant.

Je ne quitte pas la ligne d'arrivée des yeux, la rupture entre la pierre noire et le sable orange, où s'immobilisent les quatre véhicules. Les portes arrière s'ouvrent, des soldats en descendent, puis se déploient autour de la colonne pendant que nous progressons en petite foulée. Avant de nous engager à découvert sur la piste où nous attendent les légionnaires, j'ordonne l'arrêt. Nous sommes encore en hauteur et les véhicules sont à trente mètres en contrebas.

— Clair ! annoncent tous les gars.

— En avant !

D'un seul mouvement, nous bondissons et courons droit devant. À mi-chemin, une détonation retentit. Ça siffle au-dessus de nos têtes, mais assez haut. Je me baisse vivement et regarde derrière pour vérifier qu'aucun de nous n'est touché. Non, tous sur leurs pieds, contrairement à un homme qui s'effondre sur le haut de la colline, un lance-roquette encore en main. Les lieux ne sont pas aussi déserts qu'ils le semblaient.

Les légionnaires réagissent aussitôt par des tirs de couverture pendant que nous fonçons droit sur eux.

Pas de bonjour ni merci, nous verrons plus tard, quand nous serons à l'abri. Nous nous répartissons dans les trois premiers blindés.

— Arrosez-moi ça ! crie leur chef dans la radio.

À travers les portes, je repère un homme qui récupère le lance-roquette des mains du mort. Pas perturbé par les légionnaires qui lui tirent dessus, il l'épaule et nous vise. On va prendre une patate sur le blindé ! Je m'apprête à ordonner d'évacuer, quand, alors qu'il ajuste son tir, une deuxième détonation retentit. Un tir-tête. Il s'effondre à plat sur son collègue. Ce son sourd et puissant, je le connais bien, et pour le coup, je le trouve bien doux. C'est un PGM, celui du tireur d'élite posté en face de nous.

Les légionnaires grimpent à leur tour, ferment les portes arrière, les chefs d'équipe confirment être au complet et les véhicules s'ébranlent sur la piste dans un nuage de sable.

— Waouh ! Une sortie en fanfare, s'exclame Marc qui se marre.

— Après des heures sans bouger, c'est clair que ça réveille.

— Maître, nous devons récupérer les tireurs au pied de l'autre colline, m'informe un légionnaire.

— Bien sûr qu'on les récupère. Ils se sont grillés pour nous.

— On vous prévenait juste que nous allions faire un détour, reprend-il poliment avec un léger rictus.

Certes, on ne me demandait pas mon avis.

Nous arrivons au pied de la colline opposée en quelques minutes. Même manœuvre, les légionnaires descendent pour se déployer autour des véhicules. Plus loin, deux soldats bondissent des rochers et rejoignent le dernier blindé en courant. Ils sont aussi chargés que des mulets, n'ont pas un bout de peau visible et le long canon d'un PGM qui doit être encore chaud dépasse d'un des sacs à dos. Voilà nos anges gardiens. Aussitôt tout le monde remonte, les portes claquent et nous ne perdons pas une seconde pour quitter ce lieu ni touristique ni accueillant.

— Dis, on ne va peut-être pas râler sur la présence des tireurs, finalement, commente Marc avec un air malicieux.

— De toute évidence, ils avaient une bonne raison. C'est juste qu'ils auraient pu prévenir.

— Tu penses qu'ils avaient repéré les mecs depuis longtemps ?

— Fort probable. Ils ont dû les garder dans leur lunette tout du long, prêts à faire feu.

— On les avait au-dessus de la tête et, nous, tranquilles, on bouffait des barres de céréales. À mon avis, ils se sont bien marré les deux tireurs.

Le soleil tape déjà sur le blindage et comme s'il ne suffisait pas, je suis assis à côté de la plaque du moteur[12] qui me chauffe tout le côté gauche. Je vais crever ! Je ne peux même pas ouvrir ma veste avec le gilet tactique rempli de barda par-dessus. Je tire sur mon cache-cou pour libérer au moins mon visage.

---

[12] Le moteur du VAB se trouve entre le poste de pilotage et la caisse arrière. Il n'y a pas bataille pour les places du fond en été.

De retour au camp, Marc et moi rejoignons directement le PC pour un débriefing. Il se situe dans un bâtiment en dur, lui même renforcé et protégé par un dédale en *bastion wall.* Nous traversons la salle principale qui fourmille de militaires derrière des écrans ou au téléphone, les murs sont recouverts de cartes diverses et d'informations. Au fond, le centre opérationnel qui dirige les missions. Les officiers présents recueillent nos éléments, à eux de les traiter et de les transmettre. Nous ne nous éternisons pas. Salut, bonne journée, on a cinquante kilos à perdre et besoin de nous aérer.

En rejoignant notre quartier, nous passons devant celui des légionnaires.

— Viens, on va les voir.

— Après la douche ? tente Marc.

Je fais comme si je ne l'avais pas entendu et je franchis leur porte. Nous dénichons un capitaine dans un coin.

— Vos hommes et vos tireurs ont assuré. Vous pourrez les féliciter de notre part.

— Je le ferai pour mes soldats, mais pas pour les tireurs, ce ne sont pas les miens.

— Ah ? Il y avait une autre unité engagée ?

À croire que c'était jour de soldes dans cette vallée, tout le monde s'y promenait.

— Non, pas vraiment. Vous avez été couverts par Émile et son spotter.

Jamais entendu parler de ce type, Marc non plus vu qu'il affiche le même air confus.

— Désolé, je ne sais pas qui est ce Émile.

— Un tireur longue distance détaché sur Barkhane. Il a accompli de belles prouesses en quelques mois. Nous l'avons eu en soutien sur des missions dans le sud de Gao et nous ne l'avons pas regretté.

— Un légionnaire ? questionne Marc.

— Il paraît, mais le gars n'est pas bavard ni très sociable. Vu comme il est bon, j'aurais tendance à dire qu'il ne peut que faire partie des nôtres, se rengorge-t-il.

— Donc, il vous suit, c'est ça ?

— Non plus. Il va et vient sur les bases en fonction des missions, c'est le COS qui le gère. Les tireurs longues distances sont souvent des satellites, comme chez vous. Il nous arrive de le réclamer en appui.

Effectivement, ce binôme a tout d'opérateurs des forces spéciales. Il est possible que je l'aie déjà croisé.

— Et on connaît juste son prénom ?

— Même pas, c'est son code, pas un prénom. On dit Émile pour aller plus vite, mais en fait, c'est « Et Mille ! ». C'est simple, quand il tire, il met toujours dans le mille et on est quelques-uns à pouvoir le confirmer.

— C'est comme ça qu'on construit les légendes, j'approuve en souriant.

— Vous constaterez lors de vos déplacements qu'il en est déjà une.

Nous le quittons et une fois suffisamment loin de ses oreilles, Marc revient sur le sujet :

— Je n'ai pas voulu reprendre le capitaine persuadé que cet Émile est dans ses rangs, mais s'il est aussi bon que ça, il est obligatoirement dans les nôtres.

— Tu as eu raison de ne pas le lui dire et je pense comme toi.

— Je parierais pour un binôme du commando Hubert. Discret et performant, c'est tout eux.

Nous en aurons vite le cœur net, car nous devrions rapidement le croiser s'il est dans les parages. De par sa fonction, il sera sur nos missions.

5

Rencontre inattendue.

Pas de sortie aujourd'hui, c'est remise en état du matériel, entretien des hommes, ou l'inverse. Pendant que les gars préparent le repas du soir, je suis au CO pour prendre les consignes. Sans surprise aucune, une opération se prépare pour nettoyer la vallée de tous les trafics. Pas tout de suite, car après notre passage, surtout notre sortie mouvementée, il faut laisser passer un peu de temps, et s'assurer qu'ils n'ont pas déménagé leur marché.

En quittant le bâtiment, je m'applique à marcher au milieu de l'allée car l'éclairage extérieur est proscrit ou discret, conditions de guerre oblige. Il y a même un couvre-feu sur le camp, d'ici une heure, ne mettront le nez dehors que les personnels de garde ou ceux en mission.

Je suis mort de faim ! J'avance rapidement en surveillant où je pose les pieds, mais pour aller plus vite, j'emprunte un raccourci en coupant à travers les ateliers. Je passe ensuite par des allées étroites déjà bien assombries, longées d'un mur si haut que la lueur de la lune encore basse sur l'horizon n'éclaire pas jusqu'au sol. Je vais me foutre en l'air dans un trou ou un truc qui traîne, sûr que je vais arriver à me faire mal. Aussitôt pensé, aussitôt fait, je lâche un juron en me cognant l'épaule. J'arrête de jouer au plus malin et regagne un chemin plus large.

Après un embranchement, je me retrouve derrière un soldat. Rien d'anormal, ce serait plutôt la vue d'un civil qui m'inquièterait. Il se trouve à une dizaine de mètres, parfait ! Je me cale sur son ombre pour me diriger, s'il y a un obstacle sur le passage, c'est lui qui se ramassera. Mais après quelques mètres, sa silhouette m'intrigue. Une démarche qui m'en rappelle une autre, un vague souvenir qui me titille. Au fil des secondes, je m'esquinte les yeux à le scruter. Le doute s'installe, et s'efface lorsqu'il passe sous une lampe blafarde qui l'éclaire à peine. Zut, cheveux bruns. Pourtant… ça me turlupine. Il avance d'un bon pas, j'accélère, toujours incertain. Ça ne peut pas… Non. Pourtant, c'est ressemblant. Quand il lève le nez vers le ciel, je me fige. Mais si ! Pas une seconde d'hésitation, je me précipite sur lui. Le soldat entend le barouf derrière, il se retourne. Oui ! C'est bien elle ! Après un vif mouvement de recul pendant lequel je peux lire la crainte sur son visage, elle se détend puis me sourit.

Une fois à sa hauteur, je me baisse et la charge sur mon épaule. Ni une ni deux, je fonce jusqu'à un coin encore plus discret.

— Mais arrête ! s'exclame-t-elle avant d'éclater de rire.

— On y est presque !

Derrière un alignement de containers qui longe le mur de sable, je la dépose au sol. Sans lui laisser le temps de retrouver sa stabilité, je la plaque contre la tôle et fonds sur ses lèvres. C'est notre quatrième baiser en sept mois ! Tu m'étonnes que j'ai du mal à me contenir. Même si le commandant m'avait prévenu, ça me semble irréel de la revoir ici. J'ai besoin d'y croire. Je la serre à la broyer, je la dévore en la soulevant de terre. Loin d'être effarouchée, elle m'enlace et m'embrasse avec la même ardeur.

Le souffle court, nous finissons par séparer nos lèvres. Au lieu de s'écarter, Léthé se presse contre moi en fermant les doigts sur ma veste. Ça ne ressemble pas à un câlin, plus à un besoin de réconfort, et j'y réponds en la serrant fortement. Passé un instant, elle lève la tête et m'observe. Ses yeux brillants laissent filer une larme que, d'un geste délicat, j'efface avec le pouce en lui embrassant le front.

— Tu n'imagines pas le bien que ça me fait de te revoir. Je n'en pouvais plus d'être seule. De courir contre tous, de sursauter la nuit. De me sentir abandonnée, souffle-t-elle.

— Je suis là maintenant. Je ne te lâche plus.

— Je pensais que tu m'avais oubliée. Ça ne m'a pas aidée à espérer.

— Je ne savais pas comment te retrouver ni comment te contacter, c'est tout. Je ne savais rien sur toi.

— Merci. D'être là. De ne pas me laisser tomber.

— Tu peux compter sur moi. Pour le reste aussi.

— Le reste ?

— Pour reprendre où nous nous étions arrêtés. Il me semble que c'était là, dis-je avant de l'embrasser à nouveau.

Ses yeux brillent toujours, mais le sourire qui illumine son visage délivre un autre message.

— Tu aurais pu me demander si j'étais toujours libre, me taquine-t-elle en riant.

— Pourquoi ? On s'était séparés ? Pas moi en tout cas. Si un gars a pris ma place, file-moi son nom et tu es libérée dans quelques minutes.

— Alors voyons, par qui on commence ? D'abord, le caporal des légionnaires, dans la zone Juliette, puis le sergent-chef de la Giselle, ensuite le brigadier du…

— Ça ira comme ça. Considère-les comme morts. Maintenant, tu es libre !

— Dieu du ciel ! Un féministe, un vrai, qui vient me libérer de l'oppression masculine !

— Je ne sais même pas de quoi tu me parles.

— Pourquoi je ne suis pas étonnée ? Tu ne rigoles pas quand tu veux quelque chose.

— Pas de quoi rigoler, je ne t'ai pas oubliée. C'est surréaliste de se retrouver ici, tu ne trouves pas ?

— Ah, c'est sûr qu'on a changé de décor. Fini les embruns, les bourrasques humides, le sol qui balance en permanence. Je me sens plus à l'aise ici que sur ce vieux rafiot.

— Mettons que je n'ai rien entendu, je suis trop heureux de te revoir. Tu allais où ?

— Manger et dormir. Ma journée a été chargée et ma nuit difficile, répond-elle avec un air mystérieux.

— Sans doute la faute à ton caporal que je vais aller tuer de ce pas.

— Ne me dis pas que tu y as cru ?

— On plaisantait, donc pas vraiment. Mais des mois sont passés et nous n'avons pas eu le temps de nous faire des promesses. Soyons clairs, tu es bien libre ?

— Oui, c'était juste pour te taquiner.

— Parfait, moi aussi ! Allez, au lit !

Je la tire par la main, elle résiste en riant.

— Tu es incroyable !

— J'aurais essayé. Tu es dans l'équipe logistique ? je me renseigne en la plaquant d'un coup sec contre mon torse.

— Je ne te dirai pas ma fonction. C'est plus rigolo si tu le découvres par toi-même.

— Je suis joueur et le renseignement, c'est mon dada. Je vais vite te griller. Au fait, pourquoi tu es brune ?

— Camouflage, soupire-t-elle en faisant la moue.

— OK. Il faudra qu'on en parle. J'ai vu… tu sais qui.

— Ah ! Je comprends mieux pourquoi on m'a retirée de la mission en cours pour m'envoyer ici. Il a donc trouvé le moyen de nous rapprocher.

— Il est fiable ? Tu en es certaine ?

— Si je suis encore là, c'est grâce à lui. Ça répond à ta question ?

— Un peu. Mais je m'interroge sur les raisons pour lesquelles il t'a envoyée à moi sur la frégate. Je ne le connaissais pas ce type, alors c'est étrange.

— Mais non, ce n'est pas vers toi qu'il m'expédiait. Vu que tu es dans la confidence, je peux bien te l'avouer : le Pacha est son cousin. Tu sais comment c'est dans certaines familles, il n'y a que des militaires, et que des officiers de père en fils.

— Alors la fouille de la frégate après ton départ, c'était juste parce qu'ils ont fait le rapprochement ? En fait, ils n'avaient aucune certitude sur ta présence ?

— Ah oui, il m'a parlé de ça. Effectivement, ils cherchent même dans le cercle des officiers des renseignements à Gao. Je suis désolée pour...

— Tu n'as pas à l'être, tu n'y es pour rien. Donc, quatre personnes sont au courant, en plus de toi, évidemment.

Elle se raidit, tout à coup méfiante.

— Qui est la quatrième ?

— Marc, mon adjoint.

Contrarié, elle pince les lèvres.

— Aucun risque avec lui et il sera utile.

— C'est fait, mais stop. Ça craint vraiment.

— Tu m'expliqueras la prochaine fois ? Je plonge avec toi, mais j'aimerais autant en savoir plus.

— Oui. Tu sauras tout et ce n'est pas grand-chose. Autant que tu sois prévenu, ça me dépasse. De toute façon, ce n'est pas nous qui règlerons le problème, c'est... l'autre. J'ai pour mission de rester en vie en attendant, c'est tout.

— Je prends cette mission-là aussi.

Je conclus en l'embrassant à nouveau. Je l'ai retrouvée, je n'en reviens pas ! Quand nos lèvres se séparent, un détail refait surface.

— Au fait, j'ai tes affaires. Elles sont chez moi, sauf tes lunettes et ça, je précise en relevant ma manche.

Après un soupir, elle effleure la montre du bout du doigt, tournant lentement autour du cadran sans dissimuler son émotion. Je me sens couillon, elle me brûle tout à coup le poignet.

— Reprends-la.

Je commence à ouvrir le fermoir, mais elle me stoppe en posant la main dessus.

— Non. Garde-la. Il serait fier qu'un commando marine la porte. En plus, elle est trop grosse pour moi. Pour les lunettes, tu dois avoir la classe avec.

— Elles sont superbes. Je te les passe demain si tu veux.

— Non, comme la montre, et puis elles sont trop grandes aussi. Lionel avait une grosse tête bien faite, confie-t-elle avec un voile de tristesse dans le regard.

Ce fantôme entre nous me mine. J'ai besoin de savoir. Ce n'est pas le moment, mais ça sort malgré moi :

— C'était… ton mec ?

— Non, mon binôme et mon ami. Un type génial et un excellent militaire.

— Comment est-ce arrivé ?

— Ils l'ont envoyé en mission alors qu'on en rentrait juste. Un piège, bien sûr, il ne devait pas en revenir. Moi non plus, mais je venais de me blesser, et par chance, j'étais à l'infirmerie quand il a décollé avec le sergent. C'est ce qui m'a sauvée, mais ils sont morts tous les deux.

— Je suis désolé, je murmure en la serrant contre moi.

— Fais attention à toi. Je n'ai pas...

— Chut. Vous ne saviez rien, vous étiez vulnérables. Maintenant on est prévenus, alors on va surveiller nos arrières. D'ailleurs, on ne risque pas de te reconnaître ? C'est un petit camp, mais quand même avec du passage.

— Il veille à ça. Dès que j'ai l'ordre de me déplacer, ça vient de lui. Et tu ne me verras pas à visage découvert en journée, j'ai toujours le cache-cou remonté et mon chapeau de brousse.

— Ça ne me posera pas de problème pour te repérer. Même de nuit et de dos, je t'ai reconnue, je la taquine en plaquant une main sur ses fesses.

— Tu devrais moins te la raconter parce que tu m'as déjà croisée sans me reconnaître.

— Alors là ! Tu me scotches !

— Ce n'est que le début. Dis, je suis bien dans tes bras qui m'avaient manqué, mais il faut y aller. Le couvre-feu est dans quelques minutes.

— Ouais, tu as raison. Allez, on y va, je rétorque en la tirant derrière moi.

— Mais quelle tête de mule ! On m'attend et j'ai déjà une tente.

— Je te cacherais bien dans la mienne quand même, j'avoue en soupirant de frustration. Allez, un dernier.

Et hop, je la tire à nouveau contre moi. Je fonds sur sa bouche sans qu'elle ne s'offusque de mes manières de sauvage. De toute façon, elle aime. Et c'est tant mieux parce que je ne vais ni changer ni m'en lasser.

Je la lâche à contrecœur et elle quitte mes bras sans entrain. Avant de partir, je la couve d'un regard brûlant pour emporter son image et y repenser toute la nuit. Mais au niveau de son torse, un détail m'interpelle. Sa bande patronymique.

— C. Lambert ?

— C pour Camille. Choisi par le commandant parce que c'est unisexe, mais c'est un camouflage aussi. Le vrai, c'est Julie, susurre-t-elle contre mon oreille avant de disparaître en courant.

Julie… Je le répète plusieurs fois. Oui, j'aime !

Je repars d'un pas léger, nettement moins pressé de m'éloigner. Ce sourire niais contre lequel je luttais sur la frégate revient au pas de charge malgré moi. Sans m'en apercevoir, évidemment, mais je peux compter sur Marc pour repérer tout changement chez moi. De retour au quartier, Olivier et David font la popote, concentrés sur leur mission hautement prioritaire. Je me joins au reste du groupe installé dans les canapés, qui discute en regardant du sport à la télé. Inévitablement, Marc me détaille en levant un sourcil.

— C'était si chouette que ça comme réunion ? Les officiers sont si drôles pour que tu reviennes avec un air aussi débile ?

— M'en parle pas ! Quelle bande de fêtards, incroyable ! Réussir à nous trouver du champagne dans le désert, avoue qu'ils assurent grave les officiers d'ici.

— Sérieux ?

— Le colonel qui racontait des blagues à faire rougir un vieux major ! Et les stripteaseuses sur leur barre de pole dance, c'était de la balle. Mais bon, interdit de toucher, sinon j'y laissais ma solde.

— Pfff, n'importe quoi !

— La prochaine fois qu'il te prend l'envie de te foutre de moi, réfléchis-y à deux fois.

— Bien joué, je ne te louperai pas à la première occasion.

— On mange quoi ?

— C'est choucroute ce soir. Encore mieux que le champagne dans le désert. Quand je vais raconter ça à mon Alsacienne de mère, elle ne me croira jamais.

— Non, sérieux ? Une choucroute avec cette chaleur ?

— Bien sûr que non. Tu crois vraiment n'importe quoi.

Et il éclate de rire. Un partout.

— Ce soir, c'est pizza, mais demain, ce sera raclette ! s'exclame Olivier.

Nous engloutissons notre repas dans le bruit et les rires appuyés, nous refaisons le monde au moment du café pendant que d'autres restent rivés devant l'écran, puis nous faisons un peu d'exercice. Je suis particulièrement gai, car une blonde, ou la même en brune, ne quitte pas mes pensées et la savoir toute proche me plaît autant que ça me frustre. Je ronge surtout mon frein pour en parler à Marc, mais pour ça, il faudrait que nous allions nous coucher. Il a vraiment choisi son jour pour traîner. Dans cinq minutes, il va me proposer d'aller voir les étoiles et me détailler une dizaine de constellations comme si j'étais son rencard du jour. Parce que la mythologie grecque ne lui suffit pas, il faut aussi qu'il s'intéresse à l'astronomie. Quelle tronche celui-là !

— Mais tu arrêtes de faire cette tête de con ? s'exclame-t-il tout à coup.

Je ne cache pas mon impatience aussi bien que je le pensais.

— Il est tard, je veux me coucher, je bougonne en défense.

— Et ? Tu attends que je te borde ?

— Oui et que tu me donnes mon doudou. T'es con des fois.

Tous éclatent de rire et loin de me vexer, je me joins à l'hilarité collective. Plutôt que continuer à me ridiculiser, je participe à la conversation où chacun raconte ses activités pendant les dernières permissions, encore. À mon avis, ils en rajoutent tous, des vacances ne peuvent pas être aussi intenses. Quand c'est à mon tour, comme d'habitude, je prends cher.

— Tu crois que tu vas passer tes repos ailleurs que chez maman avant tes trente ans ? se moque Marc.

— C'est cool chez mes parents, je me fais dorloter.

— C'est surtout qu'il lui faudrait une femme à notre chef. Sûr qu'il voudra en profiter ailleurs qu'avec ses parents dans la chambre d'à côté, s'en mêle Thomas.

— Toi, je te rappelle que tu t'es fait larguer, alors regarde donc ton film, je rétorque en lui balançant un torchon, ce qui le fait se marrer encore plus.

En revanche, je suis tout à fait d'accord avec lui sur la chambre. Pour mon prochain retour en France, je sortirai de l'appartement uniquement pour faire le plein de bouffe. Julie restera attachée à mon lit.

— Ouais, mais ce n'est pas sur une frégate ou dans le désert qu'on va lui en trouver une, renchérit Marc.

Eh bien... si. Il faut vraiment que je lui en parle avant qu'il me colle la première femme qu'il croise dans les pattes.

Quand enfin nous partons nous coucher, à quelques pas de notre chambre, voilà qu'il s'immobilise dans l'allée, le nez en l'air.

— Tu avances ?

— Regarde, on a une super nuit étoilée. En plus, il y a des constellations qu'on ne voit pas depuis chez nous. J'ai bien envie de voir ça, tu m'accompagnes ?

— Non ! Tu viens te coucher. Maintenant !

Décontenancé par le ton employé, il m'observe en silence, puis secoue la tête avant de rentrer docilement.

Une fois dans notre chambre de fortune, je branche la climatisation bruyante et je n'attends même pas que Marc soit déshabillé pour attaquer.

— Léthé est là !

— Tu parles ! Ici, il est là toute l'année.

Sa réponse est tellement à côté de la plaque qu'il me faut quelques secondes pour réagir.

— Mais non, pas la saison. Je te parle de notre Léthé, celle de la frégate.

Stupéfait, il reste avec le pied en l'air, la chaussette à moitié ôtée.

— Comment ça : elle est là ? Tu l'as vue ?

— Oui et à ce sujet, je dois t'informer d'un truc important.

— Yes ! Moi qui la trouvais intéressante, si tu vois ce que je veux dire, je vais pouvoir tenter une approche, déclare-t-il avec un sérieux qui m'alarme.

— Tu oublies tout de suite.

— Ben quoi ? Le but est bien de la protéger, non ? Quoi de mieux que l'avoir sous moi pour ça ?

— OK. Nous sommes amis, alors je vais te filer un conseil. Quand je te dis d'oublier, je veux vraiment dire que tu dois le faire. Sans quoi, je te pète la gueule. Avant que tu la ramènes encore, inconscient que tu es, Léthé est à moi. Pas dans mes rêves comme toi, mais en vrai.

Au lieu de me croire sur parole, le voilà qui me toise, soupçonneux.

— Comment ça, en vrai ?

— On se dit bonjour en se galochant, c'est clair ?

— N'importe quoi ! Tu me fais marcher et c'est loupé. Trouve mieux, c'est carrément impossible. Tu es nul en drague et elle était fermée comme une huître. En plus, je m'en serais rendu compte.

Cette conversation va mal finir.

— Plus discret que nul, la preuve ! Marc, attention à toi, je suis on ne peut plus sérieux.

Décontenancé par mon visage fermé, il assimile quelques secondes avant de réagir.

— Mais... Tu m'as caché ça ?!

— Oui. Honnêtement, je ne pensais pas la revoir, alors à quoi bon ?

— Tu parles ! Tu voulais te la garder.

— Aussi, oui.

— En même temps, j'aurais fait pareil, grommelle-t-il.

Comme pour exprimer son fatalisme, il fait voler sa chaussette derrière lui.

— Donc, tu es casé. Hallucinant. Et c'est quoi la mission maintenant qu'on l'a retrouvée ?

— Sincèrement, aucune idée. À part si on voit des mecs s'en prendre à elle, rien.

— La logique voudrait qu'on finisse par nous confier son exfiltration puisque c'est un peu notre spécialité.

— Je pense au contraire que le commandant fera tout pour nous garder à proximité d'elle, de façon la plus discrète possible.

— On sert à quoi ? Vraiment, je ne pige pas.

— Moi non plus, mais on peut lui faire confiance, Léthé l'a confirmé. Au fait, ici, c'est Camille Lambert, un faux nom aussi. Mais sinon, elle s'appelle Julie.

Ah là, je crois que je l'ai perdu. Tant pis, je continue :

— Je ne sais pas à quelle unité elle est rattachée, il n'y a aucun écusson visible sur sa tenue, mais on le saura vite. Par contre, en présence des autres, on ne la connaît pas.

— Rien ne change si ce n'est que nous ne sommes plus responsables d'elle. Et sinon ? vous avez… fait connaissance en position allongée ? demande-t-il en remuant les sourcils.

Tiens ! Ça m'étonnait qu'il n'ait pas encore abordé le sujet. Je peux désormais me préparer à ce qu'il me charrie tous les jours parce que je ne peux pas lui mentir. Ni ne pas répondre. C'est Marc, il est aussi tenace que moi. En fait, inutile de dire un mot, mon temps de latence pour trouver les bons mots est une réponse en soi, alors il éclate de rire.

— Marc, la ferme, je bougonne en m'allongeant.

— Le grand Gaël, le maître commando marine qui vit une amourette d'ados. C'est trop pipou ! Je vais mourir de rire !

— Marc, ta gueule ou tu dors sous tes constellations de merde ! je le préviens en fermant mon duvet que je remonte sur ma tête.

— Allez, je me moque surtout parce que je suis jaloux.

Aussi sec, je ressors la tête pour le fusiller du regard. On ne va quand même pas se foutre sur la tronche, si ? Non, pas besoin, j'ai déjà gagné après tout, alors je ne commente pas.

— Sujet sensible, ça se comprend. En même temps, pas de bol de craquer sur une fille que tu ne croises que dans des lieux où les galipettes sont impossibles.

Je le frappe ? Il le fait exprès là, non ?

— Sérieux, je compatis, mec. Donc, il n'y a plus qu'à attendre de voir comment les choses tournent, finit-il en se couchant enfin.

— On va faire ça. Et virer les duvets aussi, même avec la clim, je crève, je conclus en ouvrant la fermeture éclair pour le rabattre sur le côté.

— On est un peu cons aussi. Demain, on va chercher des draps.

La nuit va être longue entre l'inconfort de la température et mes pensées vagabondes centrées sur Julie. Pourquoi ai-je la sensation que ce n'est que le début d'une période compliquée ? Sûrement parce que je suis déjà en plein dedans.

6

Visite informative.

A nouveau lieu, nouveaux rituels. Ici, on commence par se raser dehors devant un miroir qui n'est plus de première jeunesse, avant un déjeuner pris dans une ambiance de colonie de vacances.

Ensuite, le rapport sur la place d'armes, puis nous partons pour une heure de footing avant de se faire plomber par le soleil. Le circuit n'a rien de bucolique, nous sommes coincés sur une piste de quelques mètres de large entre les deux murs d'enceinte. En plus, il y a foule étant donné que les régiments présents font partie des plus aguerris. Pour finir, après un café, je me rends au centre opérationnel. Après un salut, le capitaine de permanence me transmet les informations tombées dans la nuit :

— Un commandant de Gao arrive aujourd'hui pour s'entretenir avec vous.

Une alarme interne retentit. Malgré tout, je conserve un air détaché.

— De quelle cellule ?

— Du COS.

Alarme éteinte, mais je reste soucieux quant aux raisons qui l'amènent ici. J'espère surtout qu'il ne va pas envoyer Julie sur un autre camp alors que je viens de remettre la main dessus. Quoique… je m'inquiète peut-être pour rien dans la mesure où il est réellement notre donneur d'ordre.

Cela ne m'empêche pas d'être un peu fébrile lorsque l'hélicoptère apparaît dans notre champ de vision deux heures plus tard. Marc est également, tendu, même s'il le camoufle mieux. Le commandant descend avec une sacoche à la main, je l'accueille par un salut auquel il répond. Je lui présente une nouvelle fois Marc en insistant bien sur le mot « adjoint » afin qu'il comprenne qu'il est désormais dans la confidence.

— Vous avez un autre endroit que le CO bondé pour notre réunion ? demande-t-il sans s'étendre.

Son attitude de supérieur hiérarchique hermétique confirme qu'il n'est pas question de laisser penser que nous nous sommes déjà rencontrés officieusement.

— Notre quartier, mais il y a notre équipe.

— Que la vôtre ?

— Oui, mon commandant.

— Parfait. Alors en route !

— Je pars devant ! s'exclame Marc.

Il détale tel un lévrier sur un champ de courses pour prévenir notre équipe. Le problème à résoudre rapidement vient du fait que nous sommes plus portés sur nos prouesses physiques que sur l'entretien de notre charmant logis. Autant notre matériel et nos armes sont briqués et alignés au cordeau, que pour le reste, nous sommes moins tatillons. Ce n'est pas un dépotoir, loin de là, mais selon les normes militaires en vigueur, c'est un peu le bordel quand même.

Nous effectuons le trajet jusqu'au quartier en échangeant des banalités sur l'actualité militaire et celle des forces spéciales, je le présente ensuite à mon équipe. Ils sont autour de la table sous un barnum impeccablement rangé, même pas un verre traînant dans l'évier. En revanche, ils ont les poches de pantalon étrangement gonflées. Je sais où ils viennent de planquer le linge qui séchait un peu partout. Partout, sauf sur le fil dehors, car nous avons désormais compris pourquoi les t-shirts de l'équipe d'Anton avaient si mauvaise allure. Si on les met dehors quand il y a un peu de vent, ils sont recouverts de poussière de sable qui s'incruste entre les fibres. Adieu blanc éclatant, bonjour le beige suspect. Pour les t-shirts, les dossiers de chaises sont bien pratiques, et pour les chaussettes, rien de mieux que les coincer entre la bâche et l'armature en fer pour qu'elles ne s'envolent pas.

Tout le monde s'installe, on fait tourner la cafetière et quand chacun à un mug plein devant lui, la réunion démarre. Les sujets abordés sont purement professionnels, le commandant nous donne un avant-goût des missions qui nous attendent. Je suis très attentif, mais je n'arrive pas à m'ôter de la tête qu'il a des informations à me confier parce qu'il n'était pas utile qu'il se déplace pour si peu. Je tente alors de trouver un prétexte afin de nous isoler après sa présentation, mais dans ce camp et de jour, c'est presque une mission impossible. Je ne vais pas lui proposer de m'accompagner aux chiottes tout de même !

Marc, le meilleur ami et adjoint du monde, dont le front soucieux depuis quelques minutes indique qu'il mène le même combat, trouve une idée avant moi :

— Votre hélico ne décolle pas avant trois heures. Sans vouloir vous manquer de respect, vous n'avez pas une bonne mine, mon commandant. Si vous le souhaitez, vous pouvez utiliser mon lit pour vous reposer en toute sécurité.

Loin d'être idiot, le but de la démarche ne lui échappe pas, il accepte volontiers. Une fois dans la tente, je l'invite à s'asseoir sur le lit de Marc et j'allume la climatisation. Le compresseur envahit alors l'espace d'un bruit de machine fatiguée.

— C'est bon, vous l'avez vue ?

— Oui. Elle se fait discrète sur le camp. Vous veniez pour elle ?

— Non, je suis ici dans le cadre de mes missions officielles. Je lui ai promis de tout mettre en œuvre pour assurer sa sécurité, ça passe par ne créer aucun contact direct. En revanche, ça me permet de vous faire un point sur mes recherches.

— Je trouve votre conception de la sécurité assez étrange. L'envoyer dans une des régions les plus dangereuses… mais je vous écoute.

Le temps nous est compté et en quelques minutes, il me relate l'histoire du fameux Lionel et des scènes qu'il a photographiées. D'habitude, je suis plutôt réactif comme gars, mais je dois quand même lui faire répéter deux fois le coup du commandant qui, à l'aise dans sa tenue, bute des types en pleine ville et se barre ni vu ni connu.

J'apprends donc que dès son retour au camp, en militaire consciencieux, le Lionel s'est empressé de se rendre à la cellule renseignements pour remettre les clichés.

— Vous êtes en train de me dire que par un manque de bol incroyable, l'officier de permanence était le commandant qu'il venait de photographier ?

— Exactement. Dès qu'il a pris connaissance de l'existence de témoins, il s'est arrangé pour les envoyer rapidement sur une mission, dont il n'était pas prévu qu'ils reviennent.

— Mais elle, elle n'y est pas allée car à l'infirmerie ?

— C'est ça, elle a été remplacée au pied levé par son binôme, qui est parti avec son sergent revenu entre-temps. Ensuite, ils sont tous les deux tués par nos balles.

Il me faut quelques secondes pour encaisser.

— Par lui ?

— Aucune idée. Le rapport conclut à un malheureux tir croisé et n'a pas pu en désigner l'auteur. Merveilleusement pratique. Les hommes de cette unité ne comprennent pas. Ils certifient que ça ne pouvait pas être l'un d'entre eux.

Ce ne sont pas des charlots qu'on envoie au combat, alors j'en déduis la même chose que lui : ils étaient visés par quelqu'un d'autre envoyé sur place.

— Et vous dans tout ça ? Comment en êtes-vous arrivé à la protéger ?

— Lorsqu'elle est venue au CO pour se renseigner, elle est tombée sur moi. Son récit m'a intrigué, j'ai voulu voir le dossier que son binôme avait déposé. J'ai fini par retrouver la pochette dans la poubelle d'un colonel qui n'était pas de service ce jour-là.

— Il est malin mais commet quand même des erreurs.

— Heureusement pour nous. Bien entendu, la pochette était vide et aucune trace des photos. Anormal, carrément hors procédure. Ça, la description qu'elle m'avait faite, plus la fiche de présence du personnel que j'ai consultée... une lumière rouge clignotait devant mes yeux. Par prudence, j'ai préféré la cacher le temps de comprendre. Je ne la sentais pas cette histoire. Quelques heures plus tard, est tombée l'info que ses collègues venaient d'être tués. Là, c'est carrément une corne de brume qui résonnait dans ma tête et je me suis empressé de l'éloigner. Je me suis dit que j'arriverais à lui rédiger un faux ordre de mission si je m'étais affolé pour rien.

— L'autre commandant n'était plus là quand elle est venue vous voir ?

— Certains drames se jouent à un rien, il venait de partir. À quelques minutes près, ils se croisaient.

— Je ne pensais pas ce genre de trahison possible, je commente en me frottant le visage, atterré.

— Raison pour laquelle ça nous mène plus haut, sinon, ça n'a aucun sens.

— Vous êtes remonté jusqu'où ?

— J'ai commencé par descendre : qui sont les deux hommes qu'il a tués ? Il faut faire les choses dans l'ordre.

On sent l'habitué. Je suis suspendu à ses lèvres.

— Après appel à la police locale, j'ai su qu'ils étaient employés par la société américaine Volanys. Vous connaissez, j'imagine ?

— Oui. Une société militaire privée composée d'anciens militaires d'unités d'élite du monde entier. Ça leur ouvre beaucoup de portes.

— Exact, et à qui nous n'avons pas grand-chose à reprocher. Qu'ils soient payés pour livrer des armes n'est pas anormal.

— Qu'on les descende ensuite pour ne pas laisser de trace, ça l'est beaucoup plus.

— Surtout que leur direction a connaissance de tous leurs contrats. Si le commandant les avait embauchés lui-même, ils seraient remontés jusqu'à lui et il aurait dû rendre des comptes.

— Donc, il faut trouver le donneur d'ordres. Il communique avec qui ?

— C'est par là que j'ai commencé. Aucun appel suspect de la base, logique, ce n'est pas un débutant. Mais j'ai réussi à le relier à un numéro de portable qui bornait par intermittence à proximité du camp, ce qui au passage m'a obligé à intégrer un de mes techniciens à l'affaire. Il ne sait rien concernant Mathieu, rassurez-vous.

— Qui est Mathieu ?

Il reste un instant surpris.

— Notre protégée, bien sûr.

— Julie ?

— Oui, c'est elle.

— Elle m'a pourtant dit se faire appeler Camille actuellement.

— Je… c'est exact, mais je suis resté sur son vrai nom, le caporal-chef Mathieu.

Ah ! Une info sur elle, mais que je n'ai pas intérêt à utiliser ici. Lui, je comprends qu'il ait du mal à suivre s'il lui change son nom à chaque déplacement. D'ailleurs, il balaye le sujet d'un geste de la main.

— Donc, c'est là que ça devient plus croustillant. Ses appels mènent en France. Accrochez-vous, c'est le portable du directeur de cabinet du ministre de l'Intérieur.

— Celui qui a été assassiné après ?

— Oui. Vu l'ampleur que ça prenait, j'ai prévenu Mathieu pendant son périple vers la Réunion et nous avons coupé tout contact direct.

Je comprends mieux pourquoi elle était bouleversée par sa mort sur la frégate. Au lieu d'entrevoir une fin, elle a senti un gouffre s'ouvrir sous ses pieds.

— Mais qui dirige, alors ?

— Je ne suis pas remonté plus haut pour le moment. La pelote est grosse et bien emmêlée, répond-il, un peu las.

— Il y a une façon d'obliger les loups à sortir du bois. Vous trouvez un moyen d'informer les mercenaires de l'identité du gars qui a buté leurs collègues.

— Plutôt radical, je ne donne pas cher de la peau du commandant.

— Il a fait abattre deux militaires qui n'avaient rien à se reprocher et cherche à en faire de même avec un autre. Il y a peu, ça valait un peloton d'exécution. S'il meurt, je m'en tape !

Et je le pense réellement. D'ailleurs, si on demande des volontaires pour le peloton, j'en suis.

— Je ne le pleurerais pas non plus, soyez-en assuré. Mais sa mort ne nous apprendrait rien de plus et je préfèrerais lui soutirer les renseignements qui me font défaut, et que la justice fasse son travail.

Moui. Pour le faire parler sous la torture, je suis également volontaire. Je lui ferais tout cracher avec grand plaisir. Je crois que je dissimule mal mes sentiments, car le commandant se met à rire en pointant son index vers moi.

— Nous n'irons pas jusque-là, je tiens à garder mes principes. Cela étant dit, il est fort possible qu'il ne soit qu'une petite main. Mais si on l'attrape, je vous missionne dessus. Promis !

— À votre service !

Cette incartade a le mérite de nous dérider un peu. Pas assez pour que je me sente libéré quant à la sécurité de Julie, parce que si j'en sais plus, je n'en sais pas suffisamment non plus. Il y a quand même un énorme point dans l'histoire que je ne pige pas, alors je le remets sur le tapis :

— Pour l'assassinat du Ministre, quel est le lien ?

— Je ne sais pas s'il était directement impliqué, mais comme je n'avançais pas, j'ai mis un coup de pression au commandant en déposant un dossier sur son bureau, il contenait l'identité des mercenaires tués. En le découvrant, il s'est décomposé, a glissé le dossier dans sa veste et est parti aussitôt en ville. Le dossier n'a jamais refait surface.

— Sûr que c'est louche, mais quelle est l'utilité de le piéger ? Vous saviez déjà qu'il était mouillé.

— Parce que je n'ai que le témoignage de Mathieu, je n'ai jamais pu mettre la main sur les photos de son binôme et par conséquent, rien de concret qui l'incrimine. Je ne peux pas aller le dénoncer, la bouche en cœur, avec mes soupçons pour seule preuve ! J'espérais une erreur de sa part, mais non. Il a juste à nouveau téléphoné au chef de cabinet, et je ne sais pas ce qu'ils se sont dit puisque nous traçons son téléphone sans qu'il soit sur écoute. Un coup d'épée dans l'eau qui m'a un peu plus miné le moral, jusqu'au rebondissement : le Ministre a été assassiné quatre jours plus tard.

— Louche aussi, d'accord, mais ça pourrait être une coïncidence cette fois-ci.

— Pas si on sait qu'un détachement de Volanys est arrivé en France deux jours avant l'assassinat et est reparti le lendemain.

— Même si je n'approuve pas toutes leurs activités, je sais que l'assassinat n'est pas leur genre. Ils ont une réputation d'hommes d'honneur et une certaine éthique. À ma connaissance, ils s'y sont toujours tenus.

— C'est vrai, ça ne leur ressemble pas. Pourtant, leur venue à Paris pile au moment des faits ne peut être un hasard. Moi, je pense qu'ils ont été engagés par quelqu'un d'important dans l'affaire, qui souhaitait se débarrasser d'un Ministre devenu gênant.

Trop d'infos trop vite, je crois que je n'étais pas prêt. Je vais lui réclamer un dessin si ça continue.

— Désolé, mais plus vous en dites et moins c'est clair.

— Bienvenue dans ma tête ! Je vais faire plus simple, laissons tomber tout ce petit monde et concentrons-nous sur les faits initiaux. Nous avons une trame floue qui se profile en assemblant certaines pièces : livraisons d'armes, argent et politique. Un savoureux mélange déjà bien souvent vu, n'est-ce pas ?

— Là, je vous suis.

— Ce n'est pas la ménagère de moins de cinquante ans qui se lance dans le trafic d'armes pour arrondir ses fins de mois. Ceux qui organisent et donnent les ordres ont des appuis solides, ils sont d'un haut niveau.

— Mais justement, bien trop haut pour des types comme nous. Et sans vouloir vous vexer, il n'y a rien de clairement relié. Un sale truc se passe, oui, mais qui et quoi ? On n'en sait rien du tout.

— Tout à fait mais j'y travaille. Quand j'aurai compris et rassemblé des preuves suffisantes, il faudra transmettre le dossier aux bonnes personnes, assez solides pour faire éclater l'affaire.

— En gros, notre protégée n'est pas près de retrouver sa vie d'avant, je conclus en soufflant de dépit.

— Non, mais je lui ai promis d'y parvenir, même si c'est sous une nouvelle identité.

Vient le moment de le reconduire à l'hélicoptère. C'est un type droit, il se démène pour que justice soit faite. Mais plus que la fatigue, je sais désormais que ses traits creusés ont pour origine le poids de cette colossale affaire. Ce qui m'inquiète, ce n'est pas qu'il faillisse, mais plutôt qu'il se fasse repérer et éliminer, lui aussi. Sa mort sonnerait la fin de tout. D'autres personnes ont beau être au courant, aucune n'a les ressources nécessaires pour obtenir des informations si sensibles. Il a intérêt à surveiller ses arrières, et surtout à rester en vie, sinon, Julie ne s'en sortira jamais.

Aussi, c'est son deuxième déploiement ici puisqu'il a bien fallu qu'il rentre chez lui entre temps, alors si cette affaire dure trop longtemps, il pourrait ne plus être sur place pour veiller sur Julie.

Après son décollage, retour dans la tente avec Marc pour lui répéter tout ce que je viens d'apprendre. Il se décompose au fur et à mesure des révélations. Sûr que j'avais la même tête d'ahuri face au commandant. À la fin, il se frotte la tête.

— Ne m'en veux pas, mais c'est tellement énorme que j'ai du mal à y croire.

— Idem ! J'ai suivi jusqu'à l'officier tueur, mais après, il m'a perdu en route. Trop gros. Je reste perplexe.

— Ouais, pareil.

Ce qui me turlupine pour l'instant, c'est la fonction de Julie. Si son binôme faisait du renseignement, alors elle aussi. Appelez-moi Sherlock. Ici, dans un souci de discrétion, j'imagine qu'elle est rattachée au QG pour les tâches logistiques afin de la noyer dans le personnel qui s'affaire partout sur le camp, toujours une clef ou un tournevis à la main pour réparer de la plomberie, des climatiseurs, des groupes électrogènes…

Inévitablement, je la cherche du regard à chacun de mes déplacements, mais aucune trace. Ou plutôt, je suis persuadée qu'elle se dissimule bien sous sa tenue. Et sa stature ne m'aide pas à la repérer au milieu des hommes, ici, une frêle silhouette se détacherait plus.

C'est frustré que je rejoins le PC pour utiliser les lignes mises à notre disposition. Nous avons droit à quelques appels vidéo et je ne m'en prive jamais, alors je profite du calme dans notre planning pour prendre des nouvelles de ma famille. Le visage de ma sœur apparaît sur l'écran. Plus âgée que moi, mais définitivement préservée grâce à son air espiègle et son carré brun de fille sage, qu'elle n'est pas.

— Salut toi ! Tu es rentré ? demande-t-elle aussitôt.

— Non. Tu trouves que le décor ressemble à mon appart ?

— Un peu, sauf qu'on dirait que tu as fait le ménage. Tu es sur le retour ?

— Mais non enfin, je viens d'arriver au Mali.

— Alors c'est quoi ce sourire débile qui déforme ton visage ?

— C'est à cause de ta tête en gros plan, ça m'a toujours fait marrer. Je t'ai déjà dit que tes narines sont énormes ?

— Pas tant que ça en comparaison de ta connerie. Arrête de m'embrouiller et dis-moi ce qui te rend gai. Tu as buté plein de méchants, joué à la guéguerre avec tes potes et tu es content de toi ?

Ma sœur a toujours été fière de me voir porter le béret vert, mais beaucoup moins ravie des missions qui vont avec.

— N'importe quoi. Ce qui me rend heureux est beaucoup plus simple : je suis amoureux.

Ah zut, ça beugue. C'est l'écran qui se fige ou bien ma sœur ? Ça doit être elle puisque sa mâchoire vient de tomber sur son bureau.

— Il a dit quoi, tonton ?! hurle une voix stridente derrière elle.

Misère ! Si ma nièce s'en mêle, je vais couper la communication très vite.

— Tonton a pécho, répond ma sœur en se bidonnant.

— T'auras mis le temps ! s'amuse la merdeuse dont la tête apparaît.

— Je ne suis pas un cœur d'artichaut comme toi. Je suis prêt à parier que le boutonneux avec lequel tu m'as gonflé pendant toutes les vacances est déjà enterré pour un autre.

— Il avait moins de boutons que tu n'as de cicatrices. Sinon, oui, je suis sur un nouveau coup, pouffe-t-elle.

— Tu as seize ans ! Il faudrait peut-être te concentrer sur plus important que les mecs, je la sermonne en sachant qu'elle se contrefiche de mon avis.

— Oui, tonton. Mais sois rassuré, je ne fais ça qu'en dehors des cours.

— Pour sa défense, elle est effectivement sérieuse et travaille très bien. Maintenant, repassons au sujet du jour : mon petit frère qui se découvre enfin un cœur. Et pire, que ce petit organe fragile palpite pour une femme. Je suis tout émue.

— C'est bon ? Tu as fini ?

— Non, je commence. J'attends ce jour depuis si longtemps, laisse-moi me régaler. Au fait, je m'avance peut-être. C'est bien pour une femme que tu vibres ? Tu me parles tellement de ton Marc, que le doute m'habite.

— Solenn...

— Non ! Ne coupe pas ! Quelle tête de cochon quand tu t'y mets. OK, sérieux. Raconte-moi.

Depuis la fois où je lui ai raccroché au nez sans pouvoir la recontacter avant un mois, ce que je ne savais pas à ce moment-là, elle n'insiste jamais. C'est même devenu pratique pour la calmer illico.

— Elle est parfaite. C'est moi en fille avec plus de cheveux, je ne pouvais que craquer.

— Tu veux dire qu'elle n'a pas d'humour non plus ? intervient ma nièce.

— Chut ! Pour une fois qu'il s'épanche, ne ruine pas tout.

— Attends ? Il est vraiment sérieux ?

— Oh ! C'est fini les commères ?!

— Désolées. On t'écoute, soufflent-elles, honteuses.

— Bien ! Pour conclure, ne me gonflez pas pour savoir quand vous la rencontrerez, c'est compliqué. D'ailleurs, prévenez les parents aussi.

— C'est tout ? Tu ne nous en dis pas plus ? gronde Solenn.

— Tu n'as pas besoin d'en savoir plus. Donc, oui, c'est tout. Et c'est l'heure de couper. Embrasse les parents pour moi. Et même si vous êtes des chieuses, bisous aussi.

7

Tir en plein cœur.

A force de scruter tous les visages croisés et les silhouettes alignées pendant le rapport du matin, j'ai enfin repéré Julie. Pourtant bien dissimulée derrière son cache-cou, son chapeau enfoncé sur la tête et un treillis volontairement trop grand pour effacer toutes ses formes. Un gilet tactique par-dessus et adieu la poitrine. Comme je m'en doutais, elle est intégrée à l'équipe logistique du camp. Elle doit certainement accomplir le même type de tâches que sur la frégate.

Depuis, je la caresse du regard chaque matin, m'aidant à patienter jusqu'au soir où je la serre contre moi dans un recoin des ateliers. Nous n'avons qu'une heure par jour, que nous employons à nous embrasser, faute de mieux par manque d'intimité.

Mais pour ce cinquième rendez-vous nocturne, je fais face à un lapin — ici, j'ai le droit de le dire —, celui qu'elle m'a posé. Après des allers-retours sur dix mètres, je tourne les talons et réintègre mon quartier quelques minutes avant le couvre-feu.

Le lendemain, rebelote et elle n'était pas non plus au rapport du matin. Cette fois-ci, j'entre dans ma tente en râlant et jette mon gilet tactique sur le lit.

— Après moi et ton arme, ce gilet est ton meilleur pote ici, il mérite plus de considération, se moque Marc.

Je ne l'avais même pas vu, assis par terre en train de lire. Je me plante devant lui.

— Elle est passée où, bon sang ?!

— Elle en a eu marre de se faire bécoter contre une pile de pneus puants ?

Au cas où il n'aurait pas compris que je ne suis pas d'humeur pour ses blagues puériles, je le toise d'un air menaçant. Il siffle et retrouve son sérieux :

— OK. Sujet sensible, j'arrête. Elle est en mission ?

— Mission de quoi ? Balayage urgent de la place d'armes ? Nettoyage impromptu des vitres qui n'existent pas ici ?

— Un truc comme ça, n'importe quelle corvée et ça ne manque pas dans le camp.

Je grommelle. Oui, elle doit sans doute être réquisitionnée quelque part.

C'est le même cirque trois jours de suite. Ce matin, je quitte la place d'armes après la levée des couleurs, frustré, certes, mais surtout soucieux.

— Elle a disparu. Bravo les protecteurs !

— Si on n'a toujours pas de nouvelles demain, on trouve un moyen de contacter… machin, déclare Marc qui est désormais aussi inquiet que moi.

Dans l'impossibilité de la rechercher pour l'instant, puisque le travail continue malgré tout, nous allons au CO. Nous écoutons avec attention l'officier de permanence :

— Les renseignements annoncent des mouvements de groupes armés en direction de Kidal. Nous passons en alerte et doublons les gardes à partir de ce soir. Les tireurs d'élite des légionnaires seront postés en hauteur. En bonus, nous aurons Émile qui rentre aujourd'hui de sa mission dans le nord. Il passera la nuit sur un toit avec son binôme.

Ensuite, il nous détaille le plan des positions et les rondes de chaque unité. Le commandement prend la menace d'une action contre le camp très au sérieux, nous annonçant qu'elles ont été nombreuses et parfois mortelles. Dernièrement, une pluie de roquettes est tombée sur celui des forces de l'ONU qui jouxte le nôtre. De quoi les stresser un peu, effectivement. Puisque tout le monde est réquisitionné, nous faisons partie du dispositif et assurerons la surveillance de l'enceinte nord.

Nous passons la journée à organiser nos prochaines nuits, les tours de garde et la sécurité en prévision d'une attaque. En fin d'après-midi, les gilets tactiques munis de leurs plaques balistiques sont pendus à une corde tirée sous le barnum[13], prêts à être enfilés. Les fusils sont alignés avec les casques à côté. Nous sommes parés.

Ou presque, car c'est mon jour de peine : je me coltine la préparation du repas sous les rires de toute

---

[13] Les soldats sont désormais dotés d'un gilet de combat modulable (le SMB : structure modulaire balistique). Plus confortable qu'un gilet pare-balle classique, il permet d'y accrocher le matériel (radio, munitions, trousses...) et il est pourvu d'emplacements pour insérer des plaques balistiques en protection.

l'équipe. Ils n'en reviennent pas que je sois aussi maladroit et empoté avec des casseroles. Chez moi, quand je veux cuisiner un truc, c'est du congelé ou juste à réchauffer. Quand je veux bien manger, je vais au restaurant. Après tout, c'est bien fait pour ça, non ?

Là, je viens d'éclater un œuf dans un récipient, normal pour ce que j'ai l'intention de faire, mais mon geste provoque un tollé.

— Gaël ! Pas comme ça !

— Mais non ! Tu n'as pas pu faire ça !

— Vous devriez moins me gonfler si vous espérez bouffer, je les rembarre.

— Mais sérieusement ? Tu ne sais même pas préparer une omelette ? s'étonne Marc qui vient mettre son nez au-dessus de la mixture que j'agite à la fourchette.

— Tu es con ou débile ? Je remue quoi, là ?

— Tu as compris le concept des œufs qu'on mélange, tu gagnes un bon point. Mais pour les morceaux de coquilles qui flottent, je t'en enlève au moins dix. Tu veux tuer quelqu'un ou quoi ?

— S'il suffit d'un bout de calcaire chié par une poule pour tuer mes hommes, alors j'aime autant m'en débarrasser de suite. Avis aux chochottes, vous pourrez être rapatriés demain ! je les menace en pointant une fourchette dégoulinante de jaune.

— Ça ira. On aura juste mal au cul à la sortie, marmonne Olivier, l'infirmier qui pense toujours aux soins de la troupe.

— Je propose un vote. À compter de demain, notre chef vénéré sera de corvée de popote uniquement quand le menu du jour consistera à jeter le contenu d'un sac congelé dans une poêle. Qui vote pour ? clame Marc.

— Moi ! beuglons-nous en chœur, moi plus fort que les autres.

Le repas ne se passe pas trop mal en dehors des craquements sous les dents et des sarcasmes. Après une deuxième tournée de café, les premiers s'équipent pour prendre leur garde, ceux qui les relèveront vont se reposer. Marc et moi enfilons également tout notre barda, puis sortons pour effectuer la première ronde. J'attrape la branche du casque audio et place le micro devant ma bouche[14], puis je baisse les JVN[15] devant mes yeux et je mets le tout en route.

Si les allées du camp sont désertées, le haut des enceintes l'est beaucoup moins. Les tours de guet ont fait le plein, et jumelles comme fusils sont braqués sur l'extérieur. Malgré la menace, ou surtout à cause d'elle, le calme règne. Seul le bruit de nos pas et le frottement de notre barda sont audibles. Chacun reste focalisé sur sa mission, aussi simple soit-elle, la

---

[14] Le système de communications tactiques (Peltor ComTac) fait également office de protection auditive. Il se règle et filtre électroniquement, permettant d'entendre les sons environnants tout en modulant les bruits impulsionnels.

[15] Les JVN (jumelles à vision nocturne) ne grossissent pas contrairement à leur dénomination. C'est un amplificateur de lumière (modèle O-NYX fabriqué par Thales pour l'armée conventionnelle, et les Bonie HP pour les forces spéciales).

nôtre consistant à marcher sur un périmètre et écouter ce qui se passe autour.

Entre chaque ronde, nous prenons un peu de repos, buvons un café et repartons en même temps que la relève, toutes les deux heures. Pour l'instant, le calme règne et on en vient à regretter qu'il n'y ait pas quelques grenouilles ou cigales dans les environs, pour remplir un peu l'espace sonore qui revêt un côté lugubre. Mais au milieu de la nuit, alors que j'avance lentement dans une allée, Marc faisant de même dans celle parallèle, une lumière s'allume. Pas un spot qui éclairerait le sable sous mes pieds, non. Je parle d'un flash dans ma tête, une révélation. Mais bien sûr, ça expliquerait tout !

Tout excité, je me précipite vers un objectif pour vérifier cette idée complètement folle, qu'il m'était impossible d'envisager il y a encore une minute. D'ailleurs… je ralentis car ça me paraît impossible. Puis j'accélère à nouveau parce qu'à cet instant, je le sens, c'est ça !

Au pied d'un bâtiment, celui sur lequel est censé se trouver le fameux Émile, je signale ma présence en annonçant mon grade et ma fonction. Tout le monde est un peu tendu cette nuit et je ne suis pas chaud pour me prendre une balle. Une voix d'homme me répond « reçu ». Maintenant, il faut que j'aille voir à qui j'ai affaire et confirmer mes soupçons. Je commence par couper mes JVN que je remonte, puis je saute pour m'agripper au rebord du toit en terrasse et reste en maintien sur les coudes, les jambes dans le vide.

J'embrasse du regard l'étendue plate. Il fait sombre, logique, mais assez clair pour voir que je me retrouve nez à nez avec le canon d'un PGM posé sur ses pieds, avec son propriétaire allongé derrière. Juste à côté du tireur d'élite, son spotter qui inspecte les alentours avec ses jumelles. Étonné par mon intrusion, il les délaisse le temps de me détailler. Je ne l'intéresse pas, alors il reprend sa surveillance.

Moi, je me focalise sur Émile. À plat ventre, jambes écartées, en position de tir, le casque sur la tête et le cache-cou remonté sur son nez. Sans un mot, il le baisse sous son menton et me sourit. Mon cœur s'emballe. Je suis quand même un peu surpris, mais pas seulement. Purée que je suis impressionné !

Je me penche en avant en lui faisant signe du doigt de s'approcher de moi. Obéissant, Émile rampe jusqu'à moi. Quand son visage est à quelques centimètres du mien, je donne une impulsion sur mes bras et je l'embrasse. Encore une fois, sans douceur mais avec fougue.

— C'est qui ? demande le spotter sans quitter ses jumelles.

— Je crois que c'est mon homme, répond Julie, amusée.

— Tu crois ? J'espère que ce n'est pas à cause d'un problème de vue, ce serait bêta avec ton job.

— Elle en est sûre, j'interviens en la fixant droit dans les yeux.

— Oui, sûre, souffle-t-elle.

— Alors enchanté, homme d'Émile. Un commando marine avec un tireur d'élite… ça va faire de sacrés gosses à vous deux. Vous allez repeupler les forces spéciales.

— On n'en est pas là, répondons-nous aussi sec, avec une petite note de frayeur des deux côtés.

Pour deux soldats d'élite comme nous, avoir un enfant n'est déjà pas aisé en temps normal, mais si en plus ils forment un couple, ça complique sacrément les choses. L'un des deux doit cesser ses missions pour une affectation plus en adéquation avec la vie de famille. Sans me tromper, je peux avancer qu'aucun de nous n'est prêt à faire ce sacrifice. Pour ma part, je ne le ferais pas, donc il ne me viendrait pas à l'esprit de le lui demander. C'est elle que je veux dans ma vie, mais certainement pas pour détruire la sienne dans le but d'avoir un enfant. Mais nous avons bien le temps d'en parler, d'autant qu'une simple blessure peut tout remettre en cause dans notre carrière.

Sans interrompre sa surveillance, le spotter continue de discuter en s'adressant à Julie :

— Même ça, tu ne me l'as pas dit, tssss.

— C'était une surprise, je viens d'arriver, j'interviens avec déjà l'instinct de défendre ma femme.

D'ailleurs, Julie lève un sourcil étonné, mais secoue finalement la tête en souriant. Elle va me recadrer dès que nous serons seuls et je pense que ce type de conversation deviendra vite une habitude. Je suis du genre protecteur, et elle, du genre à ne pas avoir besoin de mon aide. En dehors de son problème actuel, évidemment. Comme nous avons tous les deux un tempérament affirmé… ça promet de bons moments.

— Bravo. Tu m'as trouvée, mais tu as mis plus d'une semaine quand même.

— Non mais tu as vu comment tu te caches ? Un tireur d'élite ! Je n'en reviens pas !

— Nous comptons sur votre silence, reprend l'indiscret.

Il va falloir que je me penche sur son cas, car ce mec passe son temps couché à côté de ma nana. Ce n'est pas de lui dont je suis jaloux, juste des heures qu'il a le droit de passer auprès d'elle, quand je dois me contenter d'une seule lorsqu'elle le peut. En attendant, il y a un détail qui me tracasse : est-il dans la confidence ? J'interroge Julie du regard, elle secoue négativement la tête. Il est donc juste de la même unité. D'ailleurs, je ne m'en remets toujours pas.

— Tu es… tu me tues, je souffle avant de l'embrasser.

— D'ailleurs, en parlant de job… Ce n'est pas que vous déconcentrez mon tireur, mais un peu quand même. Vous n'avez pas des rondes à assurer ?

Lui, il prend beaucoup de place. Surtout, il m'agace à avoir raison.

— Je vous laisse, j'ai mes gars à surveiller, je rétorque pour garder contenance.

J'attrape Julie par le col pour l'amener à moi et je l'embrasse à pleine bouche. Je la relâche, imprime son regard voilé dans ma mémoire, puis je saute à terre. En rejoignant le barnum, je me répète en boucle : elle est tireur d'élite longue distance ! Ils en feraient une tête les deux coqs qui essayaient de l'épater sur la frégate. Ils se la pétaient alors qu'elle est peut-être meilleure qu'eux ! Quand je vais dire ça à Marc, il ne va jamais me croire.

Dix minutes plus tard, nous sommes tous les deux dans notre chambre et je viens de lancer la bombe.

— Toi, tu arrêtes de bouffer des coquilles d'œuf. C'est plein de salmonelles et ça te fait délirer. Une fille tireur d'élite... Mais la blague ! Déjà que tireur de précision... j'ai de gros doutes, alors d'élite, même pas en rêve tellement c'est physique. Tu connais les épreuves[16] pour le brevet.

— Tu as raison, j'ai dû rêver. Viens, on va faire notre ronde, ça me remettra les idées en place.

Je le pratique depuis assez longtemps pour savoir que la discussion ne sert à rien, aussi interminable soit-elle. Rien de plus efficace qu'un face-à-face pour lui faire fermer sa bouche.

— Qu'est-ce qu'on fout là ? demande-t-il quand je m'arrête devant le bâtiment.

— Grimpe ! Quelqu'un en haut à un message pour toi, je réponds avec un air mystérieux en pointant le bord du toit.

---

[16] Dans l'armée, le personnel féminin bénéficie d'un barème adapté pour les épreuves physiques, donc plus facile que pour les hommes ; sauf pour certaines fonctions de haut niveau où le sexe n'importe pas et pour lesquelles les militaires doivent tous atteindre le même niveau (comme chez les commandos marines et les tireurs d'élite longue distance). À ce jour, aucune femme n'a réussi les sélections d'entrée au stage de commando marine, et une seule a réussi celui de tireur d'élite dans l'armée de terre.

D'un naturel curieux, et surtout confiant envers son chef et ami, il se hisse comme moi un peu plus tôt. Il est fort dommage que je ne puisse voir sa tête, mais les paroles échangées suffisent à mon bonheur. Il est bon pour que je le charrie pendant des années.

— Nan ! C'est juste pas possible !

— Bonsoir à vous, répond Julie en riant.

— Bon, ça va aller ? C'est pas la foire aux génisses ! On bosse, bordel !

Il n'est pas commode son spotter. Il va me plaire, j'aime les gars à fort caractère.

— C'est vous le tireur ? le questionne Marc.

Il ne veut toujours pas y croire et au fond de lui, je le sais, il espère que le spotter réponde par l'affirmative.

— Non, moi je suis le barman, et elle, la danseuse de bar. Qu'est-ce que je vous sers, monsieur ?

— Vous, je vous appréciais bien sur l'eau, le rembarre Julie, mais sur terre, je vous trouve assez désobligeant.

— Ouais mais faut me comprendre. Vous êtes une…

— Arrêtez tout de suite ou je vous pousse du mur.

— Vous ne pouvez pas, je suis plus gradé que vous.

— Et moi, plus armée.

Incapable de me contenir, je pars dans un fou rire, en essayant de faire le moins de bruit possible.

— Est-ce qu'on pourrait se reconcentrer sur les motifs de cette veille nocturne ? Comme les risques d'une attaque, vous voyez ? tente le spotter.

— Ouais. Bonne nuit. On fera connaissance autour d'un verre, marmonne Marc avant de se laisser tomber au sol.

Il me fusille du regard parce que je n'arrive pas à retrouver mon sérieux, puis sans un mot, il repart vers notre quartier. Adieu démarche souple, il est tout raide. Vexé.

Une fois dans notre chambre, il jette son équipement avant de s'asseoir lourdement sur son lit, puis brandit son index en me menaçant :

— Ne me dis surtout pas que tu me l'avais dit. Je te préviens !

— Pourtant…

— Arrête de te marrer comme ça ! Comment aurais-je pu te croire ? Une fille ! Et c'est Émile en plus !

— L'identité des tireurs est classée. Nous ne le savions donc pas, mais il est maintenant évident que des femmes ont réussi la formation dans l'armée de terre. En tout cas, au moins une.

— Tu ne dois plus te sentir. Je vous présente ma copine, elle est tireur d'élite, débite-t-il en prenant une voix de coq.

— La classe, je sais.

— Entre nous, il y a de quoi. Tu vas en moucher plus d'un, même chez nous. Je me marre rien qu'en imaginant la tronche des gars.

— Je te rappelle que tu n'étais pas moins fier quand tu sortais avec ta pilote d'hélico.

— Ouais, ça en jetait bien, jusqu'à ce qu'elle me largue, ronchonne-t-il.

— Avec Léthé, je ne partais pas gagnant. Je cherchais encore comment j'allais la présenter à ma famille. Papa, maman, c'est une fugitive qui a un contrat sur la tête, mais ne vous inquiétez pas, on gère.

— La belle-fille dont ils ont sûrement toujours rêvé, réplique-t-il en riant. Heureusement, ça passera mieux maintenant.

— J'ai hâte de vivre ce moment, mais surtout parce que ça voudra dire que les ennuis sont derrière nous.

Nous nous allongeons avant la prochaine ronde et quand je ferme les yeux, je l'entends encore une fois marmonner :

— Tireur… Et nous, on lui faisait passer la serpillière. La honte !

8

Sortir l'artillerie.

Nous avons beau être habitués aux repos fractionnés, notre consommation de café augmente considérablement depuis quatre jours. Il y a bien des mouvements suspects dans la région, mais aucune action à déplorer pour le moment. Les nuits de garde s'enchaînent et toujours avec le même rituel en ce qui me concerne : aller voler un baiser à Julie lors de mes rondes. Son spotter souffle d'exaspération à chaque fois, mais nous avons pu taper la causette quelques fois en journée, et je crois qu'il m'apprécie malgré tout. Il en a juste marre que je vienne galocher son tireur, ce sont ses mots.

Nous sommes assoupis depuis quelques minutes, quand une forte détonation me fait bondir. Nous nous éjectons de nos lits.

— Bordel ! Ils attaquent le camp !

Nous nous jetons immédiatement sur nos équipements et retrouvons le groupe en vitesse.

— Branchez les radios et passez en vision nocturne. Un binôme qui garde ici et les autres, vous me suivez en formation. Et éteignez la lumière du barnum !

Une fois dans l'allée, nous progressons en rasant les murs vers la zone qui nous est affectée. Nous croisons des équipes de légionnaires qui en font autant en sens inverse. Je hèle leur chef pour qu'il m'en apprenne plus.

— C'est une voiture piégée qui est passée en force dans le couloir sud. La guérite a eu le temps de descendre le chauffeur avant qu'il n'atteigne l'entrée. Peu de dégâts et pas de blessé chez nous.

Ils se dirigent au pas de course sur la zone pour la sécuriser, nous atteignons celle qui nous est confiée en quelques minutes. Par binômes, nous nous postons rapidement en hauteur, certains sur des camions ou d'autres sur les toits, choix retenu pour Marc et moi. Ainsi, nous avons un visuel complet sur les collines et sur le long couloir fait de chicanes, justement contre les attentats au véhicule piégé. S'il y a une relative agitation à l'intérieur du camp, bien que chacun reste serein, il n'y a aucun mouvement à l'extérieur. C'est très calme. Trop ?

Par radio, j'annonce notre mise en place. Le commandement confirme un seul attentat, mais ordonne le maintien des positions jusqu'à nouvel ordre. Marc assure la surveillance grâce à ses jumelles, moi, je balaye le paysage avec la lunette de mon fusil. Les renfoncements rocheux permettent aux terroristes de se dissimuler, mais nous pourrons les voir s'ils se mettent à découvert.

Les minutes passent dans un silence pesant, juste quelques sons étouffés de sentinelles qui se déplacent discrètement. L'agitation est concentrée au sud, lieu de l'explosion, ce qui me laisse penser qu'en cas de deuxième tentative, elle serait pour nous. Nous sommes prêts à accueillir le chauffeur qui s'y risquerait, il n'a aucune chance d'atteindre l'entrée. Mais les actes isolés sont monnaie courante, alors autant il ne se passera plus rien. Pour appuyer cette idée, le commandement qui nous communique les informations au fur et à mesure, nous apprend que le ballon de surveillance vient d'être renvoyé en l'air et ne détecte rien pour l'instant.

Tout en restant vigilants, nous relâchons un peu la tension.

— Ce n'est pas si mal de dormir à la presque fraîche, chuchote Marc. Regarde, on voit Cassiopée.

— Tu veux qu'on s'installe là pour de bon ?

— Faut voir, ça pou...

Un sifflement nous alerte, nous tournons vivement la tête dans sa direction, avant de bondir sur nos pieds et sauter du toit en hurlant dans la radio :

— Tir de roquette ! Tous à couvert ! Attaque par le nord-est !

Nous finissons à peine de rouler sous un blindé quand ça explose derrière la ceinture du camp. Trop court, mais on peut compter sur eux pour rectifier la hausse au prochain tir.

Nous partons à toute vitesse vers une guérite, abri sûr qui nous permettra de trouver celui qui nous vise. Pendant notre course, une détonation sourde retentit en provenance d'un toit. Les tireurs ont reçu l'autorisation d'engager le tir. Pendant que nous continuons à détaler, une seconde détonation, puis une troisième dans la foulée. Nous bondissons dans le cube de sacs de sable et nous mettons aussitôt en position devant l'étroite ouverture horizontale. Nous n'entendons plus que nos respirations dans cet espace confiné. Le calme est de retour, soudainement rompu par la radio :

— Lance-roquettes neutralisé.

Le reste du message annonce les coordonnées exactes, puis confirmation de la réception par le commandement.

— Hé ben mon vieux. T'as pas intérêt à oublier son anniversaire. Tu ne courras jamais assez vite pour lui échapper. Ça fait quel effet d'avoir une femme pareille ?

— Je me disais justement que j'avais du mal à analyser. C'est puissant mais indéfinissable. Le mot « fierté » me paraît trop réducteur.

— Tu m'étonnes. La tronche de ta sœur quand tu vas les présenter. Dommage que je loupe ça.

— Je t'ai déjà invité à passer les vacances avec moi, ça te décidera peut-être.

— Pour le coup, je crois que je vais accepter.

Notre conversation prend fin quand nous repérons dans nos jumelles des mouvements dans les collines. Des hommes qui courent, penchés et armés. Nous informons le CO, mais ne pouvons pas engager, ils sont trop loin pour nous. Il ne faut pas longtemps après notre message pour qu'une nouvelle détonation retentisse, aussitôt suivie par une autre situé plus à notre gauche.

— C'est la fête au village pour les tireurs, s'amuse Marc. On va être en rade de peluches !

— Encore un de moins en face. Au rythme où ça va, ils vont vite remballer.

— Surtout avec les artilleurs qui arrivent. Attention, ça va secouer.

À une vingtaine de mètres, six hommes déplacent le mortier de 120 mm[17] sur ses deux roues. Il a une portée de treize kilomètres, alors ça va cracher dans les prochaines minutes pour vider la zone d'en face. Par sécurité, je vérifie que mes écouteurs enveloppent bien mes oreilles, pendant que le CO prévient des tirs imminents. Nous suivons le ballet des artilleurs. Deux soldats font pivoter l'ensemble dans la direction indiquée, puis le règle sur une position. Le chargeur s'empare de l'obus puis l'insère par le haut du canon et le maintient engagé à mi-hauteur. Le gradé donne l'ordre, le militaire lâche l'obus, puis bondit sur le côté. Tous s'accroupissent dos au mortier et tête baissée. L'un d'eux tient dans son poing la poignée du câble de mise à feu qui passe sur son épaule.

— Feu !

L'artilleur se penche en avant. Boum ! On ressent nettement l'air se contracter puis se dilater dans la seconde qui suit. La déflagration illumine la zone en projetant l'obus au loin dans un nuage de fumée et de poussière. Les artilleurs se relèvent aussitôt et

[17] MO 120 mm RTF1 : mortier rayé tracté de 120 millimètres modèle F1. Il est manuel et s'attelle à un véhicule pour les déplacements.

recommencent. Et boum ! Le sol tremble. En face, ils prennent une deuxième charge dans les dents. Puis une autre.

Une fois la colline arrosée, plus rien ne bouge en face en dehors de quelques poussières encore en suspension. Les attaquants ont certainement fui au premier coup. Le calme revient sur le camp, plus aucun tir de notre part, mais nous restons en position jusqu'à l'aube par précaution.

Julie sait que la fin de sa garde a sonné lorsqu'elle fait face à deux têtes qui dépassent du toit sur lequel elle est positionnée. Nous lui sourions, un peu bêtement, toujours épatés. D'un geste rapide, elle se découvre le visage pour nous accueillir.

— Salut les beaux gosses.

— Tiens ! Je m'étonnais de ne pas vous avoir vus débarquer aujourd'hui. Ça va ? Pas eu trop peur ? se moque son spotter.

— Mais arrête un peu ! le rembarre Marc. Tu apprécies qu'on vienne parce que tu en as marre de passer h24 allongé…

Il prend un air de conspirateur pour chuchoter la suite :

— À côté d'une gonzesse que tu ne peux pas toucher sous peine de terribles et violentes représailles de la part du molosse juste à ma droite. Même que la fraternité étant ce qu'elle est dans nos rangs, je lui filerais un coup de main.

— Tu n'arrêtes jamais de dire des conneries ? Je suis marié et deux fois père. Et très heureux.

— Marc, évite les allusions, y compris en plaisantant, le reprend gentiment Julie.

Sur le camp, nous sommes les seuls à savoir qui est réellement Émile et son camouflage en homme fait partie du secret. Marc lui promet de se tenir sage, moi, je ne m'intéresse pas une seconde à leur chamaillerie, je fixe le tireur que je rêve de plus en plus de mettre dans mon lit. Il me tarde !

Nous les laissons parce qu'ils plient aussi, et comme il fait déjà jour, je ne peux malheureusement pas lui voler un baiser.

Sur le trajet pour rejoindre notre quartier, nous croisons les unités qui quittent le camp en véhicules blindés pour une virée dans la ville. Ils sont plutôt tendus, logique après cette nuit. Ils vont justement se montrer aux habitants, histoire d'affirmer notre position face aux terroristes et glaner des informations auprès de la population. Ils en obtiendront et à mon avis, une sortie sera programmée prochainement pour nous. Pas pour un ramassage scolaire, mais un ramassage quand même.

9

Vie de camp.

En pleine mer, dans la fraîcheur de l'air iodé et la douceur des embruns, un roulis langoureux me berce agréablement. Étendu sur le ventre, le dos offert à la brise qui me caresse, le ronronnement des moteurs chuchote une douce musique. Et s'arrête d'un coup. Tiens ? Surprenant, mais je dors trop bien pour m'inquiéter plus que ça. On viendra me chercher en cas de problème.

Puis, le soleil darde ses rayons sur ma peau, il fait de plus en plus chaud. Je gesticule, dégage mes draps à grands coups de pied, mais rien à faire, je suis dans un four. Et pourquoi ai-je l'impression de me noyer ? N'importe quoi ce rêve ! D'ailleurs, je me réveille avec la gueule enfarinée. En me redressant, je me rends compte que je suis trempé de la tête aux pieds. Pas de frégate, pas de vague, pas d'odeur de mer, je suis dans le cagibi qui me sert de chambre, assis sur un lit face à Marc qui se réveille aussi. Il m'interpelle, la voix pâteuse :

— C'est quoi ce bordel ?

— Chais pas. Fait une chaleur à crever là-dedans.

— La clim s'est déréglée, faut la relancer.

Il s'éponge le visage avec son drap mais ne bouge pas d'un pouce. Ben yapluka, c'est moi qui me lève.

Je relance la clim et j'ouvre la porte pour faire entrer un peu d'air dans le même temps. Je manque sursauter quand je découvre trois zombies derrière, luisants de sueur eux aussi.

— Qu'est-ce que vous foutez-là ? je râle sur les gars.

— La clim est en rade, on crève.

— Et ? Quel rapport avec moi ?

— On venait voir si la vôtre fonctionnait. Si oui, on finit la nuit chez vous.

— Mais bien sûr. À douze mecs dans quatre mètres carrés, on va sûrement avoir moins chaud.

— Et on finirait gazés. Au lieu de chouiner dans les jupons du chef, feriez mieux d'aller voir pour la réparer, les rembarre Marc.

— On va tous s'y mettre parce que la nôtre envoie carrément de l'air chaud, je constate en la coupant.

C'est parti. Nos frontales sur la tête, nous inspectons, cherchons, démontons, mais rien à faire. Aucun de nous n'est frigoriste ni chauffagiste, alors évidemment, on se casse les dents.

— On arrête, on va finir par tout péter. Il fait jour dans deux heures, alors on tiendra jusque-là, je déclare en allant m'affaler dans le salon avec une bouteille d'eau fraîche.

À l'aube, nous sommes au complet devant le bâtiment des services techniques, attendant l'ouverture. Venus à douze dans l'éventualité où nous devrions porter les mécanos pour les obliger à intervenir. Peu après, le temps d'aller chercher leurs outils, les voilà en train de réparer pendant que nous déjeunons. Une heure plus tard, la clim fonctionne à nouveau. Ils sont meilleurs que nous.

— La prochaine fois, n'attendez pas pour venir nous chercher. Il y a une équipe de garde la nuit pour ça. Bonne journée, messieurs !

Nous grommelons un merci, contrariés de ne pas y avoir pensé. Au moins, nous le saurons pour la prochaine fois.

À Kidal, les jours se suivent et ne se ressemblent pas. Il y a bien des constantes au quotidien, certaines dont on voudrait bien augmenter la fréquence, comme la douche par exemple, et d'autres pour lesquelles nous serions prêts à payer pour nous en débarrasser, notamment la corvée de brouette. Surtout quand c'est encore notre tour à Marc et moi et que nos péripéties nocturnes nous font arriver en retard. Nous déposons la brouette à la fin de la longue file en soupirant, puis allons nous asseoir dans un coin à l'ombre pour dormir un peu.

Après une journée de marche et de tir conclue par une soirée bruyante, je décide de m'éclipser plus tôt pour dormir, pendant que Marc reste devant l'écran avec les couche-tard. Parvenu dans la chambre, j'allume et me fige, le doigt sur l'interrupteur. Je pose la main sur la crosse de mon pistolet sans lâcher des yeux le lit de Marc, qui, en toute logique, devrait être vide puisque je l'ai laissé derrière moi, affalé sur un canapé. Pourtant, il y a une forme humaine entièrement recouverte par un drap. Sans délicatesse, je colle un grand coup de botte dans le lit en beuglant :

— Sortez de là ! Montrez-vous et sans geste brusque !

La forme bouge, lâche un grognement qui ressemble plus à de la contrariété que de la peur, puis une main apparaît et rabat d'un coup sec le haut du drap.

Mon cœur s'arrête brutalement quelques secondes, puis repart sur un rythme furieux. Le commando marine aguerri se retrouve comme un bleu tremblotant devant son premier chef. La machine à neurones se remet soudain en route ; je lance le premier truc qui vient pour masquer mon trouble :

— Sans geste brusque, tu ne sais pas ce que ça veut dire ?

— Tu tirerais sur une personne inoffensive, allongée et empêtrée dans un drap ? Tu me surprends, monsieur le commando, se moque gentiment Julie.

Son sourire taquin me ravit. Elle est belle. Je le savais déjà, mais là, allongée et détendue sur ce lit, ça me frappe. Sur ce lit...

— Avant d'aborder la raison de ta présence dans ma chambre et dans le mauvais lit, tu me dis comment tu es arrivée ici ?

Elle se redresse en soupirant, comme si la question était hors sujet dans un moment pareil. Parfois ma rigidité est un frein, même si ma demande reste légitime.

— Marc. À mon avis, nous avons fait pitié à nos binômes respectifs. Ils ont dû se concerter pour nous laisser un peu de temps ensemble. Quoique le mien semble plus saoulé par tes venues intempestives.

— Faux. Elles ne sont pas intempestives. Elles sont programmées, régulières, redondantes et répétitives, je viens tous les soirs. Dooonc... je t'ai pour moi seul toute la nuit ? C'est ça le concept ?

Je voudrais la jouer spirituel et cool, mais j'ai l'impression que mes mots renvoient le mauvais message. Elle joue avec le bord du drap dont elle est toujours couverte et penche légèrement la tête.

— À moins que ce ne soit l'inverse, mais c'est bien ça. Tu n'as pas l'air enthousiaste...

— Je suis... Je suis heureux. Stupéfait, mais tu n'imagines pas combien j'ai espéré te revoir. Ça fait des mois que... enfin, tu comprends.

Légèrement sonné, je m'assieds sur mon lit et la contemple. Bon sang, oui, j'en ai rêvé de cette scène. Elle a nourri mes fantasmes au point d'en oublier les autres femmes. J'imagine qu'au fil du temps, j'aurais repris une vie normale, mais son existence a créé une brèche dans cette cuirasse de type un peu blasé. Et sa disparition, un manque qui n'a pas eu le temps de s'estomper. On n'a jamais été ensemble sur le Floréal et on se connaît peu. Mais j'ai sincèrement vécu son départ comme une perte.

Je réalise enfin ce que sa présence signifie. Mon corps réagit plus vite que ma tête. Je bondis sur mes pieds et grogne :

— Tu es enfin à moi !

Son rire caresse ma peau.

— Montre-moi ce qu'il y a sous cette carrosserie, soldat, susurre-t-elle en glissant une jambe nue hors des draps.

Le truc à ne pas me dire deux fois. Je suis déjà en train de calculer le temps que nous avons à passer ensemble avant la fin du couvre-feu, tout en me jetant sur mes fringues qui volent les unes après les autres. Les deux pouces sous l'élastique de mon boxer, j'hésite. Pour une première fois, ça craint de lui sauter dessus complètement à poil, non ?

— Tu as besoin d'une motivation, m'encourage-t-elle en se découvrant entièrement.

Je beugue. Elle est nue. Ou presque. Juste une petite culotte blanche qui sera désintégrée sous peu. Ma guerrière est dotée de courbes on ne peut plus féminines. En tout cas, j'ai la réponse concernant mon boxer. Mû par l'urgence, je le descends et le jette sur le tas de fringues au sol.

Son petit soupir appréciateur en découvrant mon état excite un peu plus mes ardeurs. Puis un détail primordial m'arrête.

— Hum… au niveau logistique… ça donne quoi ?

— Avec ma fonction, tu penses bien que je ne peux pas me permettre de…

Elle marque une pause et affiche un petit air amusé :

— Tu sais, le sujet hyper choquant pour lequel tu as missionné la toubib sur la frégate ? Petite nature.

Je grommelle, pas fier.

— Donc, je gère ça de manière durable. Implant qui annule tout et s'occupe de tout. Plus tests qui vont bien avant le départ.

— Tests idem ici. Et résultat durable aussi chez moi. C'est le désert depuis que tu m'as jeté un sort.

Excité par la vision et impatient de mettre fin à cette frustration qui me pesait, je ne veux pas perdre une minute de cette occasion qui pourrait ne pas se représenter avant longtemps. J'attrape mon duvet plié dans un sac et je l'étale par terre, ensuite je me baisse sur Julie et la soulève dans mes bras. Je me retiens de la goûter immédiatement tant sa peau douce me donne l'eau à la bouche.

— Mais ? Tu m'éjectes déjà du lit pour me faire dormir par terre ? Tu ne veux pas qu'on se câline un peu, avant ?

Je lui adresse un sourire carnassier qui ne laisse aucune place au doute. Ça fait trop longtemps que je rêve de me glisser entre ses cuisses. J'ai besoin d'être en elle, de la faire gémir, de la faire céder totalement. À un point tel que la literie n'y résisterait pas.

— C'est exactement ce que j'ai l'intention de faire, mais certainement pas sur un si petit lit qui va être détruit en trois minutes, et encore moins dans celui de Marc.

Une fois posée au sol, je m'allonge à côté d'elle. La lumière crue et l'environnement peu glamour me rappellent soudainement où nous sommes. Ce petit électrochoc désagréable me déstabilise. Devenu hésitant, je pose la main sur son ventre. Nous nous regardons, un peu gênés, puis elle me sourit.

— C'est le lieu qui rend ce moment bizarre, non ? murmure-t-elle.

— Oui, je me sentirais moins pataud dans une chambre avec de vrais murs et sans tout un régiment de soldats autour.

— Si tu es mal à l'aise, on peut se contenter de dormir ensemble. Nous avons le temps pour…

Pensive, elle lève un bras pour le placer derrière sa tête. Ses seins magnifiques se tendent, j'ai diablement envie d'y passer la langue. Se rend-elle compte de la sensualité qu'elle dégage avec cette pose lascive ? Moi oui, clairement. Ma queue aussi.

— Tu te défiles ? je gronde.

— Bien sûr que non ! Mais tu as l'air…

Je m'empare de sa main et la plaque sur mon érection. Elle enroule ses doigts autour, me faisant tressaillir.

— J'ai l'air quoi ? Pas prêt ? Pas envie ?

— Oh, mais ce n'est pas une arme réglementaire, ça.

— Ah oui ? Mais penses-tu qu'elle est efficace ?

Je joue les marioles, mais je n'en mène pas large. D'une seule main, elle me fait monter dans les tours. Le cerveau en ébullition, le désir à peine contrôlable, je suis à deux doigts de prendre vite et fort ce qu'elle me promet depuis mon arrivée. Elle était séduisante, mais à cet instant, elle se révèle brûlante. Je l'observe prendre elle-même du plaisir à cette délicieuse caresse qu'elle me prodigue. Son regard se fait langoureux, sa bouche entrouverte est une invitation à la luxure. J'approche de son visage mais elle me devance.

— Embrasse-moi.

Obéissant, je fonds sur ces lèvres tentatrices et glisse ma langue entre elles. Nous gémissons de concert. Le baiser s'approfondit à mesure que je la serre dans mes bras, ravi de l'avoir enfin pour moi. Sa peau bronzée est un appel auquel mes mains ne résistent pas. Je les promène de ses seins soyeux à ses épaules solides, de son ventre souple à ses fesses rondes et fermes. Féminine et forte. Juste parfaite. Elle est tout ce dont j'ai toujours rêvé chez une femme.

Julie me verrouille contre elle ; je la sens parfois traversée de brefs frissons incontrôlables. Elle en rit et ses grands yeux s'illuminent au soleil de sa bouche. Elle est rayonnante, et moi, je craque définitivement.

Petit à petit, nos caresses jusqu'alors guidées par la découverte mutuelle s'accentuent. Nos respirations se font plus lourdes, nos baisers plus charnels. L'urgence nous gagne au point de perdre toute pudeur.

Mues par un instinct animal, mes hormones ne m'autorisent plus ni tendresse ni mots doux. Parler est au-dessus de mes forces. Un appétit féroce m'envahit, le besoin de la dévorer toute entière me submerge. Tous mes sens sont excités, je vois, touche, entends, sens, goûte, comme lors d'un assaut en pleine mer, mais je suis là sur ma plus belle mission et sur ma plus belle prise.

Ses soupirs aiguisent mon désir. L'envie d'être connecté à elle le plus profondément possible me rend fou. Je me presse contre elle et fais basculer nos corps. Ça y est, je la tiens, et je ne vais plus la lâcher avant qu'elle ait rendu les armes. Elle m'invite en se frottant contre moi, le regard voilé.

— Viens.

— Oh oui.

Je me relève sur les coudes pour lui donner un dernier baiser, et d'un mouvement du bassin, j'entre en elle. Nos corps moites s'emboîtent comme si chacun était la pièce manquante de l'autre. La sensualité qui se dégage de nos va-et-vient, le plaisir infini que nous prenons sont d'une intensité inouïe. Je crois, non, je sais qu'elle aussi ressent ça à cet instant.

Alors que le rythme de nos corps imbriqués et nos souffles mêlés s'accélèrent, je perçois un voile dans ses yeux. Son regard vacille, ses lèvres hésitent et ses pommettes s'empourprent. Un soupir franchit sa bouche, aussitôt aspiré, pendant que de longues vagues de plaisir la parcourent. De mes reins monte alors une onde incontrôlable, qui me libère enfin dans un gémissement rauque et sauvage.

Repus, heureux, nous regagnons la terre ferme. Je ne veux plus la lâcher. Après de longues minutes, j'ai de nouveau les idées à peu près claires.

— Je veux ça tous les soirs. Je vais virer Marc d'ici, tu prends sa place.

— Passer mes nuits dans tes bras, j'approuve complètement. En revanche, l'idée de galipettes quotidiennes, un peu moins. Va falloir me laisser souffler, monsieur le commando.

— Dis donc, vu ta fonction, ça ne doit pas te faire peur. C'est quand même plus sympa qu'une marche de trente kilomètres avec quarante kilos sur le dos, non ?

— Tout à fait, il n'empêche. J'aime bien dormir aussi.

— Au fait, cette légende autour d'Émile, c'est vraiment mérité ? Tu as fait des trucs exceptionnels ?

Elle ricane en gonflant les biceps, puis se rallonge en soupirant.

— Honnêtement, rien de plus que n'importe quel tireur d'élite. Je parierais qu'en compétition avec ceux de chez vous, ils me donneraient du fil à retordre.

— Ils te battraient, je la taquine en caressant sa hanche.

— Presque sûr, ou pas à tous les coups. Tous les tireurs d'élite sont bons, le truc est que certains se trouvent plus souvent sur les missions, donc plus de chance d'être présents au moment où nos prouesses sont visibles.

— Humble en plus. Mais tu ne serais pas la fille parfaite, toi ?

— Je suis surtout lucide. Je tire souvent en camp avec mes collègues, je vois bien ce que tous sont capables de faire. Il est certain qu'il y a des meilleurs dans les meilleurs, mais il n'y a pas de mauvais.

— Tu es plutôt bien située dans le classement à ce que j'ai compris. Tu ne peux pas le nier, même par modestie.

— C'est vrai, je suis dans le haut du panier en tir, mais ce n'est pas le cas sur les épreuves physiques. Lors de nos tests annuels, j'assure le job et je suis le mouvement, mais je suis derrière sur les grosses marches avec charge.

— À choisir, pendant une opération, je préfère que tu arrives moins vite sur ta position et que tu déchires sur le tir, plutôt que l'inverse. Surtout si je suis sur le terrain, dis-je en riant.

— Pour le côté légende d'Émile, je pense que le fait que je sois discrète, presque un fantôme qui apparaît et disparaît, ça joue pour beaucoup. Le mystère plane et ça fait parler, rien de plus.

— Qu'Émile reste donc un mystère, tant que Julie est à moi, ça me va, je conclus en la serrant dans mes bras.

10

En balade !

Une nuit avec Julie ne m'a pas suffi. Je suis gourmand de nature, mais je suis surtout heureux de la voir se détendre dans mes bras. Enfin. Après des mois de cavale et de solitude, c'est à se demander comment elle a tenu le coup. Par conséquent, Marc a passé deux nuits de plus à dormir sur un canapé en bois. Mais je lui ai donné son oreiller, je ne suis pas un monstre. Le reste du groupe ne se doute de rien pour le moment, Marc les a persuadés que je ronflais comme un vieux major et que c'était insupportable. Pour l'instant, personne n'a cramé Julie lorsqu'elle se sauve sur la pointe des pieds à l'aube.

Ce matin, nous sommes rassemblés autour du bac à sable pour un *rehearsal*[18]. Un rectangle de vingt mètres sur dix au bord duquel nous sommes tous alignés. Ni pelles ni seaux en plastique dans celui-ci, nous avons sous les yeux la carte en 3D de notre prochaine mission.

Nous écoutons attentivement les explications de l'officier. Un convoi logistique est en route depuis

[18] Le *rehearsal* (répétition) est une présentation en 3D d'une mission sur une maquette éphémère. Le but étant que chacun connaisse le déroulé des actions et les particularités du terrain.

Gao pour nous ravitailler en eau et carburant, trop gros pour les hélicos, même sous élingue[19]. Il est composé d'une quinzaine de camions chargés de containers, et le double en véhicules militaires pour les escorter. Les quarante derniers kilomètres étant les plus propices aux attaques, nous les rejoignons pour renforcer le dispositif sur le tronçon final.

La présentation des missions en bac à sable est bien souvent amusante, en plus d'être utile car on enregistre mieux en visualisant. J'en ai plus souvent vu avec de beaux panneaux, des maisons en bois et des petites voitures, mais la caisse qui les contient n'a pas dû arriver jusqu'ici. Malgré tout, même installé en mode débrouille, c'est très clair. Le programme est simple : de la canette de Coca, nous empruntons la corde blanche jusqu'au nœud avec le lacet noir, puis une fois arrivés à la boîte de gâteaux, on bifurque vers l'ouest pour suivre le morceau de corde verte, au bout de laquelle se trouve la boîte de conserve, c'est-à-dire le lieu de rendez-vous avec le convoi. Nous referons le trajet en sens inverse en encadrant les camions. Et voilà !

Le briefing terminé, les menaces et les dangers bien intégrés par le personnel, chacun prend place dans le véhicule qui lui est affecté. Nous serons mêlés aux légionnaires, notre équipe divisée par groupe de deux. Marc et moi embarquons dans le VAB de queue avec deux légionnaires, plus le chauffeur et

---

[19] Élingage : levage d'une charge suspendue sous le fuselage d'un hélicoptère (sous élingue).

son navigateur à l'avant, qui dirige aussi la mitrailleuse[20] sur le toit.

La colonne se met en branle sous un soleil bien décidé à nous tenir compagnie. Le confort est tout relatif dans une caisse en fer, sur des sièges durs comme de la pierre et avec un empilement de matériel et de vivres, dont un pack d'eau entre mes pieds. Cette fois-ci, je me suis éloigné de la plaque moteur, mais en échange, j'hérite des jambes du légionnaire qui est en surveillance, donc avec le reste du corps qui dépasse à l'extérieur.

Nous avalons les kilomètres à la vitesse... d'une vieille mule trop chargée. Le terrain tantôt rocailleux, tantôt sableux fait souffrir les véhicules, ainsi que ses occupants.

Malgré tout, le trajet se déroule sans accroc, si ce n'est deux crevaisons à déplorer. Ici, les pierres saillantes tailladent les pneus et explosent le budget entretien, et nous ont fait perdre deux heures parce qu'il est plus facile de changer la roue d'une Clio que celle d'un blindé. Heureusement que le militaire est prévoyant de nature, il y a toujours une dépanneuse chargée de pièces qui nous accompagne dans ce genre de déplacement.

---

[20] Profitons-en pour parler d'un mot qui fait grincer les militaires : mitraillette. C'est un sandwich avec des frites, mais pas une arme. C'est un pistolet mitrailleur, ou fusil mitrailleur, ou mitrailleuse. Tant que nous y sommes, les balles à blanc, ça n'existe pas non plus, puisque le principe des cartouches à blanc est qu'il n'y a pas de balle. On ne peut donc pas envoyer une balle imaginaire.

Une fois arrivés au lieu de jonction avec le convoi en provenance de Gao, je sors de la caisse en nage et le cul en compote. Suivi par Marc dont la démarche mal assurée montre que nous avons vécu le même calvaire.

— Oh la vache ! Je crois que j'ai trois vertèbres qui se sont soudées, bougonne-t-il en s'étirant.

— Tu râles plus qu'une vieille dame, tu le sais ?

— Si j'avais les mêmes nuits que toi, j'aurais sûrement un sourire de débile heureux, moi aussi.

— Depuis le temps que tu me gonfles parce que je n'ai pas de copine, tu ne vas pas me le reprocher aujourd'hui, si ?

— Tu n'as pas l'impression d'être un privilégié ? Tu en vois beaucoup qui amènent leur copine en OPEX[21] ?

— Privilège du chef.

— Cette nuit, tu devras te contenter de moi, se moque-t-il en m'envoyant un baiser.

— Je ferai avec. Viens, l'officier rassemble les troupes pour organiser le camp.

Pendant que nous l'écoutons, j'observe notre environnement pour évaluer les risques. Nous sommes sur une étendue plate et les quelques reliefs alentour sont éloignés d'une cinquantaine de mètres. Parfait pour la visibilité, mais il y a des arbres et des fourrés dispersés tout autour, de quoi offrir des zones discrètes pour d'éventuels attaquants.

---

[21] OPEX : opérations militaires extérieures de la France.

À l'arrêt nous sommes vulnérables, alors nous mettons en place un dispositif pour la nuit[22]. Sitôt les consignes données par l'officier, le ballet débute. Les véhicules sont garés, bien serrés et alignés, de sorte à former un carré. On organise la zone de vie à l'intérieur et des sentinelles sont postées sur les VAB aux quatre coins. Pas de feu de joie ni de chant accompagné à la guitare, on se contente de manger nos rations par groupe, à la lueur de nos lampes frontales rouges[23] pour y voir un peu.

Un peu plus tard, nous déplions nos lits picots avec moustiquaire intégrée, déroulons les duvets dessus, mais avant de se coucher, arrive le moment le plus délicat, alliant tactique et organisation. Le premier détachement de six hommes vient de finir, je suis dans le suivant. J'allume en mode infrarouge la lampe[24] de marquage sur mon casque et me tourne vers mes camarades :

— Vous êtes prêts ?

— Prêts ! clament-ils en chœur, armés et casqués, les JVN devant les yeux.

Pour cette mission, nous devons nous éloigner du camp et donc nous mettre à découvert, alors nous prenons toutes nos précautions. Nous avançons en colonne, entièrement parée de vert par la vision

---

22 C'est un BOAT (Base opérationnelle avancée temporaire).

23 Le rouge est utilisé car moins voyant que le blanc, et surtout, il permet de conserver sa vision de nuit intacte en cas d'action immédiate.

24 Lampe « Manta Strobe » qui se fixe par velcro sur le casque. Elle fonctionne en mode led pour éclairer ou en mode infrarouge pour marquer le personnel « ami ».

nocturne[25]. Après une vingtaine de mètres, nous stoppons, scrutons les alentours chacun dans une direction, attentifs au moindre bruit.

— Clair ! annonçons-nous les uns après les autres.

— En formation et à portée de voix !

Nous dessinons un cercle en nous positionnant chacun vers l'extérieur, à une distance raisonnable les uns des autres et toujours aux aguets. Un bruit de braguettes dégrafées déchire le silence de la nuit, puis le son étouffé des pantalons qui se baissent. Nous voici tous accroupis, le futal rabattu sur les bottes et le nez vers le ciel. Ce moment est une sensation particulière, admirer la voute céleste avec casque sur la tête et arme en bandoulière. Bon… tout de même plus sympa quand nous ne sommes pas en zone à risque, donc seuls pour profiter de l'instant. C'est un des rares cas où la cohésion gâche un peu le charme du moment.

Nous attendons tous patiemment que le son de la dernière braguette remontée retentisse, chacun range sa pelle à sa ceinture et nous repartons. Le lavage des dents se fait rapidement, puis tout le monde pose ses bottes et son gilet au pied du lit pour pouvoir sauter dedans en cas d'urgence.

— Tu ne t'approches pas de moi ou je hurle, plaisante Marc en s'allongeant.

— Ne t'inquiète pas, si je le fais, ce sera uniquement pour te frapper.

---

[25] Le vert est la couleur utilisée car celle pour laquelle l'œil humain distingue le plus de nuances.

Les légionnaires assurent les tours de garde, nous sommes sereins. Dans nos duvets que nous ne fermons pas, juste au cas où, nous nous endormons sans berceuse, nos fusils à côté de nous. Moi, avec les images de Julie souriante dans mes bras. Les ronflements résonnent rapidement autour.

— Halte là ! Qui va là !

— Alerte !

Le réveil est brutal au beau milieu de la nuit. Nous bondissons de nos lits. Le capitaine des légionnaires, la veste de travers, dirige déjà ses hommes. Je m'approche de lui pour en savoir plus et prendre les consignes, puisqu'il est l'autorité ici.

— Il y a du mouvement à l'ouest et un drone a détecté des motos qui viennent sur notre position.

— Je préviens mes gars et nous sommes à votre disposition.

Quand je les rejoins, je suis le seul à ne pas être totalement équipé. J'enfile mon gilet tactique, nous chargeons nos fusils, passons en vision nocturne, puis allons nous poster par groupe de quatre dans l'attente des ordres.

Il n'y a plus la moindre lueur sur le camp, même les deux fumeurs écrasent leur cigarette qui trahirait leur emplacement. Le silence règne à nouveau, juste des chuchotements ou la voix étouffée du capitaine, en communication avec le CO de Kidal. Au loin, des bruits de moteurs. Ça rôde, mais nous ne voyons rien pour l'instant.

— Quinzaine de motos avec hommes armés en approche ! annonce la sentinelle derrière ses jumelles et qui donne l'impression de chanter en italien.

— Trop loin pour tirer ! ajoute un second qui doit être d'origine belge.

On a l'impression de faire le tour du monde rien qu'en les écoutant. C'est génial.

— Pourquoi Émile pas ici, grommelle un autre avec un accent slave à couper au couteau.

Oui, c'est vrai ça. Pourquoi Émile n'est pas sur cette mission ? À les croire, il pourrait shooter les terroristes, à huit cents mètres, de dos et les yeux fermés. Ma première pensée est surtout que j'aurais Julie avec moi.

— Arrête de sourire. On se fait encercler, les légionnaires pourraient trouver ta bonne humeur un tantinet déplacée.

— Ça fait psychopathe, c'est ça ?

— Si peu. Cela dit, un peu d'excitation n'est pas non plus pour me déplaire.

— Pareil, mais ce n'est pas ce qui...

— Je ne veux pas le savoir ! Ça suffit de me parler de cul quand je suis coincé dans le désert !

— Dites donc, les commandos !

Nous nous tournons en même temps et découvrons le capitaine, le combiné écarté de l'oreille, avec l'air de vouloir nous manger tout cru.

— Mais comme ils sont tendus ! marmonne Marc.

— Nous échangions nos avis sur le meilleur emplacement, je me défends.

L'officier soupire et reprend sa conversation radio, alors je fais signe à Marc de me suivre. Nous nous postons entre deux véhicules, nos fusils appuyés sur le capot.

— Vous, les commandos, vous aimez quand ça pue le danger. Vous tripez trop l'adrénaline, chuchote le légionnaire à nos côtés.

— En même temps, on ne fait pas ce métier pour regarder pousser les carottes, hein ? rétorque Marc.

Avant que le ton ne monte et que nous nous collions une peignée entre soldats devant des terroristes morts de rire, je fais signe à Marc de se tempérer.

— Ils sont mignons, mais pour une trentaine de gars, on ne va pas se mettre à trembler non plus, bougonne-t-il en reprenant son observation.

— Bande de cinglés, ronchonne le légionnaire.

Voyant que Marc s'apprête à en étaler une seconde couche, je lui assène un coup de coude pour qu'il la ferme. Nous poursuivons notre surveillance, un peu plus attentifs cette fois-ci, car le son des moteurs est à présent bien audible. Les hommes armés nous tournent autour en un cercle qui se rétrécit petit à petit. Je n'ai pas vu ça dans un film récemment ? Si, un western, sûrement.

— Maître, vous pouvez préparer un tireur d'élite. Nous allons le faire tirer dans un ou deux moteurs, ça devrait suffire pour qu'ils s'éloignent.

— Nous n'avons pas de tireur d'élite avec nous dans le groupe.

— Vous ne l'êtes pas tous ?

— Non, mais nous sommes très bons tireurs quand même.

— Mes hommes aussi, c'est un gars en longue distance que je voulais. Quelle est votre spécialité, au juste ?

— Nous sommes des couteaux suisses, mais français.

— Certes, vous êtes des commandos. Nous allons tenter d'éviter l'affrontement avec ces hommes, ils ne sont peut-être que sur une tentative d'intimidation.

— Et en la matière, nous avons de quoi y répondre.

— Exact. Au jeu de qui a la plus grosse, la mitrailleuse devrait fournir la réplique adéquate.

Sur ce, il hèle son sous-officier :

— Tirs de sommation !

L'ordre est aussitôt répercuté au soldat juché sur un VAB et derrière la mitrailleuse. La bande de munitions est déjà en place. Il arme, se baisse pour ajuster sa visée, puis une rafale déchire le silence, et également la nuit de deux traits lumineux qui filent droit devant. Bien, le gars ! Il a pensé à intercaler des balles traçantes pour suivre l'angle de tir. Là, je dirais qu'il n'est pas mauvais du tout, c'est même tout bon. Une seconde rafale suit, un peu plus longue. Nous écoutons avec attention la réaction de nos visiteurs. Les moteurs se font toujours entendre, mais nettement moins agressifs. Ils doivent s'interroger sur notre capacité de réplique à leur projet d'attaque.

— Encore ! Arrosez au-dessus des têtes ! ordonne le capitaine.

Le bruit de la salve percute nos tympans, les traçantes dessinent une ligne horizontale à un peu plus de deux mètres du sol. Même si on ne parle pas la même langue, c'est un message que je trouve assez clair, compris dans le monde entier. L'entendront-ils ? Là est la question que nous nous posons à cet instant précis. Bien souvent, les groupes terroristes évitent l'affrontement direct, encore plus quand ils ne connaissent pas la puissance de feu disponible en face. Donc, comme le pense l'officier, il y a de fortes probabilités pour qu'ils abandonnent. Pour l'instant.

Nous sommes à l'affût, il n'y a même plus un murmure. Progressivement, le ronronnement des motos s'amenuise, tout le monde se détend. Pour autant, nous gardons nos positions une bonne heure avant que le capitaine ne lève le dispositif. Les plantons restent en place jusqu'à leur relève, les autres peuvent aller se recoucher, mais avec les mesures d'alerte. Nous dormons donc entièrement habillés, bottes aux pieds, gilet pare-balle sur le dos et fusil sur le ventre. On fait plus confortable.

11

Sable et déconvenue.

Aucune nouvelle alerte à déplorer jusqu'au matin. Le camp se réveille avant le soleil, certains préparent les cafés sur les réchauds pendant que d'autres se barbouillent de mousse à raser. Je suis de ceux-là, concentré devant le minuscule miroir intégré à ma pochette suspendue à un rétroviseur. Non pas que le rasage soit obligatoire dans mon cas, mais c'est une façon de ne pas me laisser aller, en plus de garder une impression de normalité dans les gestes du quotidien.

— Ça t'arrive de ne pas te couper ? je questionne Marc en riant de le voir avec deux petits bouts de PQ collés sur le cou pour stopper le saignement.

— Pas sur le terrain, c'est sûr. Ça doit être à cause du sable, râle-t-il en déchirant un nouveau bout qu'il plaque ensuite sous son menton.

— On s'active ! Le convoi est en approche. Il sera sur notre position dans une heure ! Je veux tout le monde chargé dans les véhicules avec le matériel dans trois quarts d'heure ! beugle un adjudant à la carrure impressionnante.

Nous plions le matériel pendant que les légionnaires s'activent autour, soit en rangeant soit en utilisant ces minutes libres pour faire de l'exercice. Le capitaine suit l'avancée du convoi par radio, mais le panache de poussière qui apparaît au loin nous renseigne déjà. Arrivé à notre niveau, il ne s'arrête pas, le chemin est encore long et la zone mal fréquentée, alors nous nous insérons dans la file en nous éparpillant tout le long. La colonne formée s'étend sur plusieurs kilomètres et comprend une vingtaine de camions civils affrétés par l'armée à des entreprises locales.

Nous roulons tous sur la même trace, la voie est ouverte par le véhicule léger de déminage. Les engins explosifs restent la plus grande menace dans cette région et le sentiment de sécurité offert par la coque blindée est assez relatif. En plus de rouler sur un IED[26], nous pouvons essuyer une attaque n'importe quand par une voiture piégée qui nous fonce dessus. Une méthode dont l'efficacité a malheureusement plus que fait ses preuves, raison pour laquelle nous suivons par radio la progression de chaque véhicule étranger approchant du convoi, qu'il vienne d'un sens ou de l'autre.

Mais après une dizaine de kilomètres, c'est un autre danger qui se présente, annoncé par la voix du capitaine :

– Tempête de sable droit devant ! On ralentit ! Allumez vos feux et réduisez les distances entre les véhicules.

---

[26] IED : Improvised Explosive Device, engin explosif improvisé.

— Tu parles ! Si c'est une vraie tempête et pas juste un pet, tu paries combien qu'on est à l'arrêt dans cinq minutes ? commente Marc.

— Je ne parie pas, c'est une évidence. Mais tu ne peux pas lui reprocher d'essayer de rester en mouvement après les évènements de cette nuit.

Le légionnaire se laisse tomber devant mes pieds et il referme vite la trappe du toit avant de s'asseoir avec nous.

À travers les hublots du VAB, nous découvrons un mur de poussière formant un front aussi opaque que tumultueux. Il est sur nous en quelques minutes, créant une atmosphère d'apocalypse. Une vague de sable déferle sur la colonne, et dans le même temps, un grand souffle ébranle tout le convoi. Passé le choc, un grésillement entêtant envahit l'habitacle. Nous comprenons rapidement qu'il s'agit des particules projetées par le vent qui griffent la carrosserie. Il n'y a plus aucune visibilité, seulement le nuage orange qui nous enveloppe. Les lumières rouges du véhicule qui nous précède semblent s'éteindre par moment. Marc s'agace, il se penche devant l'accès qui mène à la cabine de conduite.

— Mais accélère, on va les perdre !

— Je suis déjà dans son cul !

— Quoi ? On est si prêt que ça ? Je distingue à peine ses feux.

— Tu découvres les tempêtes de sable, mec ?

— Ne te la raconte pas, on va t'emmener avec nous pendant une tempête en mer, tu apprendras qu'il n'y a pas que la vue qui se brouille.

— Je n'y vois rien. On est sorti du convoi ? s'inquiète le chauffeur en se penchant sur le volant.

— Je te l'avais dit, tu laisses trop de distance ! s'énerve Marc.

— Du calme. Il fait ce qu'il peut.

Le chauffeur accélère légèrement et je m'apprête à faire remarquer que ce n'est pas une riche idée puisqu'il est totalement aveugle à trois mètres devant, quand le capitaine intervient sur la radio.

— Tempête passagère annoncée, il y en a pour environ trois heures. Immobilisez vos véhicules, on attend sur place.

J'approuve à cent pour cent. L'issue de cette virée à l'aveuglette s'annonçait désastreuse. Le chauffeur soupire de soulagement et ralentit, avant d'écraser la pédale d'un coup sec quand deux loupiotes rouges surgissent du brouillard. Il pile si fort, que les deux débiles qui ne s'étaient pas attachés volent dans la caisse, et s'aplatissent comme des crêpes à l'avant. Devant les deux légionnaires si étonnés qu'ils ne lèvent pas un doigt pour nous retenir.

— Bordel ! Relève-toi, tu m'écrases, râle Marc que j'ai incrusté dans le dossier du navigateur.

— Les passagers doivent s'attacher ! nous enguirlande le chauffeur.

Nous sommes en tort, alors nous ne mouftons pas.

— Finalement, vous étiez plutôt près, commente Marc que l'épisode amuse.

— J'ai failli lui défoncer le cul ! En plus, c'est un camion rempli de packs de flotte. J'imagine mal comment on aurait expliqué par radio que nous étions embourbés en plein désert.

— Vous voulez dire enlisés, s'amuse le navigateur en imitant le capitaine avec une grosse voix sévère.

Je rentre dans son jeu, les deux mains sur les joues en prenant une voix de petit garçon effrayé :

— Non, non, embourbés, mon capitaine. Même qu'on se noie, au secours !

Pendant quelques minutes, la tempête est à l'intérieur du véhicule, faite d'éclats de rire et d'une série de mimes d'un officier furieux. Au moins, ça nous occupe, car quand le calme revient à l'intérieur, que nous séchons nos yeux embués, le vent continue de se déchaîner dehors et va jusqu'à secouer la caisse.

— Bon. Trois heures à tuer, on boit un coup ou on se tripote ? Perso, moi, j'ai pas soif.

— Marc, garde cet humour foireux pour le groupe. Les autres pourraient te prendre au sérieux.

— Je la referai ce soir. Sinon, on fait quoi ?

— On dort, je propose en allongeant mes pieds. Nous ne risquons pas une attaque, alors autant en profiter.

— Une tempête de sable ? Des terroristes à quelques pas ? Pas grave, nous, on roupille ! approuve Marc en riant.

— On fait des tours pour surveiller ? questionne le chauffeur.

— Surveiller quoi ? Que le vent se calme et que le sable retombe au sol ? Parce qu'on ne voit pas à un mètre derrière le pare-brise, alors...

— Pas faux. Il n’y a plus qu’à attendre les ordres par radio.

N’ayant vraiment rien d’autre à faire et pas d’humeur à se raconter nos exploits passés ou refaire le monde, tout le monde s’affale dans son siège et ferme les yeux.

— Fin de la tempête. Reprise de la progression dans cinq minutes, préparez-vous !

C’est la voix grésillante du capitaine qui nous réveille en sursaut. Les affaires reprennent ! Nous nous redressons, et nous attachons cette fois, pendant que le chauffeur allume le contact. Chaque véhicule annonce qu’il est prêt et c’est reparti.

Cinq heures plus tard, c’est un énième arrêt pour crevaison sur un camion qui nous fait souffler d’exaspération.

— À ce rythme, on mettra trois jours pour faire quarante kilomètres.

— Trois jours enfermés là-dedans, je vais virer cinglé, rétorque Marc.

Pourtant, il faut prendre notre mal en patience car les pannes s’enchaînent. Les camions civils étant les plus prompts à éclater leurs pneus, mais quelques blindés laissent aussi de la gomme sur les roches coupantes. De nouveau en route, à moitié endormis sur nos fauteuils, nos paupières s’ouvrent d’un coup à l’annonce sur la radio :

— Tout le monde en alerte ! Mouvements de véhicules sur les pistes parallèles. Trois pick-up avec hommes armés remontent par l’arrière.

Nous nous redressons vivement. Grâce à ses commandes et son écran, le navigateur dirige la mitrailleuse sur le toit.

— C'est pour nous, s'enthousiasme Marc.

— Pas tant qu'on roule. Nous sommes dans une caisse blindée sans fenêtre. Ce sont les VLB[27] qui vont s'en charger.

Nous écoutons les échanges par radio, trépignant et frustrés de n'être d'aucune utilité. À travers le pare-brise, nous voyons des véhicules légers redescendre le convoi à toute allure sur les côtés.

— Et là, pas de crevaison, bien sûr, ronchonne Marc.

— Si nous devions stopper, nous devrions sortir du VAB, alors tant mieux, intervient un légionnaire.

— Ben… justement, c'est ce qu'on voudrait.

— Mais vous êtes vraiment des tarés, ricane-t-il. Je vous rappelle qu'il y a un paquet de civils dans le convoi.

Nous échangeons un regard blasé qui nous décide à ne pas répondre. Surtout que Marc bondit à l'annonce d'un arrêt pour crevaison. Le Dieu des commandos est encore avec nous, je m'empresse de donner les consignes :

— Hop ! Hop ! Hop ! On descend, en formation autour du véhicule !

Le légionnaire le plus près des portes tergiverse un peu, il attend l'ordre formel, qui tombe par la voix

---

[27] VLB : véhicule léger blindé. Léger, maniable et amphibie, il est utilisé pour les missions de reconnaissance ou d'infiltration, et souvent équipé d'une mitrailleuse sur le toit.

du capitaine. Les deux battants sont ouverts et nous apercevons immédiatement le nuage créé par les pick-up qui foncent sur nous. Nous sautons dehors les uns derrière les autres et allons nous positionner contre les flancs de la carrosserie, mettant en joue les visiteurs qui continuent d'avancer à toute allure. Même à travers les volutes de sable, on distingue les hommes debout dans la caisse arrière et le canon des fusils levés. Les véhicules légers arrivant de l'avant du convoi s'arrêtent à notre hauteur, chacun avec un soldat posté à la mitrailleuse. Il ne reste plus qu'à attendre les ordres diffusés par la radio du VAB.

— Les pick-up ralentissent mais gardent leur trajectoire, annonce le capitaine.

L'affrontement est inéluctable, ils viennent avec du renfort pour nous attaquer. Pas de problème, nous en avons sous le coude pour les recevoir. Ce sera mon premier combat réel et je ne cache pas que mes tripes frétillent de vivre enfin ce moment.

Ma joie est de courte durée, totalement gâchée par un son bien particulier qui s'amplifie et qui, je le sais, sera à l'origine d'une forte déception d'ici quelques minutes. Le bruit saccadé de l'hélicoptère augmente au fur et à mesure qu'il remonte la colonne dans notre dos. Quand il passe au-dessus de nous, je découvre ce à quoi je m'attendais : un tireur d'élite assis devant la porte ouverte, le canon de son fusil braqué sur les attaquants qui ne s'arrêtent pas pour autant. Moi, je sais que c'est plié, ils vont vite rebrousser chemin.

— Écho 8, effectuez tirs de sommation.

La mitrailleuse du véhicule à côté de nous crache deux salves puis se tait. Nous scrutons la réaction des hommes en face. Décidés, ils ne stoppent pas. Le capitaine s'adresse à l'hélico pour passer à la vitesse supérieure :

— Effectuez tir de neutralisation sur les deux premiers véhicules.

Dans quelques secondes, la piste sera encombrée de voitures au moteur troué. Devant nous, l'hélico s'aligne sur les trois pick-up qui se suivent. On les sent un peu hésitants, pourtant, ils continuent d'avancer sur nous. La première détonation résonne et une fumée blanche s'échappe aussitôt d'un des capots. Puis la seconde pour le même traitement, mais pas le troisième.

— Il nous en laisse un, tu crois ? questionne Marc avec enthousiasme.

— Ce serait surprenant, mais nous allons vite être fixés.

Je ne cracherais pas sur un peu d'action, mais la stratégie appliquée par le capitaine douche mes derniers espoirs. Appréhendant le feu qui risque de leur roussir le cul, les terroristes sautent des premiers véhicules et courent s'entasser dans le dernier, qui démarre dans des gerbes de poussière et effectue un demi-tour rapide avant de repartir au plus vite, escorté par l'hélico qui va s'assurer qu'ils déguerpissent bien d'ici. Ben voilà. Encore une petite montée d'adrénaline mort-née.

— J'aurais dû être tireur d'élite, bougonne Marc en se redressant.

Sa moue d'enfant puni me fait oublier ma déception, je me marre en lui tapant dans le dos. Pendant ce temps, la crevaison a été réparée et l'ordre est donné d'embarquer à bord des VAB. C'est à ce moment que l'hélicoptère revient sur nous à grande vitesse, puis ralentit pour remonter la colonne. Curieux, je lève les yeux pour regarder l'équipage. Comme par réflexe, je souris bêtement en découvrant le tireur, assis face à la porte ouverte, qui me fait un signe discret. Je dois presque me mordre la joue pour ne pas lui répondre. Ma Julie.

— Efface donc cet air enamouré, tu es en train de te ridiculiser, chuchote Marc.

— N'empêche qu'il déchire. Je ne m'en remets toujours pas !

Ça sonne toujours bizarre à mes oreilles, mais comme nous n'avons pas droit de faire le moindre impair, pour éviter de mettre la puce à l'oreille de quiconque, nous disons « il » quand nous parlons d'Émile. Malgré tout, lorsque nous redémarrons, j'ai le cœur joyeux et je lutte contre une bête envie de chantonner, car c'est bien à Julie que je pense. C'est vrai que je ne l'ai pas avec moi autant que je le souhaiterais, mais la voir en action estompe vite toute contrariété. Nous nous rattraperons dès que tout sera terminé. Parce qu'il y aura une fin. Et une bonne, pas moyen que ça se passe autrement.

12

Premières réponses

Nous arrivons péniblement sur le camp de Kidal, à la vitesse d'une tortue bourrée d'arthrite, mais sans nouveau heurt. L'équipe logistique se charge de déposer les containers. Pour les autres, les démineurs, les légionnaires et les mécaniciens, le job est terminé et chacun rejoint son quartier. Nous n'avons qu'une envie : nous débarrasser de notre équipement, enfiler un short et filer sous la douche. Dans cette perspective, nous rangeons le matériel avec encore plus de célérité, puis nous nous mettons en route en chahutant, serviette sur l'épaule. Arrivés devant la plateforme, c'est la douche froide. Enfin, façon de parler. Il ne s'agit pas d'un problème de chauffe-eau, mais d'une file d'attente qui nous fait gémir de frustration.

— Non, mais sérieux ? Il y en a au moins pour une heure ! rouspètent les gars.

Je n'ai pas plus envie qu'eux de me coltiner l'attente sous un soleil de plomb, alors une autre solution me traverse l'esprit.

— Les sacs à douche sont bien dans notre équipement ?

— Yes ! clament-ils en chœur.

Nous faisons demi-tour au pas de course. Nous ouvrons les malles sous le barnum et retrouvons vite les cinq pochettes en plastique noir munies d'une douchette. Aussitôt remplies, aussitôt suspendues en plein soleil. Sous ce climat, il ne faut pas longtemps avant que la température soit suffisante, le rappel est sonné par Thomas au bout de quelques minutes.

— À la douche !

Je n'ai pas le temps de poser mon verre que quatre gars à poil passent en trombe devant moi. Ils sont déjà dehors quand j'aboie :

— N'oubliez pas de les remplir pour les suivants !

— Et magnez-vous ! renchérit Marc.

— Ils nous ont eu comme des bitos[28]. Je crois qu'on vieillit, bougonne-t-il en se dirigeant vers le frigo.

Je lui fais signe de me servir un verre aussi, puis lance innocemment :

— Au fait, tu dors où cette nuit ?

Il s'immobilise, la bouteille en l'air, et me regarde comme s'il m'était poussé des cornes.

— Quoi ?

— Comment ça, quoi ? Je dors dans mon lit !

— Ah, mais non ! Comment je fais, je dors où ?

— Où tu veux, mais loin de mon lit si tu as l'intention de… faire autre chose que dormir.

Je me renfrogne instantanément. Je commençais à m'habituer à avoir mes nuits avec Julie. Je suis le

---

[28] Un bitos est un bleu, une nouvelle recrue (familier).

chef, je pourrais lui ordonner d'aller ailleurs ? Non, rien que d'y penser me dérange. Nous sommes soudés, unis. J'aurais au moins droit à un moment avec elle avant le couvre-feu, derrière la pile de pneus. C'est sans doute l'endroit le moins romantique de la Terre, mais au stade où nous en en sommes, on pourrait se voir dans les catacombes qu'on s'en ficherait pas mal.

— Contrairement à ce que tu penses, avoir sa copine sur le camp est une mauvaise idée.

— C'est encore plus frustrant, hein ? se moque-t-il avec un air revanchard.

— C'est ça. Je dois choisir entre tes fesses et les siennes, et cohésion oblige, je prends les tiennes.

— Tu dis ça pour m'exciter ? Modère tes propos, ça pourrait être mal interprété tout ça.

— Vous parlerez de vos culs plus tard, vos douches sont prêtes, intervient Laurent qui vient s'asseoir encore ruisselant.

— En bon cartographe qui ouvre la voie, tu es passé le premier.

— Il faut bien que ça m'offre un autre avantage que prendre la première balle.

C'est quand j'ai la tête recouverte de savon que Thomas crie « Une visite ! »

Juste une annonce, donc c'est une personne autorisée. Officier ou pas, il attendra que nous ayons fini. Que les pans du barnum soient relevés offrant une belle vue ne nous dérange pas, après tout, nous sommes chez nous. Par curiosité, nous regardons le visiteur qui s'avère être accompagné. Laurent les invite à s'asseoir et leur propose même un verre. En attendant, ils observent ce qui les entoure, plus pour passer le temps que par intérêt. Inévitablement, ils tombent sur nous, mais ne bronchent pas. C'est bien un colonel du CO, accompagné par un tireur d'élite aux cheveux recouverts d'un chapeau à bord large et au visage masqué par son cache-cou remonté jusqu'au-dessus du nez. Dans le mille, c'est Émile.

Du côté des types à poil, la réaction diffère en fonction des bonhommes. Les trois opérateurs s'en fichent et continuent de se rincer. Moi... je ricane, en faisant comme si tout était normal. Mais Marc, c'est limite la panique, il sursaute et abat les deux mains sur son entrejambe. Mauvais réflexe, alors je lui colle un coup de coude pour le rappeler à l'ordre.

— Ouais... mais bon, marmonne-t-il en retirant ses mains avec un manque de conviction évident.

Faisant mine de régler sa douchette, il en profite pour se tourner, jugeant qu'il vaut mieux lui montrer l'arrière. Je me bidonne, mais je n'aimerais pas être à sa place. Quand Marc est mal à l'aise, il fanfaronne, alors il hèle Émile qui boit son jus d'orange sans aucune gêne.

— Alors le tireur ! Nos armes sont à la hauteur ?

Mais qu'il est con ! Je connais assez Julie pour savoir qu'il en faut plus pour l'embarrasser.

— Pas franchement mon truc, mais ça ressemble à du petit calibre. Heureusement que l'armée vous fournit un équipement plus impressionnant, répond-elle avec une voix grave que je ne reconnais même pas.

Voilà ! J'aurais dû parier. Le barnum est envahi d'éclats de rire, y compris ceux du colonel. Marc noie sa honte en gardant la tête sous la douchette. Même si je me marre, je n'en rajoute pas trop car il reste quand même le seul qui peut me couvrir quand je suis avec Julie, et celui qui nous cède sa chambre.

— On se dépêche et on revient en tenue plus correcte, mon colonel, dis-je pour justifier mon empressement soudain.

Parce que malgré tout, je ne suis pas aussi à l'aise que je veux bien l'admettre. Mais là, je suis surtout contrarié par la femme qui se cache derrière son cache-cou et qui ne dirige pas toujours son regard sur moi. Elle va m'entendre à se rincer l'œil en ma présence !

Quelques minutes plus tard, nous sommes assis face au colonel et Émile. Les gars sont regroupés autour, attentifs aux paroles de l'officier qui explique enfin la raison de sa venue :

— Nous allons monter une opération dans un village. Votre unité sera chargée de l'arrestation d'un habitant soupçonné de stocker des armes et du matériel pour les groupes armés.

— Vérifié ?

— Les renseignements convergent, oui. Je venais vous chercher pour participer à la réunion préparatoire.

Enfin, notre première vraie opération ! Marc et moi le suivons, le sourire aux lèvres.

Nous rentrons après deux heures au CO où les officiers ont exposé les informations récoltées par les services de renseignement et les modalités de l'intervention. Sur le trajet, Marc est le premier à donner son avis :

— Tu as remarqué comme ce type d'opération paraît toujours simple sur le papier ? Ding-dong. Bonjour madame, est-ce que votre mari est là ? Nous souhaiterions lui parler au sujet de son stock d'armes.

— Il vient de partir faire une course ? Ah mince. Il n'en a pas pour longtemps ? Chouette. Si nous voulons un rafraîchissement en attendant son retour ? Avec plaisir, merci beaucoup.

— Entrez donc, messieurs. Mais mettez les patins, je viens de cirer le parquet !

Nous nous bidonnons sur quelques mètres avant de retrouver notre sérieux.

— Ça ressemble à une mission basique, mais ça sent l'opération délicate, non ?

— Je le pense aussi. Nous serons dans un village connu pour son soutien aux groupes terroristes.

— C'est clair qu'il faudra trouver une meilleure approche que frapper aux portes pour nous faire offrir le thé.

— J'aime pas le thé.

— On s'en fout, ne joue pas au tatillon de la formule avec moi. Tu as très bien compris de quoi je parle.

— Que les portes seront verrouillées, qu'il faudra les défoncer et que nous serons accueillis par une rafale de fusil mitrailleur.

— Une rafale par fusil, mais avec une dizaine d'hommes qui en ont chacun un entre les mains, précise-t-il doctement.

— On verra si tu trouves ça drôle une fois sur place.

— Sûrement pas, mais j'ai quand même hâte. Des années à s'entraîner pour vivre ce genre de moments.

Je ne peux qu'approuver, puisque c'est la raison pour laquelle j'ai souhaité changer de groupe. Et puis, j'avais une pointe d'inquiétude pendant la présentation au CO, mais elle s'est dissipée. C'était à propos de Julie. Aller au feu avec elle me tracassait sérieusement, jusqu'au moment où le colonel a annoncé qu'Émile n'étant pas opérateur commando, il sera juste en surveillance à distance. Julie bien à l'abri et moi la tête libre. J'ai intérêt à ne jamais lui avouer que je la préfère loin de moi quand j'opère, sûr que je prendrais cher.

Dès notre arrivée au quartier, l'équipe au complet est déjà regroupée et fond sur nous. Leur impatience nous renverse presque.

— Vous l'avez votre opération, alors on se détend.

Autant péter dans un clairon, ils veulent tout savoir tout de suite.

— Même pas cinq minutes pour pisser ? tente Marc.

— Non. Ne râle pas, je suis sûr que tu serais bien pire qu'eux.

— Pas du tout. Je t'aurais plaqué au sol et relâché uniquement après des aveux complets. Un second coxage[29], rien de moins.

Avant la séance de sport du soir, c'est un rituel, nous regardons les informations françaises, nos vingt-quatre pieds posés sur la table basse. Au premier titre, je souffle mon ras-le-bol.

— J'en ai marre de la vie des hommes politiques, s'énerve David en se renversant en arrière. Machin est allé voir les vieux à Trouduc-plage, Truc a rencontré les futurs chômeurs de l'usine Je-me-gave-avant-de-me-barrer-ailleurs. Mais jamais ils bossent vraiment ?

Lui, c'est un passionné de moto-cross et d'aviation, que des activités avec un casque qui lui valent de se faire charrier sur son front de plus en plus dégarni, mais certainement pas féru de politique.

— Ils sont en pleine campagne électorale pour les présidentielles. On va en bouffer encore pendant huit mois. Priez pour qu'il ne leur prenne pas l'idée de venir nous voir pour se faire mousser, je réponds, aussi dépité.

— Ah non, pas ça ! J'y ai eu droit pour un Noël où le président était venu. On avait dû peindre tous les

[29] Coxage : simulation de capture au cours de la formation commando. Test éprouvant pour coller à la réalité avec interrogatoires musclés, enfermement, sac sur la tête, liens, etc., et qui se termine par un long parcours avec multiples obstacles simulant une évasion.

pneus en noir pour que ça fasse bien propre. Plus jamais ! commente Olivier.

— Alors on va arrêter de regarder les infos parce que voir la tronche de ce type tous les jours, je vous préviens que ça ne va pas être possible, réplique Marc.

Après un coup d'œil sur l'écran, j'approuve. Le Premier ministre, devant un parterre de journalistes, aligne des mots sans aucune signification, mais qui mis bout à bout donnent l'impression qu'il tient un discours sensé. De la langue de bois pur chêne massif. Encore un qui veut le poste suprême, il ne l'a jamais vraiment caché. Ses relations avec l'actuel Président se sont fortement dégradées depuis le lancement de la campagne électorale, et pour cause puisqu'il ne cesse de lui cracher dessus, tout en y mettant les formes. Pourtant issus du même parti, leur inimitié n'a jamais été un secret.

— Lui, quand je le vois, toutes mes alarmes hurlent : arriviste, fourbe, imposteur, corrompu, continue Marc.

— Et il pose ses pions partout. Tu as vu le remplaçant du ministre de l'Intérieur, c'est son ancien collaborateur et copain de promo de l'ENA, commente Tonio.

— Mais ouais ! Dès qu'un poste se libère, hop ! C'est pour un de ses potes. À se demander s'il ne s'arrange pas pour libérer les places, d'ailleurs, abonde Olivier.

Cette remarque éveille en moi un sentiment étrange, alors je compile mes données personnelles en les écoutant.

— C'est vrai que l'ancien parlait de démissionner, il y avait de l'eau dans le gaz.

— Et cette campagne de fou qu'il mène. Les bus loués pour déplacer les foules à ses meetings, toutes les salles immenses, les cadeaux siglés qu'on te distribue partout.

— Dingue ! Ma copine a presque une boîte entière de stylos et post-it avec sa tronche dessus.

— Mais il le trouve où tout ce fric ? conclut Thomas en pinçant les lèvres.

Subitement, tous les fils se connectent dans ma tête. Campagne électorale + financement + livraisons d'armes... Non ? Ce serait aussi simple que ça ? C'est du déjà vu en France et ce n'est pas si vieux, mais quand même... Et ça n'explique pas l'assassinat du ministre de l'Intérieur. Pourtant, l'appel du commandant pourri a atterri à son cabinet, il y a donc obligatoirement un lien. Ce n'est qu'un pressentiment, mais ma cervelle chauffe, et mon sang aussi à l'idée que Julie et ses camarades payent le prix fort, peut-être à cause d'hommes politiques prêts à tout pour prendre le pouvoir.

Je m'agite, je dois en discuter avec Marc qui en sait autant que moi. Peut-être qu'il évaluera la situation différemment. Je m'apprête à lui demander de me suivre dans notre chambre quand je croise son regard. J'ai l'impression que nous partageons les mêmes soupçons.

D'un signe de tête, nous tombons d'accord pour nous isoler afin de faire un point et nous nous levons en même temps, mais comme le ton monte chez les gars qui se mettent à faire le compte de tous les procès en cours des hommes politiques, un rappel à l'ordre s'impose :

— Hey, changez de chaîne ! Regardez Thalassa ou les Shadoks, ça vous détendra. Les militaires ne font pas de politique.

— Les Shadoks ? Mais sérieusement, tu as arrêté de regarder la télé en 1970 ou quoi ? se moque David.

— Je n'étais pas né, morveux. Et tu n'as que cinq ans de moins que moi, alors ne la ramène pas.

Nous sommes tellement habitués à nous charrier les uns les autres qu'il n'écoute même pas la fin de ma phrase, il préfère empoigner la télécommande pour changer de chaîne.

Avec Marc, nous laissons derrière nous une mêlée de gars décidés à choisir chacun son programme et comme toutes les contestations se font bruyamment, c'est une véritable bronca. Professionnels, sérieux et en osmose sur les opérations, mais de vrais gosses au camp : c'est nous !

Une fois à l'abri et la clim allumée, Marc attaque :

— Ça pue sévère cette affaire. Comment veux-tu la sortir de là. Ce n'est même pas un ministre, c'est un bus de ministres et leurs sbires qui sont derrière tout ça !

— On ne peut pas en être sûr, mais c'est aussi ce que j'en ai déduit. Le commandant n'étant pas la moitié d'un con, il a dû faire le rapprochement également. C'est exactement pour cette raison que nous n'interviendrons pas. Il nous demande juste d'être du côté de Julie pour la soutenir si c'est nécessaire.

— Donc, si on fait le point, elle est mal. Très mal car elle n'est pas près de retrouver son identité, et pas sa vie non plus.

Il a raison, mais j'ai foi en l'opiniâtreté du commandant. Oui, il faut y croire.

— Il y arrivera. Avec les risques qu'il a pris, il a montré qu'il était motivé.

— Heureusement qu'il gère parce que nous serions clairement à la ramasse pour le faire à sa place.

— Nous en serions incapables. Autant l'admettre.

Nous sommes interrompus par Laurent qui frappe à la porte, puis entre sans attendre une invite qui, de toute façon, n'est pas d'usage ici.

— Les officiers du CO vous réclament. Une info importante vient de tomber.

Elle est certainement liée à notre mission programmée, alors nous nous y rendons en confiance, même excités à l'idée que l'opération soit avancée. Une fois sur place, l'agitation ambiante nous surprend, mais cela reste somme toute habituel. La vision du colonel qui est en ligne et qui s'impatiente en invectivant son interlocuteur, ça l'est un peu moins. En nous apercevant, il raccroche violemment et vient sur nous.

— On a un souci à Gao. Ça ne remet pas en cause l'opération, mais ça risque de la retarder de quelques jours.

— Ah ! De quel genre, le souci ?

— Un commandant a été retrouvé mort en ville, il était en tenue mais pas en service.

Nous nous raidissons aussi sec. J'ai la sensation que mon sang s'est figé dans mes veines. J'ai une bonne idée de l'identité du militaire tué, mais je me renseigne malgré tout :

— De quelle unité ?

— Renseignements. Retrouvé avec une balle dans la poitrine. On n'en sait pas plus pour le moment, mais nous avons reçu l'ordre de rehausser le niveau de sécurité ici aussi. Le commandement craint que des informations aient pu fuiter.

Quelques minutes plus tard, nous sortons sans échanger un mot. Le moral au plus bas, tous nos espoirs qui prennent l'eau, alors quoi dire ? Après quelques mètres, un soldat nous hèle dans l'allée. Il court vers nous avec un paquet sous le bras.

— C'est arrivé au CO. C'est pour vous, maître.

Je m'en empare et le remercie, il tourne les talons et disparaît aussi vite qu'il est apparu, pendant que nous continuons notre chemin. Au bout d'une quinzaine de pas, Marc se tend. Il serre les poings en inspirant avant d'ouvrir enfin la bouche :

— Mais merde !

— Ouais, on nage en plein dedans et on ne peut rien y faire dans l'immédiat. On fera le point tout à l'heure, au calme.

— Le point de quoi ? C'est fichu, on ne peut plus rien faire sans lui.

Je suis malheureusement d'accord, mais ne voyant aucune option pour l'instant, je préfère me concentrer sur le programme de la journée. Je dépose le colis dans ma chambre et nous partons pour une séance d'entraînement. Pendant les quatre heures qu'elle dure, je suis trop occupé pour cogiter sur la somme de problèmes que la disparition du commandant va engendrer. En revanche, à notre retour, le fardeau qui pèse à peu près l'équivalent d'un char Leclerc m'écrase de tout son poids.

Marc et moi sommes dans notre chambre, aussi pensifs qu'abattus, quand un téléphone sonne. Une sonnerie inconnue, d'un appareil qui l'est tout autant, alors nous nous interrogeons du regard.

— Ça vient de la boîte, dit-il en la pointant du menton.

Le colis ! Je m'en empare et l'ouvre rapidement, pour me retrouver avec un objet en plastique de couleur vive qui ressemble plus à un jouet. Je décroche, un peu anxieux, et j'écoute sans prononcer un mot.

— Ah quand même ! L'hélicoptère qui amenait le courrier est tombé en panne ?

Je suis tellement content d'entendre cette voix que je ne relève pas le sarcasme.

— Mais je vous croyais mort !

Marc comprend, il écarquille les yeux et souffle de soulagement en se laissant tomber en arrière sur le lit.

— Ne me dites pas que c'est à cause de ça que vous ne répondiez pas. Et puis merci de m'enterrer aussi facilement.

— Je mets le haut-parleur pour mon adjoint.

Il y en a un au moins sur ce machin pour gosses ? Oui, je le trouve et reprends la conversation.

— Désolé, on ne m'a pas précisé l'identité du commandant tué et vu l'ampleur de l'affaire, j'ai pensé que vous vous étiez fait cramer.

— Comme vous pouvez le constater, ce ne sont pas mes quatre barrettes qui ont mordu le sable, mais celles de l'autre.

— Mais non ! Je voulais me le faire ! Qui a cassé mon jouet ? peste Marc.

— Je ne le sais pas encore, mais ça viendra.

— C'est mort pour obtenir des informations maintenant, fais-je remarquer.

— C'est également la première pensée qui m'a traversé l'esprit. Parce que j'aime autant vous dire que je n'ai pas organisé une veillée funèbre pour lui. J'ai aussitôt inspecté l'intégralité de son bureau, lu le moindre bout de papier qui y traînait, poubelle comprise, mais je n'ai rien trouvé d'intéressant. Ensuite, une autre idée m'est venue, directement liée au fait qu'il a été tué en ville : sa chambre.

— Il faut vite la fouiller avant que ses affaires soient récupérées ! Allez-y tout de suite !

— C'est déjà fait. J'ai tout retourné et j'ai mis la main sur un sac au fond de son duvet bien roulé dans son placard. Il n'avait pas la conscience tranquille, le bonhomme.

D'impatience, nous crions en même temps :

— Alors ?!

— Du pain béni. Il était intelligent et a pensé à protéger ses arrières. Bien que ça n'ait guère été utile pour lui sauver la vie, ça le sera pour nous afin de faire éclater la vérité. Il a conservé tous les ordres qu'il a reçus, audio ou écrits, ainsi que tous les contacts et intervenants. Encore mieux, il n'a pas détruit les photos et le rapport déposés par le binôme de… vous savez qui. J'ai tout !

C'est la fin des problèmes pour Julie ! Je m'enflamme aussitôt :

— Il faut faire des copies ! Tout mettre à l'abri !

— Pourquoi ai-je la fâcheuse sensation avec vous, et de façon répétée, que vous me prenez pour un abruti ?

Vraiment ? Je lui donne cette impression ? J'interroge Marc du regard, il hoche la tête en se marrant.

— Désolé, j'ai toute confiance en vous.

— Mouais. On va mettre ça sur votre besoin de contrôle et je vais tout de suite le satisfaire, écoutez bien. Tous les documents sont scannés et envoyés à divers endroits sûrs. D'ailleurs, une enveloppe à votre nom est partie au commando Jaubert à Lorient. Il y a assez de copies, y compris sur des drives protégés, pour que ça ne puisse pas s'envoler.

— Et la prochaine étape ?

— Compiler tout ça et s'arranger pour que ça atterrisse entre de bonnes mains, pourvues de reins assez solides pour faire éclater l'affaire au grand jour.

— Et nous ? Nous faisons quoi ?

— Votre travail en gardant un œil sur… vous savez.

— Nous n'aurons pas servi à grand-chose, bougonne Marc.

— Détrompez-vous. Sans votre soutien moral elle se sentirait abandonnée. D'ailleurs, pour faciliter la communication, je lui ai fait parvenir un téléphone aussi. Ils ne sont pas tracés et très basiques, donc pas de risque. Dans la mémoire, le 1, c'est moi. Le 2, c'est vous et le 3, c'est… vous savez.

En voilà une bonne nouvelle ! Nous aurons enfin un peu d'intimité, même si ça passe par un appareil. D'ailleurs, dès la fin de notre conversation, je m'empresse de lui envoyer un message.

2 : Hey ! Tu pourras arrêter de te languir, tu m'auras en ligne quand tu veux.

3 : Je me demandais quand tu allais te décider à me contacter. Je regarde le tél. depuis trois heures !

2 : J'ai un vrai métier, moi. Viens donc squatter mon duvet cette nuit et je vais t'expliquer ça avec mes mains et le reste.

1 : J'avais mis l'option d'envois simultanés à tous les contacts, mais je crois qu'on va l'enlever. Merci.

Il aurait pu prévenir avant, ça lui aurait évité de suivre nos échanges pas très professionnels. Et encore, heureusement qu'il nous alerte maintenant, je suis resté soft mais ça n'allait pas durer. Avant de réitérer mon invitation à Julie, j'enlève le paramétrage de messagerie et je modifie le nom des contacts, juste de quoi s'y retrouver un peu mieux.

2G : Pointe ton joli cul dix minutes avant le couvre-feu. Je serai avec toute l'équipe derrière le barnum pour une séance d'exercices. Tu passeras par la droite.

3J : Ça sera tout ?

2G : Je ne sais pas. Tu as de la dentelle dans tes affaires ? Sinon, tu peux m'attendre à poil, on gagnera du temps.

3J : Tu devais être prince charmant dans une autre vie, non ?

13

La préparation, c'est sérieux.

Une sonnerie désagréable grésille dans mes oreilles. Il fait encore nuit noire et j'ai du mal à émerger. À mes côtés, Julie s'étire brièvement, mais au lieu de s'écarter comme chaque matin, elle se love contre moi en épousant parfaitement ma position. Sans me retourner, je presse sa main sur mon torse et profite de ces quelques secondes de tendresse.

— Une petite flemme ce matin ?

— Pas du tout. Juste même pas la force de lever une paupière, répond-elle en riant.

— Besoin d'une petite impulsion ? Je suis prêt à t'aider.

— Ça dépend. Tu envisages un coup de pied au cul ?

— Mais non, j'ai bien mieux que ça, tu vas voir.

Je me libère de son étreinte et l'allonge sur le ventre. À genoux, je me penche pour poser les lèvres sur sa nuque, puis glisse vers son épaule, et parsème sa peau de baisers en descendant petit à petit. Les paumes à plat, je lui masse doucement le dos et un soupir lui échappe lorsque ma langue taquine le creux de ses reins.

— Alors, c'est pas mieux qu'un coup de pied ?

— Merveilleux. Ta reconversion est assurée, ne t'arrête surtout pas.

Quelle drôle d'idée ! On commence une mission, on la termine. Toujours rester pro. D'ailleurs, j'attrape ma montre pour vérifier l'heure, et je soupire de déception.

— Plus le temps, il va bientôt faire jour. Tu auras la suite ce soir, dis-je en déposant un baiser sur sa fesse gauche.

Julie se redresse, me sourit et m'embrasse, puis elle se lève et enfile ses vêtements. Nous échangeons un dernier regard empreint de douceur et elle se sauve dans le petit matin. Marc déboule dans la chambre juste après et se jette sur son lit. Je crois qu'il en a un peu marre de la situation et qu'il voudrait faire une vraie nuit.

En milieu de matinée, l'équipe se réunit pour préparer l'opération. Pas de caisse à sable cette fois-ci, nous consultons les images satellites et celles du drone, encore plus Laurent qui étudie le terrain pour l'itinéraire d'infiltration et les replis possibles.

Comme souvent sur le papier, la mission est a priori simplissime : aller d'un point A à un point B, traiter le ou les clients, puis rejoindre un point C pour exfiltration. Ce qui peut rendre l'opération plus ardue, c'est l'environnement hostile, et je ne fais pas référence au paysage, mais bien aux habitants du village dans lequel nous interviendrons.

Pour cette phase de préparation, tous les intervenants sont présents. Comme on ne lâche pas des commandos tout seuls dans la nature, ça fait du monde dans le CO. Il y a notamment le chef de conduite des opérations, Nathan, un grand brun un peu dégarni sur le front, à l'œil vif et déterminé. Je vais aussitôt le saluer. En plus d'être très sympa, il est particulièrement important puisque c'est avec lui que nous communiquons par radio pendant les opérations. Non seulement il est en contact avec tous les éléments sur le terrain, mais il est aussi notre œil et nos oreilles, il suit en direct les images des drones ou des hélicos et compile les renseignements.

Les salutations continuent, car un second groupe d'opérateurs du commando Trépel vient d'arriver de Tessalit, à environ deux cents kilomètres d'ici. Juste de passage pour intervenir en même temps que nous dans la vallée voisine. Émile sera dans leur détachement de tireurs d'élite.

Les briefings s'enchaînent, tout est pensé, analysé, discuté, jusqu'au moindre détail : la géographie du village, la maison, la hauteur de ses murs, les bâtiments de vie ou de stockage, etc. On se consulte, chacun donne son avis, propose et suggère. Au moment de partir, chacun doit connaître exactement son rôle, afin de pouvoir mieux réagir aux impondérables qui ne manqueront pas.

Julie participe aux briefings, mais elle reste en retrait. Son rôle ne la met pas au contact du danger, mais avec son spotter, elle détermine leur emplacement. Intrigué, je les regarde qui partent tous les deux dans des calculs d'angles de vue, de tir, de distances, pour finalement dessiner une croix sur la position qu'ils prévoient.

— Ça va vous faire une sacrée grimpette, déclare Marc en se penchant sur la carte.

— Pour être efficace, il vaut mieux être au-dessus. Si on se met au fond d'une grotte, il y fait plus frais, mais c'est moins pratique pour couvrir les équipes en action, se moque le spotter.

— Quelle grande gueule tu as pour un mec qui doit toujours être discret, le rembarre Marc en riant.

De mon côté, je ne la ramène pas car leur emplacement me va très bien. Très haut, loin de nous, à l'abri et avec plusieurs possibilités de repli. Au top !

Pendant deux jours, les briefings s'enchaînent, ainsi que les séances de *drill*[30], pendant lesquelles nous répétons inlassablement les gestes que nous effectuerons le jour J. En fin de journée, je fais une tentative auprès de Marc :

— Ce soir, tu fais quelque chose ?

— Ouais. À son air mielleux, je crois que mon chef a prévu de me faire dormir sur un canapé, rétorque-t-il en souriant.

— Je te revaudrai ça.

Aussitôt, je dégaine mon téléphone en le cachant dans ma serviette.

2G : Ce soir. Toi. Moi. Conversation en langue des signes.

3J : Programme alléchant. Mais tu le suivras avec Marc, je suis prise ailleurs.

---

[30] Drill : entraînement sous forme de répétitions des gestes afin qu'ils deviennent des réflexes.

Je suis trop contrarié pour faire de l'humour sur le fait qu'elle soit prise, ailleurs ou par quelqu'un d'autre. Il ne reste que deux nuits avant l'opération, dont celle de la veille forcément au calme pour être au taquet. Pas grave, la mission est de quelques heures et non de plusieurs semaines. De plus, si elle est postée sur le toit du CO, je peux toujours passer la voir vite fait, ce sera mieux que rien.

2G : Tu es en position ?

3J : Pas pour une levrette. Ni pour tailler une… bavette. Je suis sur le pas de tir.

Entraînement de nuit, évidemment. Ma Julie étant aussi Émile, un type qui ne fait pas dans l'approximation, il est à parier qu'il passera les deux prochaines nuits à se préparer pour couvrir nos couennes efficacement. Enfin, celles du groupe Trépel, mais le résultat est le même : Julie n'est plus disponible. D'ailleurs, ça me donne une idée que je m'empresse d'annoncer à l'équipe en arrivant au quartier :

— On mange et on part en tir de nuit !

Tous approuvent en levant le pouce, mais Marc me regarde de biais, troublé par cette soudaine décision, puisque d'habitude nous nous concertons toujours.

Deux véhicules blindés de la légion nous transportent jusqu'au pas de tir, situé dans un lieu où la sécurité est relativement bonne. Il fait nuit noire lorsque nous arrivons. Nous nous installons tous en ligne, moi avec un peu moins d'entrain que les autres, car Émile n'est pas là. Pourtant, le 4x4 qu'il a emprunté est garé sur le côté, avec le chauffeur et son binôme qui discutent à côté. Pendant que les gars se préparent, je vais les voir, Marc me suit.

— Émile ne s'entraîne pas ?

— Si, mais il voulait des conditions réelles, alors ils ont zéroté[31] en bas puis sont montés.

— Nous tirons alors qu'on ne sait pas où il se trouve ? s'alarme Marc. Vous auriez pu prévenir avant qu'on s'installe !

— Ben... vous ne risquez pas de les toucher, répond le légionnaire en désignant un point en hauteur à des centaines de mètres.

— Ouais, d'accord. Mais lui, il peut nous toucher, bougonne Marc.

Pour ne pas lui coller la honte devant les soldats, je me contente de hausser un sourcil interrogateur. Contrarié, il marmonne. Ben oui, nous parlons d'un tireur d'élite. Il est possiblement admis qu'il connaisse les règles de sécurité. Et accessoirement, qu'il sache viser.

Nous les saluons puis partons nous installer. Il fait très sombre et aucune lumière pour parasiter notre vision. Dès que nous avons placé nos bouchons antibruit, abaissés nos JVN, les pointeurs infrarouges apparaissent et la pétarade démarre. Couchés en ligne sur une butte, nous vidons nos chargeurs sur les silhouettes en carton. L'une d'elle

---

[31] Une lunette doit être réglée pour correspondre à l'axe du canon. Le zérotage est un réglage qui sert de base. Une lunette est équipée de deux tourelles (boutons de réglage), un pour l'axe horizontal, l'autre pour l'axe vertical.

est décalée sur la gauche et personne ne s'en préoccupe. Nous changeons nos chargeurs en silence, quand un claquement sec nous fait sursauter. La cible isolée vient de se faire transpercer, puis arrive le son de la détonation et son écho qui se répercute dans la vallée.

— Bordel ! Émile ou pas, je n'aime pas avoir un tireur derrière moi ! s'exclame Marc.

— Mais sa cible est à deux cents mètres devant et nous ne sommes pas du tout dans la trajectoire, arrête ton cirque. Allez, encore un chargeur et on remballe !

J'espérais voir Julie mais ça ne sera pas le cas, sauf si j'ordonne une grimpette pour la retrouver au sommet. Au moment où nous allons nous remettre à tirer, la cible d'Émile prend une seconde balle. C'est vrai que c'est déstabilisant, mais excellent pour la gestion du contrôle.

Après en avoir terminé, nous rangeons nos armes et faisons tourner une bouteille d'eau. Depuis le temps que nous sommes ici, nous partageons aussi nos bactéries.

— Émile a défoncé sa cible, fait remarquer Patxi.

Lui, c'est un Basque pure souche avec qui on peut rire de tout sauf des Basques. C'est un petit gabarit, mais taillé dans la largeur avec des mains énormes et c'est notre spécialiste en explosifs.

— Il a un calibre fait pour taper les véhicules, c'est logique qu'il explose du carton, nuance David.

Marc renifle, puis se dirige droit vers les légionnaires. Nous le regardons faire, étonnés par sa démarche raide, comme s'il était en colère.

– Vous êtes en liaison radio avec lui ? leur demande-t-il.

– Bien sûr, déclare un soldat en lui tendant son appareil.

Marc s'en empare et, envoyant paître le protocole, il aboie dedans :

– Tu es obligé de jouer à celui qui a la plus grosse avec nous !

La réponse lui arrive dans un crachotement métallique, et avec la puissance d'un uppercut :

– Ce n'est pas un jeu, mec, j'ai la plus grosse.

Elle me tue ! Marc reste sans voix. C'est la deuxième fois qu'elle le mouche, c'est à croire qu'il n'apprendra jamais. Elle a autant de répartie que n'importe lequel d'entre nous, plutôt logique pour passer inaperçue au milieu des hommes. Marc a du mal à s'en remettre, nous aussi, pliés de rire devant son air pincé quand il rend la radio au légionnaire qui se contient tant bien que mal, avant de s'en aller vers nos véhicules.

14

Du neuf avec du vieux.

La fin de soirée se déroule dans la bonne humeur, mais je grogne intérieurement. J'ai beau envoyer des messages à Julie tous les quarts d'heure, elle ne répond pas. Marc se penche sur moi :

— Arrête avec ton portable. Ça manque de discrétion.

— Ça me saoule ce silence, je bougonne en rangeant l'appareil dans ma poche.

— Je ne comprends même pas pourquoi tu insistes. Tu te doutes bien qu'elle n'a pas son tél sur elle.

Couillon que je suis. Elle est en entraînement, et allumé ou pas, c'est interdit. C'est surprenant comme j'arrive à oublier qu'elle est aussi un soldat d'élite et non ma copine à la maison qui se languit de me revoir. Les rôles sont inversés, me voilà dans la peau de la princesse qui attend le retour du guerrier !

— Je n'aurais jamais pu être épouse de militaire !

D'abord étonné, Marc éclate de rire.

— Je confirme, tu n'as pas le profil pour ça. Tu es bien trop poilu.

— Je n'ai surtout pas la patience.

— Et encore ! Toi, tu sais où elle est, avec qui et ce qu'elle fait.

— Tu as raison. Elles ont du mérite les femmes des collègues. Je comprends mieux celles qui m'ont largué après deux missions.

— Tu oublies celles qui se sont barrées avant qu'on rentre.

Ça revient au même, si ce n'est que ça évite une scène avec des pleurs et des reproches. Pour ce soir, j'oublie Julie, ou du moins j'essaie, et je profite de la gaieté du groupe. Il ne faut pas longtemps pour que Marc et Tonio se mettent à chahuter. Cette fois-ci, je ne veux pas être en reste, alors je donne le ton en sautant sur la table pour assurer le show. Je vais leur montrer aux mômes que je sais me lâcher !

Marc pousse le volume de la musique et sous les applaudissements de la foule hystérique, j'exécute une danse endiablée en enlevant mon t-shirt. J'en suis à faire des moulinets avec, quand tout s'arrête. La musique, les acclamations, et moi. Les gars se mettent à tousser, alors, avec un peu d'appréhension, je me tourne pour faire face au groupe. Ils pincent les lèvres pour contenir leur rire et il y a deux visiteurs derrière.

— Il n'y a pas à dire, les commandos savent mettre de l'ambiance.

C'est le colonel de permanence qui s'amuse de la situation. Il est accompagné d'un sergent-chef, issu d'une unité de tireur d'élite comme l'indique son écusson. Il n'ose pas sourire, mais ses mâchoires crispées le trahissent. Ils ne sont pas là pour danser avec moi, alors je descends de mon estrade, enfile mon t-shirt et mon masque de soldat hyper professionnel.

— Des infos sur l'opération ?

— Oui et non. Nous avons un changement de personnel de dernière minute. Le spotter d'Émile, est rapatrié en France pour problème familial grave. Son remplaçant vient d'arriver, je vous présente le sergent-chef Vinel.

— Quoi ? Mais Émile est en plein calage avec son spotter. Il ne reste que deux jours !

— C'est pourquoi on m'a envoyé, j'ai déjà fait équipe avec lui.

Ah ? Voilà qui est troublant. Comment peut-il connaître Émile qui n'a pas d'identité réelle ? Marc plisse les yeux en l'examinant, aussi soupçonneux que moi. C'est un jeune chef bien taillé, normal avec sa fonction, propre sur lui, une bonne gueule de minet, qui doit plaire aux minettes, justement. Je ne doute pas de ses compétences et il a l'air sympathique, mais c'est tout de même très étrange cette histoire.

Je m'apprête à le sonder, mais voyant que je le jauge depuis une minute, il fait un pas en avant.

— C'est le commandant Barriand du COS qui m'a fait venir.

— De France ? je m'étonne.

— Non, j'étais déjà déployé au sud de Gao. Je suis arrivé il y a un mois en remplacement d'un blessé.

— Vous êtes l'intérimaire de la compagnie ? ironise Marc.

— Ouais, j'ai un peu la sensation de jouer au bouche-trou, approuve-t-il en riant.

Il ne se prend pas au sérieux, c'est un bon point. S'il est net, je sens qu'il va me plaire. Mais avant toute chose, j'ai besoin d'une confirmation.

— Je dois retourner au CO. Je compte sur vous pour briefer rapidement le chef Vinel, déclare le colonel.

Il m'offre l'occasion de m'éclipser, alors je le raccompagne jusqu'à la porte du quartier. Ensuite, je m'isole dans un coin pour contacter le commandant Barriand. Par chance, il décroche, j'attaque sans perdre de temps.

— J'ai reçu le colis humain. Vous confirmez ?

— Oui. Il est fiable et il connaît très bien... la personne. Je l'ai mis au courant rapidement, il accepte d'entrer dans le cercle.

— Et un de plus. J'aime moyen.

— Pas le choix, la femme du spotter précédent a eu un accident et est hospitalisée. Il fallait un remplaçant niveau chef de détachement. Déjà qu'ils travaillent en binôme au lieu du trinôme habituel, mais ça passe parce qu'ils sont toujours intégrés à une autre unité. De plus, on ne pouvait pas le mettre au courant de l'affaire, ce qui compliquait la vie de... vous savez. C'est une aubaine que d'avoir le nouveau sous la main.

— Niveau d'information ? Il sait tout ?

— Dans les grandes lignes et il s'en contente, il est habitué au secret. Mais le mieux serait de ne pas échanger sur le sujet. Vous en savez suffisamment pour comprendre que nous sommes en danger.

— Du nouveau ?

— Oui et pas terrible. Nous avons trouvé un lien avec un...

— Nous ? je le coupe, inquiet d'avoir une autre personne mise dans la confidence.

— L'ingénieur réseau, celui qui a tracé les appels. Il m'aide à relier les informations. Le lien qu'il a découvert n'augure rien de bon pour nous. Il s'agit d'un autre chef. Le nôtre, me confie-t-il d'une voix lasse.

J'en reste coi. Le ministre des Armées ! On est dans la panade complète, on ne pourra jamais sortir Julie de cette situation.

— Par pitié, dites-moi que vous avez au moins le début d'un commencement de solution.

— Vu le niveau, il faut que j'étudie scrupuleusement toutes les options.

— J'aimais bien celle de tout larguer aux mercenaires. Pour péter, ça pèterait.

— Nous ne sommes pas ce genre de personnes. Même si je vous accorde que ça me démange également. Quand le moment viendra d'envoyer la patate chaude, je vous préviendrai. Pour le nouveau, c'est un bon gars. Ne vous laissez pas influencer par son passé, je compte sur vous pour rester impartial. Du monde arrive, je raccroche.

Son passé ? De quoi parle-t-il ? Il est pénible avec ses informations incomplètes qui les rendent inutilisables. Pas grave. Je retiens que, tout compte fait, la libération n'est peut-être pas si loin. Je rejoins l'équipe, Marc et le chef ne sont plus là. Troublé, j'interroge Olivier, occupé à vérifier son matériel de soins, qui répond sans lever la tête de son bazar de tubes et de compresses.

— Ils t'attendent dans votre chambre.

— Vu l'heure, à demain les gars !

J'attrape une bouteille d'eau et repars dans la nuit. Je les retrouve tous les deux en train de tailler le bout de gras, mais un détail m'agace.

— C'est mon lit. Ça ira pour cette fois, mais n'en faites pas une habitude.

— Désolé, je n'avais pas réfléchi, répond-il en se levant.

Son paquetage est posé contre le mur, alors il s'assoit dessus, moi, sur mon lit.

— Dans la logique, en dehors des briefings, nous ne devrions pas traîner ensemble, je précise sans animosité.

— Oui, c'est plus prudent, mais avec les circonstances... anormales, j'ai préféré me présenter à vous avant.

Il me fait une excellente impression et le fait qu'il ose se mouiller le rend encore plus sympathique. Et puisque nous avons le même grade, autant se tutoyer.

— Donc, tu es un ancien binôme d'Émile ?

— Pas vraiment. Je la connais...

— Tu LE connais, je le corrige immédiatement.

Il grimace de sa bévue, puis se passe la main sur le visage en soufflant.

— Je me l'imprime. Donc, je le connais de sa formation. Nous avons… nous étions…

Il hésite sur le choix de ses mots, ça ne me dit rien qui vaille. Avec Marc, nous nous penchons vers lui pour l'inciter à se lancer.

— C'était… mon… petit copain ? bafouille-t-il avant de s'indigner. Non ! Je ne peux pas dire un truc pareil ! Je reformule : nous étions ensemble, c'est mon ex.

Pendant que je reste sonné par le coup de pelle virtuel qu'il vient d'abattre sur mon crâne, Marc se marre en baissant la tête, comme si ça allait suffire pour que je ne remarque pas qu'il trouve la situation hilarante. D'un regard peu amène, je l'incite à se calmer pronto. Il se racle la gorge pour retrouver son sérieux avant de poser une question pertinente :

— Vous êtes toujours en bons termes, au moins ?

— Bien sûr. C'est… un type génial. C'est pénible cette affaire, ça me fait dire de ces trucs ! s'agace-t-il. Bref, notre rupture est de mon fait. Autant être honnête, physiquement… pas vraiment mon style. En plus, je vivais mal la compétition, j'étais parfois moins bon tireur. Je veux dire d'un point de vue professionnel ! Pour le reste, tout allait très bien.

D'un coup, je l'aime moins. Déjà, c'est son ex, ça suffit à me piquer. Ensuite, qu'il se sente diminué parce que sa copine déchire, c'est débile. Personnellement, c'est tout l'inverse. Mais tant mieux, qu'il laisse la place à un mec qui assume : moi.

— Tout n'allait pas si bien que ça si tu as perdu tes couilles. Si tu la largues pour ça, elles ne doivent pas être bien accrochées, mon gars, assène Marc.

Pas mieux ! Bravo Marc ! Le type se renfrogne, moi, je jubile.

— Ouais. Je n'en suis pas fier, c'est clair.

Il est tout péteux et ça ne me rassure pas trop sur ses motivations, alors je deviens un poil plus agressif :

— C'est par culpabilité que tu as accepté de remplacer son spotter ?

— Non ! Je l'apprécie beaucoup et je suis dégoûté par ce qui lui arrive. Ensuite, je ne me force pas. Bosser avec lui, c'est top et nous formions un excellent binôme. Bon, je vais vous laisser, mais j'ai un message du commandant à vous transmettre avant.

— On vous écoute.

— C'est au sujet de l'officier mort. Il m'a demandé de vous dire que ce n'était pas une vengeance. Il a précisé que vous comprendriez.

— C'est le cas. Merci. On se verra au dernier briefing avant l'opération demain.

Marc le raccompagne, je m'affale sur mon lit. C'est plus fort que moi, je sors le portable de ma poche pour vérifier si je n'aurais pas loupé un message, ce qui n'est pas possible puisque j'aurais senti le vibreur contre ma cuisse. Rien, évidemment. Elle me gonfle à s'entraîner autant ! D'ailleurs, avec qui puisque son spotter est chez nous ?

Dépité, je retire mes bottes et je m'allonge sur le ventre. Quand Marc rentre, je ne lève même pas la tête. Mais cette andouille est d'humeur à me chercher, voilà qu'il s'installe à califourchon sur mon dos.

— Dégage ! Tu vas péter mon lit avec tes conneries.

Non seulement il ne bouge pas, mais en plus, il me pince le cul. Là, je sais que ça ne peut pas être lui. Je me retourne d'un bloc, en emportant une Julie hilare dans mes bras. Je la plaque sous moi et fonds sur sa bouche. Je fais durer, autant qu'elle m'a manqué ces derniers jours. Aussi bon que soit ce baiser, je n'oublie pas qu'elle me laisse sans nouvelles, alors je recule la tête pour la gronder du regard. Elle prend un air désolé pas crédible, encore moins avec ce petit sourire en coin.

— Dis donc, tu entres et sors de ce quartier comme dans un moulin. Je vais lyncher mes gars qui n'assurent pas la sécurité.

— C'est Marc qui m'a accompagnée. Il nous donne dix minutes et il revient pour discuter.

— Il aime le risque.

— Il n'est pas inquiet. D'après lui, tu n'es pas capable de faire quoi que ce soit de délictueux avec moi dans ce laps de temps.

Je promène mon regard sur sa tenue, tout ce qu'il y a de plus complète, et je conviens que je n'aurais peut-être même pas le temps de lui ôter ses bottes. Autant ne pas s'exciter pour rien, alors je me redresse en l'emportant avec moi. Une fois assis, je plaque un baiser sur son front avant de lui pincer le nez en fronçant les sourcils.

— Non contente de m'ignorer pendant des heures, tu m'envoies ton ex. Tu cherches la guerre ?

Elle éclate de rire, puis pose les mains sur mes joues et m'embrasse longuement. Ensuite, elle m'observe avec un regard malicieux.

— C'est pas sympa, je me justifie.

— Te connaissant, tu n'as pas ressenti une seule seconde de crainte face à lui. Au mieux, tu as cogité sur la meilleure façon de le renvoyer loin d'ici.

— Pas faux. Il ne te mérite pas comme copine, mais j'espère qu'il est au moins à la hauteur pour être ton spotter. Parce que s'il t'arrive quelque chose, là, il devra s'enfuir sur la lune s'il ne veut pas que je lui râpe le cul.

— C'est un bon, sois tranquille. Il faisait partie des instructeurs sur ma formation. Lionel et lui étaient très amis, alors je t'assure qu'il est remonté.

— Et pour le reste ? Toi et lui ?

Elle s'écarte en plaquant les mains sur ses joues.

— Oh oui ! Refais-moi cet air jaloux qui te va si bien. Tu es trop mignon.

— Réponds.

Avec une moue espiègle, elle s'installe à califourchon sur mes genoux et m'enlace le cou. Lentement, elle vient déposer un baiser sur le bout de mon nez, puis souffle sa réponse contre mes lèvres.

— Moi et Damien, rien du tout.

— Sans regret ?

— Pour moi, aucun, tu gagnes haut la main. Et en ce qui le concerne, si je me fie à la taille de mes fringues, je n'ai pas perdu en masse musculaire, je me trouve donc toujours en dehors des critères féminins qu'il recherche.

— Il a de la merde dans les yeux ? Ça se voit quand même, il n'avait pas besoin de t'essayer pour ça.

Quand elle hausse les épaules en réponse, la porte s'ouvre sur Marc, qui entre avec une main plaquée sur les yeux.

— Je peux regarder sans risque de me cramer les pupilles ?

— Tu l'as dit toi-même, pas le temps pour en arriver là.

— Parfait !

Il ôte sa main, jette un coup d'œil suspicieux sur nous, approuve d'un hochement de tête et s'assoit sur son lit. Julie descend de mes genoux pour se placer sagement à côté.

— Bon, sérieusement. J'ai bien compris le message du commandant ? questionne Marc, soucieux.

— Lequel ? Je ne suis pas au courant, s'étonne Julie.

— Celui que ton spotter nous a transmis de sa part tout à l'heure et qui disait que ce ne sont pas les mercenaires qui ont tué l'autre commandant et donc, pas une vengeance.

Julie blêmit avant de s'affaler contre moi. Elle comprend comme nous le danger inhérent à cette nouvelle : quelqu'un a été envoyé pour supprimer une personne gênante et ce quelqu'un est potentiellement très informé et bien planqué.

— Un autre officier ? questionne Marc.

— Impossible à deviner. Mais mercenaires ou pas, le commandant sait désormais d'où viennent les ordres. Notre chef, je réponds en croyant à peine à mes paroles tant leur signification me paraît irréelle.

— Le MINARM[32], souffle Julie, effarée.

Nous nous observons en silence, accablés par ce que cela implique. C'est tout simplement inimaginable comme situation. Quelque chose qu'on ne peut pas appréhender tant ça remet en cause tout ce pour quoi nous nous battons chaque jour.

— Gaël, tu ne penses pas qu'il serait plus prudent qu'on installe Julie et son spotter dans notre quartier ? Après tout, qu'Émile loge avec nous ne serait pas anormal sur un camp comme Kidal, ça passerait crème, propose tout à coup Marc.

L'idée me botte au premier abord, mais ça soulève deux points délicats.

— L'avoir auprès de nous pour la protéger si besoin, bien sûr que ça me tente. Mais est-ce que ça ne l'expose pas encore plus ? Et ça voudrait également dire que nous mettons le reste du groupe dans la zone de danger sans leur demander leur avis.

Nous nous renfermons dans un silence pesant, chacun réfléchissant à une solution. Julie est tendue, ses sourcils froncés, son pouce et son index malmènent le lobe de son oreille droite, et je sais que

---

[32] MINARM : Ministre des armées (et Minarm : Ministère des Armées).

ce n'est pas la crainte qui en est la cause, mais parce qu'elle n'apprécie pas de représenter un poids pour les autres. Je m'empare de sa main entre nous et je serre ses doigts. C'est tout de même étrange ce besoin que je ressens d'embrasser tous les problèmes qu'elle traîne et dont elle n'est pas responsable. Nous n'avons pas eu le temps d'apprendre à nous connaître comme il le faudrait, mais je n'ai aucun doute sur le fait que c'est Julie que je veux dans ma vie.

— De toute façon, il n'est pas question de changer quoi que ce soit avant l'opération. C'est demain et c'est la priorité, alors on reste concentrés dessus, conclut-elle avec justesse.

— Mais tu peux dormir ici cette nuit, ça te détendra, je tente sans une idée particulière en tête, mais plutôt des tonnes.

— Non. Je dois retrouver Damien, on retourne sur le pas de tir pour se caler. Et c'est tant mieux, parce que j'en ai marre de ressasser cette histoire sans rien pouvoir faire. Autant être active et utile que rester les deux pieds dans la même botte.

Elle se lève, j'en fais de même. Elle enfonce son chapeau sur la tête et remonte son cache-cou sur le nez. Je la retiens par la main lorsqu'elle s'apprête à ouvrir la porte :

— Le commandant va te sortir de là. Il n'a pas l'intention de les laisser s'en tirer.

— Ouais, il vaut mieux y croire.

— Je te raccompagne.

Je suis bien inspiré car à peine cinq mètres faits dehors, deux de mes gars se dirigent vers nous, juste en boxer, la serviette autour du cou et la trousse de toilette dans une main. Lorsque nous les croisons, ils saluent la star – pas moi, mais Émile – en lui collant deux coups de poing dans l'épaule. En dehors du boulot, nous ne sommes pas experts dans la finesse, on se malmène gentiment quand on s'apprécie. Je ricane intérieurement et j'ai hâte de voir leur tête le jour où ils apprendront que c'est une fille. Ils se remémoreront toutes les fois où ils l'ont molestée, parce qu'ils y vont gaiement.

Quand nous arrivons devant l'entrée du quartier, je me contente de lui claquer l'omoplate à mon tour, alors que j'aurais nettement préféré être plus doux et viser sa bouche avec la mienne.

– Je ne te roule pas une pelle, mais le cœur y est, je chuchote en lui pressant l'épaule.

J'entends son ricanement et je devine son sourire. Elle répond en clignant des yeux, puis se sauve dans l'allée. Je profite du trajet de retour vers ma chambre pour appeler ma sœur. Toujours avec son tél scotché à la main, elle décroche dès la première sonnerie. Maintenant, elle va poser la question habituelle :

– Salut p'tit frère. Appel d'urgence ou de routine ?

– Routine. Comment vont mes femmes préférées ?

– Tout va bien pour nous. Chloé est en vacances chez son père pendant que je me fais les ongles de pieds. Tu te rends compte ? Le truc que je n'ai pas pu faire depuis au moins...

— Si tu m'avais écouté et divorcé plus tôt, voire ne jamais épouser l'autre demeuré, tu aurais pu le faire avant. Mais bref, je m'en carre de tes panards, raconte-moi comment ça va chez vous.

— Écoute, après deux semaines dans un camp d'entraînement, nous avons buté une vingtaine de terroristes hier. On s'est éclaté comme des folles, mais je suis éreintée. Ouh là là.

— Solenn, tu es chiante.

— Mais que veux-tu que je te raconte d'intéressant ? Je ne mène pas ta vie trépidante. Boulot, courses, bouffe et ménage. Le seul truc incroyable dans ma journée, c'est le magnifique rouge sur mes orteils. Ta nièce râle toujours autant après tout, comme une ado. Tu vois, tout va bien, c'est le train-train. J'ai mangé chez les parents le week-end dernier, ils vont très bien également. Toi, raconte-moi comment ça se passe.

— Chaudement, mais c'est cool. Le boulot est intéressant, mais les soirées sont longues.

— Avec ta copine sur place ? Tu deviens difficile en vieillissant.

— C'est pas comme si on avait un appartement coquet pour se retrouver après le travail.

— J'imagine, oui. Tu me la présenteras par visio ?

— On verra. C'est délicat.

— Quoi ? J'entends mal. Tu dis qu'elle est délicate ?

Une réflexion qui ferait bien rire Julie. Délicate, voilà un terme dont je ne l'affublerai pas.

— On verra, si c'est possible.

— Mais au fait ! Tu m'as appelée en début de semaine ! Ça veut dire que tu pars en mission puisque tu me contactes toujours la veille. J'espère que ce n'est pas trop dangereux.

— Penses-tu ! Si c'était dangereux, ce n'est pas nous qu'ils enverraient. Là, on finit de répéter une super chorégraphie en tutu avec Marc et...

— Gaël..., gronde-t-elle.

— Tu ne t'inquiètes pas et tu embrasses Chloé et les parents dès que tu les vois.

Solenn n'insiste pas, elle m'embrasse à son tour avant de raccrocher. Depuis le temps, elle a l'habitude de prendre des vents en réponse à ses questions indiscrètes.

Demain étant une journée chargée, je ne traîne pas trop après le repas, je salue les gars qui rejoignent leur chambre en me dirigeant vers la mienne. À l'intérieur, la lumière est éteinte et Marc déjà couché. Il ronflote même un peu, étalé sur ses draps, les bras écartés et une jambe qui pend dans le vide. J'espère que j'ai un peu plus de prestance quand je dors, mais pour l'instant, me reposer est le plus important.

15

Randonnée de nuit.

Dès le réveil, l'ambiance est différente. Les gestes quotidiens sont les mêmes, mais nos pensées sont déjà orientées vers la mission à accomplir. Nous révisons au CO le déroulé de l'opération afin que chacun connaisse son rôle par cœur, et affinons ou modifions en fonction des informations qui tombent.

Tous les intervenants sont là, autant ceux déployés sur le terrain que ceux qui seront en appui et en liaison radio. Émile et son binôme sont dissimulés sous leur cache-cou, en retrait, et devisent ensemble sur certains détails. Si le spotter n'a pas besoin de cacher son visage parmi nous, il a clairement choisi d'adopter le même comportement qu'elle pour éviter les questions. Bien, il marque un point.

— Alors ? Comment tu te sens pour ta première grosse opération dans le désert ?

Cette voix rocailleuse... Je me retourne en souriant. Florian, du commando Hubert.

— Hey ! C'est toi qu'ils ont envoyé ! je l'accueille en lui tendant mon poing qu'il frappe du sien.

— Je ne voulais pas rater ça, tu penses bien.

— C'est donc toi l'observateur ?

— Oui et aussi votre tireur d'élite. Je serai posté avec mon binôme, Raphaël, et trois gars du 13[33].

— Le COS envoie un autre chef de groupe ? Ça cache quoi ?

— Rien de plus qu'un manque de personnel disponible dans les FS[34]. Mon groupe est rentré depuis un mois, j'ai accepté de rester sans mes gars pour jouer les satellites.

— Parfait ! Si nous demandons un appui d'artillerie, au moins, je serai confiant.

— Tu te goures. Si tu ne m'offres pas un verre, je pourrais me tromper dans mes calculs. Ce serait con que tu prennes un obus sur le coin de la tronche à cause d'une bière, non ?

— Tu l'auras ta mousse. Viens donc avec ton binôme passer la soirée chez nous, ça nous donnera l'occasion de changer d'air.

— Et à moi de retrouver les collègues. En parlant de satellite, tu le connais cet Émile ? Aussi fiable qu'on le dit ? questionne-t-il en le pointant du menton.

Je me tourne par réflexe pour l'observer. Toujours penché sur des cartes et photos, en train de deviser avec son spotter. S'ils ont choisi leur position, ils recensent maintenant toutes les possibilités de repli. Tellement concentrés que c'est à se demander s'ils

---

33 Le 13e RDP, régiment de dragons parachutistes. Il est spécialisé dans le renseignement et intégré aux forces spéciales de l'armée française. Il est basé au camp de Souge, à Martignas sur Jalle (33).

34 FS : forces spéciales.

n'apprennent pas par cœur l'emplacement de chaque caillou.

— Je ne le connais pas plus que ça, mais il nous a déjà couverts deux fois, et plutôt efficace le gars. Un peu trop d'ailleurs, il nous a pris tout le boulot, je conclus en ricanant.

— Tu auras de quoi faire cette fois, il ne te piquera pas le taf, s'amuse-t-il avant de se pencher vers moi pour parler plus bas. Il serait légionnaire, mais j'ai un doute.

— Peu importe, ça ne change pas grand-chose.

— Vrai, mais c'est la sensation de l'avoir déjà rencontré que je trouve étrange.

Évidemment ! Florian n'a vu Julie que de nuit, en pleine mer et cagoulée, mais il a quand même eu le temps d'enregistrer assez de détails pour les mémoriser. Qu'il est pénible à être aussi perspicace. Je ne tente même pas de l'embrouiller, il est trop malin. Le mieux est de feinter en jouant l'ignorant qui s'en fiche.

— Rien qui ne ressemble plus à un tireur d'élite camouflé qu'un autre tireur d'élite. Non ?

— Pas faux, surtout quand ils s'habillent en version botanique, rétorque-t-il en riant.

— Ici, ils se déguisent plus en rocher qu'en buisson.

Nous sommes vite rattrapés par le sérieux de l'instant, alors nous reprenons la répétition générale. Aucun de nous ne rechigne à le faire indéfiniment, car c'est notre méthode, qui peut nous sauver la vie quand un imprévu nous tombe dessus — souvent lourdement armé, l'imprévu. Ne pas avoir besoin de réfléchir pour savoir que Marc se situe à ma droite, Tonio juste après et David au fond, que derrière ce mur, se trouve une cour avec une porte à droite et ainsi de suite, ça aide bien. C'est le travail des renseignements, ils lèvent le maximum d'incertitudes.

En début de soirée, nous voilà rassemblés devant le barnum. Des ombres passent dans la nuit et effacent la lune, au diapason de notre besoin de discrétion. Nous effectuons une dernière vérification de notre matériel et armement. L'infirmier du groupe, Olivier, porte le sac le plus volumineux, contenant le nécessaire pour nous sauver la vie. Tests des radios et des JVN. Hochements de tête, mains levées, prêts pour le départ.

Nous rejoignons les légionnaires et leurs véhicules blindés qui nous attendent à la sortie du camp. Les autres opérateurs du commando Trépel, le groupe Alpha qui agira dans la vallée voisine, sont déjà là. Parmi la vingtaine d'hommes regroupés, certains se distinguent par le canon du PGM dépassant au-dessus de leur tête. Émile, en fait partie. Même moi, je ne pourrais affirmer qu'il s'agit de Julie tant elle est invisible sous son attirail de guerrier. Pour être honnête, à cet instant, je suis nettement moins fier des prouesses de ma copine, celles qui l'amènent sur cette opération.

— J'aurais préféré avoir Émile pour nous couvrir, murmure Marc à côté de moi.

— Nous avons Florian et son binôme, on fait difficilement meilleurs. Ils connaissent mieux notre manière de fonctionner, c'est un plus.

Rassemblés sous un lampadaire dont la clarté vacillante ne rend pas gloire à notre enthousiasme, le colonel commandant le CO se fend d'un dernier message d'encouragement, en concluant par la phrase habituelle comme signal de départ :

— Bonne chance à tous !

Malgré toute la préparation possible, la chance est bien un des paramètres de la mission à venir, alors nous l'invoquons également, même si elle n'obéit pas toujours, elle. Nous nous mettons en mouvement pour nous répartir dans les VAB. Avant d'embarquer dans le mien, je me rapproche discrètement de Julie. L'opération ne dure que quelques heures, mais c'est plus fort que moi, je ne peux pas la quitter sans échanger un mot. Une fois à sa hauteur, je lui assène un léger coup de hanche.

— Fais attention à toi.

— Mon job, c'est de faire attention aux autres, répond-elle en ricanant.

Je lui donne un coup d'épaule qu'elle me rend en me fixant. C'est notre version d'un baiser avant de se quitter.

Le trajet semble interminable. Notre objectif n'est pas loin à vol d'oiseau, mais nous effectuons une large boucle du sud au nord-est. Si nous traversions la ville, trajet bien plus rapide, nous serions cramés dès la sortie du camp.

Le bruit du moteur diesel a le mérite de masquer le silence des hommes. Notre mutisme n'est pas lié au stress, pas encore. Nous sommes calmes, en train de réviser les points clef de la mission, comme des sportifs avant un match. La même étincelle brille dans nos yeux, celle de l'excitation. Nous avons hâte. C'est la concrétisation d'années de formation et d'entraînement acharnés, pour être là, aujourd'hui. Nous sommes au taquet, nous ferons tout pour que l'opération se passe en souplesse, mais nous sommes aussi prêts à en découdre si c'est nécessaire. D'ailleurs, autant être honnête, nous l'espérons bien. Nous voulons connaître ce frisson si particulier du combat, vivre le feu au moins une fois.

Le VAB s'immobilise enfin, Marc et Laurent ouvrent les portes et nous nous éjectons les uns derrière les autres. Accroupis en ligne, nous attendons que les blindés repartent vers la seconde vallée, où ils déposeront l'équipe Alpha et les tireurs.

Pendant qu'ils s'éloignent, mes JVN en place, je balaye du regard l'environnement. C'est une vision tout en vert mais précise, même si l'absence de profondeur de champ demande une certaine habitude. Un ciel parsemé d'étoiles avec les reliefs rocheux en ombre chinoise. Nous sommes en hauteur, devant nous une vallée, puis la colline la plus élevée qu'il nous faut franchir. Je vérifie à droite puis à gauche, les gars sont prêts, alors je donne le signal. C'est parti pour l'infiltration !

Chacun de nous connaît l'itinéraire par cœur et les places sont attribuées. Laurent ouvre la route, il se lève le premier, GPS en main, puis chacun suit pour former la colonne, en respectant une distance de plusieurs mètres entre chacun.

Nous attaquons la partie pédestre de cinq kilomètres. En temps normal, une telle distance représente juste un échauffement, là, c'est un peu plus physique. Le terrain est difficile, tout en hors-piste pour ne pas être détectés et les dénivelés se succèdent. Sans oublier notre équipement sur le dos. Nous pouvons largement encaisser un trajet plus long, mais arriver sur l'objectif à genoux serait dangereux. On sait quand on arrive, pas quand on repart.

Nous progressons en silence dans une ambiance que j'apprécie particulièrement. La pression qui monte petit à petit, la température douce et ce grand calme, juste le son apaisant des cailloux qui crépitent sous nos semelles. C'est paisible et étrange en même temps, en total décalage avec l'objet de notre présence et ce sentiment d'insécurité qui plane comme une brume menaçante autour de nous.

Laurent mène à un bon rythme, nous ripons régulièrement sur les pierres qui forment un sol instable. Une fois en bas, il y a encore la vallée à traverser, puis le dernier relief à grimper. Nous franchissons l'oued sans encombre, mais dès la montée, le poids de notre équipement se fait sentir. Notre corps est habitué à ce traitement, notre mental également, mais je ne peux m'empêcher de penser à Julie qui doit gravir elle-aussi sa colline.

Le terrain est difficile. Le souffle est court, les muscles tirent, mais nous voici au sommet. Nous marquons un arrêt rapide et observons le fond de la vallée. Le village s'étend sur deux kilomètres, surtout des exploitations agricoles, avec quelques habitations qui se détachent en bordure, dont celle que nous visons à l'est. Malgré quelques bosquets, il y a peu de végétation, mais beaucoup de monticules de terre ou d'amas rocheux.

Aucune lumière nulle part, aucun bruit, aucun mouvement. Soit tout le monde dort, soit on nous attend. Nous serons vite fixés, mais Nathan qui surveille l'écran de retour du drone ne nous signale rien. Comme s'il tenait à me détromper, il me contacte :

— Bravo de Papa. Chute de Faucon 1 pendant infiltration. Blessure à la cheville. Parlez.

Faucon 1, c'est Florian, notre tireur d'élite sur la mission. La blessure bête, banale mais handicapante. Il doit se traiter de tous les noms et il ne faudra pas trop le chatouiller.

— Papa de Bravo. Bien reçu. Il est évacué ? Parlez.

— Bravo de Papa. Oui, de force. Crâne épais qui voudrait continuer l'opération sur un pied. Il est à moins d'un kilomètre de sa position prévue. Il sera évacué après votre exfiltration. Vous n'avez plus son appui, vous poursuivez ? Parlez.

À nous de décider et valider d'éventuels changements influant sur notre sécurité. J'organise un conciliabule rapide avec les gars, à la fin duquel nous convenons que la perte de Florian ne compromet pas la mission. Il avait plus un rôle d'observateur que de tireur. Le drone étant opérationnel, nous ferons sans lui.

— Papa de Bravo. Nous poursuivons. Terminé.

La colonne se remet en mouvement. Le calme qui règne est en opposition avec l'accueil que nous réservent certainement les habitants. Nous sommes aux aguets, prêts à réagir au moindre problème. Le stress monte, chacun épiant un axe pour couvrir tout ce qui nous entoure, sauf Laurent qui se focalise sur le chemin. Plus qu'une équipe, nous sommes un tout et il sait que nous assurons la surveillance, mais il subit une pression supplémentaire à se trouver en tête, plus vulnérable.

Les premières habitations se dessinent clairement dans l'obscurité, les murs de terre qui les ceinturent grandissent à chaque pas. Nous sommes à cinquante mètres de la maison visée, quand Nathan me recontacte :

— Bravo de Papa. Mouvements au centre du village. Ça bouge sur les toits. Deux... non, trois hommes armés. Parlez.

— Papa de Bravo. Bien reçu.

Nous pensions ne pas être repérés, la bonne blague ! Bien. Nous entrons dans le vif du sujet. Un frémissement remonte le long de ma colonne vertébrale, l'excitation me chatouille les tripes. Il est temps d'y aller.

— On ne change rien, mais on se prépare, la température va grimper. Go !

Nous n'annulerons pas la mission pour si peu, au contraire ! Nous sommes maintenant à une vingtaine de mètres quand des détonations résonnent. Des tirs en l'air venant du village, juste de l'intimidation, mais nous enclenchons le turbo pour finir au pas de course, histoire de nous mettre à couvert au plus vite. Une fois aux abords de notre cible, nous attendons que Marc force la porte. Il peut enfin utiliser les acquis de sa spécialisation en effraction. Bien que dans le cas présent, il se contente d'un grand coup d'épaule pour ouvrir une porte qui n'était pas verrouillée.

Comme les zozos sur les toits continuent à tirer dans le vide, nous pénétrons en vitesse dans la propriété et refermons pour nous mettre à l'abri. Pour l'effet de surprise, c'est loupé, alors on ne perd pas de temps. Quatre restent dans la cour pour tenir l'entrée, pendant que les autres investissent la maison.

Nous nous déployons dans un ballet maintes fois répété et cette partie se déroule sans problème, surtout parce que nous n'avons pas affaire à des combattants. Nous faisons face à trois personnes sidérées, un homme et ses deux fils. Sans leur laisser le temps de reprendre leurs esprits, nous les traitons rapidement, mains liées, agenouillés et sac sur la tête. Tout se déroule en souplesse, même pour le reste des habitants. On passe à la suite.

— On isole les femmes et les enfants !

— Carrément. On ne s'entend plus, approuve Marc qui pousse la troupe loin de nous.

Maintenant qu'ils sont tous bien réveillés, ça crie et ça pleure. Marc et David les rassemblent dans une chambre au fond et ferment la porte derrière eux. Le niveau sonore baisse d'un coup.

— Un binôme qui surveille. Les autres, on fouille !

Nous nous répartissons les pièces, déplaçons tout, y compris les tapis, bougeons les meubles à la recherche de la moindre planque. En quelques minutes, nous formons un tas d'armes, de munitions, de téléphones et de documents. Je rends compte à Nathan, il annonce la suite :

— Lima en route vers point de récupération. Nombreux mouvements autour du village. Laissez clients sur place. Ils seront pris en charge par les FAMa[35] plus tard. Parlez.

Lima, ce sont les légionnaires qui viennent nous chercher en VAB.

— Papa de Bravo. Quel délai ? Parlez.

— Vingt minutes. Terminé.

Dès que nous coupons, je préviens le groupe :

— Départ dans cinq minutes !

Nous emballons dans de grands sacs ce qui ne doit pas être laissé et libérons les hommes qui seront cueillis demain par l'armée malienne. Pour que les VAB restent à distance du village, le point de rendez-vous se trouve à deux cents mètres, devant une maison abandonnée au pied de la colline.

Dehors, ça ne tire plus. Nous franchissons la porte de la propriété sans traîner. Nous progressons en

35 FAMa : Forces armées maliennes.

longeant le mur et Laurent marque un arrêt en arrivant au premier angle. Juste derrière lui, Marc avec la main posée sur son épaule. La tension monte encore d'un cran. Il regarde en arrière, signe qu'il s'engage à gauche, et ils disparaissent tous les deux. Nous faisons un pas en avant, quand ça rafale du fond de la rue. Nous sommes stoppés net.

— Contact ! alerte Thomas qui se retrouve en tête de colonne.

Nous nous plaquons au mur dans un mouvement synchronisé. Des balles sifflent devant nous, d'autres se fichent dans le mur au-dessus de nos têtes, arrosant nos casques d'éclats de terre. On se croyait invisible, mais on nous attendait. Maintenant, au diable la discrétion.

— Marc ! je beugle en fonçant devant.

Mon sang ne fait qu'un tour en l'imaginant couché au sol, blessé. Mais il réapparaît subitement avec Laurent, se ruant sur nous avec tellement d'élan qu'il me percute de plein fouet. Ils sont vivants et sur leurs pieds. Je l'attrape par le bras.

— Tu es touché ?

— Non. Ils arrosent mais n'y voient rien. Ça venait d'une baraque à une cinquantaine de mètres.

Je demande à Nathan de vérifier qu'il n'y a pas de mouvements autour, même si le drone est aveugle dès que c'est dans une maison.

— Bravo de Papa. Trois hommes sur un toit. Aucune autre présence visible dans le village.

C'est tout ? On ne va pas se laisser impressionner par trois téméraires.

— Laurent, prépare une nouvelle navigation pour sortir de là.

— Contournement par la droite. Il n'y a que le chemin à traverser, après il y a des arbres et des rochers. Nous serons à couvert sur une bonne partie.

Bien. Rien de très périlleux, allons-y.

— En formation. Patxi et David, dégagez-nous le terrain.

Ils s'élancent dans la rue et arrosent dans la direction désignée par Marc. Ils ne toucheront pas les deux hommes qui sont sûrement couchés et abrités, mais le but est de leur faire baisser la tête pour les empêcher de riposter. Dans le même temps, nous passons comme des flèches derrière eux pour traverser. Les deux derniers s'arrêtent à la lisière et tirent à leur tour, pendant que Patxi et David nous rejoignent. Nous voilà au complet, on dégage du village.

Nous filons rapidement sur une vingtaine de mètres, quand une détonation sourde fait vibrer l'air, suivie d'un échange de tirs fournis. Loin de nous. Assez étouffé pour que je m'alarme en le situant dans la vallée voisine. Nos camarades aussi sont sous le feu. Aussitôt, une image me percute. Émile ! Il est là-bas aussi ! Non, il est en hauteur.

— Bravo de Papa. Lima est pris à partie. Nombreux mouvements dans le village. La voie est libre devant, foncez vous mettre à l'abri au point de rendez-vous.

Nous entendons l'agitation derrière, nous accélérons et arrivons devant la maison en quelques minutes. Marc fait sauter la chaîne sur la porte et nous nous déployons dans la cour pendant qu'il referme derrière nous.

— Thomas et Laurent, montez sur le toit.

Le binôme grimpe l'échelle qui accède à la terrasse. De notre côté, nous passons les lieux au peigne fin, qui s'avèrent totalement abandonnés. Pendant que nous nous répartissons par petits groupes, Nathan nous fait un point :

— Bravo de Papa. Les toits du village se remplissent. Parlez.

J'accuse réception et je l'annonce aux gars.

— Je confirme. Je vois des têtes pousser comme des champignons, annonce Laurent, déjà en surveillance.

— Voilà qui va animer notre sortie, je commente.

— Il ne va pas falloir traîner, je crois que tout le village se donne rendez-vous au balcon, ajoute Thomas.

— Tant qu'ils y restent, pas trop de danger.

Avec Marc, nous escaladons l'échelle à notre tour. Thomas et Laurent sont accroupis derrière le muret qui borde le toit, nous en faisons autant à l'opposé. Au loin, le combat continue, mais plus rien venant du village. Je me tourne vers Marc :

— Ils ne nous tirent plus dessus. Ils sont tous partis sur les légionnaires ?

— Fais donc dépasser ta grosse tête du mur, tu vas voir s'ils sont partis.

— Chiche.

Oui, je suis joueur. Je me décale un peu, puis je me redresse vivement, et me rebaisse aussi sec. À peine quelques secondes plus tard, une rafale nous passe au-dessus.

— Ils n'ont pas de JVN, mais y voient assez pour tirer sur les ombres, ironise Marc.

— Ils savent surtout où nous sommes.

Si le calme est relatif autour de nous, les échanges de tirs fournis continuent au loin. Situation on ne peut plus frustrante. Rester assis sur un toit en écoutant les autres combattre, ce n'est pas l'idée que je me faisais de cette opération.

— Ils ramassent, les légionnaires. S'il faut attendre qu'ils se dépêtrent, on sera pas rentrés pour le petit déj, soupire Marc.

— Tu crois que ça tape aussi pour le groupe Alpha ou il n'y a que les taxis qui prennent ?

— Tu n'as pas demandé à Nathan ?

— Non.

— Tu as tellement peur qu'on te rattache à... que tu fais ton parano. Tu oublies que tu réclames ce type d'infos en temps normal, chuchote-t-il.

Il a raison, ça me monte au ciboulot cette affaire. Savoir si l'autre groupe s'en sort me taraude. Quant à Julie qui est au milieu de tout ça, je n'en parle même pas. J'interroge aussitôt Nathan, qui me fait un compte-rendu :

— Bravo de Papa. Opération terminée pour Alpha. Pas mal de matériel saisi, deux clients arrêtés et tout le monde chargé dans les VAB sur le retour.

Je reste sans voix, Marc se marre.

— Papa de Bravo. Plus que nous et Lima sur le terrain ?

— Avec Faucon 2 qui progresse à pied. Je vous recontacte dès que nous avons la solution d'exfiltration. Terminé.

Mais quelle pénible ! Elle ne pouvait pas monter dans les VAB, non ?

— On est là, coincés sur un toit pendant que nos taxis se font canarder. Et eux, tranquilles, ils se font une petite rando, ironise Marc.

— Et les gars du groupe Alpha seront dans les hélicos d'ici une heure pour retour à Tessalit. Pourtant, je suis prêt à parier qu'ils préféreraient être à notre place.

— Tu m'étonnes. Ils vont râler d'avoir hérité de la mauvaise vallée.

Pendant quelques minutes, nous charrions nos collègues pour passer le temps, quand une explosion retentit. Lointaine, mais puissante. Suivie d'un calme inquiétant, un silence total qui nous laisse perplexes. Nous nous observons sans dire un mot, cherchant à comprendre ce qu'il se passe.

— Bravo de Papa. Lima rebrousse chemin. Assaillants trop nombreux. Un VAB perdu qu'ils ont fait sauter avant de partir. Terminé.

C'est logique, pas de matériel abandonné aux mains de l'ennemi, y compris en panne. Donc, plus de taxis. Je propose une option à l'équipe :

— On s'exfiltre à pied, même trajet qu'à l'aller. Tout le monde est OK ?

Les pouces se lèvent.

— Ce n’est pas ce que nous avons fait jusqu’ici qui va nous empêcher de nous enquiller des bornes, approuve Marc.

J’annonce le changement de plan à Nathan, qu’il valide. Laurent recalcule une navigation et c’est reparti !

Nous nous apprêtons à descendre du toit quand Nathan intervient :

— Bravo de Papa. On a un souci.

16

Rendez-vous dans la vallée.

La guerre, c'est comme la chasse, sauf qu'à la guerre les lapins tirent. (Charles de Gaulle)

Un souci, donc. Qui a obligatoirement un rapport avec le bruit de moteur qui nous parvient faiblement. Voyons voir ce qui se trame. Je remonte mes JVN et sors mes jumelles pour scanner la zone. J'ai très vite une petite idée de ce à quoi Nathan fait référence, si je me fie aux nombreuses lueurs tremblotantes qui apparaissent au loin.

— On est tombé le jour de leur descente au flambeau ou quoi ? grogne Marc.

Juste du sarcasme car il a très bien reconnu les phares des voitures qui dévalent les deux pistes desservant la vallée, et qui convergent vers la nôtre.

— Bravo de Papa. Il y a huit véhicules en approche.

— Bien reçu. Vus.

— Des individus sortent du village à pied et d'autres arrivent des collines vers vous. Une vingtaine.

Comme pour confirmer leurs intentions pas très amicales, les hommes en question se mettent à tirer dans notre direction.

— Restez à couvert en attendant la solution d'extraction. Terminé.

Assis par terre et adossés au muret, ou debout dans la cour pour les autres, nous nous observons. Aucun signe de crainte sur les visages, nous sommes calmes, prêts à les recevoir. Nous écoutons avec attention, ça s'approche rapidement. La tension monte, l'excitation aussi, l'affrontement semble inéluctable. Mes sentiments sont confus. C'est comme si j'attendais ce moment. Comme si nous l'attendions tous.

Les véhicules accélèrent, puis s'arrêtent en dérapant. Les portières claquent les unes après les autres.

— Ils sont si prêts que ça ? s'étonne Thomas.

— Je ne crois pas. C'est la résonnance et le vent dans notre direction qui donne cet effet.

— Je pense comme toi, mais le mieux est de s'en assurer, déclare Marc.

Il se redresse pour observer par-dessus le muret. À peine a-t-il la tête qui dépasse qu'une rafale l'accueille. Il se baisse vivement et se rassoit au sol. Loin de s'affoler, il mime la peur :

— Oh la vache ! Hey, les gars, je crois qu'on est repérés.

Il arrive à nous faire rire dans un moment pareil !

— Remonte la tête une fois, histoire qu'on soit sûrs, le charrie Laurent.

— Tu feras moins le malin quand nous devrons sortir d'ici.

— Va falloir courir vite. Pour l'instant, pas vraiment de danger. Sur le peu que j'ai vu, ils restent à distance.

— Bravo de Papa. Une trentaine d'hommes se déploient à 360 degrés autour de vous. Distance d'environ cent mètres. Terminé.

Rien d'inquiétant dans la situation actuelle, mais un détail pose problème, qu'il est nécessaire de vérifier.

— Thomas, redresse-toi comme pour tirer.

Il est à l'opposé de nous sur le toit. Il hoche la tête et s'exécute. Le haut de son casque dépasse tout juste qu'on se met à nous arroser de nouveau. Aucune précision dans le tir. Nos adversaires n'y voient pas tant que ça en plus d'être toujours à bonne distance. Notre virée est donc encore possible.

— Papa de Bravo. On est prêt pour s'exfiltrer à pied. Parlez.

— Trop tard pour une sortie discrète. Vous êtes encerclés et d'autres hommes arrivent du village.

À peine a-t-il terminé qu'une pluie de tirs s'abat sur les murs de l'habitation. Un déluge de balles !

Bon, ça se complique. Coincés sur notre toit avec l'impossibilité de riposter, la situation ne tourne pas à notre avantage. Pas de quoi s'inquiéter non plus, nous avons des appuis pour les faire reculer. Passons directement au plus efficace : les hélicoptères d'attaque.

— Papa de Bravo. Demande appui Tigre.

— Ils sont en route.

Nous n'attendons pas longtemps avant d'entendre le doux bruit des rotors. D'abord un chuintement, puis un ronflement sourd qui envahit la vallée.

— Voilà nos tondeuses à gazon, se réjouit Patxi.

— Tu parles de tondeuses. Après leur passage, même les taupes ont disparu, je réplique.

Ce n'est rien de le dire. Ces machines sont redoutables. Ceux d'en face le savent, les tirs se raréfient au moment où les deux Tigre s'apprêtent à faire leur premier passage. Lorsque le récital commence, nous remontons la tête au-dessus du muret pour profiter du spectacle. Leurs mitrailleuses chantent et en bas, c'est la débandade. La nuit ne les protège pas, les pilotes sont en vision nocturne.

Le feu cesse, les hélicoptères s'éloignent, dessinent une boucle, puis reviennent pour cracher la foudre. Ça mitraille et ça bombarde tout autour. Le vent ramène vers nous la poussière et la fumée âcre qui nous pique les narines. Au moment où ils survolent notre position, nous recevons les douilles du canon qui rebondissent sur nos casques.

Le ménage fait, ils repartent et le calme retombe soudainement sur la vallée. Les éléments en suspension s'éparpillent et redescendent, la visibilité augmente lentement. Après avoir subi une telle charge, nos assaillants sont sonnés, c'est maintenant ou jamais. J'interroge les gars :

— Prêts pour s'exfiltrer ?

— Prêts !

— C'est parti !

Nous dévalons l'échelle à fond de train et fonçons vers la porte. Marc l'ouvre et n'a pas mis un pied dehors qu'une rafale la lui fait refermer aussi sec. Mal cadrée, mais pas trop loin non plus.

— Laurent, va voir sur l'arrière. S'il n'y a qu'une vingtaine d'hommes, on saute le mur et on leur passe dessus.

Il part en trombe avec Patxi, mais avant même qu'il soit en haut de l'échelle, Nathan nous fournit la réponse :

— Bravo de Papa. Sortie compromise. Vous êtes toujours encerclés par une soixantaine d'individus.

— Bien reçu. Que les Tigre refassent un passage, on sortira pendant qu'ils bombardent.

— On le programme, mais il va falloir attendre. Ils ne sont pas dispos.

Je souffle d'agacement en tapant mon casque.

— C'est l'heure du brunch pour les pilotes ?

— Ils sont en appui des légionnaires toujours pris à partie. Terminé.

Et qui sont à découvert, contrairement à nous, donc prioritaires.

— Barricadez la porte et déployez-vous. Nous devons patienter.

Huit montent sur le toit et quatre restent dans la cour. Nos assaillants tirent de façon sporadique, un peu chacun leur tour et de tous les côtés, histoire de ne pas se faire oublier. Ils jouent l'usure. Je repère un trou dans le muret et rampe vers ce dernier pour y coller mes jumelles. Je grince des dents en découvrant tous les mouvements dehors.

— Ce n'est pas logique. Qu'ils soient si nombreux n'est pas normal du tout.

— Je ne serais pas surpris si on apprenait que nous sommes tombés au beau milieu d'une fête, répond Marc.

— Ce qui expliquerait qu'ils soient tous dans cette vallée, approuve Patxi.

— Ils s'approchent petit à petit, il ne faut pas les laisser faire. Tirez régulièrement pour les maintenir à distance.

Agir au lieu de subir. Nous tirons en levant nos fusils au-dessus de nous, pas très efficace, mais moins risqué que de sortir la tête. Après quelques minutes sans réaction, ils changent de tactique. Celle que j'aurais appréciée serait qu'ils reculent, voire qu'ils détalent jusqu'à chez eux, mais non. Au lieu de ça, nous entendons des ordres criés que nous ne comprenons pas, un instant de confusion qui nous laisse un répit. Puis c'est un déluge de feu. De partout, ça vient de tous les côtés ! Nous nous jetons à terre, Patxi rampe dans un coin et observe rapidement.

— Ils avancent. Ils cherchent à s'imbriquer !

Le scénario qui se profile commence sérieusement à me déplaire. Déjà que rester le cul par terre pendant qu'on se fait canarder n'est pas franchement dans nos habitudes, gérer une tentative d'imbrication dans ces conditions va être très compliqué. Encerclés, nous ne pouvons compter que sur nos appuis pour nous offrir de l'oxygène. Aide que nous ne pourrons pas obtenir si les assaillants sont trop proches de notre position, voire carrément dessus : c'est l'imbrication. Pour les empêcher d'y parvenir, je demande à nouveau les hélicos.

— Pas possible de suite. Ils se relaient sur les légionnaires et le plein de carburant. Mais les artilleurs sont en train de se préparer.

Les mortiers. Nous nous observons, partagés entre le soulagement d'obtenir cette aide, et la crainte d'un tel appui. Marc inspire un grand coup avant de dire tout haut ce que nous pensons tout bas :

— Prions pour que les artilleurs soient bons.

— Et que les coordonnées soient exactes, au mètre près. Là, j'aurais préféré avoir Florian.

— Surtout qu'ils sont basés à seize kilomètres d'ici, intervient Laurent.

— Donc, hors de portée du mortier de 120.

— Ils vont tirer au canon de 155 à ras de nos moustaches, murmure David avec les yeux écarquillés.

— Ça va secouer, mais c'est plus précis. Arrimez-vous bien, les mecs.

Nous nous plaquons contre les murs, en espérant qu'ils soient solides. Après quelques minutes pendant lesquelles nos assaillants continuent de nous arroser sans que nous ne réagissions, nous entendons le sifflement caractéristique d'un obus en vol. Même s'il s'annonce comme une aide précieuse, nous n'en menons pas large. Il arrive. Nous serrons les dents. Il est là. Nous baissons la tête. Explosion. Le sol tremble, les vibrations se répercutent dans toute la maison. À peine le temps d'encaisser le premier que le second obus siffle dans le ciel, puis les suivants à la chaîne. Ça tape si fort que j'ai l'impression de décoller du sol. Ou que le toit qui me retient cède petit à petit. Des éclats de terre nous tombent dessus et un nuage opaque envahit l'espace.

— Ça tombe vraiment près ! crie Marc pour se faire entendre.

— Nan ? Tu trouves ? je me moque en frottant ma tenue recouverte de sable et de terre.

Au moment où le matraquage cesse, je me redresse pour évaluer le résultat. À travers les nuages de poussière et fumées qui flottent sur la vallée et s'effacent lentement, je ne distingue plus de mouvement dans les zones bombardées.

— Hourra pour les artilleurs, ils ont assuré comme des chefs, murmure Marc qui inspecte le terrain aux jumelles.

— Mais trop tard, certains étaient déjà passés devant la ligne. Regarde, ils sont à une soixantaine de mètres et ils avancent encore.

Ils ne doivent pas être si nombreux, on devrait pouvoir gérer ça. Je demande à Nathan de les compter pour évaluer la menace.

— Bravo de Papa. Une quarantaine d'individus.

C'est beaucoup, mais derrière nos murs, nous pourrions garder le dessus. Si nous pouvions riposter. Car ceux toujours en arrière se remettent à nous arroser pour nous obliger à baisser la tête. Pas du genre à rester les mains dans les poches en attendant une visite, chacun notre tour, nous nous redressons et tirons. Nous prenons à peine le temps de viser, alors évidemment, le résultat n'est pas là. À chaque fois, j'ai beau prendre quelques secondes, je ne crois pas en avoir touché un seul. En revanche, j'entends bien les balles siffler au-dessus de ma tête quand je la rebaisse. Et ils avancent toujours, lentement mais sûrement.

— C'est chaud, souffle David qui se jette au sol après un tir.

Ça ne sert à rien de se voiler la face, alors j'alerte le groupe :

— Tout le monde se prépare, ils vont atteindre la porte.

17

Esprit de groupe.

Nos pointes d'humour habituelles s'évaporent aussi vite qu'une flaque dans le désert. Nous ne sommes pas en position de supériorité, loin de là. Ça sent mauvais, vraiment. Une issue dramatique me traverse l'esprit, et je ne dois pas être le seul. Les visages sont graves, les fronts plissés, soucieux, mais aucun de nous ne cède à la panique. Jamais.

Les tirs cessent. Le silence. Lugubre. Ils se concertent. Nous sommes seuls, ils l'ont compris. Ils sont trop nombreux. Nous le savons. Je regarde mes hommes. Mes frères. Qui de nous tombera ? Thomas ? Marc ? Moi ? Tous, peut-être.

— Bravo de Papa. Un homme avance sur vous rapidement.

L'intervention de Nathan coupe court à mes idées noires. Je préviens Marc.

— Il cherche certainement à atteindre le mur pour ouvrir une brèche à l'explosif. Il sait qu'on ne peut pas le viser.

Pas avec un fusil, mais j'ai d'autres options à ma disposition. Je demande aussitôt à Nathan de me guider afin de me placer pile dans sa trajectoire pour le recevoir. Quand je suis au bas du mur, je plonge la main dans la sacoche accrochée à ma ceinture et je m'empare d'une grenade. Dehors, ça rafale à nouveau, ils ne nous laissent aucun répit.

— Trente mètres, annonce Nathan.

Je dégoupille.

— Vingt mètres.

Parfaitement calme, j'inspire fortement et me mets en position. À dix, je lancerai.

— Cible au sol.

Je reste confus un instant avec ma grenade dans la main. Comment ça, cible au sol ? Le type s'est vautré dans les cailloux tout seul ? Je n'ai pas le temps de questionner Nathan, il continue :

— Neutralisée par Faucon 2 qui a rejoint la zone. Vous avez son appui pour la fin de l'opération.

Évidemment ! Il a fallu que Julie y mette son nez ! Des énervés, des explosions, c'est trop tentant pour elle ! Ce qui veut dire qu'elle vient de parcourir cinq kilomètres, au minimum, en fort dénivelé dans un secteur infesté d'hommes armés. Bon… pas sur les hauteurs, c'est vrai. Mais quand même sans aucune couverture. Et comme il fait nuit, malgré un équipement au top, elle est obligée de se rapprocher. Je.Vais.La.Tuer !

— Et de deux ! s'exclame Marc, beaucoup plus enthousiaste de la savoir là.

Je remets la goupille et range la grenade. Si elle et son spotter dégomment un par un tous ceux qui tentent une percée, je ne peux pas dire qu'elle est inutile. D'ailleurs, les tirs des assaillants sont de plus en plus espacés. Ils viennent de comprendre qu'ils sont pris en étau. Vite, les jumelles ! Ça court dans tous les sens, c'est tout bon.

— Ils paniquent, c'est le moment d'enfoncer le clou. Feu !

Enfin, nous reprenons le contrôle ! Pendant qu'Émile et Damien continuent à nous couvrir, nous, les huit sur le toit, nous arrosons tout autour. Notre puissance de feu fait son office, les assaillants reculent petit à petit.

— Bravo de Papa. Les hélicos arrivent. Exfiltrez-vous pendant qu'ils frappent la zone.

Nous maintenons le feu pendant que Nathan indique à Laurent le trajet le plus dégagé. Le temps qu'il prépare la navigation, nous nous regroupons dans la cour et découvrons un monceau de bazar qui bloque la porte, posé par les quatre qui protégeaient l'accès. Nous le débarrassons sans perdre une minute.

— Vous avez entassé tellement de trucs que l'entrée est plus solide que les murs de la baraque.

— Je te rappelle que nous nous attendions à ce qu'ils nous débordent, se justifie Tonio.

— Perso, quand je repense à ce que j'ai ressenti, ça ne me dérangerait pas de devoir déplacer chaque pierre de cette baraque, le soutient Marc.

À douze costauds, nous libérons l'accès, tout juste quand nous entendons les hélicos entrer dans la vallée.

— À la première frappe, nous sortons. Prêts ?

— Prêt !

La première explosion fait encore trembler le sol sous nos pieds quand nous évacuons la propriété. Nous avançons rapidement et franchissons les cinquante premiers mètres sans rencontrer âme qui vive. En même temps, ils sont occupés ailleurs.

Nous nous faufilons entre les bosquets d'arbres, il ne reste plus que vingt mètres sur le plat avant d'attaquer l'ascension de la colline. La visibilité est mauvaise, à peine quelques mètres à cause de la fumée et la poussière soulevée par les frappes. Nous sommes concentrés sur nos pas, quand soudain, grosse surprise, on nous tire dessus. Pas une petite ballounette envoyée comme ça à l'arrache. Non, c'est un déluge. Encore.

— Contact !

Un essaim de frelons nous attaquerait que nous ne bondirions pas plus vite en avant. C'est un shoot d'adrénaline. Pas de fatigue qui tienne, pas plus que le poids que nous portons. Nous courons, nous dérapons, nous sautons comme des cabris en ripostant. Ça sulfate des deux côtés et à ce moment précis, la peur n'est pas de la partie. Je me sens fort, presque invincible. Je ressens bien un peu de stress, mais le bon, celui qui donne des ailes, qui permet de réagir vite et efficacement.

L'affrontement dure quelques minutes mais si intenses qu'elles semblent interminables. Les assaillants sont si proches que nous les entendons parler. Nous avons l'avantage de la vision nocturne et parvenons à les maintenir à distance tout en continuant notre progression. Lorsque nous sommes assez loin et à couvert derrière des rochers, je stoppe la formation et demande le comptage des hommes et du matériel. Ils s'annoncent les uns après les autres. Sauf un.

— Où est David ?

— Il était juste derrière moi, il fermait, répond Tonio.

Je me tourne d'un bloc et repars en arrière avec Marc. Nous nous accroupissons derrière le dernier monticule avant la plaine, puis nous scannons la zone. Très vite, je repère David, à une vingtaine de mètres sur le chemin. Allongé et immobile. Je rappelle l'équipe qui se précipite sur nous.

— Marc et moi pour un *pick and run*[36]. Couvrez-nous ! j'ordonne avant de bondir en avant.

Cette fois, c'est plus l'inquiétude que l'adrénaline qui me fait parcourir les vingt mètres à fond. Avec Marc, nous ne nous posons pas de question, nous ne nous formalisons pas plus des balles qui sifflent autour. Arrivés sur David, nous attrapons le haut de son gilet, chacun au niveau d'une épaule, et nous repartons aussi vite en le traînant derrière nous.

Nous le plaçons à l'abri, il est inerte. Olivier se jette sur lui. Nous nous déployons autour en protection pendant qu'il s'affaire, aidé par Patxi. Il le palpe et lui ôte son équipement pour trouver sa blessure. Heureusement, les assaillants ne sont pas

[36] Le « pick and run » est la technique utilisée au combat pour mettre rapidement un blessé à l'abri et le prendre en charge. Couverts par la section, deux soldats courent sur le blessé, l'attrape par le gilet et repartent en le tirant derrière eux.

déterminés à combattre si loin du village, encore moins avec Émile qui recommence à les harceler. Les tirs cessent en même temps que le départ des hélicos. Le calme est si soudain qu'il surprend.

— Bravo de Papa. La zone se dégage. La voie est libre.

— Nous avons un blessé. J'attends le bilan de l'infirmier.

Pendant la surveillance, je ne peux m'empêcher de tourner la tête pour regarder. David ne bouge toujours pas. Personne n'ouvre la bouche, si ce n'est Olivier qui donne des ordres à Patxi qui se retrouve à tenir en l'air le sachet de la perfusion. L'ambiance est lourde, nous commençons à craindre le pire. Tous doivent faire comme moi, c'est-à-dire se repasser les dernières minutes pour trouver où on a merdé. En tant que chef de groupe, c'est plutôt où, moi, j'ai bien pu merder. Malgré tout, une réflexion tourne en boucle dans ma tête : tant qu'il ne pratique pas un massage cardiaque, c'est que ça va.

Tout à coup, David gesticule. Soulagement immédiat.

— Ne bouge pas, l'enguirlande Olivier.

— C'est bon. Ça va. J'ai juste ripé et je me suis écrasé la tronche contre un rocher, marmonne-t-il d'une voix pâteuse.

— Ah ouais ? Et le trou dans ton bras, c'est quoi ? Des mites ?

— Merde. J'ai pris une balle ?

— Mec, tu as un trou dans le biceps. Ça te suffit comme preuve ?

— Pourquoi je ne sens rien ?

— Attends que l'adrénaline ne fasse plus effet et je te promets que tu vas profiter à fond de chaque seconde qui passe.

Rassuré, je m'approche et donne une petite claque sur son casque. Le câlin commando.

— Tu vas pouvoir crâner sur la plage. Bon, je demande une évacuation.

— Non ! Je rentre avec vous. J'ai mes deux jambes et mes pieds intacts.

J'interroge l'infirmier du regard pour avoir son avis.

— C'est bon. Il était juste sonné par la chute, mais pas de choc à la tête et j'ai arrêté le saignement. Par contre, il garde la perf tout le trajet, répond-il en prenant le sachet des mains de Patxi.

Il sort un élastique d'une trousse et fixe la poche sur la bretelle du gilet. Nous lui laissons encore quelques minutes pour injecter ses produits, ranger ses affaires, puis nous aidons David à se relever.

— Tu restes au milieu de la colonne et au moindre problème, tu nous préviens. OK ?

Nous repartons à bonne allure, mais David se met à ralentir à un tiers de la montée. J'ordonne une pause afin qu'Olivier puisse contrôler son état.

— Il ne pourra pas tenir jusqu'au camp.

David lui grogne dessus, vexé.

— Non ! Même en t'injectant tous les produits que j'ai sur moi, tu ne tiendras pas.

Je coupe court à leur affrontement de regards mauvais :

— Nous avons deux options. En un : on trouve un endroit dans la vallée et on demande une évacuation sanitaire[37]. En deux : on l'aide à avancer pour rejoindre Florian, qui doit lui aussi être évacué par hélico dès notre passage sur l'autre versant. La première solution nous oblige à redescendre dans la vallée, la seconde est plus sûre, mais nous fait bifurquer sur la gauche pour le déposer.

— La position de Faucon est décalée. Pour le rejoindre à pied, ça fait un détour de deux kilomètres sur dénivelé positif et ensuite quatre pour rejoindre le point d'exfiltration, précise Laurent qui calcule déjà le trajet.

C'est une décision à prendre en équipe, alors je me tourne vers eux :

— Vous choisissez quoi ?

— On le dépose !

Je n'en doutais pas une seconde. Demander une extraction dans la vallée nous obligerait à retourner dans le nid de guêpes avec un blessé, ce n'était pas le mieux.

Pendant que je transmets les changements à Nathan, les gars s'activent autour de David. Ils le délestent du maximum pour l'alléger et se répartissent ses affaires. Sans couper la communication, je tourne le dos à Marc qui s'approche de moi avec les mains pleines. Il ouvre mon sac et y tasse ce qu'il peut dedans. Environ cinq kilos au ressenti, je ne suis plus à ça près. Nous nous

---

37 Le terme utilisé est EVASAN, ou MEDIVAC pour évacuation médicale.

mettons en route, avec un David qui retrouve son agilité.

— Tu voulais juste en profiter pour qu'on porte tes affaires, feignasse, je murmure à son oreille.

— Le chef qui me dorlote, tu penses bien. D'ailleurs, tu veilleras à me border une fois rentrés.

— Aucun problème. Je te collerai même de force dans ton lit pour nous avoir fait cette frayeur.

— Je vais me coucher après toi, alors.

Si lui est joyeux, sûrement d'avoir échappé au pire, il y en a un qui n'est pas d'humeur joviale, c'est Florian. Quand nous arrivons sur lui, il marmonne un salut sans quitter son air renfrogné. Il est assis, entouré par son spotter, Raphaël, et les trois gars du 13. Une de ses bottes est délacée pour ne pas compresser sa cheville qui a déjà la forme d'une patate. Et une patate cultivée avec un engrais radioactif. C'est Raphaël qui se redresse pour nous accueillir. En restant hors de vue de Florian, il pose un doigt en travers de ses lèvres en le pointant du menton. Il nous demande de ne pas le chatouiller, qu'à cela ne tienne !

— Ben alors, ma poule. Il faut regarder où tu poses les pieds.

— Gaël, ta gueule, grogne-t-il.

— Ce n'est pas très gentil de parler comme ça à ses potes, s'y met Marc.

— Barrez-vous donc qu'on puisse venir me chercher.

— On y va. On vous laisse David et Olivier avec les sacs de matos saisis.

— Parce qu'on nous a dit que c'était le coin des éclopés, le taquine Marc.

— Continue comme ça et tu seras obligé de rester avec nous après que je me sois occupé de ton cas.

— Ah ouais ? Et tu vas m'attraper comment ? Le temps que tu lèves ton cul de boiteux, j'ai au moins quatre minutes d'avance sur toi.

— Vous vous chercherez au camp tant que vous le voudrez, mais là, nous n'avons pas le temps. On y va, faites attention à vous, les gars.

— Hey ! Je ne reste pas ici, je fais le trajet avec vous, réagit Olivier en se plantant devant moi.

— Tu ne veux pas accompagner David dans l'hélico ?

— Sa blessure n'est pas grave et il n'est pas seul. Par contre, j'ai encore de quoi sauver la vie de l'un de vous dans mon sac.

— Très juste. Allez, c'est reparti !

— Ouais, c'est ça. Cassez-vous les guerriers, bougonne Florian.

Quand nous sommes suffisamment loin de la zone critique, nous quittons les hauteurs pour rejoindre le bas de la colline. Pendant notre progression silencieuse, mes pensées volent malgré tout vers Julie. Au début, juste en me remémorant sa jolie bouille, nos échanges et les moments étranges que nous avons partagés. Puis vient l'inquiétude. Je ne sais même pas où elle se trouve, comment elle s'exfiltre de la vallée. Après quelques minutes à me poser trop de questions, je contacte Nathan :

— Papa de Bravo. Faucon 2 a dégagé de la zone ?

— Ils sont en train, ils font le chemin avec vous.

Je tourne la tête dans tous les sens, j'interroge les gars, aucun ne les a aperçus. Il y aurait eu un loupé ? Je préviens aussitôt Nathan pour organiser leur récupération.

— Inutile, ils sont bien là. Du drone, on les voit galoper sur la ligne de crête au-dessus de vous.

Plus. Toujours en faire plus que les autres. Ce qu'elle peut être fatigante. Madame veut nous couvrir, au cas où. Il va falloir m'habituer à cet ange gardien, et puis, Florian aurait agi de la même manière. Sauf que lui, ce n'est pas ma copine !

La mission a beau être considérée comme réussie, on ne peut pas dire que nous soyons très satisfaits de notre performance, l'humeur s'en ressent. Nous cogitons, pensons à David, rembobinons pour comprendre nos erreurs. Maintenant que nous sommes éloignés et en terrain plus praticable, Marc ralentit pour se mettre à mon niveau.

— On court ? demande-t-il avec espoir.

— Oh oui ! Lâchons les chevaux, j'en ai bien besoin.

Aussi sec, il part à petites foulées, les gars suivent, ravis d'évacuer un peu de déception dans l'effort. Je ne pense plus, je me cale dans les pas de Laurent devant moi, qui en fait de même avec celui qui le précède. Lorsque nous quittons les zones à relief, j'entends un tracteur qui vient vers nous sur la gauche. Plutôt un ventilo avec une pale cassée. Oui, c'est ça.

Je me tourne vers l'origine du son. Trois militaires qui nous rejoignent en courant, Julie et Damien courbés sous leur sac et accompagnés d'un commando de Trépel. Je les accueille d'un signe de la main et me rapproche d'elle pour l'asticoter d'une voix basse.

— Un souci ?

— Faut vous calmer les furieux ! On a déjà pas mal de kilomètres dans les jambes, chuchote-t-elle hargneusement.

— Cesse de râler et profite. Regarde ce ciel, sens cette fraîcheur !

— Le ciel, OK. Mais je suis derrière toi et ta fraîcheur a rendu l'âme depuis au moins trois heures. À vue de nez.

— Toi, je peux affirmer que tu ne sens pas le Chanel non plus, s'en mêle son spotter.

Vexée, elle n'ouvre plus la bouche, sauf pour reprendre son souffle. Je culpabilise un peu parce qu'elle est vraiment chargée, mais aucun de mes gars ne comprendrait pourquoi je leur demanderais de ralentir. Pire, connaissant maintenant son caractère de cochon, elle serait capable de me reprocher de la penser faible. Oui, vouloir l'aider pourrait se retourner contre moi, alors je la ferme.

18

Affronter la mort.

A un kilomètre devant nous, apparaissent les VAB venus nous chercher. Une pensée me traverse l'esprit et m'alarme. Il faut que je prévienne Marc que, pour une fois, on oublie notre rituel de terminer à fond. Je déboite pour le rattraper, mais c'est trop tard, il croit que j'ai donné le départ et part en sprint, suivi par le groupe. J'en fais autant en serrant les dents pour ne pas éclater de rire. Ça ne loupe pas, j'entends les deux râleurs derrière, qui se sont déjà enquillés une palanquée de kilomètres sur les crêtes pour nous rejoindre. Il me semble bien qu'ils nous promettent l'enfer en représailles. À mon avis, je serai le seul à prendre cher quand je serai en tête à tête avec ma teigne. Tactique : ne pas lui laisser le temps d'ouvrir la bouche en lui sautant dessus.

Le retour au camp est rapide. Désormais en sécurité, les gars chahutent en sortant des véhicules. Avec Marc, nous nous rendons immédiatement au CO pour le premier débriefing et prendre des nouvelles de nos camarades. Nous sommes étonnés d'y trouver une certaine agitation. Normalement, couvre-feu oblige et mission terminée, le calme devrait être de mise.

Devant les visages fermés des gradés, nous cessons aussitôt nos plaisanteries. Ces tronches-là, à chaque fois que j'ai pu les observer, c'était à l'annonce de pertes humaines. David ! Est-ce que sa blessure était plus grave qu'on ne l'a cru ? Il est mort pendant le transport ? Blême, je m'approche de Nathan qui remplit de la paperasse sur son bureau.

— Un problème ? David est bien rentré ?

— Bienvenue au bercail. Bravo pour la mission. De votre côté, tout ne s'est pas trop mal passé. David est déjà réparé et actuellement dans un hélico pour le camp de Gao où il restera quelques jours. Ou sera rapatrié direct en France, c'est le chirurgien qui décidera. L'humeur plombée qui règne, c'est à cause des légionnaires. Ils ont perdu deux hommes.

— Merde.

Je ne sais jamais quoi dire d'autre dans ces cas-là. Malgré tout, Nathan se doute bien que mes sentiments ne sont pas aussi détachés que ce simple mot pourrait le laisser penser. Je ne suis pas vraiment expansif, plutôt du genre taiseux. Nous le sommes tous d'ailleurs, nous pleurons nos frères de l'intérieur, en silence.

— Heureusement que ce sont des bons parce que l'affrontement était franchement inégal. Les renseignements viennent d'apprendre qu'il y avait une réunion de chefs de groupes terroristes ce soir, pile dans la vallée où vous opériez.

— Ça explique le nombre d'hommes et la puissance de feu, je conclus en soupirant.

Surtout, ça explique pourquoi les Tigre restaient en appui sur les légionnaires plutôt que sur nous. C'est confirmé, la chance était de repos cette nuit.

Autant dire que le débriefing est rapide, nous approfondirons les choses demain. Quand nous sortons, j'attrape Julie pour l'éloigner du groupe.

— Après ta douche, tu me rejoins ?

— Après ma douche, je dors. Dans mon lit.

— Non. Tu dors si tu veux, mais avec moi.

— Dis-moi, c'était une question ou un ordre ?

— Tout de suite, les grands mots. C'était une invitation. Marc pourrait dormir à ta place.

Son spotter, qui est constamment dans nos pattes… Je suis injuste. Il fait son taf et reste avec son tireur. Bref, il se mêle de notre conversation qu'il a écoutée, bien sûr. Je m'apprête à le renvoyer chez sa mère, mais il l'ouvre plus vite que moi :

— Impossible. Nous sommes d'astreinte jusqu'à demain matin. Je dis quoi au planton qui viendrait nous chercher en pleine nuit ? Allez voir dans le lit du chef de groupe des commandos ? chuchote-t-il en levant les yeux au ciel.

— Ce n'est pas le plus grave dans l'histoire, intervient Marc. Comment j'expliquerais que, moi, je dors avec le spotter ? Je traînerais ça jusqu'à la fin de ma carrière, je peux vous faire confiance.

Là, je m'insurge.

— Ce n'est pas du tout notre genre ! Juste une dizaine d'années, pas plus.

— Mais bien sûr. Au bout de trois mois, l'histoire se saura jusque dans les unités les plus paumées du pays. Vous la raconterez à tous les nouveaux et vous en rajouterez à chaque fois. Au final, on dira que j'ai fini dans le lit du général.

— On ne va pas tenir un conciliabule, parce qu'on en a plein les pattes, nous. Vous feriez mieux d'aller saluer les légionnaires, ça leur fera plaisir de vous voir. En plus, le faire à chaud évitera qu'on leur rappelle tous les jours qu'ils ont perdu deux camarades. Bonne nuit ! conclut Julie.

Elle charge son sac sur le dos et fait volte-face sans un regard pour moi. Je n'en reviens pas. Je l'observe s'en aller avec son spotter, comme un con. C'est moi le type avec l'air con, pas lui. Bon... Elle doit vraiment être crevée. Après tout, je vais faire comme elle l'a dit, et je me rends avec Marc au quartier des légionnaires. En chemin, il se penche vers moi :

— Sinon, ça fait quel effet de se faire sauver la couenne par sa copine trois fois de suite ?

— Ta gueule, Marc.

— Non, mais sérieusement. Ça doit faire bizarre quand même. À chaque fois, elle nous a bien débroussaillé le terrain.

— Je te rappelle que la deuxième, pendant notre virée dans le désert, elle est intervenue à la cool, le cul bien au chaud dans son hélico, alors qu'on s'en sortait très bien sans elle. Elle a juste frimé, donc ça ne compte pas.

— Pas faux. En plus, elle nous a privés d'un face-à-face qu'on attendait. C'est une rabat joie en fait !

— Elle a quand même le droit de se la péter de temps en temps, elle n'est pas arrivée à cette fonction en pliant des parachutes.

— Pas sympa pour les plieurs, mais c'est vrai. N'empêche qu'elle a deux cartouches d'avance sur toi.

— En même temps, c'est son job.

— Tu es chiant. Tu pourrais être un peu vexé. Tu n'es pas drôle.

— Non. Je suis super fier ! je m'exclame en lui claquant l'épaule.

Les légionnaires nous accueillent sobrement, touchés par les témoignages de solidarité que nous leur montrons. Nous partageons ensemble un verre en l'honneur de leurs deux camarades, tout en les écoutant parler d'eux. L'un était un jeune engagé, l'autre avait plus de bouteille, mais c'était deux excellents soldats. Les anecdotes fusent. Ils étaient drôles, aimaient la vie et étaient heureux parmi leurs frères chez qui ils laisseront une trace indélébile.

Quand nous les quittons, ils s'excusent de ne pas avoir réussi à nous exfiltrer. Ces hommes en ont pris plein la poire, ont subi des pertes et s'en veulent malgré tout d'avoir échoué. La mission avant tout. Nous partons avec un sentiment de malaise.

Ensuite, passage à l'infirmerie pour prendre des nouvelles de Florian. Devant le bâtiment, je toque et ouvre la porte. Je m'apprête à entrer, mais mon élan est stoppé par le toubib qui me fonce dessus. Là, tout de suite, il donne plus l'impression de vouloir casser des tronches que de les réparer.

— Votre collègue n'a rien de grave. Vous pourrez le voir demain dans son quartier. Bonne nuit !

Et il nous claque la porte au nez. À mon avis, il enchaîne les nuits agitées.

— Il doit arriver à la fin de son déploiement. Il est temps qu'il rentre au pays, s'amuse Marc.

— À voir les valises sous ses yeux, il a besoin de repos. D'ailleurs, nous aussi, alors on y va.

En chemin, me reviennent les paroles de Marc un peu plus tôt et dont je n'ai pas vraiment compris le sens.

— Dis. Au sujet de ce que tu as déclaré tout à l'heure quand on dégageait la porte de la baraque. Sur ton ressenti, tu peux être plus précis ?

Je le sens gêné. Il se ferme quelques secondes, puis soupire.

— J'ai pensé que c'était fini. Vraiment. Qu'on allait y rester. Crever là, dans cette vieille baraque pourrie. Ces minutes interminables quand les mecs avançaient, à être si proches qu'on les entendait parler mais qu'on ne pouvait pas tirer…

— Je me souviens bien de ce moment et je n'en menais pas large non plus. Je crois qu'on a tous pensé que cette fois-ci on pouvait y rester.

— Tu sais, on est toujours unis, le groupe avant tout. Pourtant, pendant un instant, je t'avoue que je me suis senti bien seul face à ma propre mort. Mais l'esprit de groupe a repris le dessus. Je savais qu'on n'allait pas leur offrir la victoire sans se battre.

— Commandos jusqu'au bout.

— Ouais, mais on a beau s'y préparer et l'accepter, ça m'a quand même fait chier de mourir.

— Comme quoi, se battre jusqu'à la dernière minute n'est jamais vain. Là, c'est Zorro qui est arrivé et nous a dégagé le terrain.

— Sacré Zorro, notre Émile.

— Ah ça ! Je ne vais pas m'ennuyer. Ma sœur va l'adorer.

— Il faut que tu me la présentes, ta sœur. Elle est toujours libre ?

— Je t'ai déjà comme collègue, adjoint, meilleur pote, pas besoin d'ajouter beau-frère. Donc, laisse tomber.

— Ben justement, tu n'es plus à ça près.

— Hors de question que je te retrouve à faire le con dans la piscine de mes parents. Trouve-toi quelqu'un d'autre.

— Tu dis ça, mais tu ne le penses pas, se moque-t-il en me donnant un coup d'épaule.

Il a raison et mon rictus le confirme. J'imagine bien les repas sur la terrasse avec deux commandos marine et un tireur d'élite. Toute ma famille deviendrait folle. Mais nous, qu'est-ce qu'on se marrerait ! Sûr, pour nos prochaines vacances, j'invite Marc.

Une fois de retour chez « Josette », nous ne trouvons que Laurent et Tonio, vautrés dans le canapé et les pieds sur la table, en train de regarder une série française.

— Vous n'avez pas eu votre compte pour ce soir ?

— Si, mais besoin de décompresser un peu, répond Laurent sans quitter l'écran des yeux.

— Et les autres ? Ils font du sport ?

— Tu parles ! Ils comatent tous.

— Plutôt normal. D'ailleurs, lavage et nous y allons aussi.

— Pas cool. On aurait bien fait la teuf, nous.

— Il fallait en profiter tout à l'heure. Tu as eu le feu d'artifice. Un vrai son et lumière immersif.

— C'était sympa, mais ça manquait de champagne et petits-fours.

Nous les laissons à leur série de machin la belle vie. L'avantage de se doucher en pleine nuit, quand tout le monde dort, c'est qu'on ne fait pas la queue. Autre avantage, comme ce n'est pas éclairé, on ne voit pas son corps si on ne l'aime pas. Ce n'est pas mon cas, je trouve pénible de me savonner dans le noir.

— Ce n'est pas le moment de lâcher son savon, ironise Marc qui s'en sort aussi mal que moi.

— Ce n'est pas le pire. Tu verras quand on devra se rhabiller.

Et ça ne loupe pas, ça me gave rapidement de chercher les étiquettes sur les fringues pour repérer l'endroit de l'envers, alors j'attrape tout et je sors à poil. Je lâche le tas dans un des lavabos extérieurs et je peux enfin m'habiller à la lueur de la petite ampoule au-dessus de moi.

— Entre nous, ça va, mais tu n'es pas obligé de te balader avec l'attirail à l'air devant tout le monde.

En train d'enfiler mon boxer, je lève la tête pour détailler Marc, vêtu n'importe comment.

— Le planton a peut-être vu mon cul...

— Et tout le reste.

— Si tu veux, bref. De un, je doute que ça l'intéresse et de deux, moi, je n'ai pas la moitié de mes fringues à l'envers. Et le t-shirt dans le calbut, franchement, ça craint beaucoup plus.

— Mouais... bon... on va au plumard avant le lever du soleil ou quoi ? ronchonne-t-il en tirant sur le tissu.

— Yep. C'est parti !

Je ne prends pas la peine de lacer mes baskets pour la centaine de mètres à parcourir. Nous retrouvons le quartier dans le noir, juste une veilleuse verte allumée dans la cuisine pour les soifs ou fringales nocturnes. Finalement, les deux rigolos qui voulaient faire la fête sont allés dormir aussi.

Nous filons directement à notre chambre, les bras encombrés de notre équipement récupéré au passage. Le champ de vision déjà réduit par notre bazar, l'obscurité est telle dans l'allée que Marc râle en trébuchant tous les cinq pas. Si je découvre un matin tous les liens des tentes coupés, je saurai qui est le responsable.

Pressé de m'allonger, j'abaisse la poignée avec le bras un peu brusquement, puis je donne un coup de coude sur l'interrupteur. Le néon clignote deux fois dans un bruit métallique, puis inonde la pièce d'un blanc aveuglant. J'avance d'un pas quand je repère une forme par terre. Je m'immobilise et éteins aussi sec. Sur son élan, Marc me rentre dedans et m'envoie valdinguer en avant. Il s'empêtre les pieds dans les miens, me fait trébucher et tomber à terre. Je n'ai pas le temps de jurer qu'il s'écrase sur moi.

— Mais t'es con ! Pourquoi tu t'assois par terre dans le noir ?

— Parce que tu m'as poussé, Ducon ! Tu te lèves ou tu veux un câlin ?

— Non merci, tu n'es toujours pas mon genre. Je ne fais pas dans le muscle, contrairement à toi.

— Merci, ça me touche beaucoup. Vous pourriez arrêter votre bordel et vous coucher dans le calme ? ronchonne une voix féminine que j'aime de plus en plus.

Surpris, Marc allume sa lampe torche et la braque sur son visage. Julie plisse les yeux en remontant vivement le drap sur son visage.

— Mais tu es là, toi ?

— Absolument pas. Comme tu peux le voir, je suis présentement à l'autre bout du camp.

— C'était pour ne pas la réveiller que tu as éteint ? me questionne-t-il.

— Voilà et comme tu peux le constater, objectif atteint, je rétorque en tâtonnant pour m'asseoir sur mon lit.

— La prochaine fois, utilise ta bouche pour me prévenir. Mais au fait le tireur, tu n'es pas d'astreinte ?

— Non, elle a été levée pour deux jours, le temps qu'on récupère. Enfin... si j'y arrive.

— Allez, au plumard !

Voyant que Marc hésite sur la conduite à tenir, sortir pour rejoindre le canapé ou sauter dans son lit, je lui colle un coup de coude.

— T'inquiète pas, juste dormir.

— Merci de prendre soin de moi, je n'avais pas envie de supporter ça, approuve-t-il en déboutonnant son pantalon.

Je me dépoile en quelques gestes rapides et jette mes fringues dans un coin, puis je m'allonge sur le matelas au sol avec ma Julie. Comme un débile heureux, je me plaque contre son dos, l'enlace et dépose un baiser sur son épaule. Elle ne bouge pas d'un millimètre, je crois même qu'elle est déjà repartie dans le monde des songes. Peu importe, je suis ravi qu'elle ait choisi de passer la nuit avec moi. Et je l'interrogerai demain pour savoir comment elle entre chez nous comme dans un moulin.

Les conditions entourant le début de notre histoire sont loin d'être idylliques, il n'empêche qu'elle avance quand même.

19

On fait tourner.

Le réveil est brutal, par l'entremise d'un inconscient qui tambourine à notre porte. Julie est encore là ! Réaction immédiate avant d'en savoir plus, je ramasse vite toutes les fringues qui traînent au sol, les envoie sur Julie et je recouvre le tout avec le duvet. Sans que je le voie venir, un gros sac me passe devant les yeux avant de s'écraser sur elle, qui lâche un « outch ! » puis m'engueule :

— Jette-moi une armoire dessus tant que tu y es !

— Tais-toi, le visiteur va entrer. Et pour ton information, c'est à Marc que tu dois le sac. Moi, c'est juste les fringues qui puent.

— Entrez ! crie Marc en se frottant le visage.

Il est assis sur son lit, en calbut. Moi aussi, mais en tailleur sur le matelas quand la porte s'ouvre brusquement. Notre visiteur a beaucoup d'énergie en cette heure bien matinale. Je ne suis pas surpris en découvrant le commandant Barriand, notre super officier du COS, celui qui fouille la fosse à lisier dans laquelle nous sommes plongés. Même fatigué, ce type bouffe un lion au petit-déj et un ours à chaque dessert. Il aurait pu être commando.

— Bonjour, messieurs !

Il nous surplombe et scanne la pièce. Un sourire narquois se dessine sur ses lèvres en même temps qu'il hausse un sourcil. Il se penche vers le matelas.

— Bonjour, mademoiselle, aussi.

— C'était bien la peine de m'étouffer, bougonne Julie qui se redresse.

Elle pousse le sac et jette contre le mur le tas de fringues qui la recouvre. Tiens, ça me fait penser qu'il faut que je lave mon linge aujourd'hui, ça commence à être la dèche.

Le commandant donne une boîte à Julie, de la teinture pour ses cheveux et agite la main vers Marc pour qu'il se décale, puis s'assoit à côté de lui.

— Même pas de café ? questionne Marc qui attrape son pantalon et l'enfile.

L'officier lui jette un regard courroucé.

— Je sais que nos rencontres sont informelles mais il ne faudrait pas exagérer non plus. Si vous avez besoin d'un minimum de caféine pour être attentif, je vous laisse quelques minutes pour en ramener. Pour moi, ce sera noir sans sucre.

Marc ricane en chaussant ses claquettes, puis se lève et sort torse nu.

— Vous êtes entré comment dans le quartier ? je questionne le commandant.

— Opération très complexe : j'ai toqué, on m'a ouvert. Quatre de vos gars sont déjà au petit-déj. Cette arrivée impromptue me permet de constater à quel point les commandos ne font jamais les choses à moitié, ajoute-t-il avec un air de conspirateur.

— C'est un fait, mais vous pouvez être plus précis ?

— Nous avions convenu d'une surveillance à distance, mais vous faites dans la protection très très rapprochée.

— Sa vie est en danger. Je la protège 24 sur 24. Vous pouvez compter sur moi, j'ironise.

— Et notez que je ne m'en plains pas, bien au contraire, intervient Julie qui se lève.

En culotte, tranquille. Elle retire son t-shirt comme si nous n'étions pas là, mais nous tourne le dos avant, ouf. Tout de même contrarié, je me dresse à mon tour et me place entre elle et le commandant pour m'habiller, mine de rien. Cela dit, pas franchement intéressé, il est maintenant plongé dans la lecture sur son téléphone.

— Vous êtes venu pour l'affaire ? Du nouveau ?

— Oui, pas mal d'infos. Pas si nouvelles, mais vérifiées, c'est ce qui nous manquait. Je vous fais un point dès le retour de votre adjoint. En attendant, félicitations pour votre opération d'hier. On m'a rapporté qu'elle avait été épique.

Je l'écoute, mais je fixe Julie qui enfile… un soutif genre brassière de sport qui me laisse perplexe. Je me demande si ce n'est pas aussi contraignant que le gilet tactique son machin et je suis bien content de ne pas avoir ce genre de corset à supporter. Alors qu'elle passe son t-shirt, je reprends possession de ma cervelle et peux me focaliser sur le commandant qui attend ma réponse.

— Assez, oui. J'imagine que vous venez officiellement pour le débriefing justement.

— Exact, j'ai hâte d'avoir les détails et les images. Au fait, un de vos collègues est en route pour remplacer votre camarade blessé qui est rapatrié.

La porte s'ouvre sur Marc avec un thermos à la main, pile quand Julie est enfin présentable. Elle est à l'aise, trop habituée à vivre intimement avec ses collègues. Sur le terrain, je le comprends, mais si elle peut faire autrement, j'aimerais autant qu'elle redevienne pudique. Il faudra qu'on cause tous les deux.

— J'ai oublié les tasses. Je suis con, déclare Marc.

Il cherche des gobelets sur la malle qui nous sert de bureau, il en dégote quatre et nous en tend un à chacun. Nous inspectons tous l'intérieur en grimaçant.

— Il y a une mouche crevée dans le mien, ronchonne le commandant avant de souffler dedans et de le tapoter contre le lit pour se débarrasser du cadavre.

— C'est de la protéine, plaisante Marc.

— Nous ne sommes pas en mode survie, tout de même !

Nous voyant prêts à protester, il se rattrape :

— Je parlais du mode survie alimentaire, bien sûr. Bon ! Notre affaire maintenant ! Je vous sers la version courte puisqu'il y a la réunion derrière.

— Nous n'aurons pas le temps de faire du sport, se plaint Marc.

— Vous n'en avez pas assez fait cette nuit ? Allez, sérieux. Mon homme a réussi à remonter et croiser les appels ainsi que…

— Vous aviez dit la version courte, je le coupe car aucun de nous n'est réellement intéressé par les détails techniques de son enquête.

Il soupire et avale une gorgée de café.

— Bien. Les mercenaires n'ont pas assassiné le commandant, mais nous ne savons pas encore qui en est l'auteur. En revanche, pour ses activités occultes, nous sommes remontés jusqu'au ministre des Armées, après celui de l'Intérieur, ça vous le saviez. Mais nous avons aussi de fortes présomptions sur celui qui serait réellement à la tête.

— Qui ? je souffle.

Il affiche un air dépité. Nous sommes suspendus à ses lèvres.

— Le Premier ministre, nous confie-t-il d'une voix basse, presque fataliste.

Julie baisse la tête en gémissant, Marc se passe la main sur le visage en soupirant, et moi… je suis inerte. Sidéré. Pour des gens comme nous, apprendre que le Gouvernement piétine toutes nos valeurs, c'est nous coller un coup de barre à mine sur la nuque.

— Franchement, on avait quelques doutes, mais on ne voulait pas y croire. C'est… J'ai du mal à encaisser, dis-je en écrasant le gobelet vide avant de le jeter au fond de la pièce.

— Plus vous avancez et plus ça monte d'un cran. Va falloir vous calmer, rouspète Marc.

— A priori, nous sommes au bout, justement. Nous nous retrouvons donc au cœur d'une sombre histoire de ventes illégales d'armement sur fond de financement de campagne.

— Pour le Premier ministre, je vois, mais pour les autres ? Qu'auraient-ils à gagner ?

— C'est son club de fidèles, amis de longue date, même parti politique. Ils ont monté les échelons ensemble en se serrant les coudes et en se rendant de nombreux services. Ils pouvaient rester au pouvoir encore longtemps, précise-t-il avec un regard entendu.

— Mais ? Ses proches, ce sont les ministres des Armées, des Affaires étrangères et de l'Intérieur, pour les plus connus, et il en aurait fait descendre un quand même ? s'alarme Julie.

— Exact. Il devait commencer à poser problème. Dans ce milieu, l'amitié a ses limites.

— Je doute que ce soit sa conscience qui le travaillait. Je mettrais ma main au feu qu'il flippait trop et que ça a inquiété les autres. Il est sorti de la meute, qui l'a bouffé pour se protéger.

— Peut-être pas si grande, cette meute. Mon ami de la DRSD[38] a réussi à faire des liens sous le Premier ministre, mais pas au point de ressortir le nom d'un autre Ministre que le nôtre. Peut-être n'y en a-t-il pas d'autre d'impliqué.

— Un, c'est déjà trop, bougonne Marc.

---

[38] La DRSD (Direction du renseignement et de la sécurité de la Défense – ex DPSD) est le service de renseignement dont la mission principale est la contre-ingérence de la Défense, pour assurer la sécurité des personnels, des informations, du matériel et des installations sensibles.

Il a raison, mais c'est un autre détail qui me fait râler :

— Vous avez mis une nouvelle personne dans la boucle ? Nous sommes trop nombreux.

— Vous êtes bien gentil, mais si nous risquons tous notre vie, c'est quand même vous qui gérez la partie la plus facile. Le combat, c'est votre métier.

— Et le vôtre, c'est bien les renseignements, non ?

— Et vous croyez que je peux démêler un tel dossier tout seul ? Pêcher les informations avec mes dix doigts grâce à mon petit portable ?

— Non, c'est vrai, désolé. Mais ça me stresse.

— Je sélectionne les personnes dont j'ai réellement besoin avec beaucoup de discernement, vous l'imaginez bien. D'ailleurs, les quelques élus expriment peu de gratitude eu égard à la confiance que je leur accorde en les mettant dans la confidence. Mais nous avons fort heureusement la chance d'être entourés de gens d'honneur.

— Nous vous faisons totalement confiance pour vos choix, déclare Julie pour nous apaiser.

— Mais continuez à restreindre quand même.

— Évidemment. Donc, en résumé, le Premier ministre veut le fauteuil du Président et pour l'obtenir, il est entré en campagne très tôt et très fort.

— Ah ça ! On se le tape à la télé tous les jours. Jamais vu un homme politique se promener autant. Un chien qui pète, il va sur place faire un communiqué et assure qu'il fera du bien-être animal une grande cause nationale. Un peu de grêle sur les vignes et sa priorité c'est le climat. Et ainsi de suite ! s'emporte Marc.

— Justement, le motif est là. Pour financer cette campagne, tous ses déplacements, son équipe, louer des salles immenses pour ses meetings et rincer les gens lors de buffets somptueux, etc. Et ce n'est que la partie visible. Allez savoir ce qu'il se passe sous les tables ou bureaux des grands patrons, que ce soit en promesses ou en billets, pour avoir des articles élogieux et des sondages favorables. Donc, ils font livrer des armes à des autorités étrangères, qui sont ensuite revendues aux groupes terroristes. L'argent circule et leur arrive via des sociétés écrans, ce qui permet dans les deux sens de ne pas laisser beaucoup de traces.

Ça devient banal comme pratique. C'est à se demander si ce n'est pas au programme dans leurs grandes écoles.

— Ce qu'ils font et comment, c'est votre partie. Ce qui nous intéresse, c'est comment on s'y prend pour faire tomber cette mafia ?

— Pour être honnête, il y a peu de solutions qui offrent la certitude d'une issue favorable. La DGSE[39] serait la mieux placée, mais puisque le ministre des Armées est impliqué, elle pourrait l'être aussi et étouffer l'affaire. Pour la DRSD, mon contact qui y travaille pense que le risque est identique. La DGSI, idem si le nouveau ministre de l'Intérieur est à la botte du Premier.

---

39 DGSE : Direction générale des services extérieurs (armée). DGSI : Direction générale des services intérieurs (police).

— Les médias ?

— C'est malheureusement l'option la plus sûre. Nous devons choisir ceux qui sont assez solides pour tout étaler sur la place publique rapidement, et nous leur fournirons tout ce qu'il faut pour documenter leurs articles. Vous êtes d'accord avec ça ?

— Vous êtes les cerveaux, nous les muscles, et nous risquons tous la même chose, alors on vous fait confiance.

— Mais franchement, l'option de mettre les mercenaires au courant de tout m'aurait bien plu. Eux, ils auraient répliqué, ajoute Marc.

— En assassinant des ministres ? Sûrement pas !

— Non, bien sûr que non. Ce n'est pas ce que nous voulons, je rétorque vivement.

Je suis sincère, mais sachant qu'ils arment des terroristes qui nous tirent dessus, que deux camarades légionnaires y sont restés cette nuit, qu'ils ont fait éliminer les collègues de Julie avant et la recherchent pour lui faire la peau… J'ai beau ne pas la souhaiter, je ne suis pas certain que leur mort me ferait hausser un sourcil.

— Mais non, évidemment qu'ils ne les buteraient pas. Je parlais de tout divulguer, reprend Marc.

— Dénoncer n'est pas leur métier. La discrétion est leur gagne-pain, alors ils pourraient fermer boutique.

— En attendant, si le ministre des Armées fait partie de la bande, ils finiront par me retrouver, déclare Julie avec une pointe de résignation.

— Non. Pas tant que je parviens à vous garder sous une fausse identité. D'ailleurs à ce propos, vous n'avez pas volé votre surnom, vous avez encore fait du bon travail sur l'opération.

— C'est clair, approuve Marc.

— Ce que je vais vous demander peut vous paraître déplacé, mais il serait utile que vous ratiez votre cible de temps en temps. Vous voulez bien faire un effort ?

— Mais… ce n'est pas vraiment ce qu'on attend d'un tireur d'élite. On nous serine à longueur de formation : *one shot — one kill*[40].

— J'en conviens, mais hier, nous avons reçu la demande d'une unité qui réclame votre détachement chez eux.

Je me raidis instantanément.

— Ils veulent nous le piquer ? Ils ne doutent de rien.

— C'est un peu ma fonction, je suis détachée chez qui en a besoin. Ce n'est pas non plus comme si nous étions tout un régiment de tireurs disponibles, alors c'est normal qu'on nous fasse tourner.

— Florian étant hors service pour quelques jours, nous avons besoin de toi. Point barre. Je me demande même si je ne vais pas lui déboiter un genou pour rallonger sa convalescence.

Le commandant secoue la tête en souriant.

— Inutile d'abimer votre collègue, c'est moi qui signe les ordres de mission. En revanche, un peu de

[40] One shot — one kill : un tir — un tué.

discrétion ne nuirait pas, alors Émile va se mettre en veille un moment.

— Je vais encore me taper la serpillière, marmonne-t-elle, dépitée.

— Non, j'ai trouvé mieux. Actuellement, vous jonglez entre un faux poste au QG et celui de tireur détaché. C'est risqué dans la durée, un gradé tatillon pourrait se demander pourquoi il n'a jamais vu travailler cette fille du casernement.

— Vous m'aviez dit que c'était pour pouvoir déambuler. Si je reste toujours Émile, je ne pourrais plus découvrir mon visage.

— C'est là où je voulais en venir. Émile, on va le déclarer en mission de surveillance dans le trou du cul du désert, mais vous serez physiquement ici, chez les commandos.

— Je vote pour ! je m'exclame avec un peu trop d'enthousiasme.

— Donc, vous souhaitez mettre au courant toute l'équipe ? Parce qu'ils ne pourront pas louper une fille dans notre quartier, précise Marc en remuant ses sourcils.

— Les commandos marine sont bien ceux en qui j'ai toute confiance, confirme-t-il avant de se tourner vers Julie. Créer une cellule autour de vous sera un atout pour vous dissimuler.

— Me planquer ici, je ne suis pas contre. Sans vouloir médire, je me sens plus proche des commandos que des tringlots[41], aussi sympas soient-

[41] Tringlots : surnom donné aux militaires de l'arme du Train (logistique de l'armée de terre).

ils. Je vais quand même regretter les filles, parce que leur compagnie me plaisait beaucoup. Mais je vais m'occuper comment ?

— En fait, il y aurait bien un poste de lingère vacant. Ça nous aiderait vachement, dis-je innocemment.

Julie me foudroie du regard, lève son index, puis le glisse lentement d'un côté à l'autre de son cou.

— C'était juste une idée, si ça ne te tente pas, on oublie.

— C'est ça, oublie toutes les idées que tu te fais d'une femme à votre service, bougonne-t-elle.

— OK, on restera juste sur mes fringues, alors ?

J'ai à peine fini que son poing percute mon épaule. Elle décolle plus vite qu'un avion de chasse, j'adore ça.

— Cesse de me provoquer ou je choisis l'option de me planquer dans le désert, loin de toi.

— Pfff ! Je te manquerais avant que ton *CamelBak* soit vide. Mais c'est bon, j'arrête, dis-je avec le plus grand sérieux, avant de me pencher vers elle pour ajouter à voix basse : pour l'instant.

— Vous jouerez les couples modèles une autre fois, nous n'avons pas vraiment le temps pour ça, intervient le commandant en levant les yeux au ciel avant d'épingler ceux de Julie. Pour que personne ne s'interroge sur votre présence, vous devenez une analyste des services de renseignements, ce qui reste dans mon pôle d'attribution et explique autant votre rapprochement avec les commandos que votre discrétion. Dans trois jours, c'est la relève de l'unité logistique, donc, tous ceux qui ont vu votre visage découvert repartent en France. En attendant, vous vous planquez ici, pas un pied dehors. Il va vous falloir une nouvelle identité, mais celle-ci devrait être la dernière.

— Au moins, ça va me faciliter la vie. Je serai libre dans le camp, juste camouflée quand Émile sera de sortie.

— Et Émile rejoindra ce quartier à son retour de la fausse mission, comme ça, vous aurez au moins l'esprit tranquille ici.

— Tu t'installeras dans une des chambres vides, décide Marc.

Mais, non ! Je ne suis pas d'accord. J'ouvre la bouche pour le faire savoir, mais Julie me prend de vitesse :

— Chambre double, c'est du trois étoiles ici !

Le commandant enfonce le clou :

— Évidemment, il n'est pas question de remettre en cause l'ordre habituel. Personne n'ayant accès à votre quartier pour vérifier où dort l'analyste, vous serez avec votre spotter, ça va de soi.

Pas tant que ça de mon point de vue, mais il semblerait que mon avis n'intéresse personne. Peu importe, il s'agit juste de préserver les apparences. Il reste un détail à aborder, qui n'en est pas vraiment un.

— Nous sommes bien d'accord que nous racontons tout aux gars ? Nous sommes une équipe et ils doivent accepter les risques en connaissance de cause. Et quand je dis « tout », ça comprend aussi ma relation avec Julie.

Les épaules du commandant tressautent.

— Pour la première partie, c'est tout à fait normal. Pour la seconde… laissez-moi deviner vos motivations. Seriez-vous inquiets à l'idée qu'elle cohabite avec autant d'hommes dans la pleine force de l'âge ?

— Pas du tout. Juste cinq d'entre eux. Les célibataires.

20

Cohésion.

— Cela va sans dire, ce que je viens de vous révéler est tout sauf officiel et si vous commettiez la moindre indiscrétion, vous mettriez par là même la vie de votre collègue en jeu et peut-être la vôtre.

Le commandant Barriand termine ainsi son allocution au groupe. L'attention des gars n'a jamais été aussi grande, d'intrigués, ils sont maintenant abasourdis. Malgré les détails qui ont été fournis, ils auraient une foule de questions à poser tant ils ont du mal à y croire. Les visages sont fermés, chacun encaisse la nouvelle à sa façon. Des sourcils levés très haut, d'autres carrément froncés, des lèvres déformées par l'incrédulité, moues improbables, hochements de tête, de haut en bas, de gauche à droite, des soupirs plus ou moins sonores, plus ou moins longs, parcourent l'assistance. En somme, des réactions similaires aux miennes à chaque fois qu'il m'aborde. On ne s'ennuie pas avec lui.

Julie est restée à l'écart pour l'instant, nous pensions qu'il valait mieux que les gars se concentrent sur les faits et non sur elle. Maintenant qu'ils savent et ont accepté de couvrir Émile sans même une seconde d'hésitation, je vais le chercher.

Je retrouve mon tireur préféré dans la chambre que nous lui avons attribuée au bout du quartier. Un peu à l'écart, autant pour lui laisser un peu d'intimité qu'un accès rapide au mur d'enceinte qu'elle peut escalader pour se sauver en cas d'urgence.

Dans la petite pièce qu'elle a déjà aménagée, deux lits une place qui occupent la moitié de la surface sont séparés par un meuble bas en fer dans lequel elle a tassé son paquetage, et des morceaux de grillages fixés sur les cloisons sur lesquels sont accrochés ses armes et équipements. Tout est carré, aligné et nettoyé. Pas de fioriture, aucun objet personnel ni photo, nous sommes bien chez Julie.

— Cool, on sera bien ici.

Elle est assise sur le lit, les cheveux encore humides et plus aucune racine blonde visible. En train d'enfiler une chaussette, elle lève la tête et s'esclaffe en découvrant mon air d'homme sûr de lui.

— Petit rappel : le tireur dort avec son spotter et le chef de groupe avec son adjoint. Tu n'abandonnerais pas Marc, n'est-ce pas ?

— Pour toutes mes nuits avec toi ? Attends, laisse-moi réfléchir…

— Si tu dois réfléchir, c'est que c'est non, monsieur hyper-réactif.

— Nous sommes en situation exceptionnelle, Marc comprendra que je l'abandonne pour assurer ta sécurité nocturne. D'ailleurs, je te surveillerai mieux si nous sommes nus sous les draps.

— Mais bien sûr, ricane-t-elle en laçant ses bottes. Beau gosse, tu n'as pas besoin de chercher des prétextes pour m'avoir dans ton lit. En revanche, il t'en faudra de bons si tu souhaites m'en sortir.

Vous connaissez un homme qui résisterait à ce genre de déclaration ? Que répondre à ça ? Elle m'émoustille sans cesse, c'est incroyable ! Je tends la main vers elle, qu'elle prend sans discuter, puis je la tire énergiquement pour la lever du lit. Je profite de la situation pour m'emparer de ses lèvres, que j'embrasse longuement et tendrement. Un regard mutin m'observe doublé d'un sourire enjôleur. Je ne suis pas loin d'oublier la situation dramatique dans laquelle nous sommes et avant de faire des bêtises, j'interromps nos jeux de séduction et retrouve mon sérieux.

— On nous attend. Nous reprendrons ce soir, compte sur moi.

Par réflexe, elle attrape son cache-cou sur le lit et s'apprête à l'enfiler quand je stoppe son geste.

— Tu peux t'en passer ici. Tu le gardes juste à ta ceinture ou autour du cou, disponible pour le cas où nous aurions des visiteurs. Marc est allé chercher ton spotter et Florian, ils sont mis au courant de tout avec les autres en ce moment. Au fait, tu l'as reconnu ?

— Florian, c'est bien le tireur du commando Hubert ? Tu parles du gars toujours cagoulé, avec casque, lunettes noires et du genre taiseux ? Il pourrait être un de mes ex que je ne le reconnaitrais même pas, raille-t-elle.

— Ouais ! Comme quoi les commandos sont plus forts que toi, parce que lui, quand il t'a aperçue lors des réunions de préparation, il a su qu'il t'avait déjà vue.

— Tu m'intrigues. J'ai croisé des commandos depuis mon arrivée sur Barkhane, mais nous n'avons jamais échangé de près. Sauf...

Elle fronce les sourcils pendant quelques secondes, puis écarquille les yeux d'un coup :

— Non ! C'était lui sur le bateau en plastique ! C'est ça ?

Las, j'extrais le contenu de mes poumons si fort que ses mèches volent. Elle recule le buste et se recoiffe en bougonnant.

— Heureusement que tu n'as pas mangé d'ail ce matin. Inutile de te vexer, il est bien en plastique ce machin, non ?

— Un ETRACO est une merveille, alors un peu de respect. Sinon, oui, Florian était bien le chef du groupe qui t'a exfiltrée de la frégate.

— Possible. Comme je le disais, pas très causant ce gars. Tu sais qu'ils m'ont flanquée sur un truc que vous osez appeler des sièges et se sont contentés de me tenir fermement pendant tout le trajet. Sans fin, d'ailleurs. J'avais le dos en compote quand ils m'ont débarquée de leur fusée flottante. En plastique.

— Je... Bon, tu chouineras une autre fois, ils nous attendent.

Alors que nous longeons la petite allée encombrée et que j'ai devant moi, sous mon nez, Julie en treillis, une idée germe dans ma tête.

— Tu n'as pas un short ? La vue serait encore plus agréable.

— Bien sûr que si. La version militaire, bien court et moulant. Mais j'ai bien mieux dans mon paquetage : un costume de soubrette coquine. Ça t'ira ? demande-t-elle avec le plus grand sérieux.

À ces mots, j'éclate de rire. Puis l'image de Julie dans cette tenue se forme dans mon esprit. Après l'avoir observée ainsi mentalement quelques secondes, le verdict est sans appel.

— Non, vraiment pas. Tu m'excites plus avec ta Ghillie[42]. Je préfère te découvrir petit à petit en te l'ôtant avec les dents.

— Mmm... vivement, murmure-t-elle.

Puis, elle se met tout à coup à pouffer.

— Quoi ? Tu es censée soupirer de désir, pas rire.

— Je connais bien ma tenue et je t'imaginais avec des morceaux de mousse et d'herbe coincés entre les dents.

— En ce moment, je bouffe plutôt du sable. Ça me changera.

— Ça doit être pour ça que l'on consomme autant d'eau. Une gorgée pour se rincer la bouche et la suivante pour se désaltérer.

Notre arrivée sous le barnum ne passe pas inaperçue. Comme souvent, les gars chahutent bruyamment, mais lorsque nous apparaissons devant eux, même les mouches font silence.

— Je vous présente Émile. Et virez vos airs d'ahuris, vous allez me faire honte.

---

[42] Ghillie : tenue de camouflage utilisée pour se fondre dans l'environnement.

Les mâchoires se referment et les yeux s'étrécissent, avant que ne jaillisse un concert d'éclats de rire. Évidemment, tous sont persuadés que c'est une blague. Seuls le commandant et le spotter de Julie savent qu'il n'en est rien. Eux, ils soupirent de lassitude. La quintessence du machisme est réunie sous ce barnum en plein désert, et certains vont avaler des couleuvres. Ma Julie, sourire carnassier sur le visage, s'approche lentement et se plante au bout de la table, stoïque.

— Bonjour, messieurs. J'ai raté une bonne blague ? Vous me la répétez pour que je me marre avec vous ?

— Mais avec plaisir. Nous sommes ravis d'accueillir une demoiselle aussi charmante que vous, mais nous attendions Émile, pas Émilie jolie. Notre chef est un grand rigolo, répond Tonio.

— Sûr ! Tout le monde sait que mon nom de code est Bozo[43], je rétorque en soupirant. Les gars, je suis on ne peut plus sérieux, c'est bien Émile que vous avez devant vous. Et avant que les propositions déplacées fusent et que je sois obligé de vous taper dessus, Émile est également ma petite amie.

— Ce surnom... il faut le changer. C'est pas possible ces phrases hallucinantes, marmonne Damien qui secoue la tête.

— Mais tu es la fille de la frégate ! réagit tout à coup Thomas.

43 Bozo est un clown américain, qui apparaissait dans des émissions télévisées, ainsi que des bandes dessinées.

— Gaël, tu déconnes, hein ? Émile ne peut pas être une fille ! s'exclame Laurent, aussi stupéfait que les autres.

— Et pourquoi donc ? questionne Julie sur un ton menaçant.

Le commandant sent poindre les problèmes et commence à perdre patience.

— Cette conversation risque de durer des heures et elle est sans intérêt, alors j'y mets fin tout de suite. Émile est bien une femme. Pour ceux qui ont du mal à s'en remettre, on va mettre en place une cellule psychologique et un numéro vert, mais pour l'instant, nous avons des détails plus urgents à aborder.

C'est à nouveau le silence de plomb, sauf Marc qui ricane dans son coin. L'effet voulu par le commandant est réussi, lui, on ne remet pas ses paroles en cause.

Je m'approche de Florian au fond et lui serre l'épaule en signe de bienvenue. Il me jauge avec un petit rictus moqueur.

— Quoi ?

— L'extraction en pleine mer, c'était elle, n'est-ce pas ?

— Exact.

— Et tu savais qui elle était ?

— Non, juste que c'était une fille et qu'elle me plaisait beaucoup, je précise en souriant.

— Tu m'étonnes. Sacré brin de fille qui envoie du lourd, avoue-t-il avec un air admiratif.

— On se calme. Tu es déjà en couple.

— Tout à fait et très heureux. Aline est un ange et une femme formidable, tu peux être tranquille.

— Bien ! Maintenant que je vous ai dévoilé ce que nous savions, il est temps de reprendre nos activités normales. La première étant le débriefing de l'opération, annonce le commandant.

Avant que tout le monde ne bouge, je lève la main pour les faire patienter.

— Avant, je souhaiterais juste faire une mise au point, si vous le permettez.

— Je vous en prie.

— Nous allons surveiller, protéger, conserver le secret, et nous sommes formés pour ça. En revanche, notre rôle s'arrête là dans le cas présent. Que notre chef, le ministre des Armées, soit au cœur de cette affaire ne doit aucunement interférer avec nos missions. Nous ne nous en mêlons pas.

— Entièrement d'accord, approuve Florian.

— On laisse faire sans moufter ? Ils ont tué des camarades ! s'insurge Thomas.

— Ce n'est pas ce que votre chef vient de dire. Nous sommes un petit groupe fiable et déterminé à mener l'enquête. Nous parviendrons à faire éclater la vérité, faites-nous confiance. Chacun son rôle et le vôtre est de surveiller l'entourage d'Émile, mais pas de vous retrouver mêlés au reste.

Les gars marmonnent un peu mais se rendent vite à l'évidence : nous n'avons pas à gérer une affaire politique. Pour mettre fin à leur cogitation, je frappe sur la table pour donner le mouvement.

— Allez ! Tous au CO !

Avant de franchir la porte du quartier, Julie recouvre sa tête avec son chapeau et remonte son cache-cou sous les regards curieux. Quand son visage disparaît, elle est scrutée de pied en cap.

— Hallucinant. Même en le sachant, impossible de voir une fille devant moi, souffle Tonio.

— Tu marches comme un mec, ajoute Laurent avec une moue approbatrice.

— Vous pensez peut-être me faire un compliment, mais vous êtes de gros goujats. Si vous continuez, ça va mal finir !

— Nan, mais t'inquiète. Quand on voit ta tête, tu fais vraiment fille, se rattrape Laurent, mais en reculant d'un pas en comprenant l'ambiguïté de ses propos.

— Inverse donc ton idée pour voir. Imagine que je te dise que tu marches comme une gonzesse mais que tu as une bonne tête de mec, s'en mêle Damien.

En bon binôme, ils sont toujours à faire front ensemble. D'ailleurs, lui aussi remonte son cache-cou. Mimétisme jusqu'au bout.

S'il y a un truc dont je suis certain, c'est que Julie n'a pas besoin que je la protège contre mes gars qui ont tendance à parler sans filtre. Elle a assez de répondant pour remettre d'aplomb un régiment.

La réunion se déroule avec tous les intervenants présents lors de l'opération. Je viens de faire un résumé de mon ressenti et des points à améliorer, quand Marc prend à son tour la parole. Pendant qu'il détaille la partie de la soirée où nous avons eu chaud aux fesses, mon attention est attirée par son visage.

Il y a un truc de changé. Ah, mais oui ! Il ne s'est pas rasé depuis plusieurs jours, c'est surprenant. Et je ne l'avais pas remarqué, bizarre. Il va falloir que je lui en parle, ça ne lui ressemble pas. Sans y penser, je passe la main sur ma joue et j'ai l'impression de caresser une biscotte.

D'un coup d'œil circulaire, j'inspecte le reste de mon équipe et, amusé, je m'aperçois que nous ressemblons de plus en plus à celle d'Anton, que nous avons relevée il y a plusieurs semaines maintenant. Nos fringues n'ont pas vu un fer à repasser depuis belle lurette et si pour les treillis, ça ne choque pas trop, pour les t-shirts, c'est une autre affaire. Oui, on dirait que le laisser-aller est une fatalité ici. Je demanderai quand même à Julie si elle a un fer. À bien y réfléchir, non, je ne prendrai pas ce risque. Elle pourrait m'accuser de sexisme de réclamer ça auprès de la seule fille. Et pire, si elle en a bien un, je pourrais le recevoir en pleine tronche. J'adore ma petite femme !

— Arrête de sourire comme un abruti quand Marc explique que vous avez réellement cru y rester, chuchote Florian en me collant un coup de coude.

— Je pensais à...

— Laisse tomber, je sais. J'ai la même tronche quand Aline se promène dans ma tête, se marre-t-il.

21

On se mélange.

La routine finit par s'installer et les trois semaines suivantes se déroulent selon le programme habituel : entretien du matériel et des hommes. Le remplaçant de David est arrivé, issu de notre commando, donc presque un échange standard et bien sûr désormais dans la confidence.

Julie est totalement intégrée à l'équipe, au point que nous oublions qu'une fille vit avec nous. Surtout, la stratégie du commandant fonctionne, personne ne s'interroge sur la présence d'une Rens[44] parmi nous. Le seul point qui demande un peu d'organisation, c'est l'entraînement. Ce n'est pas parce qu'elle est planquée chez nous qu'elle doit se la couler douce et elle est la première à vouloir se maintenir à niveau. Comme Émile est officiellement en mission on ne sait où et qu'une analyste n'a rien à faire en sortie avec les commandos, nous devons feinter. Julie se déguise donc en opérateur pour participer à nos marches et je défie quiconque de la repérer. D'ailleurs, nous avons tous vécu le même moment étrange, cette petite seconde d'hésitation en la

[44] Rens : personnel des services de renseignements.

voyant dans la colonne, à nous demander quel gars c'était.

Quant à ce qu'elle vive au milieu du groupe, je n'ai aucune inquiétude. Ils sont respectueux, usent parfois de blagues lourdes, moi aussi, mais aucun n'adopterait une attitude déplacée. Sous nos airs revêches en tenue, nous sommes tous de bons gars. Des teigneux au boulot, des gentils dans la vie.

Il y a quand même un détail révélateur quant à son apparence que je ne suis pas le seul à avoir remarqué. En cette fin de soirée, certains sont sous le barnum et d'autres vaquent à leurs occupations, quand Tonio, qui est en train de préparer le repas, hèle Julie installée dans le canapé.

— Tu es le seul soldat à repasser tes t-shirts, ça pourrait te trahir.

Je n'ai toujours pas osé lui demander si elle avait un fer, même si c'est une évidence puisque ses fringues ne sont jamais froissées.

— Je suis juste plus maligne que vous.

Elle vient de titiller notre curiosité. Connaîtrait-elle un secret domestique ?

— Raconte !

Elle nous observe, décontenancée.

— Vous êtes sérieux ? On va parler chiffons ?

— Si tu as une solution miracle, tu dois la partager. C'est l'esprit commando, la sermonne Marc.

— D'accord. C'est une astuce que mon ancien spotter m'a apprise, alors je fais passer à mon tour. En fait, dès que le linge est sec, voire légèrement humide c'est encore mieux, il faut le plier proprement et tout étaler sous son matelas. Au bout d'une ou deux nuits, on ramasse et on range dans le placard. Voilà !

Voilà qui est intéressant. Repasser en dormant, on saura faire. Bientôt, nous aurons tous meilleure allure. En attendant, notre attention se reporte sur l'écran qui débite les informations françaises. Nous ne les regardions plus depuis un moment, mais nous portons désormais un très grand intérêt à tout ce qui touche à la politique française. Plus exactement, depuis que le commandant nous a annoncé avoir transmis le dossier « patate brûlante » à la rédaction du Washington Post. Un choix lié à leur passif en matière de révélations, et surtout, c'est un média étranger qui ne se laissera pas intimider par des injonctions ou menaces de la part du gouvernement français, dans la mesure où la presse française appartient en très grande majorité à des milliardaires proches du pouvoir.

Mais ce soir encore, rien sur notre affaire, les seules informations concernent, encore et toujours, les futures élections présidentielles.

— Bon... ça ne sera pas pour ce soir, déclare Marc en baissant le son.

— Autant, ça ne les intéresse même pas. Après tout, les Américains s'en fichent peut-être des ministres français, commente Julie, dépitée.

Chaque soir, sa déception augmente. La lumière qu'elle entrevoyait s'éteint petit à petit. Je serre son genou, rare geste que nous nous autorisons devant l'équipe.

— Je ne crois pas, non. Je pense au contraire que l'ampleur de l'affaire les oblige à procéder à une grosse enquête en amont avant de tout révéler.

— Il a raison, ne sois pas défaitiste. Ils assurent leurs arrières et ça évitera que ça finisse en pétard mouillé. On ne serait pas plus avancés, abonde Florian.

Notre conversation est interrompue par l'arrivée en trombe du spotter de Florian. Raphaël se plante devant nous, visiblement très agité.

— Je reviens du CO. On a un problème !

— Un autre ou toujours le même ? s'enquiert Marc, pas plus perturbé que nous tous.

Un peu vexé, il brandit un papier qu'il me tend.

— Regarde ce message !

Je m'en empare et me retrouve aussitôt coincé de toute part par les curieux qui lisent par-dessus mon épaule.

— C'est quoi ? Je prépare le repas ou on doit décoller ? questionne Tonio de la cuisine.

— Ouais, continue ! Urgence ou pas, on a tous la dalle et on ne part pas le ventre vide.

Puis, j'agite la main devant moi en visant les têtes que je trouve bien trop proches de la mienne, mais sans succès. J'abandonne et débute la lecture. La première phrase n'est même pas terminée que je commence à bouillir, mais c'est Patxi qui réagit :

— Oh, ben ça alors ! C'est quand même une sacrée coïncidence ! Quelle bande d'enfoirés !

— Tu m'étonnes. Quel hasard que quelques jours après l'envoi des documents, tous les tireurs longue distance et leur spotter soient convoqués à Gao.

— On n'en sait rien, rétorque Marc. Après tout, rien n'a encore filtré dans la presse, donc pas de raison que ça soit le déclencheur. D'ailleurs, le dossier ne permet pas de faire le lien avec Émile. Ils ont sans doute eu l'info d'une autre façon et à mon avis, ils ne sont sûrs de rien.

Florian m'arrache le papier et le parcourt rapidement, pour vite s'agacer :

— Ils sont très sûrs d'eux, au contraire. Convoquer les tireurs des commandos marine pour un soi-disant test de capacités, il faut être gonflé !

Sans dissimuler son écœurement, Damien, qui loge désormais ici depuis le faux retour d'Émile sur le camp, se tourne vers Julie :

— À mon avis, ils comptent mettre la main sur le fameux Émile que personne ne connaît. Ils soupçonnent que c'est toi.

— Pas si étonnant. Ils ne sont pas débiles.

— Pourquoi le commandant ne t'a-t-il pas déclarée morte ? Ça aurait réglé le problème, fais-je remarquer.

— Il l'a envisagé, mais j'ai refusé. Je ne voulais pas infliger ça à mes parents.

Ma connerie me surprend parfois. J'imagine bien ce que les miens ressentiraient. Ils ont beau s'y préparer depuis que je porte le béret vert, ils ne seront jamais prêts à l'entendre.

— Mais du coup, comment se fait-il que ton régiment d'appartenance ne se pose pas de question sur ton absence ? demande Marc.

— Pour eux, je suis officiellement détachée au COS pour Barkhane, ce que ma qualification justifie, comme pour Damien. Ils ne savent pas que je suis Émile, qui est ici un légionnaire.

— Pas de femme légionnaire[45], donc c'est la raison pour laquelle ton visage ne doit jamais être vu. De toute façon, les FS et les tireurs n'aiment pas se montrer, donc ça reste logique. Le commandant a pensé à tout, conclut Florian avec une moue approbatrice.

— Ou presque. Nous devons régler le souci de la convocation, je corrige.

— C'est tout vu, j'y vais. Je joue le rôle d'Émile pour leur chasse à l'homme, intervient Damien avec de la défiance dans la voix.

Quand on est entouré de héros, le problème est de pouvoir sortir du lot. Là, concrètement, je ne peux même pas tenir le premier rôle à sa place puisque ma carrure fait le double de celle de Julie. Par contre, je peux quand même lui envoyer un taquet, l'air de rien.

— C'est une chance que tu sois taillé comme elle, je commente sur le ton de la conversation.

[45] Le recrutement via la Légion étrangère n'est pas ouvert aux femmes. Celles présentes en régiment de la Légion étrangère sont des sous-officiers qui y sont affectées et ne sont pas intégrées aux unités de combat.

Les gars ricanent, Julie me fait les gros yeux. Quant à Damien, il prend un air blasé.

— Bien joué, bravo. En dehors de Florian et son spotter, je suis surtout le seul à assurer au PGM, au cas où ils nous feraient tirer. Parce que tu ne sais pas tirer avec la grosse bête, j'ai raison ?

— Un point partout, maintenant vous arrêtez. On a mieux à faire qu'un concours de bite, s'agace Julie.

— Peuh ! Tu dis ça parce que tu perdrais. Même ma houppette te bat, la charrie Thomas.

Nous rions, elle secoue la tête en souriant. Elle doit supporter ce genre de réflexions depuis des années, elle est blindée.

— Pourquoi le commandant ne nous a-t-il pas prévenus ? Il doit être au courant puisque sa cellule est destinataire du message, reprend Florian.

— Je ne serais pas étonnée qu'il y ait déjà des types sur place et que tout le monde soit sous surveillance. Lui, il doit raser les murs. De plus, c'est lui qui gère tout. On ne va pas chouiner dans ses jupes dès qu'il y a un imprévu.

Exact. Nous devons penser et agir par nous-mêmes quand c'est possible, c'est ce qu'il attend de nous.

— Nous sommes assez nombreux pour nous débrouiller. Puisque Damien enfile la casquette d'Émile, qui prend le rôle de Damien ?

Nous nous observons, cherchant celui qui a la masse et le physique le plus approchant.

— C'est clairement moi, conclut Marc.

Je n'aurai décidément aucun poste d'attribué pour cette mission. Trop large, trop brun et les yeux trop verts. C'est gonflant !

C'est donc trois tireurs recensés sur le camp de Kidal, Émile, Florian et un légionnaire, qui doivent se rendre à Gao par hélicoptère demain matin, accompagnés de leur spotter. Nous employons la soirée à passer en revue tous les scénarios possibles, tous les coups fourrés qui pourraient les attendre là-bas. Comme toujours, on envisage le pire, il est bon de tout prévoir. Étrangement, c'est Florian le plus mal à l'aise, alors que Damien, qui prend tous les risques, est assez détaché.

— Leur intention est peut-être de te buter sans vérification ! On ne doit pas se quitter d'une semelle, il faut qu'on trouve un prétexte pour rester collés, répète Florian pour au moins la troisième fois.

Il sera au cœur du problème mais ne maîtrisera rien, ça le rend dingue. Non seulement je le comprends, mais ce que je ressens est pire puisque je serai carrément à des kilomètres à attendre qu'ils rentrent.

— OK ! Puisque la parano te gagne, nous dirons que nous sommes amoureux, le charrie Damien en lui prenant la main.

— Parano ? Craindre des types qui ont buté des collègues, je n'appelle pas ça de la parano ! C'est juste du bon sens !

Florian retire sa main vivement, vexé, alors j'interviens pour tempérer un peu.

— Damien, il a raison. Ne la joue pas à la cool. Ce n'est pas une opération avec toute la préparation et les appuis normaux. Nous ne savons absolument rien sur ces types, ni ce qu'ils veulent, ni comment ils comptent s'y prendre.

Il soupire en étirant ses bras derrière lui, c'est Julie qui répond à sa place :

— Il ne s'en fiche pas. Damien n'est pas une tête brûlée. D'une part, je vous rappelle qu'ils cherchent une fille et il accepte ce rôle en connaissant les dangers qu'il court. Son apparence zen est sa façon de gérer le stress. C'est mon spotter et un des meilleurs.

— Le meilleur ! s'insurge-t-il.

— Dans tes rêves, réplique aussitôt Raphaël.

— Rangez vos bites ! Ne recommencez pas avec ça, les rabroue-t-elle.

Nous nous esclaffons, sans renchérir toutefois. Quand nous croyons en avoir terminé avec les solutions à tous les scénarios, Laurent relève un détail :

— Damien, lève-toi pour voir si ton pantalon n'est pas trop ajusté.

— Bien vu, je le félicite.

Damien se tient debout devant nous, bras écartés, il tourne. Le verdict est prononcé par Julie :

— On voit ton attirail.

— Quoi ?! s'exclame-t-il en se baissant pour vérifier.

— Mais non, il n'est pas dehors. Je veux dire qu'on voit bien que tu es un mec.

— Bravo Sherlock ! J'en suis un. Ce n'est pas le but de leur faire croire qu'Émile est un homme ?

— Oui et non. Quand je suis Émile, j'enfile toujours des fringues deux tailles trop grandes, justement pour camoufler mes formes ou le manque de formes à l'entrejambe.

— C'est vrai, Émile ressemble à un grand sac motif camouflage, je confirme.

Loin de s'offusquer, Julie approuve d'un signe de tête.

— Donc, il faut noyer le poisson parce qu'ils savent plus ou moins de quoi a l'air Émile. Que je n'aie pas la même apparence renforcerait leurs soupçons. C'est ça ?

— Exactement. D'ailleurs, pour encore plus les embrouiller, nous allons tous les quatre prendre des fringues trop larges, décide Florian.

La solution au problème est simple, il suffit d'échanger nos treillis. Chacun annonce sa taille de pantalon, puis les échanges se font.

Enfin, nous allons nous coucher. Après une toilette rapide, je rejoins Julie dans sa chambre avec entrain. Cinq minutes plus tard, j'en ressors en maugréant parce qu'elle vient de me virer. Mademoiselle ne veut pas laisser son spotter seul avant son départ. J'ai eu beau lui dire que Marc était d'excellente compagnie et qu'ils passeront une bonne nuit ensemble, chacun dans son lit, elle n'a rien voulu entendre : cohésion et soutien. Deux motifs que je ne peux pas réfuter, ce serait un comble.

22

Du vrai ou du faux ?

Le lendemain matin au petit déjeuner, nous y allons de nos conseils et recommandations aux quatre qui nous quittent pour Gao. Objectivement, ils sont moins inquiets que nous.

— Il faut y aller, annonce Florian en se levant.

Chacun récupère son sac et son armement avant de faire une tournée de check. Julie serre Damien dans ses bras sans pouvoir s'empêcher de lâcher une dernière consigne :

— Fais attention à toi. Fais en sorte de ne pas t'écarter du groupe.

— Je serai sur mes gardes, ne t'inquiète pas.

À mon tour, je lui presse l'épaule :

— Même pour pisser, toujours à deux.

Il acquiesce d'un signe de tête, puis c'est le départ. En les regardant sortir, nous sommes anormalement calmes. L'appréhension prend le dessus.

Durant cette journée, Julie reste au quartier et pour une fois qu'elle jouit d'un peu d'intimité, elle en profite pour s'occuper avec des trucs de fille. C'est sa formulation et aucun de nous n'a insisté pour savoir de quoi il s'agissait précisément.

En fin d'après-midi, Laurent et moi ressortons d'une réunion avec les gradés, et surtout avec le sentiment que tous les problèmes s'enchaînent. Sur le chemin du retour, il exprime son inquiétude :

— On va faire comment ?

— Comme d'habitude, on s'adapte. Tout se passera bien.

— Il vaudrait mieux, marmonne-t-il, peu convaincu.

La situation ne me plaît pas plus qu'à lui. Nous sommes ici pour un travail, alors nous devons jouer notre rôle même si un de nos opérateurs est absent, en l'occurrence mon adjoint. Pourtant, il devra officiellement assurer son poste pour la mission que l'on vient de nous confier et qui est prévue pour après-demain.

Arrivé au quartier, je réunis tout le monde et leur déroule le programme. Dans l'assistance, les yeux s'arrondissent lorsqu'ils comprennent le problème qui se présente.

— Alors on emmène Sasha avec nous pour remplacer Marc ? souffle Patxi.

Qui est Sasha ? Ah oui ! C'est le nouveau prénom de Julie sous la casquette du renseignement, puisque Camille Lambert est officiellement partie. Léthé, Camille, Julie, Émile… c'est saoulant à force. La propriétaire de cette multitude de pseudonymes lève les bras en agitant les mains.

— Hola ! On se calme ! Je ne suis pas opérateur. Je ne peux pas venir avec vous.

— Tu es un soldat, tu as fait du combat et tu tires bien.

— Non, pas « bien ». Je tire super bien, merci. Mais là, il s'agit de le faire en étant dans le tas.

— Arrête un peu. Tu sais te servir d'un HK.

— Évidemment, mais je suis formée pour le combat, pas pour des assauts commandos !

— Et encore moins pour être l'adjoint du groupe, la soutient Laurent.

— Bien sûr que non. Tu es le plus expérimenté, alors tu prends le poste de Marc. Sasha sera le binôme d'Olivier.

— Avec l'infirmier ? Ça me va très bien, approuve-t-elle en se calmant d'un coup.

— Et moi alors ? Olivier est mon binôme, intervient Tonio.

— Tu prends le rôle de Laurent. Comme ça, on a fait le tour et nous sommes bien douze.

— La vache ! On a intérêt à mettre des étiquettes sur les casques, souffle Thomas.

— Ça va être un de ces bordels, abonde Patxi avec une moue effarée.

— On reparle de l'opération ? Elle vous semble à risque élevé ?

— Non, plutôt basique à vrai dire, convient Laurent.

— Nous pourrions la remplir à onze sans souci, mais le groupe doit être au complet pour ne pas attirer l'attention.

— C'est vrai, il faut emmener la fille avec nous, déclare Tonio.

Comme piquée par un frelon, Julie fait volteface pour se dresser devant lui.

— Pardon ? Il faut emmener qui, au juste ?

— Euh... toi. Émile... Sasha, quoi, bafouille-t-il, en alerte.

— Ah ! Désolée, j'ai mal compris, ironise-t-elle avec un rire si faux qu'il a quelque chose de menaçant.

— Que les choses soient claires : vous bannissez ce mot ici, c'est trop risqué. Il n'y a aucune fille dans ce quartier, même pas une analyste.

— Même la nuit, dans ton lit ? ronronne Patxi.

— Dans mon lit, il n'y a que des soldats d'élite. D'autres remarques ?

— Sincèrement, j'aimerais autant que vous la fermiez tous, soupire Julie.

Comme ça part en rires, je les calme :

— On se prépare pour une séance de *drill*. Nous avons les plans et images du village, alors on répète l'opération. Go !

Les gars filent s'équiper, Julie reste immobile, comme indécise. Je l'interroge du regard.

— Je n'ai pas le même équipement que vous. Je fais comment ?

— Tu prends celui de base : casque, *chest*[46], etc. Pour le reste, je vais te passer les affaires de Marc, suis-moi.

Devant sa chambre, je lui demande d'aller s'habiller et de m'attendre. J'en fais autant. Mon gilet est toujours prêt, mais je contrôle tout de même le contenu de toutes les pochettes. L'inventaire est

---

[46] Chest (poitrine) : utilisé pour nommer le gilet tactique.

rapide. GPS, couteau, piles, sangles, mousquetons, liens de serrages en plastique, rouleau de chatterton, lampe frontale, trousse de soins et tourniquet[47], etc. Tout y est, je l'enfile, puis je fais pareil avec ma ceinture et son fourbi. J'attrape ensuite le matériel de Marc que je fourre dans un sac, puis mon armement et je file la rejoindre.

— Tu as ton Glock[48] ou il faut que je t'en passe un ?

— J'ai !

En train de lacer ses bottes, elle regarde sans émotion tout ce que je pose sur le lit avant de ressortir. De retour sous le barnum, j'ouvre les caisses de munitions et m'empare de chargeurs déjà pleins que je range dans les pochettes réparties sur mon gilet tactique. Ensuite, les grenades que je place dans la sacoche à ma ceinture. Je suis imité par les gars qui arrivent les uns après les autres.

Pendant que nous passons aux batteries, Julie fait son entrée. En jetant un coup d'œil rapide par-dessus mon épaule, elle me semble prête, je m'occupe donc de vérifier le fonctionnement de mon matériel. Les JVN, c'est bon. Le GPS, OK. La...

— Euh... Gaël, je crois qu'on a problème, déclare Laurent en se bidonnant.

Je me tourne vers l'endroit qu'il indique du regard, pile où se trouve Julie. Je repère très vite ce

---

[47] Tourniquet : garrot avec poignée que l'on tourne pour serrer.
[48] Le Glock 17 est le pistolet automatique de l'armée française. Les opérateurs des forces spéciales et les tireurs d'élite le porte en plus de leur fusil.

qui fait tant rire les gars. À part le Glock sur sa hanche, rien ne va.

— Tu as un souci de branchement ? je l'interroge en pointant du doigt tous les câbles qui pendent autour elle.

— Qu'est-ce qui te laisse croire ça ? raille-t-elle.

— Un coup de main ? questionne Thomas.

— Ce serait mieux. Je n'ai aucune idée de comment vous rangez tous ces fils. J'étais à deux doigts d'en faire une tresse et de l'attacher à mon sac.

— Tu vois ! Tu te trahis toute seule ! Aucun mec ici ne parlerait de tresse. On aurait dit qu'on va en faire un paquet, un nœud, n'importe quoi, mais certainement pas une tresse ! la taquine-t-il en arrangeant les câbles.

— Tu marques un point, admet-elle.

— Ne t'inquiète pas. On est là, on te protège. Avec nous, tu n'as rien à craindre.

Au lieu de le renvoyer dans ses buts, elle sourit. Ils sont trois à s'affairer autour d'elle, dont un qui s'emploie à démêler le paquet de nœuds qu'elle a quand même réussi à former, un autre à attacher correctement le matériel sur son gilet, et le troisième qui les branche puis vérifie leur fonctionnement.

— En tant que tireur, tu devrais connaître ce matériel, lui fait remarquer Olivier.

— J'utilise les trucs de base ainsi que le matos spécifique aux tireurs, mais je ne porte pas tout votre fourbi en même temps.

— Les gars, je vous rappelle que rien que ses deux fusils font plus de vingt kilos, je la défends.

— C’est pas faux. Plus les munitions, les lunettes et le reste. Respect à tous les tireurs longue distance, déclare Tonio en effectuant une courbette.

— Ça ira pour cette fois, petit opérateur, susurre-t-elle en tapotant son casque.

— Il faut qu’on aille s’entraîner et au rythme où vous allez, on n’y sera jamais avant la nuit. Alors attachez tout à l’arrache, on fera ça nickel pour le départ en opération, dis-je en perdant patience.

J’ai à peine fini ma phrase que les gars enroulent tout ce qui pend encore et le fixent un peu partout. Enfin, nous pouvons aller bosser.

23

Séance de drill.

Trois VAB des légionnaires nous déposent sur une zone désertique. Sans tarder, nous reproduisons par des marquages au sol l'endroit où nous allons intervenir demain soir. Ici, on oublie le coup de bombe de peinture au sol, nous sortons les rouleaux de bande plastique que nous étalons pour représenter les murs des maisons, et travaillons en binôme, ce qui permet à Julie et Olivier de démarrer le leur. Ils ne vont pas se lâcher d'une semelle pour s'apprivoiser au maximum.

Au sein du groupe, nous nous connaissons parfaitement, souvent mieux que les membres de notre propre famille. Julie n'a jamais donné d'assaut, n'a même jamais participé à un quelconque entraînement avec nous. Ses compétences physiques ne font pas tout. Nous n'avons aucune idée de son comportement face au danger, ni de sa réaction au milieu du feu. C'est le point qui nous préoccupe le plus.

Nous allons bientôt être fixés puisque la reconstitution sommaire des lieux est terminée. Sortant du périmètre pour figurer notre arrivée à pied, je passe les consignes et nous nous mettons en situation. Pour ce premier essai, je reste à l'écart pour observer. Dès le départ, je remarque que Julie n'a pas les bons gestes. Enfin si, ils correspondent à ceux qu'on lui a enseignés dans la conventionnelle, mais ceux des forces spéciales diffèrent, alors je prends quelques minutes pour corriger la position de son fusil, sa trajectoire et son angle de vision. Presque tout, en fait.

Nous répétons depuis trois heures. Nous nous sommes infiltrés plus d'une vingtaine de fois et exfiltrés tout autant. Julie apprend vite car elle a d'excellentes bases. Elle va de l'avant sereinement, attentive, rapide, mais prudente. Et surtout réactive, car nous lui avons tendu quelques pièges desquels elle s'est plutôt bien tirée. Pas un commando, mais devant un combattant de base, elle ferait illusion.

— On fait une pause ! j'annonce d'une voix forte.

— Elle remplit le job pour son poste arrière. Ça va le faire, confirme Olivier.

— Et pour vous autres ? je questionne parce que l'avis de chacun est à prendre en compte.

— C'est bon pour moi, déclarent-ils chacun leur tour.

Lorsque nous rentrons en fin d'après-midi, les gestes sont acquis, les positions et les rôles connus par cœur. Julie est si appliquée qu'elle est indétectable dans le groupe. Je suis on ne peut plus confiant.

D'ailleurs, même pendant le repas qu'elle a préparé avec Olivier, là aussi en binôme, et au cours de la soirée, j'ai le plaisir de constater qu'elle est totalement intégrée. Elle se fait charrier et chahuter au même titre que n'importe lequel d'entre nous. Elle réplique avec autant d'humour et sans mâcher ses mots. Les gars sont conquis par son répondant. C'est confirmé, elle est des nôtres !

De mon côté, ça me fait un bien fou de la voir revivre un peu. Elle va tellement mieux que sur la frégate, c'est le jour et la nuit. Elle pétille, enfin sortie de son isolement grâce au groupe.

Pourtant, malgré les éclats de rire qui résonnent sous le barnum, une ombre plane. Des questions que nous ne pouvons pas poser, et donc pas non plus obtenir de réponse. Florian, Raphaël, Damien et Marc sont injoignables et les officiers du CO n'ont pas plus de nouvelles que nous, si ce n'est qu'ils doivent rentrer après-demain.

J'espérais vraiment qu'ils seraient de retour à temps pour l'opération, mais je dois me résoudre à la mener avec Julie dans les rangs. Pour être honnête, efficace ou pas, emmener ma copine me plaît moyennement. Nous aurons d'autres occasions de promenades plus bucoliques tous les deux, main dans la main.

Seul petit avantage à l'absence de Marc et Damien, c'est que je peux dormir avec Julie dans mes bras et nous avons même le choix de la chambre.

Loin de jouer au conquérant ou à la brute assoiffée de sexe, quand je la découvre déjà allongée sur le côté et pensive, à fixer le mur, je m'installe avec précaution tout contre son dos. Avec une infinie douceur, je l'enlace et pose ma bouche contre sa nuque. Un soupir d'aise franchit ses lèvres lorsqu'elle se colle encore plus à moi.

— Merci. Pour tout, souffle-t-elle.

— Oh, mais ce n'est pas gratuit ! T'assurer les services particuliers d'un guerrier comme moi a un coût. Et je suis hors de prix.

— Si tu veux t'enrichir, change d'objectif. Ma solde ne suffira même pas à couvrir tes frais.

— Je m'en doute, c'est pour ça que je t'accorde un crédit sur dix ans de vie commune.

Elle se redresse vivement et écarquille les yeux.

— Dix ans ! Et après ? Tu m'échanges contre une nouvelle jeune fille en détresse ?

— Mais non, ce n'est pas mon genre. Je m'arrange pour que tu sois à nouveau en danger et je resigne pour te sauver.

— Tu ne me sauves pas, tu me caches. N'exagère pas ton rôle, non plus.

— Tu chipotes. Je suis ton héros, point barre. Alors, tu l'acceptes cette offre de crédit ?

Elle m'observe avec un air attendri.

— C'est ta façon de me demander d'officialiser notre couple ?

— C'est ça. Je ne suis pas doué pour ce genre de conversation, que je n'ai d'ailleurs jamais tenue pour être honnête. Mais, toi et moi... juste dire ces trois mots, je trouve ça chouette, alors le vivre, tu n'imagines pas.

— Tu t'en sors très bien pour un débutant. Parler du futur et l'envisager avec moi, malgré la situation, ça me touche.

— Alors ?

— Je suis d'accord, toi et moi, c'est chouette. Je signe où ?

— Là, dis-je en pointant le doigt vers ma bouche.

Julie ne se fait pas prier et me renverse sous son baiser. Lorsqu'elle relève la tête, fière d'elle, j'attrape sa main puis la pose sur mon boxer.

— Maintenant, tu dois parapher avec le stylo.

— Ça ira vite. Il y a deux pages à tout casser, me provoque-t-elle avec un regard malicieux.

— Prends ton temps, il faut faire ça bien. Le gros stylo est prêt, dis-je en pressant sur ses doigts.

Loin de s'offusquer, Julie arbore un sourire mutin avant de retirer sa main. Je m'apprête à bougonner, un peu, quand elle soulève le drap et disparaît dessous. Houlà ! Plus question de râler, mais de m'envoler. Profiter de l'instant, c'est important. Je me laisse aller, ses cheveux détachés me caressent le ventre. J'étends les bras et ferme les yeux. La légèreté d'une plume. La délicatesse d'une brise. Elle va me tuer. Ma résistance habituelle est partie prendre l'air, je rends les armes sans avoir le temps de me battre. Une défaite, certes, mais délicieuse.

Quand Julie sort la tête de dessous le drap, je l'attrape et l'écrase contre mon torse.

— C'est bon, tu as gagné. Je t'accorde vingt ans, dis-je sérieusement avant d'éclater de rire devant sa mine outrée.

Les représailles sont immédiates. Et violentes. Sans le voir venir, elle parvient à me retourner sur le ventre et à m'immobiliser avec une clef de bras.

— C'est qui le chef ? ronronne-t-elle, assise à califourchon sur mon dos.

— Ben... regarde mes galons et tu auras la réponse.

— Sache que tu peux te brosser pour qu'un jour, dans le privé, je t'appelle par ton grade.

— Mais si ! Je veux que tu m'appelles maître, surtout au lit.

Julie me lâche et s'allonge à côté de moi.

— Dans tes rêves, conclut-elle tout contre mes lèvres avant de m'embrasser.

Après une nuit on ne peut plus agréable, le réveil l'est tout autant, bien que très matinal. S'il y avait un coq sur la base, il n'aurait pas encore chanté. Julie part la première rejoindre le groupe sous le barnum, puisqu'il n'est pas utile de leur rappeler sans cesse que, moi, j'ai ma copine à disposition.

Si l'ambiance au petit-déjeuner est détendue, le reste de la journée se déroule avec le sérieux habituel d'une pré-opération. Nous enchaînons *drill* et tir avant de rentrer nous préparer. Cette fois-ci, il n'est pas question de faire semblant d'équiper Julie, alors Olivier et Tonio se mettent au travail, telles des abeilles ouvrières concentrées sur leur tâche.

— Je vous laisse finir, car au rythme où vous allez, il y en a pour des heures. Je file au CO, je déclare en les quittant.

Une heure plus tard, je rejoins mon quartier en cherchant comment annoncer la nouvelle aux gars. Il y en a trois qui vont grincer des dents. Une fois auprès d'eux, j'ai le plaisir de découvrir Julie impeccablement équipée.

— On vient de finir. Regarde ça, un vrai commando fonctionnel, se réjouit Olivier en la désignant.

— Quelle est l'utilité de ce mousqueton ? questionne-t-elle en tripotant celui qui est fixé haut sur son torse.

— Pour s'attacher dans l'hélico, entre autre, répond Laurent. Tu avais un truc à nous apprendre, Gaël ?

Mon annonce, donc. Le mieux étant d'être clair et concis, je me lance :

— Nous sommes convoqués au CO pour un point avec de nouvelles infos. L'analyste aussi.

Même pas un son ni un soupir, juste des paupières qui se baissent quelques secondes, puis Julie lève les bras et trois gars commencent à débrancher les câbles pour lui ôter son gilet.

— Il va manquer un opérateur pour la réunion. C'est un problème ?

— On s'éparpillera dans la pièce et on garde nos cache-cous sur le nez. Ça passera crème, ils ne feront pas l'appel.

Et c'est le cas, nous rentrons sans qu'aucun officier n'ait posé de question. Surtout, les infos ne sont que des suppléments et non pas ma plus grosse crainte : qu'on nous annonce qu'il fallait chercher la cible dans une autre maison.

Une fois chez nous, rebelote, on équipe Julie. Plus rapidement cette fois puisqu'il lui suffit d'enfiler son gilet et de tout rebrancher. Une fois prête, je profite des quelques minutes d'avance sur le programme pour revenir sur un point important, mais sans elle.

— Tu peux nous laisser un moment ? Je dois parler avec les gars.

— Pas de souci. Ça tombe bien, je vais de ce pas me repoudrer le nez, répond-elle en quittant la pièce.

Tous se regroupent face à moi.

— Il est encore temps d'arrêter ce sketch. Si l'un d'entre vous ne le sent pas, il doit le dire maintenant.

— On ne peut pas partir avec un opérateur en moins puisqu'on ne peut pas justifier son absence, objecte Laurent.

— Exact et c'est la raison pour laquelle on emmène Sasha avec nous. Mais les conséquences peuvent être graves. Si elle se blesse, nous serons marron. Nous n'aurons pas assez d'une forêt pour fabriquer le papier sur lequel rédiger le compte-rendu qui expliquera pourquoi il manquait l'un de nous, et ce qui nous est passé par la tête pour le remplacer par un soldat de la conventionnelle déguisé en commando. Et une fille, en plus !

— Gaël a raison. Nous devons peser les risques. Le plus gros étant de perdre notre béret vert. Ça passe ou ça casse.

— Et puis ? On appelle le CO pour annoncer que, finalement, on n'est pas d'humeur pour l'opération ?

— Un problème après l'autre. Ce que je vous demande, c'est déjà de bien réfléchir et si l'un de vous ne veut pas s'engager là-dedans, qu'il le dise. Il est hors de question de vous forcer la main.

— Mais arrête ! Personne ne force personne, nous étions tous à fond dès le début. Mais soit, autant savoir si l'un de nous a changé d'avis. Pour moi, c'est toujours bon, déclare Olivier.

— Des traîtres. Du danger. De l'inconnu. Des injustices et une femme à sauver… Non, mais tu crois vraiment que l'un de nous va refuser de se mouiller pour si peu ? ironise Laurent.

— C'est la question. Alors, vous décidez quoi ?

— Les foudres de Neptune[49]! clament-ils en levant le poing.

Les choses sont désormais claires : ils sont prêts à tout. Je n'en doutais pas, même si j'aurais parfaitement compris que l'un d'eux refuse de jouer sa carrière sur une telle affaire.

— Bien. Avant de botter le cul aux traîtres, allons donc chercher notre client !

J'appelle Julie qui ne vient pas, alors je sors du barnum pour lui gueuler un bon coup dessus. La nuit est tombée, nous devons y aller. On ne va pas lui courir après en opération, quand même ! Je n'ai pas le temps d'ouvrir la bouche qu'elle arrive en trottinant.

— Tu restes dans le coin, tu ne pars pas te promener !

— Je m'étais juste écartée puisque tu voulais parler avec tes gars. Vu l'épaisseur des murs en toile, j'ai bien fait, non ?

---

49 Référence à l'un des adages favoris des commandos marine : « Sortis du ventre de la nuit, ils sont porteurs des foudres de Neptune. »

— Pas con, mais à partir de maintenant, on reste groupés.

Nous grimpons rapidement dans les VAB qui nous attendent. Après un trajet sans problème, ils nous déposent à cinq kilomètres du village. Je lutte une demi-seconde contre mon envie de m'approcher de Julie, puis j'y cède.

— Tout est OK ? Tes JVN, ta radio…

— J'ai quand même des bases, je ne suis pas esthéticienne dans la vie. Et ils sont déjà tous passés pour vérifier. Ça va être ton tour ?

— Non. C'est bon, je leur fais confiance.

— C'est mieux. Certes, je ne savais pas tout placer correctement, mais je connais ce matos, alors détends-toi.

Prête à mordre si j'insiste. Je l'aurais bien titillée un peu plus, elle a de la chance que le moment soit trop sérieux pour ça, alors je donne le signal du départ. Laurent, qui est Marc ce soir, mais quand même toujours notre cartographe, prend la tête. Je me place au milieu de la file, Julie devant Olivier qui ferme la marche.

Un fin croissant de lune dans le ciel, juste ce qu'il faut. Nous progressons en silence et à très bonne allure, malgré les dénivelés et le terrain difficile. Julie suit plus que bien. Une machine. Je n'en doutais pas, mais les gars sont quand même étonnés. Ils ont beau savoir quelle formation elle a suivie, et réussie, ils avaient visiblement du mal à coller l'image de la jolie blondinette, ou brunette actuellement, sur celle du char d'assaut qui franchit tout. Ils tournent la tête régulièrement derrière eux pour la surveiller et constater qu'elle est toujours en état de piquer un sprint.

— Arrêtez de m'épier. C'est vexant, un peu, finit-elle par les rabrouer.

Aucun ne pipe mot, ils commencent à la connaître. De plus, nous approchons, alors la concentration est de mise.

Une observation rapide des habitations et des alentours nous confirme que nous n'avons pas été repérés. Aucun bruit ni mouvement. C'est parti !

Nous filons droit sur notre objectif, la troisième maison. D'un coup d'œil en arrière, je découvre que Julie est presque écrasée contre le mur par les trois gars qui l'encadrent. Elle ne doit même rien voir d'autre que des sacs à dos et des épaules. La crainte qu'il lui arrive quelque chose prend le dessus. Face à la porte, Patxi sort sa pince et fait sauter le cadenas. Nous nous engouffrons sans un bruit dans la cour. Chaque groupe de quatre prend sa position, le mien se dirige directement vers la maison, celui de Julie reste devant la porte refermée.

Tonio ouvre, il entre et met en joue à droite, moi à gauche, juste derrière lui. Tout est éteint, les habitants dorment, nous investissons les lieux sans un bruit. C'est la pièce du fond que nous visons, car en toute logique, c'est une chambre.

Une fois devant la porte, toujours pas un bruit dans la maison, les conditions sont idéales pour la tactique d'ahurissement, on y go ! Nous déboulons à l'intérieur comme un coup de tonnerre. Deux personnes alitées bondissent. Ils ont encore les yeux écarquillés quand nous fondons sur eux et même pas le réflexe de s'emparer d'une arme qu'ils sont déjà maîtrisés.

— C'est OK ici ! annonce le deuxième groupe.

Le client est traité, mains liées, sac sur la tête et agenouillé, pendant que le reste de la famille est tenu à l'écart et que nous commençons la fouille. Les sacs se remplissent de tous les documents et matériel intéressants.

— Alpha de Papa. Les légionnaires vous récupèrent à l'endroit prévu dans sept minutes. Terminé.

J'attrape notre cible par un bras, Laurent prend l'autre, et nous le poussons vers la sortie.

— On y va ! j'ordonne.

Nous nous retrouvons dans la cour et c'est parti pour l'exfiltration. À peine dans la rue, nous entendons le ronflement des moteurs diesel si particulier des VAB qui approchent. Nous courons dessus, soulevant presque l'homme que nous tenons fermement.

Lorsque nous arrivons sur eux, les légionnaires sont déjà postés devant les VAB ouverts. Nous nous jetons à l'intérieur en nous répartissant dans les trois véhicules. Les portes claquent, nous poussons le client sur un siège.

— Complet pour nous ! j'annonce au gradé.

Les moteurs vrombissent aussitôt, la carlingue s'ébroue et les pneus dérapent au démarrage.

24

Mise au point.

Balloté dans la caisse du VAB, je me repasse le film de l'opération. De façon générale, ça nous plaît bien quand ça dégénère un peu, mais ce soir, avec Julie dans les rangs, le fait que tout ait été trop facile me convient parfaitement.

À notre arrivée au camp, nous confions le client aux bons soins des légionnaires. Il est maintenant le problème des services de renseignements.

Une fois à l'abri des regards, Julie jette son casque et arrache son cache-cou avec enthousiasme. Le petit nuage de sable autour d'elle n'est pas retombé qu'elle nous livre ses impressions en y mettant les décibels adéquats :

– C'était cool ! J'aime bien votre job. On se le refera, hein ?

Tout d'abord stupéfaits, nous réagissons en aboyant d'une seule voix :

– Non !

– Les rabat-joie que vous êtes ! se plaint-elle en faisant la moue.

– On a misé gros, ça aurait pu très mal tourner. Comme nous sommes des mecs sérieux, on ne joue plus, je réfute.

— Tu t'es cru à la fête ? assène Laurent. Je n'arrêtais pas de penser que si l'un de nous devait se prendre une balle, ça devait être moi. Je priais pour me prendre le pion et que ça ne soit surtout pas toi !

— Même avec dix terroristes au cul, je n'aurais pas plus flippé. Alors merci, mais te ramener avec nous, c'est non ! s'y met Thomas.

— On te cache, on t'aide, mais tu ne fous plus le pied dans nos missions ! approuve Olivier.

Nous dirigeons tous un regard noir sur elle pour lui interdire d'insister. Par chance, elle la ferme. Ou pas tout à fait puisqu'elle baisse la tête pour détacher son gilet et son « gnagnagna » ne nous échappe pas. Piqué, Tonio la toise.

— Si le job te plaît tant, tu fais le STAC et tu gagnes ton béret vert.

— L'eau n'est pas mon élément de prédilection et une trempette dans votre cuve[50] remplie d'eau croupie qui pue ne me tente pas du tout.

— Elle est justement très adaptée pour l'entraînement parce que figure-toi qu'en situation de combat, il est rare qu'on doive progresser dans des lagons bleu turquoise ou des piscines à l'eau pure. On a plutôt droit aux lacs, rivières et mer, raille Patxi.

— Je m'en doute bien. Je plaisantais pour éviter d'admettre que je ne suis pas une bonne nageuse. Juste ce qu'il faut pour ne pas me noyer avec mon barda sur le dos.

---

[50] La cuve est un passage clef et redouté de la formation des commandos marine. L'eau est à 8 degrés environ et saumâtre.

— Ton sac à dos, ton armement et en tenue de combat, bottes comprises, c'est déjà pas mal, fais-je remarquer.

— Oh, merci ! De la part d'un palmeur, ce compliment me va droit au cœur. Les marins sont magnanimes ce soir.

— C'est juste pour te consoler de ne plus revenir avec nous.

Nous nous déséquipons, passons tout à la soufflette, avant de nous y passer aussi. Pendant qu'ils s'installent sur la grande table pour nettoyer les armes, leur chemise encore mouillée de sueur, je les laisse pour faire un rapide compte-rendu. J'ai surtout l'intention de demander des nouvelles de nos collègues toujours à Gao.

Les allées du camp sont aussi sombres que désertes, alors après des dizaines de mètres de marche en solitaire, je suis étonné de découvrir une ruche qui s'active à l'intérieur du CO. Je repère Nathan, un peu à l'écart en train de consulter des documents, et me dirige directement sur lui. Il relève la tête à mon arrivée et brandit le pouce pour la mission réussie.

— Il se passe quoi ? On est en alerte ?

— Un message est arrivé de Gao il y a un quart d'heure. Les officiers sont surexcités depuis.

Sueurs froides. Vite, dissimuler mes craintes et réagir normalement. D'une voix détachée, je pose la question qui me viendrait logiquement :

— Nos gars sont là-bas. Ça les concerne ?

— Je ne pense pas. Du peu que j'ai entendu, ça a un rapport avec l'assassinat du commandant.

— Lequel ?

Il cille, reste hébété un instant, puis m'interroge sur un ton presque méfiant :

— Comment ça lequel ? Il y a eu plusieurs commandants assassinés ?

— Pas à ma connaissance, mais bon… ça aurait pu être un autre.

Il s'adosse à son fauteuil, la main plaquée sur le cœur, clairement rassuré. Il retrouve même l'envie de plaisanter :

— Tu m'as fait peur. Pendant une minute, j'ai cru qu'on se faisait tirer nos commandants comme au ball-trap.

— Bon alors, ce commandant assassiné ?

— Ben, il est mort.

Il se bidonne, je ris jaune. Impossible de lui faire comprendre que je suis sur les dents, pourtant je le mordrais bien, justement.

— Je vois que tu n'es pas d'humeur joueuse, alors voilà le résumé : branle-bas de combat suite à un article dans la presse, dû à des fuites d'informations qui viennent sans doute de chez nous. En clair, après une belle cérémonie, un enterrement avec tous les honneurs, on s'aperçoit que le super héros assassiné, mort pour la France, serait un élément un tantinet vérolé. D'après l'article.

Pas uniquement d'après l'article, c'était bien une pomme pourrie, mais ça, je ne peux pas le lui révéler.

— Il est mort et enterré chez lui, alors pourquoi tout ce foin ici ?

— J'imagine que le MINARM veut une tête, celle de celui qui a ameuté la presse. Normal, on n'aime pas les grandes bouches chez nous.

Tu parles ! La bande de ministres boiteux doit transpirer à l'idée que la presse en sache plus. Qu'ils flippent bien, ce n'est que le début. Quand les noms des donneurs d'ordres de toute cette saloperie vont sortir, ils pourront aller s'enterrer. J'ai hâte qu'ils payent. En attendant ce moment, ne pouvant rien faire pour accélérer les révélations, autant prévenir les gars que les choses avancent. Nous devons redoubler de vigilance vis-à-vis de Julie, qui reste le seul témoin direct d'un bout de l'affaire, et donc la plus exposée aux représailles. Ils vont lâcher la meute de chiens pour la débusquer.

Je serre l'épaule de Nathan qui replonge dans ses documents, puis le quitte. En traversant le CO, j'éprouve un malaise en entendant les officiers déblatérer sur les journalistes, ces fouille-merdes comme ils les nomment. C'est ça, râlez tous, mais attendez donc qu'ils aient terminé et vous aurez même l'odeur sous le nez.

De retour au quartier, je retrouve l'équipe en train d'astiquer les armes, je m'installe à côté de Julie et je leur fais un point de la situation en démontant mon fusil. Au fil de mon récit, se forme sur leurs lèvres ce petit sourire limite pervers, qui montre leur besoin de justice un peu assouvi, et ce n'est que la première salve.

Julie lâche un soupir en s'adossant à sa chaise.

— Alors c'est parti, le commandant a tenu parole. Il assure depuis le début, il est incroyable.

— Au moins, il ne reste pas inactif, lui.

— En parlant de ça, puisque tout change à partir de maintenant, on fait quoi ? questionne Laurent en se penchant vers moi.

Tous en font autant, les yeux brillants, frétillant sur leur chaise à l'idée de foncer dans le tas. Hommes d'action jusqu'aux poils de nez. Ma réponse va doucher leurs attentes, tant pis.

— On ne change rien.

— Mais on ne fait déjà rien ! s'agace Thomas.

— Justement, on le fait très bien et c'est pour ça qu'on continue. Mais en étant encore plus attentifs à tous signes anormaux, à toute personne qui ne devrait pas être auprès de nous ou qui pose des questions.

— C'est déjà dans nos habitudes, on ne parle pas du pro à nos femmes, alors à des types qu'on ne connaît pas, militaire ou pas, tu penses bien, rétorque Tonio en jetant son chiffon.

La déception est palpable sur la troupe, qui soupire de façon synchronisée.

— C'est l'opération la plus moisie que j'ai jamais faite, ronchonne Patxi.

— Bien dit, d'ailleurs, tu ne la feras jamais, ironise Thomas.

— Pour sûr, mon sac d'urgence ne va pas servir à grand-chose. D'ailleurs, il va falloir que je vérifie les dates de péremption de mes produits à force, commente Olivier d'une voix lasse.

Je peux comprendre qu'un rôle inactif les frustre, mais ils abusent un peu ! Ça tombe bien, j'ai envie de m'amuser.

— Vous avez raison, les gars. Nous sommes des guerriers, un groupe au top, alors mettons en place un plan d'action. Hop !

Tout d'abord déconcertés, ils m'épinglent ensuite de leur regard méfiant. Sérieux ou provocation ? Ils ne sont pas encore bien sûrs du fond de mes propos. J'enfonce le clou pour ôter tout doute :

— Déjà, il faut se mettre d'accord sur la cible. On part sur le plus gros ?

Stupéfaits, aucun ne répond.

— On vote. Qui pour aller descendre notre ministre ? je questionne en levant la main, aussitôt imité par Julie qui affiche un immense sourire, pas dupe.

Une rafale de souffles blasés s'abat sur la table. De quoi faire tourner tout un champ d'éoliennes. Les incertitudes sont définitivement levées.

— C'est bon, arrête de te foutre de notre gueule, déclare Laurent en m'envoyant un chiffon à la figure.

— Quoi ? Ce n'est pas ce que vous vouliez entendre ?

Ça bougonne, mais tous marmonnent un « non ».

— Tu as raison, ça ne nous concerne pas, admet Tonio.

— Sauf si Sasha se fait enlever. La libération d'otages, c'est carrément notre créneau, rebondit Patxi en la regardant de biais.

— Dis donc, toi. Tu ne veux pas trouver un autre jouet pour assouvir ton besoin d'adrénaline ?

— Tu pourrais y mettre du tien, un peu.

— C'est vrai quoi. On t'héberge gracieusement, on te suppor.... Aïe ! Mais quelle sauvage ! s'exclame Laurent qui vient de se prendre un coup de pied sous la table de la part d'une Julie faussement vexée.

Au moins, c'en est terminé de cette conversation qui n'aurait jamais dû débuter.

25

On s'ensable.

Un sommeil de quelques heures, mais réparateur. Enfin… plus pour moi que pour Julie qui lutte pour lever une paupière. De toute évidence, elle a besoin de mon aide. Je suis déjà levé et en tenue de sport, j'attrape sa musette encore pleine et la lui jette sur le dos en criant :

— Branle-bas !

Même pas un cri, à peine un grognement. Elle se retourne d'un mouvement vif et bondit hors du lit. La voilà tout à fait réveillée et prête à partir au combat. Quelle efficacité, je m'épate ! Il y a un détail à régler avant qu'elle ne puisse épauler son fusil ou effectuer n'importe quelle autre tâche qui n'a pas de rapport avec mon corps.

— En tenue ! Tout le monde veut se jeter sur un café et c'est à ton tour de le préparer avec Olivier.

— J'y vais. Double dose pour tout le monde ? demande-t-elle en passant son pantalon.

— Au minimum. Tu gueules quand c'est prêt, nous serons dehors pour, soit : sport, toilettes ou lessive.

— Rasage ? tente-t-elle en battant des cils.

Perplexe, je passe une main sur ma joue recouverte de broussaille.

— Ce n'est pas au programme. Tu n'aimes pas mon côté ténébreux ?

— Tu veux plutôt dire celui d'homme sauvage ? Celui qui vit dans les bois et vêtu de peau de bête ?

— Rien à voir. Pour nous, c'est...

— Une de vos particularités, je sais. On peut presque dater l'arrivée de certains à la longueur de leur barbe.

— Je réitère ma question : tu n'aimes pas ?

— Ce que je n'aimerais pas, c'est que tu changes ta façon d'être pour coller à mes préférences. Sinon, ça ne me dérange pas, c'était juste pour te taquiner. Disons que j'ai l'habitude des militaires à la peau glabre, de corvée de rasoir quotidienne.

— Bien, alors je garde mes poils et tu te magnes pour le café.

J'atténue mes paroles en déposant un baiser sur ses lèvres, qu'elle me rend tout en bouclant sa ceinture, puis je quitte la chambre. Il fait encore nuit et presque frais. Presque, des fois qu'on oublierait où nous nous trouvons.

Je retrouve les gars occupés à remonter les pans latéraux pour avoir un peu d'air et je m'y mets aussi. Nous louchons vers la cafetière avec envie, vite déçus en constatant qu'elle ne crache pas encore son liquide bienfaiteur.

— C'est le tour de Sasha. Elle est où ?

— Elle arrive, je réponds avec un besoin de l'excuser.

— C'est toi qui l'as retardée ? questionne Thomas avec un air suggestif.

— Stop ! Sujet de conversation prohibé, même pour rigoler.

— Ouh ! Pas taper, rétorque-t-il en levant les mains.

— Nan, sérieux. On n'aborde pas le sujet. En plus d'être risqué, ce n'est pas respectueux pour elle.

— Je vais chercher de l'eau et je démarre le café, déclare Olivier en s'emparant d'un bidon vide.

— On pourrait utiliser celle à dosettes pour cette fois, propose Patxi.

— Pas le temps, le soleil se lèvera bientôt. On doit se remuer avant. Sport ou lessive ?

— Il me reste un t-shirt propre, alors sport.

— Deux t-shirts, donc sport.

— Sale pour sale, autant que j'achève le dernier que j'ai sur moi avant de le laver. Sport !

Tout fringant, je sors du quartier en trottinant, les gars à la file derrière moi. Pour l'instant, aucun d'eux ne cherche à prendre ma place en tête, mais d'ici quelques kilomètres, je devrais jouer des coudes pour la conserver. En fait, ce n'est pas tant une histoire de distance, mais plus de sueur. Pas non plus une question d'odeur, non, c'est bien la sueur le problème et uniquement quand elle est couplée à cette poussière fine du désert soulevée par nos semelles. En restant derrière, on finit avec la tronche dans les tons rouges/bruns, sans compter les gouttes qui laissent de superbes traînées plus claires au travers du visage.

Comme prévu, nous en arrivons à la guerre des premières places, bien transpirants, quand, sans le savoir, un pilote d'hélico semble décidé à mettre fin au débat. Nous l'entendons s'approcher de plus en plus. Je tourne la tête dans tous les sens pour le repérer. Il se situe sur notre gauche et descend lentement en direction de la piste d'atterrissage derrière nous. Tout va bien, je me concentre à nouveau sur mes foulées. Mais une vingtaine de mètres plus tard...

— Il fait une boucle ! s'exclame Tonio.

Nous stoppons net, la tête en l'air pour vérifier la trajectoire prise par le pilote. Quelques secondes suffisent pour comprendre qu'il va nous passer juste au-dessus.

— On dégage !

Nous détalons en riant pour échapper à un sablage en règle, aussitôt imités par la dizaine de légionnaires qui profitait également de ce moment pour se chauffer les jambes. Nous virons à droite et filons loin du ventilateur géant à toute vitesse. Pourtant, fait difficilement compréhensible, le bruit du rotor s'intensifie. Comme si...

— Il a viré aussi ! Il nous suit, le con ! crie Laurent pour couvrir le raffut.

L'engin agressif vient maintenant sur nos huit heures, nous l'esquivons en fonçant dans l'allée de gauche afin qu'il n'ait pas le temps de corriger sa trajectoire et passe loin de nous. Tentative illusoire contre ces satanés pilotes. En temps normal, qu'ils soient si bons est une bonne chose, mais quand ça joue contre nous, j'apprécie moins. Au milieu du couloir d'enceinte, nous nous retrouvons à découvert, comme un tas de cons, quand l'hélico nous fonce dessus.

— L'en-foi-ré ! gueulons-nous en même temps.

Dans l'impossibilité de fuir, nous nous serrons les uns contre les autres, la tête baissée et le col du t-shirt remonté sur le nez, les bras devant le visage pour limiter les effets de la tempête de sable. Malgré tout, on en mange un bon paquet parce que cet abruti reste quelques secondes en stationnaire au-dessus de nous. Quand il juge qu'on a assez morflé, il regagne l'aire d'atterrissage. Pendant qu'il se pose à l'autre bout du camp, nous nous ébrouons comme des chevaux pour faire tomber le maximum de sable. Le plus fin reste collé sur notre peau en sueur, objectif de la manœuvre du petit malin qui tient le manche, bien évidemment.

— Obligé qu'on le connaisse bien pour qu'il ose nous faire un coup pareil. J'ai hâte de lui mettre la main dessus, déclare Thomas qui crache aussitôt par terre pour se débarrasser de ce qu'il a avalé au passage.

— Il ne perd rien pour attendre, je râle en me frottant les cheveux.

Malheureusement, c'est moi qui vais attendre car nous l'entendons décoller, puis le voyons s'éloigner dans le ciel. Le pleutre !

Nous n'avons plus qu'à rentrer au quartier nous rincer et déjeuner, dans cet ordre. Il fait désormais jour quand nous passons devant le barnum dans lequel Julie s'active. En train de poser les bols sur la table, elle s'immobilise, la main en l'air en nous voyant.

— Vous avez fait de la lutte ? Il n'y a pas des tapis pour ça plutôt que d'aller vous rouler dans la terre ?

— Nous avons juste couru, mais nous avons croisé un pilote d'hélicoptère facétieux, je réponds, amusé.

Mon rire est un chouïa amer quand même. Je m'apprête à en dire plus quand une odeur me taquine les narines, si alléchante qu'elle me fait tout oublier. Ou plutôt saliver, ça sent le beurre chaud.

— Des croissants ! s'exclame Tonio en pointant du doigt les sachets sur la table.

— Sasha ! Comment as-tu fait ça ? souffle Laurent avec des étoiles dans les yeux.

— Nous sommes dimanche, mais ce n'est pas à moi que vous les devez, ils arrivent tout droit de Gao.

Nous nous observons, chacun en compilant des informations comme : hélico joueur et croissants en provenance de Gao. Les gars sont de retour.

— Ils sont où ? je questionne d'une voix traînante pleine de menaces.

— Partis prendre une douche en vous attendant, répond Olivier.

Julie dépose une cafetière sur la table, elle nous jauge un instant puis la reprend.

— Pourtant, ils sont nettement moins crades que vous. J'imagine que vous allez directement en prendre une aussi pour éviter d'avoir les dents qui crissent en mangeant, alors je garde le café au chaud.

Direction la plateforme des douches. Pendant le trajet, nous débattons de la meilleure vengeance.

Nous n'avons pas le temps pour un plan perfectionné, nous nous contentons de chercher l'arrivée d'eau. Une fois la vanne repérée et fermée, nous attendons, un rictus plaqué sur le visage.

— Hey !

— Quel est le con qui joue avec sa vie ? ! hurle une grosse voix.

Je reconnais celle de Florian. Taquin, oui, mais toujours poli avec les amis, donc je lui réponds :

— C'est le con que tu t'es amusé à recouvrir de sable !

— Je ne suis pas responsable de ça. J'ai juste pensé la blague à voix haute. Le pilote a fait le reste.

— Moi, je n'y suis pour rien. Je pourrais avoir l'eau ? crie Damien.

— Ça dépend. Tu as ri ?

— Pas du tout, tu penses bien que j'ai compati.

— Mais le faux cul ! intervient Marc. Quand il a vu vos tronches, il en a pleuré de rire !

— J'ai ricané, tout au plus. Faut pas exagérer non plus. Et puis, on vous ramène des croissants. Ça compte, non ?

Florian apparaît en boxer à l'entrée de la plateforme. Il descend les trois marches avec une serviette sur les épaules et ses vêtements en vrac dans les bras.

— Ouais, le boulanger du camp de Gao déchire et on vous en fait profiter. Une charité pareille, ça annule tout, non ?

— Tu abdiques déjà alors que tu n'as pas encore eu droit à la douche froide ? Tsss, tu me déçois.

— J'ai la dalle. Et franchement, tu trouveras autre chose qu'une douche glacée dans le désert pour punir un nageur de combat, se moque-t-il.

Certes. Peu importe, les blagues entre nous sont si fréquentes que j'aurai rapidement l'occasion d'être plus inventif. Pour l'instant, il y a plus urgent : me désensabler. Tonio remet l'eau en route et nous investissons la plateforme à notre tour.

Enfin tous attablés, Olivier et Julie déposent les thermos de café devant nous avant de s'installer pour cet en-cas très attendu. Le liquide noir coule dans les bols, les mains avides s'emparent des croissants sans qu'un mot soit échangé. Nous bavons tous. Quand le feuilleté s'effrite dans ma bouche et que le goût du beurre se répand sur ma langue, je gémis de bonheur. Aussitôt avalé, je m'apprête à en prendre un autre, mais c'est avec déception que je secoue le sachet vide. Je vérifie le second, même néant.

— Ouais, j'avoue que c'est un peu juste pour des gars comme nous, j'aurais dû lui commander le double, ronchonne Florian qui donne l'impression de vouloir sauter dans un hélico pour retourner en chercher.

— Je propose qu'on se renseigne sur les vols en provenance de Gao tous les dimanches. On passera la commande aux pilotes, déclare Paxti qui renverse quand même le sachet vide dans sa bouche.

Tous acquiescent, c'est validé. Nous avalons notre premier café puis attaquons le sujet sérieux : leur compte-rendu. J'invite Florian à commencer puisque c'est le plus gradé.

— Pour le côté officiel : perception de nouvelles jumelles et lunettes de tir pour test en conditions réelles. Donc, formation qui va avec avant de les utiliser.

— Une lunette ? Je peux voir ? demande aussitôt Julie qui peine à dissimuler son excitation.

Un sourire sur les lèvres, Damien sort la sienne sous le regard envieux de la demoiselle. Décidé à la faire rager, il fait mine de la lui donner, puis retire sa main. Elle le fusille des yeux pendant qu'il se marre.

Je trépigne de tout savoir sur le séjour à Gao, alors je mets fin à leur petit jeu en arrachant la pochette des mains de Damien, puis je la coince entre mes deux genoux. Ils me fixent tous les deux comme si je venais d'insulter leur maman.

— On s'en tape de votre matos, ce n'est pas le plus urgent. Vas-y Florian, continue.

— Donc… pour le motif réel, ils cherchaient bien une fille. Dès notre arrivée, deux gars présentés comme étant de la DGA nous ont scrutés de la tête aux pieds. Ils cherchaient une femme planquée sous nos tenues. Nous ne les avons pas aidés avec nos grandes frusques et ça les agaçait bien.

— Tu m'étonnes, intervient Damien qui sourit en y repensant. En plus de notre gilet tactique blindé de bordel sur le torse, nous faisions en sorte d'avoir toujours un sac ou un truc devant l'entrejambe.

— Et constamment les uns collés aux autres, on formait un bloc pour bien les énerver, continue Raphaël.

— N'empêche que je n'en menais pas large quand j'ai reconnu les deux gars qui sont venus sur la frégate. J'ai vite remonté mon cache-cou pour qu'ils ne me repèrent surtout pas. Une coïncidence pareille aurait pu les alerter, ajoute Marc.

— Comme des cons, nous n'avions pas pris les cagoules, alors on a passé les trois jours avec Marc qui n'y voyait rien tant il le tirait haut sur ses yeux, se bidonne Florian.

— J'ai joué le rôle de chien d'aveugle pour lui. Tu parles d'un spotter ! confirme Damien en riant.

— En conclusion, nous nous sommes inquiétés pendant que vous vous amusiez bien.

— Tu penses ! On en rigole maintenant, mais sur le coup, on n'en menait pas large, rectifie Florian.

— Surtout moi, ajoute Damien en écarquillant les yeux. Je suis resté dans leur viseur tout du long. Impossible de me gratter sans qu'ils m'épient. Ils nous ont fait leur show sur le matos, assuré la formation pendant des séances de tir. Finalement, ils ont lâché l'affaire et nous ont renvoyés sur nos bases, résume Damien.

— Vous avez tiré tous ensemble ? J'espère que tu ne m'as pas collé la honte, s'inquiète Julie.

— Dis donc, toi ! Tu oublies que je t'ai formée ?

Marc se penche vers elle et lui tapote le bras.

— Sois tranquille, la réputation d'Émile n'est pas entachée. Il a fait des merveilles, mais c'est normal avec un spotter tel que moi. Un peu lent, mais toujours dans le mille.

— Mouais, j'aurais été plus vite si je n'avais pas dû faire ton boulot aussi. Et je ne tenais pas à en louper une, la furie m'aurait démonté.

— N'importe quoi. Et le commandant, il était là ? Vous avez pu lui parler ? questionne-t-elle.

— Impossible. Toute la cellule Rens était investie également. Il ne pouvait pas bouger une oreille sans un mec sur ses talons, alors nous avons gardé nos distances.

— Ils sont aux abois. Ils ont clairement les pétoches que le nom des responsables fuite dans la presse et ils s'activent pour effacer des traces.

— Avant d'embarquer dans l'hélico pour le retour, il est quand même venu nous voir, Raphaël et moi, intervient Florian. Avec deux couillons accrochés à ses basques, il ne pouvait pas nous dire grand-chose. Il a juste déclaré que le sac de David était bien arrivé chez sa femme. C'est tout.

Nous tiquons, Marc tourne vivement la tête vers Florian.

— Hey ! Ce n'est pas ce que tu m'as rapporté quand nous avons embarqué dans l'hélico !

— Ben si.

— Non ! Juste de son sac bien arrivé en France.

— Et ? C'est ses affaires que vous aviez emballées pour ça, non ?

— Oui pour le sac. Ce qui nous interpelle, c'est que David est célibataire, dis-je pour qu'il comprenne notre intérêt soudain pour un détail futile.

— Oh ! Il y avait donc un message caché. Il faut que je retrouve ses mots exacts, attendez...

Pendant qu'il se concentre, Raphaël lui coupe l'herbe sous le pied :

— Bon retour à Kidal, messieurs. Nous avons bien reçu le sac du blessé, nous l'avons transmis. Pourriez-vous dire à vos collègues que ses affaires ont été réceptionnées par sa femme, dans leur intégralité.

Silence. Nous l'observons, épatés par cette mémoire exceptionnelle. C'est Florian, un poil vexé, qui réagit le premier :

— Tu seras gentil d'utiliser ce don la prochaine fois que tu perdras un truc dans notre chambre au lieu de me gonfler à tout retourner.

— Ce serait tellement moins drôle !

— Le commandant calcule tout, c'était donc pour attirer notre attention sur ses mots, continue Julie sans s'occuper d'eux. Si on décode, il nous informe que, cette fois, il a transmis la totalité des noms et documents au Washington Post.

— il nous prévient surtout que ça va péter sous peu, je corrige.

— Il serait temps ! s'exclame Marc.

— Vous pensez que ça aura un impact sur la venue du MINARM la semaine prochaine ? questionne Damien.

Encore un moment de silence. Cette visite nous était sortie de la tête. Nous ne sommes pas concernés directement car elle se déroulera à Gao. Depuis quelques années, c'est devenu une habitude que le Ministre ou le Président vienne partager un repas de Noël avec les troupes en opération.

— On s'en tape qu'il débarque ou pas, ce n'est pas notre problème. Je peux avoir ma lunette maintenant ? quémande Julie en battant des cils.

Je lui donne son jouet avec le respect dû à son prix. Quand même plusieurs milliers d'euros le machin, alors je ne serai pas celui qui se fadera le rapport de quarante pages pour expliquer comment je l'ai cassé.

Dès qu'elle l'a en main, plus rien n'existe d'autre autour d'elle. Pendant qu'elle le déballe, Olivier se met à raconter qu'il est parti en opération hier avec une fille comme binôme. Les quatre de retour de Gao restent sans voix, puis éclatent de rire, persuadés que c'est une bonne blague.

— Mais c'est vrai ! insiste Olivier qu'ils n'écoutent même plus.

— Je confirme, nous l'avons bien emmenée en opération.

Je me délecte de leur air ahuri, mais ils se reprennent vite, pour nous traiter chacun leur tour d'inconscients, en utilisant des termes un peu plus colorés. Pendant qu'ils nous en mettent plein la figure, je me tourne vers Julie, quand même la personne concernée, malgré tout plus intéressée par sa lunette. Elle la tient devant son œil et observe les alentours en murmurant son approbation régulièrement. Je lui donne un coup de coude pour la sortir de sa transe.

— Tu ne dis rien ? Tu devrais bondir.

— Rien à voir avec moi. Ils disent que vous êtes cinglés d'avoir pris un tel risque. Entre nous, ils ont raison, répond-elle sans lâcher son machin.

— Voilà ! Même Sasha le pense. Elle est plus avisée que vous sur ce coup, assène Florian.

— Je le suis, c'est vrai. Intelligente et belle, aussi, s'amuse-t-elle.

— Là-dessus, tu m'excuseras, mais je préfère ne pas me prononcer avec Gaël si proche. Par contre, je sais que tu n'es pas apte à partir en opération avec des commandos. Tu n'as pas la préparation, pas la technique, pas sûr non plus que tu aies la force physique suffisante en cas de problème.

— Je t'aimais bien, c'est dommage, grince-t-elle en le visant à travers sa lunette.

— Tu n'es pas commando marine ! s'entête-t-il alors que nous restons tous en retrait, prêts à intervenir si elle monte dans les tours.

Mais non. Elle remballe tranquillement son outil puis se lève en se tournant vers Damien.

— Viens, laissons les commandos marine entre eux.

— Yep ! s'exclame-t-il en bondissant sur ses pieds.

Je pensais qu'elle bluffait, mais visiblement, non.

— Hey ! Tu t'en vas ?

— Comme tu le vois.

— Pourquoi avec Damien ? Je peux venir, moi.

— Je vais zéroter ma nouvelle lunette et Damien est mon spotter. Quand j'irai prendre un bain, je t'appellerai, monsieur le palmeur commando marine, me lance-t-elle avant de sortir, avec Damien qui pouffe derrière.

Ils se bidonnent. Moi, je ravale l'humiliation en marmonnant que ce jour-là, celui où elle aura besoin du palmeur, je lui ferai boire la tasse.

26

Toujours pros.

Deux jours ! Et aussi deux nuits que Julie et Damien restent accrochés à leur butte de sable. Émile, le retour. Viser et tirer pendant des heures, de jour comme de nuit. La perfection ou rien. La perfection, elle s'en approche, et le rien, c'est pour moi. Sachant qu'elle a protégé ma couenne deux fois, rien que ça, je serais bien mal placé pour me plaindre. Je m'occupe de mon côté et comme nous ne sommes pas en camp de vacances, nous avons de quoi faire.

Aujourd'hui, c'est une de mes activités favorites : descente d'hélicoptère par corde lisse. C'est un Caïman, une belle grosse machine qui nous emmène à presque trois cents kilomètres/heure vers la zone d'entraînement. Le paysage aride défile sous mes yeux par la trappe ouverte au sol.

Arrivés sur le lieu d'exercice, l'appareil ralentit et se cabre légèrement, jusqu'à faire du surplace.

— Stationnaire ! Vous pouvez débarquer ! annonce le pilote.

Le *gunner* déroule la corde à travers le trou, je me détache et fais signe aux gars d'y aller et ça défile.

À peine le sol touché, je cours au bout de la file, au milieu du nuage de sable soulevé par les rotors. Je ne vois même pas les plus éloignés, le comptage se fait via la radio. L'hélico s'en va aussitôt en reprenant de l'altitude. Nous nous redressons et démarrons la marche du retour.

Dix-huit kilomètres plus tard, ponctué d'un arrêt pour une séance de tir, nous retrouvons le camp. Au moment où nous franchissons le poste, nous apercevons Florian et Raphaël s'apprêtant à monter dans un hélico. Ce qui nous interpelle, c'est qu'ils sont en train de charger des sacs qui, à vue de nez, représentent la totalité de leur paquetage. Avec tout ce qui se passe actuellement, je me dirige vers eux, un peu inquiet.

— Hey ! Vous bougez sur un autre camp ?

Florian pousse son sac vers le *gunner* qui le récupère, avant de se tourner vers moi.

— Non, nous rentrons à la maison. Fin de déploiement pour nous.

— Normal ou louche ?

— Carrément normal. J'ai quand même fait pas mal de rab.

— Mais on a besoin de toi, d'un tireur. Tu ne peux rien faire pour rester ?

— Gaël, j'ai envie de rentrer. Retrouver Aline et mon groupe aussi.

— On est là depuis plus de cinq mois, l'appuie Raphaël.

— Vous avez un tireur dispo sur Kidal, tu l'as oublié ? finit-il d'une voix traînante.

— Comment le pourrais-je ?

— Ouais, vous bossez et vivez ensemble. Pour ma part, Aline se languit et je ne cracherais pas sur un peu de confort.

Ça se comprend, je ressens déjà ce manque alors que je suis ici depuis presque trois mois. Nous les saluons puis les regardons décoller avant de regagner notre quartier. À notre grande surprise, Julie est enfin rentrée. Elle est dans la cour, penchée en avant, occupée à essorer ses cheveux à l'aide d'une serviette. Damien, avec sa coupe en brosse un peu fatiguée depuis son arrivée, préfère sécher au soleil, confortablement installé sur une caisse de munitions sur laquelle il a posé sa serviette. Pas pour le confort mais pour éviter d'avoir la peau collée au métal brûlant.

— Oh ? Vous vous êtes souvenus de nous ? les charrie Marc.

— Il paraît que je deviens le tireur officiel sur Kidal, alors tu seras heureux d'apprendre que je maîtrise ma nouvelle lunette. Ça pourrait servir, non ?

— Si peu, se moque-t-il.

— Elle valait le coup pour tout ce cirque au moins ? je questionne.

— Je dois avouer que oui. Très performante quand elle est bien réglée.

Damien souffle fortement en secouant la tête.

— Elle m'a fait vivre l'enfer. Elle râlait sur une dérive à gauche qui n'existait pas.

— Bien sûr que si !

— Un poil de couille à deux cents mètres, ce n'est pas une dérive !

— Le poil de couille devient touffe à...

— Stop ! je les coupe.

Ils se renfrognent mais se taisent, si je ne tiens pas compte de leurs marmonnements.

— Bien. Donc la lunette est au poil et c'est bientôt l'ouverture de la chasse à la touffe. Tout est merveilleux, n'est-ce pas ?

Ils grimacent, luttent quelques secondes, puis éclatent de rire. Voilà, la bonne humeur est de retour.

— Il faudrait vérifier qu'il n'y a pas de traqueurs dessus, déclare Patxi.

— Florian s'en est chargé, il n'y avait rien. Cette lunette high-tech n'était qu'un prétexte pour réunir les tireurs.

— Et qui ne les a pas avancés. En conclusion, nous devrions être tranquilles un moment. Le binôme de tireurs-râleurs, vous ne faites pas de vague, vous ne vous montrez pas. Vous restez au calme en attendant que tout pète. Compris ?

— Voilà un programme très...

— Excitant, termine Damien d'une voix lasse.

Ils se regardent avec une pointe de désespoir, comme s'ils s'apprêtaient à vivre un drame.

— Arrêtez de gémir quand on vous propose des jours de repos, vous n'êtes pas crédibles. Je vous promets que dès que tout rentrera dans l'ordre, pour vous féliciter de vous être bien tenus, nous vous inviterons dans notre camp, à Lorient. Là-bas, vous pourrez vous défouler, même dans l'eau. Ça vous va comme programme ?

Ces deux fêlés retrouvent le sourire à cette idée, hochant la tête avec enthousiasme.

— En fait, ils ne sont pas loin d'être aussi cinglés que nous, conclut Tonio en s'esclaffant.

Pour Damien, je n'ai pas d'avis, mais en ce qui concerne Julie, je trouve ce débordement d'enthousiasme très sexy. Leur entente soulève tout de même un doute qui se réveille en fin de journée. Après le repas, nous sommes installés dans notre salon palettes, Julie à mes côtés, nos cuisses qui se frôlent, seule marque d'affection que nous nous autorisons. Damien arrive avec un mug de café dans chaque main, dont un qu'il dépose devant elle sans qu'elle ne l'ait réclamé. Autant crever l'abcès.

— Est-ce que l'un de vous regrette votre histoire commune ?

Pris au dépourvu, ils m'observent un instant pour s'assurer de mon sérieux.

— Pas du tout, répond Damien.

— Pareil. Faits pour être amis, pas amants. On s'entend très bien, sauf en couple où on s'agace. Ça, c'était uniquement pour que les choses soient définitivement claires dans ta cervelle, mais tu serais avisé de ne plus jamais revenir sur le sujet, car tu sous-entends que je pourrais être avec toi tout en regrettant un autre. C'est insultant.

Pas faux. Je serre ses doigts brièvement avec une moue désolée.

— Je devais la poser au moins une fois.

— C'est bon, on met fin à ce charmant épisode des Feux de l'amour en live, c'est l'heure de zapper sur les infos, nous interrompt Marc.

Laurent s'empare de la télécommande en grommelant :

— Ça fait des jours qu'on se les fade et rien n'arrive. J'en ai marre de l'autre qui déblatère sans cesse pour sa campagne. Si ça continue, il ne se passera rien. Les journaux qui ont reçu les documents vont se débiner.

Il n'est pas le seul à commencer à le penser. Ni à en avoir marre. À chaque fois que nous voyons les titres défiler, invariablement inintéressants, nous protestons bruyamment. L'impatience nous gagne et ne parlons pas de Julie et Damien qui ont hâte que quelqu'un paye pour la mort de leur ami Lionel et du sergent.

Ce soir, comme pour nous faire mentir, pas de titre. Pour être plus précis, pas d'informations, pas de programme télé du tout. Un écran noir qui nous laisse perplexes.

— Ça fonctionnait ce matin, pourquoi on ne reçoit plus rien ? Tonio, regarde si les câbles sont OK.

— Tout est bon, confirme-t-il après vérification.

Les gars tripotent, débranchent et rebranchent chaque câble et font chauffer la télécommande. De mon côté, je cogite. Puis un détail me revient. Nous recevons tous les jours une revue de presse préparée par le PC. Sauf aujourd'hui. La coïncidence est troublante, alors je leur fais signe d'arrêter de malmener le matériel.

— Laissez tomber, c'est le commandement qui a coupé les transmissions.

Ils m'observent, le temps que le cheminement de leurs pensées les mène à la même conclusion que moi.

— Ils ont lâché la bombe, souffle Thomas.

— Mais oui, c'est sûrement ça ! On va prendre la température au CO pour confirmer ? propose Marc.

Oh que oui ! J'attrape le premier document qui me tombe sous la main et nous sortons au pas de course. Nous ralentissons à quelques mètres et entrons avec la mine de touristes en goguette. C'est une fourmilière. Il règne une ambiance de crise que je connais bien. C'est silencieux ou presque, chacun s'activant dans le calme, mais avec des gestes secs. Concentration et efficacité. Contrairement à ce qu'on veut faire croire dans les films, pas de cri, pas de gens qui courent quand la situation est délicate. Mais nul doute que cette fois-ci, ça ne concerne pas une quelconque opération militaire. Il y a beaucoup d'officiers présents en petits groupes qui murmurent entre eux, les yeux rivés sur des documents.

— Ils sont trop nombreux pour être tous de quart, chuchote Marc.

— Et ils restent bien à l'écart.

Ils ne complotent pas, ils sont en train d'encaisser les révélations. Bien entendu, et fort heureusement, aucun d'eux n'accepte pour argent comptant ce que raconte un journal. Ils seront sceptiques tant que tout ne sera pas confirmé officiellement et en attendant, feront en sorte que cela ne s'ébruite pas dans les rangs. Les militaires en opération vivent assez de moments difficiles, le moral des troupes en prendrait un coup et il est primordial de le maintenir, ne serait-ce que pour leur propre sécurité.

L'officier du CO cesse de parler avec ses collègues quand il nous voit approcher. Naturel et décontracté, j'engage la conversation en le regardant bien droit dans les yeux, pendant que Marc promène ses yeux d'aigle sur les papiers qu'ils tiennent en main. Travail d'équipe.

— Tout va bien ? Une opération se prépare ?

— Non. Enfin, si ! Tout est normal. Pas de sortie programmée pour le moment. Nous ferons un point demain, le temps que nous fassions le tri dans ce qui tombe.

Je lui répondrais bien qu'il n'aura pas assez de vingt-quatre heures pour ça, mais je conserve ma nonchalance en lui souhaitant bon courage. Nous quittons les lieux en veillant à ne pas laisser transparaître un air victorieux. Une fois dehors, Marc confirme ce que nous savions déjà.

— J'ai vu tous les mots clefs, sauf le... premier.

— Les médias y vont souvent par étapes. Le nom du gros poisson pointera dès qu'il aura rédigé son communiqué de presse, dans lequel il s'indignera d'une telle trahison, d'un homme qu'il pensait sincère et loyal, etc. Il sortira les parapluies, la musique habituelle.

— Et paf ! Le journal divulgue les preuves de son implication, se bidonne Marc.

Il nous tarde d'en arriver à l'étape post-paf, c'est-à-dire la méga tarte dans la gueule qui envoie tout ce petit monde au tapis. En attendant, nous rentrons calmement. Nous sommes accueillis par des regards suppliants qui nous pressent de faire notre compte-rendu. L'idée de jouer avec eux, un peu, nous tente bien, mais d'un coup d'œil rapide, nous convenons qu'ils ne sont pas d'humeur. Alors nous crachons le morceau en quelques mots puisque nous n'en savons pas plus, mais ça suffit pour mettre une ambiance de fête dans le groupe. Sauf deux, qui n'ont toujours pas remué une paupière, pourtant les plus concernés : Julie et Damien. Déconcertés, nous stoppons net nos effusions. J'attrape la main de Julie qui pend sur sa cuisse.

— Hey toi. Ce n'est pas ce que tu voulais ?

D'abord songeuse, elle bat des cils puis me fixe. Elle semble perdue. Damien, pas mieux.

— Si. Bien sûr que si. C'est juste que je n'y croyais plus, alors j'ai du mal à réaliser.

— Pareil, souffle Damien.

Marc se poste derrière eux et les enlace. Puis, il leur bisouille le haut du crâne chacun leur tour.

— On est là, on veille sur vous. Tout va bien se passer, mes bichons.

Nous moquer d'eux les fait réagir, dans le bon sens. L'humour, rien de tel pour dédramatiser, surtout quand on ne peut rien faire pour changer les choses.

— Bon ! Je ne sais pas chez vous, mais chez moi, une nouvelle pareille : ça se fête ! je clame en frappant dans les mains.

Je me lève d'un bond en fixant mon objectif que je rejoins en deux grands pas. Une fois devant la caisse, je l'ouvre et en sors deux bouteilles de vin. Avant que je ne referme, Tonio s'empare des sachets de saletés salées pour apéritif. Étienne et Laurent filent dans la cuisine d'où ils reviennent avec des verres. Les bouchons sautent, les verres se remplissent, puis sont brandis pour trinquer.

— À l'honneur !

— Et à la justice !

Sur ces bonnes paroles, nous plongeons les lèvres dans ce doux nectar grenat.

— Vous avez du Bordeaux dans vos malles, je n'en reviens pas, murmure Damien qui se délecte.

— Les commandos ne se refusent rien. Pendant que nous, on a droit au Coca, commente Julie.

— C'était dans les colis de Noël que nous venons de recevoir. Attends de voir ce qu'il y a dedans, tu vas halluciner quand on va se faire le repas, explique Patxi qui en salive d'avance.

— C'est l'association « Soutien Commando [51] » qui envoie des colis aux commandos en opération avec

---

[51] Pour participer à l'envoi des colis ou plus d'informations sur l'association, voici le site de Soutien Commando : https://soutien-commando.fr
Facebook : https://www.facebook.com/soutiencommand/

l'argent des dons qu'ils reçoivent. Grâce à eux, nous vivons un moment de douceur loin de chez nous.

— Un bout de France au milieu du désert.

— D'ailleurs, trinquons aux donateurs, propose Marc en levant son verre.

Nous sommes plutôt détendus naturellement, mais c'est dans ces moments-là que l'on mesure combien nous étions sous pression face à cette situation. Nous pourrions passer pour des jeunes en camp de scouts. Nous rions de bon cœur en parlant de tout et de rien, quand Patxi casse notre délire :

— Il ne faudrait pas contacter le commandant pour savoir si nous devons réagir ?

— Surtout pas, répond Julie. Tout a débuté à Gao, alors autant dire que la cellule sur place doit être en ébullition.

Je me lève et fais signe à Julie d'en faire de même.

— À mon avis, il a déjà détruit le téléphone qui nous relie, nous devrions en faire autant. Va chercher le tien pendant que je récupère le mien.

À notre retour, Marc s'empare des deux appareils, Olivier des deux cartes SIM, et ils s'en donnent à cœur joie à coup de marteau. Atteint de paranoïa, l'un ramasse les confettis qu'il dépose dans un trou fait dans le sable, pendant que l'autre prend le petit chalumeau sur notre table à outils. Accroupis, ils l'allument puis passent la flamme dessus. Perplexes, nous regardons tous la galette de plastique fondu se former.

— Je crois que ça va aller. Ça m'étonnerait qu'ils puissent lire la mémoire désormais, je les tempère.

— On a peut-être fait une connerie. Et si le commandant veut nous joindre ? s'inquiète Laurent.

— Aucune chance, répond Damien. Son unique consigne depuis le début a toujours été la même : rien. Ne rien faire. Ne rien dire, ne pas agir.

— Et je vous rappelle que nous ne devons en aucun cas être reliés à ce bordel. Devant les chefs, on ne sait rien. Nous n'avons jamais rien su. Ce n'est toujours pas notre combat et il est hors de question d'entacher la réputation de notre unité.

Tout le monde approuve, alors quand ces mêmes supérieurs nous convoquent le lendemain pour nous confier une nouvelle mission, nous sommes légèrement sur les dents. Au déroulé de leur exposé, nous déchantons et commençons à nous lancer des regards intrigués, jusqu'à ce qu'une phrase soit prononcée. Nous accusons le choc. Des commandos stupéfaits, ça ne le fait pas, je réagis le premier en répétant ce que je viens d'entendre :

— Nous charger de la protection du MINARM à Gao ?

Marc me colle un coup de coude dans les côtes pour que je corrige ma voix. C'était inutile, j'ai bien entendu que j'avais presque couiné sur la fin. Je me racle la gorge pour évacuer une poussière qui n'existe pas et sauver la face, puis je reprends avec un timbre aussi assuré que viril :

— Si je ne m'abuse, il y a déjà sacrément du monde sur place à qui confier sa sécurité, y compris des groupes commandos.

— C'est exact, mais le climat se fait plus tendu ces derniers jours et le Ministre ne veut pas annuler sa venue

Bien entendu. De son point de vue, ce serait avouer. Il niera jusqu'au bout, même devant l'évidence. Mais bref, ce n'est toujours pas notre problème. À ce que je sache, il est toujours le chef de l'armée française, notre chef, et nous devons faire notre devoir.

Nous mettons les détails au point rapidement puisqu'il s'agit désormais de programmer notre départ vers Gao. L'hélico est prévu en début d'après-midi, alors nous allons préparer nos sacs et malles, et il faut encore que j'apprenne la bonne nouvelle à Julie.

Pour ça, il n'y a pas plusieurs formules. J'évite juste le « Hey ! Tu vas assurer la protection à distance du mec qui a fait tuer ton meilleur pote. » Réunis, j'annonce la mission à venir comme n'importe laquelle, avec professionnalisme. Et contre toute attente, Julie et Damien l'accueillent de la même manière. Je n'aurais pas dû en douter, les tireurs d'élite sont particulièrement posés, calmes et réfléchis, même s'ils sont tout en muscle. Un peu comme nous, finalement.

À la fin de mon résumé, Julie reste pensive, puis fait la moue. D'un geste, je l'invite à dévoiler ce qui la travaille.

— Ils déshabillent Kidal pour protéger le MINARM à Gao, alors qu'il y a largement les effectifs sur place. Ça vous paraît normal ?

— Oui, car justement, la situation n'est pas normale. Il vient faire son show devant des hommes qu'il est soupçonné d'avoir trahis en faisant descendre l'un des leurs, puisque qu'il n'y a que la mort du commandant qui est ressortie. Parce que si ici, ils ont coupé le réseau télévisé et les communications privées, tu peux être certaine qu'à Gao, ça a fait le tour du camp puisqu'ils patrouillent dans la ville.

— Exact, approuve Damien.

— Il doit se méfier des militaires de la conventionnelle, alors il compte sur les FS pour le protéger, ajoute Marc.

— Ce ministre des Armées ne connaît décidément rien aux militaires, bougonne Julie.

Nous le pensons tous car si c'était le cas, ce n'est pas nous qu'il craindrait, mais la justice qui, nous l'espérons, le fera croupir en prison avec ses potes.

Une fois nos paquetages bouclés, nous effectuons le rangement du quartier puisque personne n'y reste. Même si les légionnaires surveilleront de l'extérieur, nous mettons en caisse tout notre matériel sensible. Pour la cuisine, c'est surtout le tri en emballant dans des sacs toutes les denrées périssables. Ensuite, un groupe emmène les caisses à l'armurerie, avec Julie et Damien qui doivent faire le plein de munitions au passage, pendant que d'autres vont régaler les légionnaires avec une brouette remplie. Ils sont toujours accueillants, mais quand ils découvrent notre chargement, nous sommes presque acclamés.

Très vite, c'est reparti pour un tour en ventilo géant. Serrés les uns contre les autres, Julie contre moi, nous somnolons pendant le vol. Même quelques minutes de repos, c'est toujours ça de gagné quand on ne connaît pas réellement le programme à venir. À force, nous sommes capables de nous endormir n'importe où et n'importe comment.

Nous sommes pris en charge dès notre arrivée à Gao et mis dans un camion qui nous dépose à notre hôtel sans étoile : une grande tente. Sans la clim cette fois. C'est du provisoire, elle vient d'être montée.

— On va aérer. Ça pue le vieux fond de caisse et le plastique, dis-je en dégrafant un pan latéral.

Le rectangle de toile ouvert, nous inspectons les lieux. Épuré est le mot qui convient. La première partie est vide, il faut croire que la table et les chaises ne sont pas arrivées à bon port, par contre, les quatorze lits picots sont bien alignés sur deux rangées dans le fond.

— C'est camping, hein ? s'amuse Marc.

— On va disposer les caisses pour servir de tables et de bancs. Nous restons deux jours, ça le fera, rétorque Damien.

Sans perdre une seconde, chacun s'approprie un couchage et nous bricolons ensuite un salon rudimentaire. Installés plus ou moins confortablement, nous mettons au point quelques détails qui concernent Julie.

— Tu ne dois pas ôter le cache-cou de ton visage ici. Jamais. Comme les repas se prennent au self, nous t'amènerons le tien ici.

Elle hoche la tête en remontant un peu le foulard qui descend sur son nez.

— Et pour la douche ? C'est dans un bâtiment commun. Je ne peux pas sortir de la cabine avec mon truc sur le nez, on va me prendre pour une dingue.

— Tu peux rester deux jours sans te laver.

— Je te passerai mes lingettes si tu veux, propose Olivier.

Non, pas de moquerie générale, car nous en avons tous un paquet. Ce n'est pas écolo, mais bien pratique pour se décrasser le visage quand on ne peut pas faire autrement, surtout lorsque la moindre goutte d'eau est précieuse. D'ailleurs, elle sort les siennes de sa musette pour les agiter devant Olivier, en le remerciant tout de même.

— Nous allons faire un tour au PC afin de nous signaler. L'arrivée du Ministre est pour demain matin, alors autant commencer à vérifier le matériel et préparer vos *chest*, je conclus en me levant.

27

Le soleil en visite.

Marc et moi arrivons rapidement au PC puisque notre tente a été montée à proximité. Sur place, je retrouve avec plaisir un groupe du commando Trépel. Les mesures d'hygiène étant moins strictes sur ce camp, nous nous saluons comme il se doit, une étreinte et à grands coups de battoir dans le dos.

En le tenant par les épaules, je détaille Élian, le chef. Rasé de près, treillis repassé, bottes éclatantes et équipement qui brille. Il ne peut pas y couper, je dois le charrier :

— Oh, mais c'est Noël ! On a reçu des GI-Joe[52] tout neufs !

— Mais quel petit con, me rabroue-t-il avec un coup sur le torse. Nous venons d'arriver, mais nous ne faisons que passer.

— Ouais, à peine le temps de se salir, plaisante un des opérateurs.

Nous sommes interrompus par un colonel, crispé jusqu'aux sourcils.

---

[52] Les GI-Joe sont des figurines pour enfants sur le thème de l'armée.

— Messieurs, installez-vous dans la salle du fond, nous devons nous organiser rapidement.

Il n'est visiblement pas d'humeur à sourire ni à discuter, et nous voilà redevenus sages à présent. La fameuse salle est bondée de gradés. Du beau monde d'apparence stressée. Le commandant Barriand est là et me tourne le dos avec obstination. Nous nous alignons contre un mur en saluant les légionnaires présents au passage, et écoutons le colonel dérouler le programme. Une organisation somme toute classique, jusqu'au moment où une phrase nous fait bondir. C'est Élian qui dégaine le premier :

— La sortie en ville n'était pas prévue !

— C'est exact, mais le Ministre a souhaité l'ajouter à son planning, répond le colonel avec lassitude, pas plus emballé que nous.

Je tourne la tête vers Élian pour l'interroger, mais son regard résigné est une réponse en soi. C'est mort pour annuler le show. Je me frotte le visage en soupirant, puis me reconcentre sur les explications du colonel. Oh ! Nous avons même droit à une belle présentation sur le grand écran. Il s'arme de son pointeur laser et nous précise à quoi correspondent les croix, les ronds et les carrés, dessinés sur ce qui ressemble à un plan grossier du quartier de la mairie.

— Le groupe commando Jaubert sera en poste là, là et là. Leurs tireurs seront sur ce toit, face au MINARM pour couvrir l'arrière. Le groupe Trépel…

Le positionnement des unités sur le lieu de la rencontre prend une vingtaine de minutes. Ensuite, c'est au tour du dispositif de sécurité pendant le trajet aller et retour. Nous repartons chacun avec un dossier complet pour préparer la mission en équipe.

— Tout ça pour ça, marmonne Élian en secouant la tête. Nous étions en prépa à Djibouti avant notre déploiement ici quand on nous a appelés pour une urgence.

— La protection de personnalité fait partie de nos fonctions. Mais je t'accorde que sur ce coup, j'aurais bien laissé le job à un autre.

Il se dirige avec ses gars vers la tente contigüe à la nôtre, puis se retourne avant d'y entrer.

— On se fait un apéro-bouffe ce soir, comme d'hab ? Chez vous ?

— Euh... oui, bien sûr, je réponds, pris au dépourvu.

Nous aimons effectivement nous rassembler pour refaire le monde lorsque nous nous croisons et je suis sincèrement heureux à l'idée de passer un moment avec eux. Mais... et Julie ? On en fait quoi puisqu'elle ne peut pas se montrer ? Un problème à la fois, on commence par le briefing avec les gars qui nous attendent. Le point est réalisé rapidement, nous abordons ensuite la visite des collègues. Julie, fataliste, décide elle-même de son sort :

— De toute façon, j'ai besoin de me reposer pour assurer les heures de surveillance demain, alors je vais me faire un coin sous des caisses derrière le barnum. Au moins, je serai à la fraîche.

— Je viens avec toi. On ne se sépare pas dans ce camp, déclare Damien.

C'est pertinent et pourtant, ça m'agace. Je me retrouve encore à l'écart. Est-ce qu'à un moment, je vais pouvoir agir au lieu de subir cette foutraque d'affaire ?

Au moins, je peux participer à la mise en place de leur nid pour la nuit. Un mur de malles à deux mètres de la tente que nous recouvrons de leur bâche camouflage. Pendant qu'ils la fixent, je vais chercher leurs sacs. À quatre pattes sous leur abri, Julie et Damien étalent les duvets et toutes leurs affaires, ce qui fait rire Patxi. Je l'interroge du regard.

— J'étais en train d'imaginer la tête du mec qui aurait la mauvaise idée de s'intéresser aux malles cette nuit.

— On aura un mort sur les bras parce qu'il fera un bond de dix mètres avec arrêt cardiaque quand il aura le canon d'Émile posé sur le front, j'approuve en m'esclaffant.

— Si je pouvais passer une nuit tranquille sans tuer quelqu'un par inadvertance, ce serait bien, s'amuse Julie.

— D'ailleurs, soyez sympas de ne pas foutre le bordel. On les connaît les soirées de commandos déchaînés, ajoute Damien.

— Pas la veille d'une mission. Tu pourras dormir, mon bébé, je le rassure en lui tapotant le haut du crâne.

— Il a même sa tétine avec lui, plaisante Tonio.

Sa tétine ? Il parle de Julie, là ? Je prends feu aussi sec.

— Pardon ? Tu fais référence à quoi, exactement ?

— À l'embout de son *Camelbak*, répond-il, décontenancé par ma virulence.

En riant, Marc me claque l'épaule.

— Faut se détendre, hein !

— Vivement que tout soit réglé pour que je le puisse, je rétorque en soupirant.

— Allez, on laisse nos deux tourtereaux et on va leur chercher à manger, continue Marc d'un air faussement angélique.

Mon regard noir amuse la troupe, Julie comprise. Plus tard, il faudra que je me penche sur le fait que personne ne me prend au sérieux quand j'ai le malheur d'avoir une mini réaction de macho.

Nous passons récupérer nos collègues du commando Trépel puis partons à pied en discutant de… nos autres collègues, bien sûr. Pas spécialement indiscrets de nature, nous aimons tout de même connaître les potins sur les autres groupes.

Quand nous pénétrons dans l'immense salle du self, nous marquons un arrêt. Nous avions beau l'avoir testée à notre arrivée au Mali, la vue de cette longue chaîne remplie de bouffe nous fait halluciner. Et l'odeur ! Le doux fumet de viande grillée me tire presque une larme.

— Bordel ! s'exclame Marc, les yeux ronds.

— Allez, à l'assaut et pas de quartier ! j'ordonne en me précipitant vers l'entrée du service.

Nous empilons tout ce que notre plateau peut contenir et que nous avons le droit de prendre, négocions même du rab aux plats chauds, puis cherchons une table libre dans cette foule de militaires.

Heureux et repus, les bras chargés de bières fraîches sans alcool, nous rentrons sous notre tente. Je fais un détour en prétextant une envie urgente pour déposer les repas emballés à Julie et Damien. Je les trouve en train d'étudier les plans pour demain à la lampe frontale, mais à mon arrivée, ils jettent tout sur le côté et m'arrachent les sacs des mains. Je les comprends et me contente de leur souhaiter bon appétit.

Quand j'entre à mon tour sous la tente, les conversations vont bon train sur les sujets habituels. Au bout de deux heures vient le moment de se reposer pour être en forme. Mais juste avant de partir, Élian redevient sérieux.

— Dans le dispo, tu as un tireur de la conventionnelle. C'est pas ce qu'il y a de mieux. Si tu veux, je te prête un des miens puisque j'en ai deux .

Ma première pensée concerne l'épaisseur de la bâche. En fait, j'espère que Julie dort, ce qui lui évitera de grincer des dents. Finalement, c'est Marc qui répond avant moi :

— Tu rigoles ? On a Émile.

Élian s'apprête à en remettre une couche, alors je le coupe vite en l'attrapant par les épaules.

— Bon faut y aller. Il se fait tard et on se lève tôt.

Par chance, il n'insiste pas. Il donne le signal à son groupe en nous donnant rendez-vous au briefing.

Le lendemain matin, nous revenons du self, sans nous empiffrer cette fois-ci afin de rester alertes, et retrouvons Julie et Damien assis sur des malles, équipés et en attente de leur pitance. Nous leur tendons les sachets et un thermos de café, qu'ils nous arrachent des mains.

— Merci !

— Merci aussi pour hier soir, d'avoir fait taire le commando qui mérite une de mes balles en caoutchouc dans le derrière, ajoute Julie avec un grand sourire.

— Je t'en prie, je suis au service de ta réputation. Au passage, je note qu'il n'y a pas uniquement ta vue d'exceptionnelle, mais ton ouïe également.

— Et sa mémoire, sache-le, ça pourra te servir, précise Damien en mâchonnant une brioche.

Dans le même temps, nous nous équipons, testons les radios, puis enfermons tout ce qui reste ici dans les malles avant de les cadenasser.

Vient ensuite le briefing avec les ajustements d'horaires, puisque le Ministre arrivera en retard. Puis, nous embarquons dans des 4x4 mis à notre disposition.

Notre camp est situé au sud-est de la ville. Nous sortons en convoi puis empruntons l'avenue de l'aéroport pour rejoindre l'hôtel de ville qui se trouve à l'opposé du camp. En cas de problème, il faudra donc tout traverser pour mettre le Ministre à l'abri. La bonne nouvelle, c'est que cette artère de sable rouge est large et mène tout droit à la mairie. Autant dire que si nous devons retourner au camp en situation de crise, la population a intérêt à déguerpir de notre chemin, car une fois la cinquième enclenchée, nous ne descendrons pas d'un rapport avant d'avoir franchi le poste de garde.

Il n'y a aucune urgence pour l'instant et nous roulons à une allure modérée en scrutant les alentours pour prendre le pouls de la ville. Les rues sont animées, presque bondées. Les habitants vaquent à leurs occupations, ce qui fait beaucoup de piétons sur les trottoirs et sur l'avenue, qu'ils traversent n'importe comment, au milieu de la circulation dense en motos, voitures et chèvres. Aucun ne fait attention à nous, habitués qu'ils sont des convois militaires et des patrouilles permanentes dans leur ville.

À deux pâtés de maisons de l'hôtel de ville, nous bifurquons. La dépose des groupes composés de quatre opérateurs commence. Le premier à descendre est celui de Julie et Damien, accompagnés par deux légionnaires. Ce manège prend un certain temps, car beaucoup de monde à dispatcher, entre nos collègues du commando Trépel, les légionnaires en renfort, puis nous. Les dix groupes sont répartis sur les plus hauts toits entourant la mairie. C'est un terrain avec quelques arbres, mais le point fort est qu'il est entièrement ceint d'un mur. Dans cette ville faite de sable et de terre, les bâtiments à étage sont rares, ce qui augmente considérablement notre champ de vision. Un binôme de légionnaire est resté dans chaque véhicule et, de mon emplacement, je les vois passer sous le porche, puis aller directement se garer à l'arrière du bâtiment principal, en attente.

Sur le toit, je suis avec Marc, Laurent et Patxi. Nous nous installons par deux dans des directions opposées. Ensuite, je contacte Nathan par radio :

— Papa de Delta 1. En place. Terminé.

— Delta 1 de Papa. Bien reçu. Terminé.

Je suis aussitôt imité par les autres qui s'annoncent dans l'ordre de leur code. Maintenant, nous avons plus de deux heures à attendre, ou plutôt à surveiller, avant que le Ministre ne se pointe ici.

J'attrape mes jumelles et débute l'observation. Il y a beaucoup de militaires et policiers maliens déployés dans les rues, ils commencent même à détourner les véhicules pour libérer celle de l'entrée principale. Eux aussi tiennent à ce que tout se déroule sans accroc et ça doit bien les gaver tout ce cirque.

— Ils se font pourrir par les gens, s'amuse Patxi, juste à côté de moi.

— Les policiers devant nous en viennent à coller des tartes à ceux qui tentent de forcer le passage, commente Marc dans mon dos.

Je scanne sur ma gauche vers l'emplacement d'Émile, presque face au Ministre afin de contrôler ses arrières pendant son allocution, mais légèrement de biais pour éviter des tirs croisés. C'est un tireur du groupe Trépel qui gèrera ses avants, il est donc derrière la mairie. D'ici, je vois à peine le bout du canon de Julie, et encore, c'est parce que je connais sa position.

Sur ma droite, le fleuve Niger dont la rive grouille d'embarcations de pêcheurs qui s'activent à décharger le fruit de leur sortie matinale. Les acheteurs sont là, c'est un marché aux poissons à ciel ouvert.

Le temps passe lentement, chaudement. Nous nous relayons pour la surveillance, quand, enfin, Nathan nous contacte.

— Tous détachements de Papa. Départ de Soleil. Terminé.

Le convoi sera visible au bout de l'avenue d'ici dix-huit minutes, alors tout le monde se met en position.

Julie

28

Vision brouillée.

Julie

Je ne suis pas mécontente de voir apparaître dans ma lunette le premier véhicule du convoi. Certes, c'est pour amener un type qui mérite la prison, et à qui je la souhaite de tout mon cœur, mais il faut savoir gérer les priorités. Là, après plusieurs heures passées dans cette position mi-accroupie, mi-allongée en plein soleil, je me sens comme une vieille chipolata oubliée sur un barbecue.

Un bruit sourd retentit tout près de moi, comme un grondement de tonnerre étouffé. Je tourne la tête vers Damien étendu à côté de moi, qui fait mine de ne rien avoir entendu. Je lui donne un coup de pied dans la botte.

— J'ai la dalle ! chuchote-t-il pour justifier la rébellion de son estomac.

— Je compatis, ça ne doit pas être facile.

Comble de l'ironie, nous sommes pile au-dessus des cuisines d'un restaurant dont les parfums épicés nous taquinent les narines depuis plus d'une heure. Personnellement, la chaleur écrasante me coupe la faim.

Je n'ai pas un seul bout de peau à l'air libre, autant pour la discrétion que pour ne pas finir en soins intensifs aux grands brûlés. En remuant mes articulations pour les désengourdir, je me rends compte que j'ai de la soupe dans les gants. Avoir les doigts qui baignent dans la sueur risque de ne pas être pratique si je dois tirer. Manquerait plus que je ripe sur la queue de détente et que je colle une balle dans le Ministre. Oups, j'ai glissé ! J'ai beau lui souhaiter beaucoup de mal, faire justice soi-même n'est pas une option acceptable. Ni morale.

Ça, c'est la théorie, ce que je ressens ou me force à ressentir quatre-vingt-dix pour cent du temps. Et puis, il y a les dix autres pour cent où macèrent les envies de vengeance, de justice expéditive, contre celui qui a fait tuer mon binôme et ami, a déjà gâché plus d'une année de ma vie en faisant de moi une fugitive menacée de mort, et qui n'aurait pas hésité un instant à me tuer, lui. Et c'est celui que je dois protéger aujourd'hui, à contrecœur et parce que ce sont les ordres. Alors oui, parfois, je me dis que ça serait une belle façon de venger Lionel, surtout que pour le moment, je ne suis même pas sûre de regagner un jour ma liberté. C'est sans doute une occasion que je ne retrouverai pas de sitôt.

Il ne s'agit pas de rêvasser, je retire mes gants avec la sensation que de la vapeur s'en échappe, je les range dans la poche d'où je sors mes mitaines, aussitôt enfilées. Ensuite, d'une main dans le dos, je tire mon gilet tactique pour essayer de décoller de ma peau le tissu trempé, mais rien à faire, je suis trop bien harnachée.

Le convoi avance vite, soulevant un nuage de poussière rouge qui tourbillonne dans son sillage. Les véhicules filent sur l'avenue en faisant des écarts régulièrement pour éviter un obstacle. Les chauffeurs doivent être un chouïa à cran en traversant tout ce bazar. Je suis sûre qu'à vitesse égale, ils sont plus à l'aise Place de l'Etoile à huit heures du matin qu'ici. Leurs compétences au volant n'étant pas mon problème, je remonte ma visée pour inspecter les toits de la ville. Rien à signaler, personne en hauteur. Ici, les toits-terrasses ne sont pas utilisés à cause de la température, c'est une bonne chose. À part quelques arbres qui bouchent la vue, tout est clair.

Le convoi stoppe devant l'entrée de l'hôtel de ville où une cinquantaine de personnes sont agglutinées, car filtrées par la police locale. Il est prévu que seul le véhicule de l'autorité pénètre dans la cour, mais contrairement au programme établi, voilà que le Ministre descend directement dans la rue. Il est vraiment décidé à se montrer, à fendre la foule la tête haute. Comme si s'afficher fièrement pouvait exorciser les accusations contre lui et le protéger des poursuites.

En attendant, il ne nous facilite pas le travail. Je plains sa garde rapprochée. Les hommes du GSMA[53]

[53] GSMA : groupe de sécurité du ministre des Armées.

ne sont déjà pas d'un naturel souriant en mission, là, on les sent vraiment crispés.

— L'autre aveugle la population avec ses dents blanches alors que ses gardes font des tronches de dix pieds de long, murmure Damien.

— Qu'il profite. Qu'il profite.

Et c'est bien ce qu'il a l'intention de faire car il parade au milieu de la foule, serrant des mains et des épaules comme s'il faisait campagne pour piquer la place du maire de Gao, qui l'accueille avec tous les honneurs.

La troupe passe le porche et se dirige vers le centre de la cour, où se trouve une estrade sommaire sur laquelle montent les officiels. Face aux nombreuses personnes présentes, le bla-bla commence et c'est le maire qui ouvre le bal. Je me reconcentre sur les toits, toujours aucun signe de vie en dehors de nos équipes. Je ne relâche pas ma surveillance, vérifiant chaque angle de chaque maison. Je m'attarde un peu plus sur ceux cachés par les arbres, attendant que le vent remue les branches pour dégager la vue quand c'est possible.

Je pince l'embout de mon Camelbak entre les lèvres et aspire une gorgée d'eau tiédasse sans aucun effet désaltérant, puis ramène ma visée sur la foule devant l'estrade. Le Ministre est en plein discours que les haut-parleurs nous font l'honneur de porter jusqu'ici. L'importance des relations entre le Mali et la France, tout ça, tout ça. Pendant qu'il prononce ces paroles d'un vide abyssal, sans vraiment y penser, j'aligne mon réticule[54] sur lui. Le centre de la croix sur son visage, je le détaille. Pas vieux, mais dégarni, pas laid extérieurement, mais on sait désormais de quel mal il est fait. Presque banal physiquement, ce diable qui fout ma vie en l'air. Il me suffirait de replier l'index et paf !

— Hey ! Tu vises qui, là ? s'inquiète Damien.

— Personne. Je ne vise personne, j'observe.

— Déconne pas. Remonte ta visée. Tout de suite !

— Calme-toi, je voulais juste le voir de près. Je suis une grande fan, mais il ne répond pas à mes demandes d'autographes. Tu sais qu'il a une sorte de verrue sur le menton ?

— Arrête ça ! gronde-t-il. Remonte ou je te confisque ton fusil.

— Ça va, ça va. Une seconde encore et je ne reviens plus jamais sur lui.

Parce que c'est intrigant d'avoir dans ma lunette un homme qui souhaite ma mort. Et pire encore, qui l'a commanditée. Il est à ma merci, peut-on faire plus étrange comme situation ? Avant de dériver sur la gauche, je m'accorde un dernier coup d'œil sur son visage en gros plan. La sueur perle sur son front et sur le bout de son nez de rapace. Oui, il est à ranger dans les charognards de la pire espèce.

Au moment où je m'apprête à dériver, un crachat de sang jaillit de son crâne, qui explose aussitôt. Son

---

54 Le réticule est le motif qui apparaît dans l'optique d'une arme pour l'axe de visée. Souvent une croix avec des graduations permettant l'alignement et les calculs de distance.

corps reste tétanisé une demi-seconde, puis s'affale comme une marionnette sans fil. Mort. Le haut du crâne en charpie. Je suis en pleine confusion. J'ai pris un coup de chaud. Je rêve, c'est ça ?

Non, le chaos soudain en bas est bien réel. Je n'en reviens pas. Les agents se jettent sur le corps en braquant leur arme sur la foule, tentative de protection bien vaine, contrairement à ceux qui prennent le maire par le bras, en état de sidération, pour le placer à l'abri. Sous le choc, les gens sont terrifiés. Il y a des hurlements, les bras s'agitent dans tous les sens, et le fait d'être mis en joue par les hommes agressifs en costume n'améliore pas les choses. Pourtant postés assez loin, les cris résonnent jusqu'à nous. Des personnes qui courent dans tous les sens et des policiers qui s'escriment à vouloir les retenir pour les contrôler. Ce qui est inutile, le tir ne pouvait pas venir de là, mais obligatoirement d'un point haut.

— Mais t'es cinglée ?! crie Damien, carrément hors de lui.

— Ce n'est pas moi ! Je n'ai pas tiré !

Il a un moment d'hésitation, puis pose une main gantée sur mon canon. Juste à température ambiante, bien sûr.

— Bonjour la confiance, je marmonne. Tes oreilles auraient dû te suffire.

— Tu as monté ton réducteur de son et c'est hyper bruyant autour. Désolé, mais j'ai vraiment cru que c'était toi.

Fin de la conversation, nous avons une mission plus urgente : retrouver le tireur. Chacun l'œil dans notre optique, nous partons à la chasse.

À noter au passage que ce n'est pas la mort du Ministre en elle-même qui nous tracasse, ce qui est fait est fait, mais bien plus d'en connaître l'auteur.

— Ça venait du nord-est ! Trouvez-moi le tireur ! alerte Gaël dans la radio.

D'un seul mouvement, nous courons avec nos fusils sur l'autre côté du toit. L'angle de vision des jumelles est plus large que celui de ma lunette, alors Damien est le premier à détecter un mouvement suspect.

— Véhicule de type 4x4 qui roule très vite vers la sortie nord !

Je me cale dessus avec difficulté tant il fonce dans les rues, puis le perd presque aussitôt lorsqu'il bifurque sur la droite.

— Il se dirige vers le fleuve ! Envoyez des gars chouffer les bateaux ! annonce Damien.

Que c'est agaçant de ne servir à rien ! Qu'on me fasse grimper dans un hélicoptère et je vous l'arrête cette bagnole ! Plutôt que grogner inutilement, je scanne le reste de la ville. C'est un bazar total, tout le monde part dans tous les sens, à pied, à trois sur des motos ou à dix dans des voitures. Tiens, il y a aussi des ânes. C'est le sauve-qui-peut général. Retrouver quelqu'un en fuite est maintenant impossible, sûrement ce qui était prévu par le tireur.

— C'est mort, on ne pourra plus le choper, râle Damien qui ne lâche pas ses jumelles pour autant.

Je me réoriente vers le fleuve pour voir ce qu'il en est, mais il n'y a que des policiers locaux qui courent sur la rive comme des dératés et même pas dans une direction précise. Eux aussi ont perdu tout espoir de remettre la main sur l'assassin et ils doivent être en train de mesurer l'ampleur de la situation, et les comptes à rendre. Ça va hurler dans leur commissariat, il va y souffler une tempête. Nous-mêmes devrions ramasser une bonne charge pour n'avoir rien vu venir. Damien et moi devrions nous en sortir pas trop mal puisque le tireur était derrière nous. D'ailleurs ? Cela veut dire qu'il nous a eus dans sa lunette. Ça me fiche un frisson.

— À tous les groupes Delta. On laisse les autorités locales gérer l'extérieur, on reprend nos positions pour couvrir l'ambulance. On ne bouge pas jusqu'à son départ, intervient Gaël.

— Demi-tour, déclare Damien en bondissant sur ses pieds.

À nouveau en place, nous entendons la sirène de l'ambulance avant de la voir arriver, empêtrée dans la circulation en sens inverse. Cela dit, ce n'est pas bien grave puisqu'il n'y a plus d'urgence vitale. À moins d'une intervention divine, la remise sur pied n'est assurément plus de la partie.

Quelqu'un monte sur notre toit, puis un autre, et viennent ensuite sur nous avec précipitation.

— Émile, tu dégages !

Déconcertée, je quitte ma lunette pour interroger Gaël du regard.

— Avec ces conneries, il va y avoir des rapports, comptes-rendus, questions et tout le toutim par le commandement. Sans cagoule. Tu piges ?

— Je redeviens Émile ? demande Damien.

— Non, tu seras interrogé aussi. C'est Thomas qui remplace Émile, c'est le nouveau du groupe, pas encore connu. Toi, tu me suis, dit-il en me soulevant par le gilet pour que je me lève.

Je suis à peine debout qu'il arrache mes écussons et les tend à Thomas qui me donne les siens à la place. Pendant que je mets tout en place, il plaque son fusil contre mon torse puis s'allonge à côté de Damien. Je regarde avec une pointe d'anxiété mon fusil équipé de la nouvelle merveilleuse lunette. Alors que j'ouvre la bouche pour lui demander d'être précautionneux, Gaël m'attrape à nouveau par le gilet et me tire derrière lui. À sa suite, je glisse le long du mur puis cours dans les allées étroites, avant de stopper trois rues après la mairie, à l'opposé de ma position précédente.

Il se tourne vers moi, m'observe rapidement, remonte mon cache-cou déjà haut sur le nez, puis grimpe sur un toit. J'en fais autant. Deux légionnaires surveillent d'un côté, un commando, seul, de l'autre. Gaël le pointe du doigt.

— À ton poste et n'en bouge plus cette fois-ci. Compris ? gronde-t-il de son air de chef contrarié.

Je joue la comédie du fautif pour donner le change auprès des soldats avec du « Bien reçu ! » et je m'allonge à côté d'Olivier. Une fois mon fusil posé sur le rebord, je reprends la surveillance. Très vite, je m'interroge sur l'intérêt de cet emplacement. Un détail doit m'échapper, ils ne peuvent pas juste surveiller le fleuve quand même ? Je questionne Olivier en chuchotant et sa réponse me fait presque gémir de frustration.

— Nous sommes censés contrôler la rue Sud et la rive.

— Mais ça se passe au nord, c'est par là-bas qu'il s'est enfui. On ne devrait pas se tourner ?

— Entre les policiers et militaires maliens, les légionnaires, les deux groupes commandos et le service de sécurité du Ministre, je pense qu'ils sont assez nombreux au nord. Pour une fois, monsieur le super tireur, tu ravales ta fierté et tu surveilles le troupeau de chèvres au fond. Si Gaël t'a collée là, c'est justement parce que nous n'avons rien pu voir.

Agaçant à entendre, mais très avisé comme décision. Voyons voir ces biquettes suspectes, au moins ça m'occupera. Je les trouve à la sortie de la ville, en train de brouter... Que peuvent-elles bien manger dans ce désert ? Elles doivent sucer les cailloux, je ne vois pas quoi d'autre.

— Elles ont de grandes oreilles, tu es sûr que ce ne sont pas des épagneuls ?

— Tais-toi. Je suis sérieux, mets-toi sur veille. Jusqu'à nouvel ordre, tu restes invisible, Thomas.

J'ai hâte de savoir dans quelle chambre je vais dormir si je dois vraiment prendre sa place pendant plusieurs jours. Mon colocataire risque de faire la tronche de récupérer une fille. Ou pas. Mince, je vais appréhender maintenant. Au pire, j'aurai droit à des allusions lourdingues puisque les commandos sont sûrement les gars les plus respectueux que j'ai eu l'occasion de côtoyer. Et ce n'est pas un hasard si ces hommes sont ainsi, dotés d'une mentalité exceptionnelle.

L'ambulance repart toutes sirènes hurlantes, certainement pour se rendre vers l'hélicoptère que j'entends au loin. Le Ministre n'est donc plus notre affaire, mais nous devons patienter le temps que les autorités aient mis un peu d'ordre dans le quartier. Maintenant, j'ai tout loisir d'analyser la situation. Encore un ministre abattu, c'est effrayant ! J'ai du mal à y croire, cette affaire devient lunaire. Ça n'en finira donc jamais ?

Quand enfin les rues s'éclaircissent et qu'un calme relatif semble être revenu, Gaël intervient sur le canal :

— Delta 1 à tous les détachements Delta. Vous restez en place.

Il douche nos espoirs de retraite vers le camp. Avec Olivier, nous nous observons en silence, lèvres pincées, partageant le même soupçon sur l'origine de ce délai supplémentaire. Et ça ne loupe pas, car Gaël débarque une dizaine de minutes plus tard, accompagné par deux hommes en costume. Des Français avec des traces fraîches de coups de soleil sur le nez et les oreilles. Tous les deux ont une mine faussement aimable et je serais incapable de déterminer leur provenance. Ils sentent de loin les services de renseignements, mais lesquels ? Ceux qui ne font que leur travail d'enquête sur l'assassinat ou ceux qui y sont mouillés jusqu'au cou ?

Pendant que Gaël leur fournit nos noms de code, notre heure d'arrivée ici, ainsi que les limites de la zone de surveillance dont nous sommes responsables, nous restons en position, un peu anxieux tout de même.

— Je peux ? questionne un des hommes en pointant mon fusil.

— Faites donc, je réponds avec ma grosse voix en le lui tendant.

Il touche le canon, vérifie la sécurité avant de le humer à la recherche d'une odeur de poudre. Satisfait de voir qu'il n'a pas servi, il inspecte quand même le chargeur.

— Il en manque une, dit-il après avoir compté les cartouches.

— Dans la culasse.

Il contrôle avant de me rendre mon fusil, puis en fait de même avec celui d'Olivier, pour finir avec ceux des légionnaires.

Quand ils nous saluent avant de repartir, je note presque une pointe de mépris. Nous et nos biquettes ne valons pas tripette à leurs yeux. Bravo, Gaël, tu as bien joué sur ce coup-là !

Le temps qu'ils vérifient toutes les positions et toutes les armes, nous recevons l'ordre de quitter les lieux plus d'une heure après. Autant dire que personne ne lambine pour rejoindre les 4x4. Ras la casquette de ruminer sur notre mission ratée. Lorsque nous nous regroupons sur le parking, je constate que je ne suis pas la seule à tirer la tronche et à ressentir le poids de notre échec.

Une fois à l'abri dans le véhicule que les légionnaires nous ont cédé puisqu'ils restent pour assurer la sécurité, je me penche vers Gaël assis à l'avant.

— Alors ? Ce tir que nous n'avons même pas entendu, ils ont trouvé d'où il venait ?

— Approximativement, derrière nous. Les policiers interrogent les habitants. Tu ne demandes pas des nouvelles du MINARM ?

— Je vais traîner cette vision pour un moment, je l'avais en direct dans ma lunette et je n'ai jamais vu quelqu'un vivre longtemps sans cervelle. Je me trompe ?

— Non, mort sur le coup. Les gradés comme les officiels sont dans tous leurs états. Ça craint, on n'a rien vu venir. Au camp, il faudra qu'on débriefe pour comprendre où on a merdé.

— En ce qui me concerne, c'est d'autant plus dur à encaisser que c'est quand même la deuxième fois qu'on descend quelqu'un devant moi. Bravo le tireur d'élite !

— Arrête de te fustiger. Déjà, c'est un travail de groupe, alors ne ramène pas ça à toi. Ensuite, je te rappelle que tu n'étais pas en capacité de voir ni d'agir dans les deux cas.

— C'est vrai, mais c'est chiant.

— La priorité, c'est que même si nous sommes mis hors de cause, nous allons bouffer du rapport à notre retour. Enfin… sauf les huit qui, par chance, étaient sur les emplacements aveugles.

— Bien joué, tu as assuré.

— Tu m'as pris pour un débutant ? Je percute vite, moi, se rengorge-t-il.

— N'empêche que je ne suis pas certain que sa mort arrange notre affaire, intervient Olivier.

— Au contraire. Tu crois vraiment qu'ils peuvent décaniller toutes les têtes qui leur posent un problème sans que certains cherchent à comprendre qui, comment et pourquoi ? Un commandant, deux ministres, qui plus est déjà sérieusement mis en cause publiquement, ça commence à se voir qu'il y a baleine sous gravillon.

— Souhaitons que les journalistes restent courageux, dis-je en soupirant.

— Moi, j'aimerais bien savoir qui a tiré et qui l'a payé pour ça, déclare Marc, pensif.

— Honnêtement, ce n'est pas lui qui me préoccupe, mais la tête pensante. Je veux qu'elle tombe, qu'elle paye pour tous ces morts. Après, je serai enfin tranquille.

Mais il va encore falloir patienter, car dès notre retour au camp, toute une clique nous saute dessus. L'heure des rapports a sonné. Les véhicules se garent en épis sous le regard vigilant des officiers. L'humeur est déjà lugubre dans nos rangs, alors leur air sévère en rajoute une couche. Nous inspirons un grand coup, puis descendons. Un colonel se poste devant chaque 4x4 et désigne ceux qui doivent rejoindre le PC pour y être interrogés. Nous sommes le cinquième équipage sur neuf et jusqu'ici, tout le monde est convoqué. Mais lorsqu'il s'arrête face à nous, il pointe Gaël et Marc.

— Seulement vous. Les deux autres ne servent à rien.

Sur ces charmantes paroles qui piquent et concluent divinement bien cette journée ratée — mais qui m'arrangent bien —, il passe aux suivants.

— Tous sauf vous, se moque Gaël. Vous serez donc de corvée de rangement, à tout à l'heure !

Nous les regardons partir, nous sentant un peu bêtes. Olivier renifle, puis sans quitter son air pincé, il décharge les sacs qu'ils ont eu l'audace de nous laisser.

— Quatorze opérateurs, donc quatorze musettes. À porter à deux. Ils nous ont pris pour leurs sherpas, je ronchonne en l'aidant à vider les trois véhicules de notre groupe.

— Heureusement qu'Élian ne nous a pas demandé d'en faire autant pour les siens.

— Chuuuut ! Moins fort, il pourrait t'entendre, je l'arrête en mimant l'affolement.

Nous chargeons tout dans un 4x4 puis allons nous garer devant notre tente. Nous transvasons les sacs et les alignons au fond. Ensuite... c'est le nettoyage de l'armement. Nous étalons une bâche sur le sable, nous asseyons dessus, puis nous démontons nos fusils en papotant. Sûrement mû par un sentiment de vengeance, Olivier se met à me raconter des anecdotes sur tous les ratés et gamelles de Gaël. Pour certaines, j'écarquille les yeux. C'est à se demander s'il n'aurait pas un squelette en titane pour ne s'être rien cassé.

Les fusils et nos pistolets huilés et remontés, nous nous interrogeons du regard pour la prochaine activité. Dans un mouvement synchronisé, nous tournons la tête vers les lits picots qui semblent nous attendre.

— Oh ouais ! décidons-nous en même temps en fonçant dessus.

Une fois délacées, nos bottes volent aussi loin que nous pouvons les lancer. Nous voulons nous endormir, pas nous évanouir. Ensuite, chacun tombe sur son duvet en soupirant d'aise.

Il est inutile de faire appel aux tambours et trompettes pour le réveil, il suffit d'avoir une meute de commandos à sa disposition. Ils font très bien le job. Ces hommes fiables et rigoureux, toujours maîtres d'eux-mêmes, deviennent de vrais gosses quand ils se lâchent. Quoique… Jamais des gamins n'avaient osé me renverser un verre d'eau froide sur le dos pendant mon sommeil.

— Hey ! Mais que vous êtes chiants, râle Olivier qui reçoit le même traitement.

Blasée, je me redresse en tirant le tissu glacé de ma chemise pour le décoller de ma peau. Ensuite, je pars à la recherche de mes bottes, que je retrouve entre les malles.

— J'ai grave la dalle. On va manger ? questionne Olivier qui lace également les siennes.

Tous s'affairent à rouler leur duvet, c'est Gaël qui répond.

— On en vient. Là, on charge tout dans les 4x4 et on rentre à Kidal.

— Vous nous avez ramené quoi du self ? je me renseigne en cherchant du regard un sachet.

— C'était la fin du service, on a eu les restes. Mais on a pu vous récupérer ça, déclare Marc qui nous envoie un paquet chacun.

Je l'attrape au vol, perplexe. C'est tout petit et léger. C'est quoi ? De la purée en poudre ? En regardant de plus près, je comprends que nous allons pouvoir mâcher, mais le menu m'emballe moyennement. J'ai faim, alors j'arrache le coin du sachet et je le renverse dans ma bouche. Me plaindre ne changera rien, mais Olivier ne se gêne pas :

— Des cacahuètes ? Sans sel en plus ?

— C'est tout ce qu'on a pu attraper avant d'être mis dehors. Avale et ramasse tes affaires, le presse Gaël.

Avant qu'il n'ait pu me lancer l'ordre de me magner, je suis debout avec mon sac sur le dos, mon casque sous le bras et mon fusil en bandoulière. Ça mérite que je le tacle. Mimant l'impatience, je tapote ma montre sous son nez :

— Bon, on y va ou on prend le thé ?

Tous se bidonnent, Gaël inclus. Je n'ai aucune certitude quant à l'avenir de notre relation, peut-être qu'elle sera moins folichonne une fois le calme revenu. Ce dont je suis sûre, c'est que mon attachement pour lui augmente chaque jour qui passe.

29

Ça pourrait être pire.

Une heure plus tard, nous embarquons dans les hélicoptères. Ne pas pouvoir communiquer nous oblige à penser. Aux plis qui creusent les fronts, je dirais que nous ressassons tous les évènements du jour.

Gaël regarde le paysage par la porte latérale ouverte, je l'observe. Est-ce que je l'aime ? Oui, c'est la réponse qui me vient d'emblée. Pourtant, je ne peux m'empêcher de douter de la sincérité de mes sentiments pour lui. Et si ce n'était qu'une impression parce qu'il cherche à me sauver, quitte à assumer sa part de risques ? Après des mois de solitude, n'ayant que le maigre soutien à distance du commandant Barriand, l'arrivée de Gaël dans ma vie a été une délivrance. Je n'étais enfin plus seule, je pouvais me reposer un peu sur lui et sa force, mentale et physique. Je le vois tel un sauveur, autant ne pas me voiler la face. Lorsque nous ne serons que nous, sans cette meute à mes trousses, l'aimerai-je autant ?

Comme s'il les devinait, l'homme de mes pensées tourne la tête et me sourit. Malgré mon cache-cou sur le visage, je sais qu'il devine le mien en retour. Cette étincelle dans ses yeux, cette chaleur qu'il me renvoie et que je prends de plein fouet… Je crois qu'il vient de répondre à mes interrogations. Oui, je l'aime et je n'imagine plus vivre sans lui.

Lorsque nous débarquons à Kidal, nous soupirons d'aise comme si nous rentrions chez nous. C'est étonnant vu le peu de confort dont nous disposons par rapport aux grosses installations de Gao. Sûrement parce que c'est finalement plus intime, et ça fait moins usine.

Malgré la chaleur, je galope jusqu'au quartier, notre chère Josette. Je jette ma musette par terre, mon gilet et mon casque rebondissent sur le lit. Par contre, je pose mon fusil avec délicatesse sur les crochets au mur. Il a même droit à une caresse. Mes bottes subissent un traitement moins amical et volent pour la deuxième fois de la journée.

Je traverse le quartier à toute vitesse en short, ma bouteille de savon dans une main, poussant Patxi qui traînasse devant la porte. Évidemment, je suis en nage une fois dans le minuscule carré de plastique, mais je m'en fiche, puisque la sueur s'écoule avec l'eau tiède qui gicle sur ma tête, effaçant un peu mes sombres pensées. J'y resterais bien de longues minutes, mais ce n'est pas autorisé. Déjà que se doucher dans le désert est incongru, il ne faut pas abuser d'une ressource qui se raréfie.

À peine arrivée sous le barnum, j'assiste à une exposition d'hommes nus en train de se laver dehors et j'en profite discrètement. Il n'y a pas beaucoup de distractions, alors avec de tels spécimens, il y a pire comme spectacle. Tous vraiment bien fichus, encore plus le brun aux yeux verts qui se frotte énergiquement la tête, mon Gaël. Les cinq exhibitionnistes plaisantent pour décompresser, aucun n'a remarqué ma présence. De nature polie, je me signale lorsque je passe derrière eux.

— Vos lunes sont spectrales. Il faudrait penser à bronzer du cul, messieurs.

Mon arrivée surprise ne les perturbe pas du tout.

— Comme si ça t'avait empêchée de te rincer l'œil, me taquine Tonio.

— Tu as de la chance de n'avoir vu que le dos, déclare Patxi.

— Elle a déjà vu le devant, rétorque Marc. Vous ne vous souvenez pas quand Émile avait débarqué avec le colonel du CO ?

Tous m'observent comme s'ils m'accusaient ouvertement de profiter de mon camouflage pour m'adonner au voyeurisme. Je prends un air offusqué avant de tourner les talons, du genre profondément blessée. Je sais jouer la comédie quand il le faut.

Plus tard, nous nous installons dans notre salon pour faire le point. Gaël attaque par le bilan de la situation merdique, il n'y a pas d'autre mot, à Gao.

— Nous sommes hors de cause officiellement. L'arme a été retrouvée par la police malienne sur un toit à plus de cinq cents mètres.

— J'avais regardé dans cette direction, dis-je en me remémorant le feuillage des arbres contre lequel je pestais.

— Pareil, alors ne commence pas à te flageller, me reprend Damien.

— Oui, c'est inutile, sinon nous pourrions tous nous y mettre. Évidemment, nous ne sommes pas dans la confidence pour l'enquête. Marc a juste entendu que le tireur n'avait pas été retrouvé.

— Il n'était pas seul pour tirer d'aussi loin, fais-je remarquer.

— Tout le monde s'en doute, mais choper le tireur aurait été une bonne chose, ne serait-ce que pour l'interroger. Ce qui est certain, c'est que nous n'avons pas commis d'erreur. D'ailleurs, si erreur il y a eu, elle incombe aux forces qui surveillaient la zone extérieure à notre périmètre. Alors on arrête de chercher des fautes et on passe à autre chose. Tout de suite.

Le chef a raison, nous hochons la tête.

— Laisse-moi deviner la suite, intervient Marc. Je parie que nous devons… attendre !

Gaël donne l'impression de vouloir se pendre, là, tout de suite, alors nous éclatons de rire.

— Ouais, c'est ça. Marrez-vous tous.

Il attrape la télécommande et allume la télé, signifiant ainsi la fin de cette captivante conversation qui nous a tellement renseignés. Bien entendu, l'écran diffuse en boucle un flash spécial sur l'assassinat du ministre des Armées. Aïe, nous venions juste de décompresser, alors les visages se froissent. Nous écoutons d'une oreille distraite, ne risquant pas d'apprendre grand-chose.

Les discussions reprennent entre nous et je juge que c'est le bon moment pour revenir sur un détail qui les travaille :

— Je sais que vous êtes adeptes de l'action et que vous vous sentez frustrés. Mais je ne suis pas d'accord avec Gaël et Marc quand ils disent que vous ne faites qu'attendre.

— Ah oui ? Et tu appelles ça comment ? raille Marc.

— Vous agissez. Et exactement tel que le commandant l'espérait en me confiant à vous. À toi, Gaël. Ce matin, tu as réagi au quart de tour pour me mettre en sûreté. Toi, Thomas, tu as échangé ta place avec la mienne. Tu t'es ensuite fadé toutes les questions à ma place. Et vous tous, vous avez joué le jeu. Vous m'avez couverte.

— On te protège, c'est dans nos fonctions, objecte Patxi.

— Arrête de minimiser votre rôle. Soyez honnêtes deux secondes. Sans vous, je serais où aujourd'hui ? Encore en train de dormir planquée entre des piles de pneus ? Ou bien la clique à mes trousses aurait déjà mis la main sur moi et là, je dormirais aussi, mais à deux mètres sous le sable.

— Et possiblement avec moi à tes côtés, intervient Damien. Les gars, elle a raison. Arrêtez de dire que vous êtes inutiles.

— Bon, OK. Disons que nous préférons quand ça bouge un peu plus, admet Thomas.

— Vous aurez bien une opération sportive à vous mettre sous la dent. Nous sommes au bon endroit pour ça.

Peu habitués aux remerciements, qu'ils ne recherchent pas non plus, ils rebondissent sur ce nouveau sujet de conversation. Courir, sauter, tirer, c'est nettement plus enthousiasmant pour ces hommes. J'apprécie aussi, mais ces derniers temps, l'idée d'une promenade tranquille dans un lieu bucolique m'emplirait de joie, surtout à visage découvert.

Plutôt que de rester à ne rien faire, je me rends dans le coin cuisine. Préparer le repas sera plus productif. J'ouvre un placard, puis un second. Un problème se pose.

— Quelqu'un a récupéré les provisions pour ce soir ?

Les commandos font la moue, se grattent la tête, ou le nez… ça manque de réactivité tout ça.

— Il reste des cacahuètes ? je questionne en battant des cils.

Ma proposition de menu n'emballe pas Gaël, ce qui est dommage puisque je suis de corvée de vaisselle. Il se lève et vient fouiller dans les maigres réserves à son tour.

— On va trouver mieux. Il y a bien des pâtes ou du riz quelque part.

— Et dire que nous devions nous goinfrer ce soir. Adieu le super repas de fête avec le Ministre. Au lieu de ça, on va manger des chips, ironise Tonio.

— Au pire, nous ferons menus multiples, je le rassure.

Je sors deux casseroles quand nous entendons frapper à l'entrée du quartier. Patxi se lève d'un bond.

— J'y vais !

Pendant que Gaël verse une bouteille d'eau pour les pâtes, Patxi revient les bras encombrés d'un grand plat en inox recouvert d'un torchon.

— On a le repas offert par les légionnaires !

Il pose son chargement sur la table, nous nous rapprochons tous avec méfiance, persuadés qu'il s'agit d'une blague. Si les légionnaires tenaient une popote étoilée, ça se saurait, non ?

Patxi nous fait languir, puis soulève d'un coup le torchon. Un concert d'acclamations retentit sous le barnum, et je ne suis pas la moins bruyante.

— Des crêpes ! Le capitaine m'a dit que c'est pour nous remercier de leur avoir donné nos provisions et pour nous remonter le moral.

Je n'en reviens pas. Elles ont l'air vraies. Je pose une cuillère dessus pour tester la consistance. Elles sont moelleuses. Elles sentent bon. Des crêpes dans le désert, c'est du délire. Le légionnaire qui a fait cuire ça doit être déshydraté et actuellement sous perfusion. Il est fou. Mais surtout génial !

Les affamés que nous sommes ne perdent pas une minute. La boîte de sucre est posée sur la table, ainsi que toutes les dosettes de confiture et miel qui traînent. Malgré les sons que produisent nos mandibules, nous entendons toujours sans y prêter attention la télé qui ronronne en bruit de fond, jusqu'au moment où une voix nous interpelle. Nous nous levons pour nous agglutiner face à l'écran, Gaël se jette sur la télécommande pour monter le son et nous arrêtons soudainement de mâcher.

Le voilà en gros plan le responsable de tous ces morts. Le Premier ministre s'exprime devant la France entière. Il nous fait son numéro, il convoque tous les registres de l'affliction et les passe un à un, de l'indicible peine à l'insondable tristesse, en passant par l'amitié pour un homme intègre, sali par les accusations malhonnêtes d'une puissance étrangère et qui n'aura pas eu le temps de démontrer sa parfaite honnêteté, bla-bla-bla. Rien de sincère, rien de vrai, tout sonne faux, il n'arrive même pas à être juste dans un moment pareil. Son regard est aussi vide d'empathie que celui d'un poisson échoué en plein soleil. Oh, bien entendu, il l'assure, toute la lumière sera faite, tous les moyens seront mis en œuvre, aucune piste ne sera écartée, les coupables seront punis, car c'est la République qu'on attaque, qu'on piétine, Marianne qu'on assassine.

Le jargon habituel des politiques, toujours les mêmes mots employés dans toutes les circonstances, ce qui nous fait lever les yeux au ciel. Je suis à deux doigts de demander à Gaël d'éteindre pour ne plus voir cette face de fourbe en gros plan, quand le Premier ministre passe aux éléments factuels :

— L'enquête avance vite, des éléments décisifs ont été trouvés. Je peux d'ores et déjà vous informer que le tireur fait malheureusement partie de nos forces françaises et que nous sommes à la recherche d'un tireur d'élite qui a déserté nos rangs depuis un an.

Atterrée, je bondis sur mes pieds.

— Ah ! Le bâtard ! Il envoie toute l'armée à mon cul !

Les gars n'étant pas de nature à rassurer inutilement et conscients du bourbier dans lequel l'autre pourri vient de me plonger, ils se passent la main sur le visage en soupirant, d'autres grognent en tapant du pied. C'est la cata ! À part aller me planquer loin dans le désert, je ne vois pas comment je vais pouvoir m'en tirer maintenant.

Une sensation d'abattement me fait courber l'échine, je retombe de tout mon poids sur le fauteuil. Vautrée, la tête en arrière, je ferme les yeux. Désespoir. Assis à côté de moi, Damien me tapote le genou.

— T'inquiète. Il y a assez de cerveaux bien remplis ici pour trouver une solution.

— Je ne sais pas si tu comptes le mien, mais là, je ne vois pas de porte de sortie, rétorque Tonio.

— Ouais, pareil. À part te planquer et que tu ne bouges plus, aucune idée, abonde Marc.

Visiblement, l'idée que c'est foutu fait l'unanimité.

— Un retour sur la frégate le temps que ça se tasse ? propose Gaël.

— Le Pacha a été assez compromis comme ça. Je ne veux pas qu'on lui refasse prendre des risques, dis-je sur un ton catégorique. Je vais encore passer des mois à me planquer. Mes parents doivent déjà paniquer. Surtout maintenant qu'on va leur annoncer que leur fille a déserté et potentiellement flingué un Ministre.

Le commandant Barriand a beau leur expédier régulièrement des mails censés être de moi, je suis sûre que mon père a déjà appelé le chef de corps de mon bataillon pour se plaindre et obtenir des nouvelles.

Gaël lève les mains pour mettre fin au débat.

— On ne va pas se pourrir la soirée pour rien, la journée a déjà été bien remplie. On finit les crêpes, on se détend et on entame un brainstorming demain après le petit déjeuner.

Ma pensée est qu'il n'y a plus qu'à espérer que je sois encore vivante d'ici là. Non, je ne dois pas broyer du noir. Après tout, je suis entourée d'un groupe entier de commandos marine, plus un tireur d'élite avec Damien, je trouverai difficilement mieux comme gardes du corps. D'ailleurs, ne sachant pas ce qui m'attend, je vais me satisfaire du corps de mon garde personnel pour cette nuit. Je ne doute pas qu'il saura me faire oublier mes soucis.

30

Une pause sous les étoiles.

Deux heures plus tard, la peau encore voilée de sueur, je sors de la chambre pour prendre l'air, laissant Gaël étendu sur le lit, les traits détendus d'un homme heureux. Et surtout repu. La fraîcheur de la nuit me saisit, j'écarte grand les bras en fermant les yeux. Petit moment de grâce. Nous devrions modifier nos horaires de travail ici. Nous agiter la nuit et dormir la journée sous la clim.

La porte s'ouvre derrière, quelques pas étouffés par le sable, puis deux bras solides qui m'enlacent.

— Tu vas bien ?

— Très bien grâce à mon commando préféré qui a tenu toutes ses promesses.

— À ton service. S'il te faut des séances de corps à corps pour te remonter le moral, tu pourras toujours compter sur moi.

Ses lèvres qui frôlent ma peau provoquent un très agréable frisson. Il dépose un baiser au creux de mon épaule avant de s'écarter en me tirant par la main. Il m'emmène au fond du quartier, devant le mur de *bastion wall*. D'un mouvement souple, il saute sur le premier et commence à escalader.

— Suis-moi, chuchote-t-il.

Je m'agrippe au grillage qui maintient chaque cube de sable et je grimpe à mon tour ces trois mètres. Une fois en haut, la vue à 360 degrés de cette nuit sur le désert me projette dans une autre dimension, bien loin de nos problèmes. Une brise légère caresse mon visage, mes épaules, mes jambes. Des lumières isolées scintillent et c'est le calme total, les militaires dorment ou sont de garde.

Gaël est accroupi, il me tire par la main.

— Baisse-toi. Nous sommes à découvert, même s'il fait nuit.

Je m'installe entre ses jambes, puis m'adosse à son torse, lui m'enlace la taille. Nous restons contemplatifs, moi en short et pieds nus, je remue mes orteils dans le sable en admirant le ciel noir moucheté d'étoiles. Il ne manque que le bruit des vagues pour me croire sur une île, à l'abri.

Gaël embrasse à nouveau le creux de mon épaule avant d'y poser le menton. Mon silence commence à l'inquiéter, alors je serre sa main sur mon ventre. Ce petit geste ne lui suffit pas, je le sens.

— J'éprouvais juste un sentiment étrange : admirer une telle splendeur au-dessus de ma tête tout en étant cernée par le danger.

— Je me suis souvent fait cette réflexion en opération. L'adrénaline, les tirs, les morts, tout va très vite et puis quelques heures plus tard, tout s'inverse. C'est calme, tu te poses pour observer sans trop t'en rendre compte et là, tu découvres que ce que tu as sous les yeux est magnifique. Tu ne l'avais même pas remarqué tant tu étais concentré.

— C'est le paradoxe de nos missions. Nous vivons des horreurs qui se déroulent dans des paysages superbes.

— Pour contrebalancer, je te propose que nous habitions dans un endroit calme et beau. Nous ferons de notre maison un lieu où se ressourcer.

Est-ce qu'il a parlé d'habiter ensemble ? Je n'y avais même pas encore songé. Le choix du lieu où poser notre nid d'amour est bien éloigné de mes préoccupations actuelles.

— Ton assurance sur la résolution positive de mon problème fait plaisir à entendre. Mais, à court terme, je suis plus pondérée.

— Je crois en la justice. Et le commandant Barriand a toute ma confiance. Il ne s'est pas démené depuis des mois pour que tout capote à quelques jours de la fin. C'est un requin croisé avec une anguille, tu verras qu'il te sortira de ce bourbier.

— Vivement. Et après, tu nous imagines dans quel coin ?

— Tant que je suis commando marine, je reste basé à Lorient. Le seul dans le sud est le commando Hubert, mais je ne suis pas nageur de combat.

— Lorient... je ne crois pas qu'il y ait de chasseurs alpins par là-bas, je rétorque en riant.

— Oh ? Tu es donc chasseur alpin ?

— Oui, du 27e BCA. Je pensais te l'avoir dit.

— Non. Je ne suis pas surpris en fait. Tu ne pouvais pas être tireur d'élite dans les transmissions.

— Exact et encore moins état-major[55].

— Pour déplacer les Alpes en Bretagne, nous verrons plus tard. Nous trouverons une solution pour vivre ensemble.

Bien vu, Gaël. Il vaut mieux changer de sujet, sinon l'un de nous jettera l'autre du haut du mur puisque le seul moyen pour être dans la même garnison, c'est que l'un de nous deux démissionne. Lui comme moi avons payé de notre personne pour décrocher un poste que nous voulions plus que tout, alors à part sortir du jeu sur blessure imprévue, ou provoquée si l'un de nous coupe un pied à l'autre discrètement pendant son sommeil, aucun de nous n'abandonnera son métier. Oui, changeons vite de sujet parce que je me raidis rien que d'y penser.

Ma réaction n'a pas échappé à Gaël qui resserre ses bras autour de moi.

— Julie, je t'aime.

Je sursaute. Gaël est loin d'être un fourbe, il n'a pas lâché ça dans l'unique but que je me détende. Il est trop honnête et franc. Mais tout de même !

— Tu choisis bien ton moment pour ta déclaration. C'est pour m'adoucir ?

— Je ne m'y risquerais pas, tu as les crocs trop longs. Je trouvais juste que l'instant était beau pour te le dire à voix haute. Nous sommes seuls, dans la nuit, sous un ciel magnifique et après avoir fait l'amour. C'est plutôt vivifiant de partager un tel

---

55 Le GSEM (groupe de spécialités état-major) est l'arme du personnel administratif de l'armée de terre.

moment dans un camp et après tout ce que nous avons vécu, non ?

Tu m'étonnes ! Nous sommes en plein romantisme, à croire que le haut de ce mur est l'entrée vers la quatrième dimension.

— Tu as raison, c'est juste parfait. D'ailleurs, je te propose de recommencer depuis le début.

Avec un immense sourire, il se lance d'une voix douce, visiblement ému.

— Julie je-ne-sais-plus-comment…

— Mathieu. Julie Mathieu.

Il me remercie en m'embrassant.

— Caporal-chef Julie Mathieu, je t'aime.

Mais qu'il est craquant, je fonds.

— Monsieur…

— Maître.

Je vais avoir du mal à me faire à ce grade, il ne pourrait pas dire « chef » comme tout le monde ? Mais soit et je le souffle contre sa bouche :

— Maître Gaël Kerriec, je t'aime.

Il en perd son sourire, mais au lieu de rester inerte, il pose sa main sur ma nuque en frôlant mes lèvres avant de m'offrir un long et langoureux baiser.

Gaël

31

On ne se laisse pas aller.

Gaël

Après une nuit surréaliste tant elle était douce, une journée du même acabit se profile. Surréaliste, pas douce. Nous sommes au petit-déj et ils sont tous surexcités, se charriant à tout va. Les décibels de leurs rires m'inquiètent un peu, il faut croire que mon petit discours d'hier a été pris au pied de la lettre, surtout la partie « on passe à autre chose ». Je dois calmer le jeu.

— Les gars, il faut la mettre en sourdine. Je vous rappelle que l'ensemble des militaires est sous le choc. Notre ministre a été assassiné hier, ça ne vous aura pas échappé, et là, on fout le boxon comme si on nous avait donné quinze jours de perm. Au mieux, ça pourrait choquer, au pire, ça pourrait attirer l'attention. Ce qui est certain, c'est que c'est déplacé.

Ils me fixent, penauds.

— Mince. Tellement convaincu qu'il n'a eu que ce qu'il méritait, j'avais oublié ce détail, se justifie Marc.

— C'est vrai, on doit entrer dans le jeu. Notre chef est mort, approuve Olivier.

— On évacuera en faisant du sport, ajoute Laurent en allumant la télé.

Évidemment, les journalistes ne sont pas encore passés à autre chose, eux, et l'assassinat du ministre des Armées est le grand sujet du jour. Nous soufflons, Marc s'apprête à zapper, quand nous lisons la bande incrustée qui défile en bas de l'écran : « Le ministre des Armées victime de son complot ? »

— On y est ! Monte le son !

Le commentateur annonce une déclaration en direct du Premier ministre. Est-ce que l'heure des révélations a sonné ? Rivé à l'écran, un mug de café en main, je m'installe dans le canapé, imité par la troupe.

— Tonio ! Arrête le café et fais-nous du pop-corn, je crois qu'il va y avoir du spectacle !

Quelques minutes passent en plan fixe sur le pupitre monté devant le perron de l'hôtel de Matignon, pendant que les commentateurs tentent tant bien que mal d'analyser cette attente et de combler le vide, évoquant des bruits de couloir, des supputations, les derniers messages postés sur les réseaux sociaux. Moins ils en savent, plus ils parlent et on les paye pour ça. Apparaît enfin, à leur grand soulagement, le Premier ministre qui prend encore quelques secondes avant de s'exprimer. Il commence avec les formules d'usage, sa foi en la justice, la transparence encore et tout le tralala. La partie intéressante arrive. Nous buvons ses paroles.

— L'enquête est encore en cours et le secret de l'instruction doit être observé. Ce que je peux dire aujourd'hui, c'est que je réitère la confiance que j'accordais à mon ancien ami et ministre. Toute la lumière sera faite sur son assassinat, quelles qu'en soient les causes.

Julie bondit sur ses pieds avec tant de puissance dans les jambes qu'elle nous fait sursauter. Elle est rouge de colère, j'ai l'impression de voir de la vapeur lui sortir des narines. Elle va défoncer l'écran. Je ne suis pas le seul à le penser, car Damien et Laurent tendent les bras pour la rattraper au vol si elle se jette en avant. Mais elle nous fait mentir. Elle saute par-dessus le dossier puis sort dans la cour d'un pas rapide sans se retourner.

En fond sonore, nous entendons le Premier ministre sortir le parapluie en ce qui le concerne, à mots voilés, il ne fait que préparer le terrain en cas de suite. C'est ce que Julie avait deviné dès ses premières paroles. Si l'affaire sort entièrement, il mettra tout sur le dos des deux morts. Personne pour le contredire, donc il sauve son cul et passe pour l'homme droit qu'il n'est pas. Fin de l'affaire. Pour lui, pas pour Julie.

Nous concluons tous la même chose, mais aucun de nous ne commente. Las pour elle, je sors la rejoindre. Je la retrouve suspendue à une barre en train d'enchaîner des tractions.

— Tu es en colère, ça se comprend.

— À défaut de me défouler sur sa face de pourri, je me contente de ça, grince-t-elle en augmentant la cadence.

— J'approuve ta sagesse. Ça t'évitera de passer tes nerfs sur moi.

Elle lâche la barre et reste immobile quelques secondes, les épaules tombantes et la tête en avant. Je me plaque dans son dos et l'enlace.

— Cinq morts dont deux ministres. Il a été beaucoup trop loin.

— Je suis sidérée qu'on puisse faire ça. Mais dans quel monde vivons-nous ? Même dans un film d'espionnage à deux balles, on ne tuerait pas autant de dirigeants.

— C'est bien ce que je dis, il ne pourra pas s'en sortir, même si c'est l'impression qu'il donne aujourd'hui.

— OK, j'accepte de te croire. En revanche, je veux qu'on se mette d'accord sur un détail qui commence à me porter sur les nerfs.

— Je t'écoute.

Elle s'échappe de mes bras et me fait face avec un air sévère. Ce n'est quand même pas moi le détail énervant ? Non. Pas après la nuit que nous avons passée, impossible. Pourtant, j'ai quelques appréhensions lorsqu'elle ouvre la bouche.

— Nous allons bannir quelques mots de notre vocabulaire à partir de maintenant.

— Comme ? Pas ceux que je t'ai déclarés hier soir j'espère ?

J'arrive à faire naître un sourire, c'est bon signe.

— Non. Il s'agit de : patience, attendre et ça ira. C'est valable sous toutes leurs formes.

Surpris, je pouffe comme un gamin, encore plus quand elle m'épingle de son regard noir. Pour me faire pardonner, je l'attrape par le t-shirt et la tire contre moi, puis je lui vole un baiser. Aussi sec, je la repousse en grimaçant.

— Erk ! Tu es en sueur !

— Normal. Ici, il suffit de faire trois pas pour être en nage.

— C'est salé et mouillé. Pas agréable du tout.

— Eh bien ! Si tu m'éjectes pour si peu, nous ne sommes pas prêts pour la formule « envers et contre tout, jusqu'à ce que la mort nous sépare », se moque-t-elle.

Houlà ! Je réagis aussitôt en la tirant à nouveau contre moi. J'attrape son menton pour qu'elle me regarde bien dans les yeux.

— Tu veux qu'on se marie ?

Julie s'étouffe en avalant de travers. Je patiente pendant qu'elle tousse. Quand elle respire enfin normalement, elle se marre. Vexant.

— C'était une vraie question.

— Gaël, ta fonction te rend trop sérieux. C'était une boutade de ma part. De l'humour, c'est tout.

— N'empêche qu'on se mariera après tout ça.

— C'est un ordre ?

Les mains sur les hanches et les yeux plissés, elle est prête à me sauter à la gorge. Elle est trop mignonne.

— N'importe quoi. Tu sais bien que j'aime planifier, c'est tout.

— Si ce n'est que ça, note-donc un rendez-vous pour en parler plus sérieusement d'ici... voyons voir, dit-elle en minaudant, un doigt sur les lèvres, dans deux ans tout rond. Ce sera parfait !

Je souffle, blasé. Non, je ne me laisserai pas faire, alors je contre-attaque.

— Six mois.

— Un an.

— Tope là ! On se marie dans un an !

— Bien tenté. Le rendez-vous est uniquement pour en débattre, réplique-t-elle en éclatant de rire.

— Tu devrais moins te marrer. Avec tout ce que nous vivons, tu t'ennuieras tellement quand ce sera terminé que tu supplieras pour l'avoir ce mariage. Tu n'auras plus peur.

— Je n'ai pas peur ! s'indigne-t-elle. C'est juste que cette discussion n'a pas lieu d'être. C'est trop tôt.

Elle a raison, mais je ne résiste pas à la taquiner en jouant à l'homme blessé. Sauf que Julie commence à bien me connaître, elle n'est pas dupe une seconde et j'ai droit à un coup d'épaule en guise de recadrage.

— Une partie de volley ? propose-t-elle.

J'ai réussi, elle n'est plus contrariée par le cinéma du Premier ministre. Elle s'empare du ballon rangé dans une caisse puis file avec sous le barnum où les gars finissent de nettoyer la table du petit-déj. Au lieu de leur demander s'ils veulent jouer, elle lance le ballon dans les mains de Tonio. De leur côté, ils ne répondent pas non plus et s'empressent de sortir, pour se répartir en deux équipes autour de la ficelle tendue dans une allée qui nous sert de filet. Je prends la place laissée libre et c'est parti !

À défaut de pouvoir changer le cours des choses, la bonne humeur est revenue, ainsi que l'optimisme. Nous passons donc les deux jours suivants comme si de rien n'était, ou presque, en alternant les entraînements et les moments de détente. Enfin... sauf pour moi aujourd'hui qui suis de corvée de popote. Alors que je déchiffre avec perplexité le mode d'emploi d'un sachet de ratatouille surgelée, Marc se plante devant le comptoir.

Je m'attends à ce qu'il me chambre, et il y a de quoi, alors je le tue du regard avant même qu'il n'ouvre la bouche.

— On est convoqué au CO.

Le « ta gueule » qui était prêt à sortir meurt sur ma langue. En fait, il vient me sauver !

— Urgence ! Je vous confie ça ! je m'exclame en expédiant le paquet dans les bras d'Olivier qui a commis l'erreur d'être le plus près.

Alors que nous marchons dans les allées, nous remarquons un calme anormal sur le camp, et l'ambiance est étrange. Les visages sont fermés, les conversations se font à voix basse, aucun rire ou exclamation. Un truc cloche. Le truc en question me revient aussitôt, alors je remonte mon cache-cou sur le haut de mon nez.

— Marc, fais comme moi.

— Pourquoi ? Notre identité n'est pas un souci ici, s'étonne-t-il en obéissant.

— Nous sommes les seuls à avoir mis de côté la mort du ministre. Regarde, ils sont tous affectés.

— Pas con. Marche-moi sur le pied si je m'apprête à sortir une blague.

— Mieux, je me ferai un plaisir de te démonter le tibia d'un coup de botte.

— Tu es un excessif chronique. Faudra que je te soigne un jour.

En arrivant au CO, nous plaquons un air grave sur nos visages, surtout dans notre regard, et il faut croire que nous sommes de bons acteurs, car le colonel qui nous accueille ressent le besoin de nous soutenir.

— Le travail de vos équipes était irréprochable. Vous n'êtes pas responsables de ce drame.

Il nous serre l'épaule en hochant la tête puis nous invite à le suivre jusqu'à son bureau. Nous l'écoutons avec attention, ravis de l'entendre nous annoncer une opération à venir. Les affaires reprennent !

On ne peut pas dire que nous nous tournons les pouces puisque nous enchaînons les entraînements quand nous n'avons rien de programmé, mais ce sont les opérations qui nous excitent vraiment. Ce qui explique les exclamations des gars à notre retour. Julie et Damien ne sont pas en reste, pas mécontents de pouvoir penser à autre chose.

32

Chacun son job.

Nous avons deux jours avant d'agir, alors nous attaquons la préparation dès la fin du repas. L'opération est basique et les renseignements n'ont repéré aucun mouvement anormal sur les lieux de l'intervention. Nous devons nous introduire dans une propriété qui serait une cache d'armes, et neutraliser l'habitant pour le remettre aux autorités maliennes. Ça ressemble à la dernière fois, on sait faire, c'est pile notre job. Comme ça tombe bien !

Nous passons l'après-midi à étudier les cartes, les images satellites et photos de drones avec Nathan, ensuite nous grimpons dans deux hélicos avec six légionnaires qui monteront la garde pendant notre *drill*. Nous arrivons dans une vallée tranquille, un lac de sable cerné de collines de roches noires. Pas de village à moins de vingt kilomètres, pas de route ou piste à proximité. Aucun mouvement ne nous échappera sur des kilomètres à la ronde. Nous sautons tous de la carlingue pour nous accroupir à une vingtaine de mètres, puis les hélicos repartent rapidement.

Une fois le nuage de poussière dissipé, nous observons le terrain pour choisir le meilleur endroit où reconstituer l'entrée du village. Pendant ce temps, Julie et Damien s'éloignent.

— On se place dos à vous pour une visée en direction du sud comme pendant l'opération, annonce Damien.

Je sais que je ne devrais pas laisser sortir la phrase qui me brûle les lèvres, qui est plus une recommandation qu'une question, mais c'est plus fort que moi. Après tout, la sécurité prime.

— Vous ne voulez pas emmener un légionnaire avec vous ?

Ils stoppent net et se tournent vers moi, l'air offensé malgré leur cache-cou sur le nez.

— Tu penses que nous avons besoin d'une nounou ? se moque Julie.

— Non. Bien sûr que non. Disons... que... c'est...

Je bafouille tant je ne sais comment me sortir de ce guêpier. Je viens juste d'insulter deux tireurs d'élite. Bravo Gaël !

— Ouais. Laisse tomber, marmonne Julie.

— On va faire comme si tu n'avais rien dit, ajoute Damien.

Ils me tournent le dos — il me semble les entendre renifler de mépris — puis reprennent leur progression en direction de la colline qu'ils vont gravir. Au sommet, ils se placeront tels qu'ils le seront pendant l'opération et pourront surveiller les alentours dans le même temps. Ils sont tous les deux chargés de leur équipement habituel, dont le long canon du PGM de Julie qui dépasse du haut de son sac. Elle avance d'un bon pas, Damien aussi, mais je trouve ça moins sexy évidemment. En tant que chef, je peux quand même avoir le dernier mot, alors j'en profite.

— Dès que vous êtes en place, vous confirmez par radio !

— Reçu ! crient-ils sans se retourner et en levant la main.

Je secoue la tête puis rejoins le groupe et la répétition débute, nous permettant d'affiner les trajectoires, les positions et la vitesse de progression. Pendant notre *drill*, nous entendons Julie tirer derrière nous, de plus en plus loin.

— Émile cherche à battre un record ? s'amuse Tonio.

— Il pourrait tirer à cinq kilomètres que ça ne compterait pas puisqu'il ne pourrait pas prouver que c'est ce caillou qu'il visait.

Tout à coup, une détonation différente retentit. Plus faible. Nous levons la tête. J'attrape mes jumelles pour observer le haut de la colline.

— C'est le fusil de Damien.

— Il shoote un peu pour tromper l'ennui, s'amuse Olivier.

— Il doit surtout garder le niveau. Il est spotter mais en mesure de remplacer le tireur principal.

Pendant quelques heures, nous enchaînons les mises en situation, entrecoupées de pauses. Avant la tombée de la nuit, je préviens Julie et Damien qu'ils doivent redescendre.

— Les deux perchés, on vous attend.

— Bien reçu. Serons sur vous dans dix minutes, répond Damien.

— Quel frimeur celui-là ! Il lui faudra plus que ça pour arriver ici, se moque Patxi.

Je n'en suis pas certain et Marc non plus, puisqu'il ricane discrètement en me regardant. Sachant que ces deux sportifs viennent de rester des heures allongés, c'est évident qu'ils vont vouloir se dégourdir les jambes.

— Mais ils sont aussi cinglés que nous ces deux-là ! s'exclame Tonio en éclatant de rire.

Il pointe du doigt les deux furieux qui dévalent la pente dans un nuage de poussière. Les pierres roulent sous leurs pieds, mais ils maintiennent l'allure en conservant leur stabilité.

— Je rêve ou ils font la course ? murmure Patxi, stupéfait.

— Ouais ! Je mise une corvée qu'Émile gagne, dis-je en tendant la main devant moi.

— Va pour Damien, mise Marc en frappant ma paume.

— Lève le bras pour qu'ils voient la ligne d'arrivée.

Ligne que je dessine aussitôt en creusant le sable de mon talon. Nous nous plaçons sur deux colonnes pour suivre leur course. Ils sont maintenant sur la surface plane, Damien a bien trois mètres d'avance sur Julie. Les légionnaires, habitués à se lancer des défis, sont les premiers à crier pour les encourager. Julie ne lâche rien, elle allonge même sa foulée, mais Damien tient le rythme. Les voilà à une cinquantaine de mètres, nous gueulons chacun sur notre poulain pour le faire gagner, survoltés, autant que pour une finale de coupe du monde de foot. Ma pouliche remonte petit à petit, elle se cravache mentalement. Ils franchissent la ligne sous les acclamations, Julie bien derrière Damien qui lève les bras en vainqueur.

Pendant qu'ils récupèrent, je contacte le PC pour demander les hélicos, puis je m'approche d'elle.

— Belle course, bravo.

— Ouais, c'était pas mal. Tu feras mieux la prochaine fois, la taquine Damien entre deux goulées d'air.

— Un jour, je te boufferai, répond-elle en souriant.

— Émile portait le PGM, dis-je pour sa défense.

— Et Damien les jumelles et la radio. Gaël, laisse tomber. Il m'a battue, c'est tout.

Elle est bonne joueuse. Belle mentalité, jusqu'au bout. Quand nous nous plaçons en formation pour l'atterrissage des hélicos, comme un détail me turlupine, je pivote vers Damien.

— Elle t'a déjà battu ?

Il se marre derrière son cache-cou.

— En course sauvage comme tout à l'heure, jamais. Par contre, pour les défis au tir, c'est presque toujours elle.

Le lendemain matin, je reviens du PC d'humeur nettement moins enthousiaste, contrarié par le départ anticipé d'une partie de l'équipe. Quand j'arrive au quartier, ils sont tous en train de jouer au volley.

— Pause !

Marc bloque le ballon contre lui et tous se tournent vers moi, attentifs.

— Opération toujours programmée demain soir, mais le détachement de tireurs d'élite décolle dans deux heures pour se positionner sur les lieux en observation. Vous serez l'indicatif Delta.

— Détachement de combien ? questionne Julie.

— Quatre. Vous deux et un binôme de légionnaires. Équipez-vous et nous les retrouvons au CO pour vous briefer.

— Reçu !

Et ils détalent vers leur chambre. Les autres modifient les positions sur leur terrain improvisé, puis Marc relance le ballon. Je suis bien le seul à ressentir un tiraillement à l'idée que nos tireurs restent isolés dans une zone à risques. Pas qu'ils s'en fichent, loin de là, mais c'est une organisation courante. Contrairement à nous qui agissons vite et dans la mêlée, eux seront éloignés. En se positionnant en avance, ils pourront surveiller les mouvements et nous renvoyer des informations, notamment sur d'éventuels changements au sein du village. Le renseignement est le plus gros morceau de leur métier, raison pour laquelle Julie et Damien n'ont montré aucune surprise.

Pendant que les gars finissent leur partie, je me sers un verre d'eau. J'ai juste le temps de le terminer quand nos deux tireurs reviennent, prêts à partir. Ou presque, il leur manque un élément primordial. Ils règlent le problème en allant faire le plein d'eau dans la cuisine. Julie remplit la poche d'un *Camelback* et Marc ne résiste pas à son envie de la charrier.

— Tu es nettement plus rapide quand tu enfiles ton matos plutôt que le nôtre.

— Comme c'est étonnant ! Je suis sûre qu'il te faudrait une bonne demi-heure pour enfiler un soutif, répond-elle en riant.

Ensuite, ils ajoutent des bouteilles dans les sacs, ce qui augmente encore le poids. Une fois leur sac sur le dos, leur cache-cou sur le nez et le casque sur la tête, chacun vérifie le matériel de l'autre en silence, ouvrant les pochettes et tirant sur des sangles. Un binôme bien rodé.

Pendant le briefing, je les regarde interagir et je comprends mieux pourquoi leur couple n'a pas tenu. Ils se connaissent par cœur. Comme nous, mais eux, j'avoue que c'est un *level* au-dessus. Côte à côte face aux photos et aux cartes, ils pointent le doigt au même endroit, au même moment, tout en prononçant les mêmes mots. Des clones qui communiquent en répondant à des questions qu'ils n'ont pas eu besoin de poser. Je ne suis pas jaloux, je suis impressionné. Aussi, je comprends pourquoi le commandant Barriand a tenu à les réunir pour soulager Julie.

Le briefing terminé, ils vérifient la charge de leurs diverses batteries et s'enfilent de grandes gorgées d'eau. C'est une dose de gagnée sur leur réserve et il est plus facile de vider sa vessie dans le désert que d'y trouver de la flotte. Marc et moi les accompagnons jusqu'au pied de l'hélico qui les attend.

Avant qu'elle n'embarque, je lui donne un coup d'épaule. Comme je l'avais prévu la première fois, ce geste devient réellement notre câlin de départ en opération. Julie me renvoie son message de tendresse en clignant des yeux lentement.

— À demain ! je salue les quatre militaires en reculant.

— Et soyez sages ! N'allez pas attaquer le village sans nous ou ça va barder, plaisante Marc.

— D'accord, on vous en garde un peu, répond un légionnaire.

Les pales se mettent en mouvement, nous nous éloignons au fur et à mesure qu'elles prennent de la vitesse. Quand les roues quittent le sol, ils nous font un signe. Nous restons sur place jusqu'à ce que l'hélico devienne un minuscule point dans le ciel. Sans le vouloir, je lâche tout à coup un soupir à fendre l'âme. C'est tellement inhabituel que je ressens le besoin de me justifier.

— Regarder des hommes partir en mission, j'ai l'habitude...

— Mais regarder ta copine partir en mission, beaucoup moins, continue Marc.

— Voilà. Et arrête de te marrer, je voudrais bien t'y voir.

— Je ne me fous pas de toi, je compatis. Ce n'est pas ma copine, mais ça me fait drôle. Elle est chouette. Vraiment.

— Si elle nous entendait, elle serait persuadée que nous avons pitié d'elle.

— La bonne blague ! On peut parler d'injustice, mais certainement pas de pitié. C'est une battante !

— Au lieu de dire à ma copine de ne pas s'inquiéter pour moi, je dois lui dire d'être prudente et de tous les défoncer.

— C'est super sexy, murmure-t-il en me donnant un coup de coude.

Nous nous regardons quelques secondes avant d'éclater de rire. Il a raison, je trouve ça génial. Il faut juste que je m'y habitue et je peux compter sur Julie pour me forcer à accélérer le mouvement.

— Le plus rigolo, c'est que nous ne pouvons rien raconter de nos opérations à nos copines, mais là vous n'aurez rien à vous raconter, puisque soit elle était dans la même, soit elle ne pourra pas te parler de la sienne.

— Sûr qu'on devra trouver d'autres sujets de conversation que le boulot.

— En attendant, il est midi pile. Les gars doivent nous attendre pour manger, déclare-t-il en regardant sa montre.

— On se magne et on repart en *drill*.

33

Visiteurs surprise.

Marc avait raison, la table est mise et les assiettes déjà remplies. Un rapide lavage des paluches et nous attaquons le repas. Nous discutons de tout et rien, mais pas de l'opération à venir, jamais pendant les pauses. Quand Tonio amène le dessert, des flans au caramel, je gobe le mien et me lève en emportant mes couverts que je dépose dans la grande bassine.

— On a cinq minutes, tu pourrais nous laisser finir et boire un café, râle Olivier.

— Vous avez une bonne demi-heure, je vais au PC.

Un sourire en coin étire les lèvres de Marc, mais il ne renchérit pas. Si tous pensent que je pars à la pêche aux infos sur notre mission, lui sait que c'est surtout pour prendre des nouvelles du détachement de tireurs.

Dans la salle des opérations, je me dirige directement vers Nathan derrière son bureau.

— Tout est OK ?

— Aucun changement pour le moment. Delta progresse et ils devraient être en place bientôt si les gars continuent à ce rythme, répond-il en tapotant son stylo sur un écran.

En direct grâce à un drone, je vois quatre personnes qui gravissent une colline. L'image n'est pas d'excellente qualité, mais je reconnais Julie en deuxième position, surtout son canon à vrai dire.

— Je file, on part s'entraîner. Tu me préviens par radio dès que tu as du neuf ?

— Bien sûr. Bon *drill* et à ce soir pour le briefing.

Après le dîner, nous nous installons devant la télé, certains avec un café, d'autres avec une bière. Les infos débutent et c'est encore la tête du Premier ministre qui apparaît. Ras-le-bol. Ou pas, car nous nous redressons tous en voyant le texte défiler en bas de l'écran.

— Yes ! je m'exclame avec hargne.

— Il était temps, approuve Marc. Plutôt étonnant que le commandement n'ait pas coupé les transmissions.

Le Washington Post a enfin fini son taf et a tout balancé. Les journalistes français sont surexcités et les commentateurs encore sous le choc. D'ailleurs nous nous rendons compte que les images du Premier ministre ne sont pas récentes, c'est son allocution après la mort du MINARM qui tourne en boucle.

— La fin se profile. Il faudra le dire à Julie demain, chuchote Marc.

Je hoche la tête. Elle va enfin pouvoir souffler, et nous aussi. Nous resterions bien à visionner tous les éléments publiés par le Washington Post que les médias français reprennent, mais c'est l'heure de notre briefing, alors nous coupons.

Une fois au CO, mon premier réflexe est de me poster derrière Nathan pour regarder les images du drone qui surveille le détachement. À la place, je vois une dizaine de 4x4 rouler dans le désert.

— C'est quoi ça ?

— Delta a signalé des mouvements il y a une heure. Une vingtaine d'hommes armés se sont regroupés puis partis en convoi. On les suit.

— Notre client est dans le lot ?

— Delta indique que non. Avant de partir, des hommes ont déposé des caisses devant chez lui et ils l'ont vu parmi les trois individus qui les rentraient dans la cour.

— Donc, encore plus de stock à confisquer. Le départ des autres change la donne, non ?

— C'est le sujet à aborder. Ils ont quitté le village, mais on ne sait pas quand ils rentreront, alors on pense qu'il serait bon d'avancer votre action.

— Je vois. Tous les intervenants sont là ?

— Oui, mais c'est vous qui déciderez. Hey, tu ne dis rien ? C'est une drôle d'année, tu ne trouves pas ? ajoute-t-il avec une moue dégoûtée.

— C'est-à-dire ?

— Trois militaires et deux ministres assassinés… Un canard qui implique notre Premier ministre. Je ne sais pas pour toi, mais moi, je suis écœuré.

— Écœuré, c'est encore trop faible en ce qui me concerne. On connaît finalement le tireur qu'on a loupé à Gao ?

— Pas vraiment. Par communiqués, le Premier ministre crie au complot et accuse à demi-mots un groupe de mercenaires, sans dire lequel, mais clame que les enquêteurs ont des preuves. Il refuse de s'exprimer directement et même son porte-parole reste claquemuré dans son bureau.

— Pourquoi la police ne l'a pas encore arrêté ?

— Sur la foi d'articles de journaux ? Si c'était aussi simple, ce serait également très dangereux. En tout cas, tu imagines notre réaction ici. Bonjour l'ambiance. Comme une bombe qui nous pète à la gueule cette histoire !

Pouvoir en parler sans me cacher ou chuchoter me paraît assez étrange. Libérateur, sans aucun doute. Je ne suis pas fan des bombes qui explosent près de moi, mais là, j'en reprendrais bien un peu.

Je sors du PC après avoir passé au crible tous les risques et avantages consécutifs à l'anticipation de l'intervention. Si je me rends à notre quartier en petites foulées, c'est que le bénéfice l'a indubitablement emporté. Nous allons même doubler l'opération. Puisque les hommes qui ont quitté le village se sont arrêtés dans le désert, où d'autres les ont rejoints, un groupe de légionnaires, Bravo 2, sera héliporté sur eux. Nul doute que ça va sulfater sévère là-bas, ils ont encore en travers la perte des leurs lors de la dernière opération. De notre côté, rien ne change, nous nous emparerons des stocks d'armes dans le village.

— J'aurais bien échangé ma place avec eux, déclare Marc.

— Pour les chances de contact, pareil. Mais nous nous sommes préparés pour le village, pas les légionnaires. Pour le désert, ils sont rodés.

Pendant que nous nous équipons, le barnum résonne du son métallique des armes, des batteries et des chargeurs que nous manipulons.

— Prêts ?

— Prêts !

Il fait noir depuis plusieurs heures quand nous embarquons dans l'hélico. Un Tigre nous accompagne pendant le vol, le gardien du convoi. Nous filons vers le nord-ouest, sur le village de Télabit. À bord de trois Cougar, les légionnaires seront déposés plus haut, à l'ouest d'Aguelhok, à quelques centaines de mètres du rassemblement d'hommes armés, avec deux Tigre en soutien et un drone. Si nous prévoyons une infiltration discrète, la leur sera plus expéditive. Leur zone d'action est parsemée d'arbres et fourrés, une belle partie de cache-cache s'annonce pour eux. Ça va swinguer.

La cinquantaine de kilomètres est vite avalée en vol tactique et l'hélico se pose à cinq kilomètres au sud du village. Après avoir mis en route notre vision nocturne, nous débarquons les uns derrière les autres.

Une fois l'appareil reparti, nous restons quelques minutes sur place pour observer les alentours. Aucun signe de vie, je donne le signal du départ. Laurent prend la tête de la file qui s'étire pour que nous gardions nos distances. Nous commençons par traverser une zone rocheuse noire. Vu du ciel, le terrain forme des ondes faisant penser à un lac.

Nous progressons à bonne allure malgré les roches qui rendent le sol instable, et tout le long, Nathan nous rapporte l'observation des tireurs sur leur colline. Rien à signaler jusqu'à la moitié de notre trajet, puis changement de musique :

— Bravo 1 de Papa. Delta signale un véhicule en approche du village par le nord. Terminé.

C'est ce qu'on appelle un imprévu. Maintenant, il faut le gérer et décider si l'opération est compromise pour ce soir.

— On stoppe.

Rassemblés en cercle et tournés vers l'extérieur pour surveiller et anticiper une attaque, je leur explique vite fait le souci quand Nathan intervient à nouveau :

— Bravo 1 de Papa. Le véhicule s'est arrêté. Deux PAX[56] dedans qui sont entrés chez le client. Parlez.

— Bien reçu. Quelles sont les instructions ?

— Deux de plus neutralisés, c'est tout bénef. Mais c'est à vous de statuer.

Nous nous concertons rapidement et décidons de continuer. Arrivés sur la dernière hauteur, nous marquons un arrêt pour inspecter les lieux. En face, le village est dans le noir, même pas une lumière à travers une ouverture. Aucun bruit, nous gardons l'avantage de la surprise. Je braque mes jumelles sur un monticule rocheux situé à environ quatre cents

[56] PAX : désigne des passagers, mais aussi utilisé pour désigner des personnes ou individus.

mètres à l'est des habitations, là où sont positionnés les quatre tireurs. Évidemment, j'ai beau connaître leur emplacement, je ne détecte aucune trace d'eux. En même temps, l'invisibilité est leur spécialité. Je ne peux pas les contacter directement puisque toutes les communications des unités remontent vers Nathan qui centralise tout. Étant le coordinateur de l'opération, on comprend vite l'intérêt qu'il reçoive toutes les informations ou qu'il les transmette. Et puis, j'imagine le bordel dans les écouteurs si tout le monde pouvait parler à tout le monde. Il n'y a qu'entre opérateurs du même groupe que nous pouvons dialoguer en direct.

— Papa de Bravo 1. En place au point B. RAS.

— Bien reçu. Les deux PAX sont toujours chez le client. Aucun mouvement visible dans la zone.

Nous traversons l'oued asséché rapidement avant de nous engager sur la partie boisée faite d'arbres espacés de petite taille. Nous nous faufilons entre les troncs et les fourrés jusqu'à l'entrée du village, le tout en longeant un enclos dans lequel ruminent paisiblement une vingtaine de chèvres. Les premiers murs de terre se trouvent à une dizaine de mètres quand un chien se met à aboyer, trahissant une présence anormale sur son territoire. C'est le moment de s'infiltrer.

— Go !

Nous accélérons le pas jusqu'à la première habitation que nous longeons, puis la seconde, et nous voilà devant la cible. Nous attendons que Marc force le grand portail. J'entends le cliquetis de la chaîne qu'il pose au sol, même pas cadenassée, puis je le vois reculer pour céder le passage. Assaut ! On s'engouffre dans la cour et on se répartit tous les angles de tir. Vide. Marc fonce vers l'entrée de la maison avec son groupe, je le suis avec le mien. Il ouvre d'un coup de pied et nous déboulons à l'intérieur avant de nous figer sur place.

Une surprise nous attend, une de celles que je n'aime pas parce que je ne la comprends pas. Notre client et ses deux fils adultes sont à genoux, les poignets liés dans le dos et un sac de toile sur la tête. Deux hommes en tenue militaire, pas française et sans signe distinctif, les encadrent, debout, les mains en l'air, mais leur fusil autour du cou. Le fait que nous les mettions en joue ne semble pas les traumatiser. Le visage découvert, l'un d'eux nous sourit. Ils vont nous proposer de boire le thé ? Pas d'humeur à plaisanter et sans baisser mon arme, je les interroge avec agressivité :

— Qui êtes-vous ?

— On reste calme. Nous sommes des employés de Volanys, déclare celui qui paraît le plus amical.

Volanys, la société des mercenaires impliqués. Deux barbus qui ont tout l'air d'anciens SEAL[57] avec cette pointe d'accent texan, mais qui s'expriment dans un français très correct.

— Des mercenaires, pas des employés, le coupe sèchement Marc.

57 SEAL : Acronyme de Sea, Air, and Land, plus communément appelés les Navy SEALs. Ce sont les forces spéciales de la marine de guerre des États-Unis.

— Si vous voulez, ce n’est pas le sujet. Nous sommes venus vous parler. Pour ne pas vous faire perdre de temps et comme preuve de nos bonnes intentions, c’est notre cadeau, dit-il en désignant les trois hommes maîtrisés.

Avec Marc, nous échangeons un regard contrarié. Celle-là, on ne nous l’avait jamais faite. Avoir la visite de possibles assassins de ministres en pleine opération, on a beau être préparé à tout, ça dépasse nos compétences.

— Parler de quoi ?

— Vous ne voulez pas pointer vos canons ailleurs que sur nos tronches, d’abord ?

— Non. Vous n’avez rien à faire ici et nous avons quelques soupçons sur vos récentes activités.

— Alors justement, là, c’est le sujet. Nous n’avons pas tiré sur vos dirigeants, même si votre Premier ministre va tenter de le faire croire, après avoir accusé un tireur de chez vous. Nous avons été embauchés pour livrer des armes et récupérer de l’argent à blanchir, ça s’arrête là.

— C’est déjà bien pourri comme job, le rembarre Marc.

— Si vous voulez, mais nous sortons du sujet, encore. Notre société n’a jamais accepté de contrat d’assassinat et ne le fera jamais. Nous sommes discrets sur nos affaires mais nous ne laisserons pas salir notre réputation.

— Et qu’est-ce qu’on vient faire dans tout ça ? On a l’allure de conseillers en communication ?

— Nous ne sommes pas là par hasard, c'est votre commandant qui nous a envoyés.

— Des commandants, on en a des caisses. Lequel ?

— Le…

Il se coupe et regarde les hommes au sol.

— Ils bittent[58] rien au français, tu peux parler, commente son collègue.

— Barriand. Seul problème, on ne peut pas l'approcher, il y a trop de fouines à Gao. Donc, on doit vous transmettre les documents. Ils sont là, précise-t-il en me tendant une clef USB.

Plus que méfiant, j'observe l'objet. Il est siglé du logo de l'armée de terre.

— Elle est clean, c'est lui qui nous l'a fournie pour ça. Écoutez, nous sommes sur le même bateau. Ils ont descendu nos collègues ainsi que les vôtres et à ce qu'on a pu comprendre, il leur en reste un à abattre. C'est toi ? questionne-t-il en me pointant du menton.

— Non.

Il se contentera de cette réponse parce que je ne vais pas lui faire confiance. Le calme ambiant alerte ceux positionnés dehors, par conséquent, Olivier entre pour voir ce qu'il se passe. Il se fige sur le pas de la porte en découvrant la scène, puis m'interroge du regard.

— C'est bon. On gère, je le rassure.

Il hésite, je l'encourage d'un signe de tête et il repart dans la cour. Son irruption me rappelle que

---

[58] Ne rien bitter (argot) : ne rien comprendre.

nous ne sommes pas venus pour discuter, alors je me tourne vers les autres qui attendent toujours.

— Commencez la fouille.

Sans un mot, ils se déploient dans l'habitation à la recherche d'armes, explosifs, matériel et documents.

— Les caisses sont dans la remise au fond de la cour, déclare le mercenaire.

Je souffle d'exaspération. Ils neutralisent les hommes à notre place, ils font l'inventaire et entassent les armes pour nous... C'est n'importe quoi cette opération !

— Nous voulions juste vous faire gagner du temps pour que l'on puisse discuter, se justifie le mercenaire.

— Et ces documents. Ils vont le cramer pour de bon ? reprend Marc.

— Oui. Scans des contrats, des rapports de mission avec preuves en photo pour que le client paye. Il n'est pas assez con pour nous embaucher lui-même, mais vous remonterez vite le fil qui le relie à la tête, via des sociétés écran. Aussi, il y a un petit plus : les conversations que le patron a tenues avec le client au tél et celles à Paris. Lui est un peu plus con parce qu'il nomme votre Premier ministre. Il peut hurler à la cabale, mais là, il ne pourra pas s'en sortir.

J'attrape la clef que je fixe dans ma main, perplexe. C'est trop beau, j'ai du mal à croire à ce pain béni qui nous tombe du ciel.

— Vous devez trouver le moyen de le transmettre rapidement à Barriand. L'autre est aux abois, il a lâché une meute de chiens enragés sur le dernier témoin pour que même la mort de nos collègues soit écartée du problème.

— Et en faire un incident banal, je grommelle.

— Voilà. Nos affaires en prennent un coup parce qu'on en croise partout en ce moment.

— Qui sont ses chiens ?

— Diff' à dire. On en a shooté, mais pas pu identifier. Moi, j'renifle pas du mili, intervient le second.

Lui, il n'est pas payé au mot et son apprentissage du français doit être récent.

— Et tu renifles quoi ?

— Ça sent la branche opérationnelle de la DGSI.

— Les services intérieurs, ben tiens ! Au point où on en est, ça ne m'étonnerait même pas, commente Marc.

Ils sont loin de leur zone de compétence indiquée par le « intérieur » de leur nom, mais de toute façon, quitte à être hors la loi, pourquoi ne pas être hors de leurs fonctions et de leur zone d'action ? C'est d'ailleurs plus logique que de demander à des militaires de buter des camarades.

Il y a quand même un détail qu'il faut mettre au clair.

— Quelle est la contrepartie ?

— Le maintien de la réputation de Volanys. Nous ne sommes pas des assassins contrairement à ce qu'il essaie de faire croire. Pour nous, ça veut dire la perte de nos contrats. Ensuite, ceux qui s'adresseront à nous ne seront pas notre genre de clients. Vous aider nous rend service. Après ça, on ne se doit rien, on reprend nos activités respectives.

J'ai tendance à le croire sincère. Il n'a rien à gagner à nous mentir maintenant que le gros de l'affaire est dévoilé publiquement. De plus, ils n'ont pu nous trouver que grâce au commandant Barriand qui a dû déjà vérifier leur fiabilité. Dans le cas contraire, il n'aurait jamais envoyé des types en plein milieu d'une opé.

Ma réflexion est coupée par Nathan :

— Bravo 2 de Papa. Drone inconnu repéré dans la zone.

Voilà autre chose ! Encore une première, c'est l'année des surprises. Nathan m'annonce que la machine espion se situe à haute altitude et que le CO travaille sur son identification. Il y a déjà un doute que l'on peut lever dans la seconde, alors je m'adresse aux mercenaires :

— Vous avez un drone ?

Les deux cillent, puis prennent un temps de réflexion.

— Nous n'en avons pas ici. Il y a un drone en approche qui ne vous appartient pas ? réagit le premier, tout à coup en alerte.

— C'est ça.

Comme s'ils venaient de recevoir la foudre, ils bondissent vers la porte.

— On a été repérés ! Faut se barrer d'ici ! On va se faire canarder !

Ils passent la tête dehors et fixent le ciel avec une réelle inquiétude. Ceux qui montent la garde dans la cour les découvrent, incrédules.

— Bravo 2 de Papa. Drone toujours en approche. Les militaires maliens arrivent sur le village pour récupération client et armes. Dégagez la zone.

Les mercenaires ne sont pas complètement paranos, la situation devient critique. Au bruit de moteur malmené, j'en déduis que les véhicules des FAMa ne sont plus très loin.

— Exfiltration dans deux minutes !

Les mercenaires passent devant moi en courant. Avant de quitter la propriété, le plus causant se tourne vers moi :

— Ce drone, il n'est pas pour nous, mais pour vous. Ça veut dire qu'il vous reste un traître dans les rangs. Bonne chance !

Il disparaît en me laissant un instant hébété. Quand les pick-up maliens freinent devant la porte, je vais à la rencontre des militaires. Deux phrases suffisent à leur indiquer où se trouve ce qu'ils doivent récupérer, alors je lance le signal de départ. Je ne la sens plus du tout cette mission, il faut qu'on dégage au plus vite.

Une fois dans la rue, nous traçons en formation vers la sortie du village. Lorsque nous dépassons la dernière maison, nous entendons le ronronnement caractéristique d'un drone en vol à moyenne altitude. Un gros, ce qui veut dire armé et équipé de caméra infrarouge et thermique. Impossible de lui échapper en restant à découvert.

— Dans la baraque abandonnée !

Nous courons nous planquer à l'intérieur. C'est une simple pièce carrée, mais entièrement en pierre. Nous nous plaquons contre les murs qui renvoient encore la chaleur du soleil emmagasiné. Avec le toit également en terre au-dessus de notre tête, ça devrait suffire à camoufler nos signatures.

Nous entendons les militaires maliens charger leurs véhicules, pas inquiets du tout, ainsi qu'un 4x4 qui s'éloigne à toute vitesse.

— Les mercenaires ont le feu eu cul. Quels petits joueurs, ironise Tonio.

Marc se penche vers moi :

— Encore un officier pourri ?

— Qu'il dit. Même si c'est vrai, je ne vois pas l'intérêt de s'attaquer à nous.

— Je ne pige pas non plus. Enfin... un peu plus depuis que tu as un truc dans la poche, mais d'après les mercenaires, personne ne pouvait le savoir. Et franchement, Barriand a pris trop de risques jusqu'ici pour...

Il s'interrompt subitement en avisant ma tête. Je viens de comprendre ce que veut le drone et ça me terrifie.

— Émile ! s'exclame Marc qui arrive à la même conclusion.

Je me jette sur la radio pour alerter Nathan.

— Papa de Bravo 2. Delta doit dégager ! Tout de suite !

— Bravo 2 de Papa. Deux chasseurs arrivent pour faire le ménage.

Qu'ils se magnent ! Nous écoutons le bruit ambiant. Le ronronnement est trop près, nous entrons dans sa zone de tir.

— Ils vont prendre un missile ! Il faut les prévenir ! s'inquiète Olivier.

— Nathan s'en est chargé et la chasse arrive. On ne peut rien faire et si on se met à découvert, on deviendra des cibles aussi.

Attendre sans pouvoir agir ni prévenir. Je ferme les yeux, espérant que les quatre tireurs aient compris l'ampleur du danger. Julie, par pitié, sors-toi de là !

Enfin, nous entendons les avions de chasse. Un sifflement puissant emplit l'espace. Ne supportant plus l'angoisse, nous nous rapprochons de la porte. Que ce fichu engin s'en prenne une bonne dans le cul et qu'on profite du spectacle.

Le regard braqué vers le ciel, je cherche le drone. Trop haut et trop discret. Quand ce n'est pas l'un des nôtres, ça ne me plaît pas du tout. Nous sommes tassés devant la porte, à l'affût d'un mouvement ou d'une lumière. Comme ils ne disent rien pour mieux entendre, je murmure :

— Vous voyez quelque chose ?

— Rien du...

Une boule de feu jaillit de nulle part, suivie d'une énorme déflagration. Nous sommes aveuglés dans nos JVN par son intensité. Le sol tremble, les murs également, mais surtout, nous sommes sidérés. Ce n'est pas là que nous attendions le spectacle. Rien dans le ciel, mais c'est l'apocalypse où se trouvaient les tireurs. Le sommet de la colline vient d'éclater sous nos yeux, quatre cents mètres plus loin. Instinctivement, je lève le bras devant mon visage pour me protéger.

— Bravo 2 de Papa. Exfiltrez-vous !

Tétanisé, je me sens blêmir. Un seul mot en tête, un nom, qui me serre le cœur en franchissant mes lèvres dans un souffle :

— Julie...

— On ne peut plus rien faire. Il faut y aller ! s'exclame Marc en me poussant dehors.

Dissimulés par un nuage de poussière en suspension, nous courons vers la zone de roches noires par laquelle nous sommes arrivés. Heureusement pour moi, mes jambes prennent le relais de mon cerveau, qui ne fait que répéter inlassablement : Julie...

Julie

34

Jusqu'au bout de la nuit.

Julie

Le soleil vient de disparaître, enfin. La nuit apporte un sentiment de fraîcheur relatif puisque mes vêtements sont encore mouillés de sueur. Les opérateurs du groupe commando ne vont plus tarder à pointer leur nez, alors plus de repos en relais, nous sommes désormais tous les quatre en surveillance de notre point en hauteur, à l'affût de tout ce qui se trame dans le village.

La surveillance sur ce bout de rocher n'a pas été trop dure à vivre. Les deux légionnaires sont très sympas en plus d'être efficaces et connaissent pas mal de blagues ou d'anecdotes qui font passer le temps. Damien m'est d'une grande aide pour le privé. Il veille à dissimuler mon côté féminin qui ressort parfois malgré moi. Les soldats doivent penser qu'il a un tic à force de le voir se tapoter le visage quand je dois remonter mon cache-cou ou rentrer une mèche de cheveux. J'avais hésité à me raser la tête au début de ma cavale mais je n'ai pu m'y résoudre. Seule concession à la discrétion, je les ai coupés au niveau de la nuque. Mais surtout, Damien occupe les autres pour que je puisse vider ma vessie tranquillement. Ce n'est pas tant l'acte en lui-même puisqu'ils ne voient pas que j'utilise un subterfuge pour le faire debout, mais plutôt le nettoyage de l'objet en silicone ensuite. Mes camarades ne sont pas du genre à se rincer l'outil après usage, ni les mains, quand nous sommes en planque dans le désert.

— Ils arrivent, chuchote Damien, allongé juste à côté de moi.

Je décale ma lunette en mode infrarouge de quelques degrés et je repère les silhouettes des commandos. Ils donnent l'impression de marcher sur des vagues. Ils apparaissent, disparaissent, puis les revoilà. De quoi transformer les mollets en béton armé un terrain pareil, mais quel muscle ne l'est déjà pas chez eux ? Même leurs zygomatiques sont à toute épreuve.

Pendant leur progression, nous nous répartissons les angles de surveillance afin d'alerter au moindre mouvement suspect dans le village ou autour d'eux. Mais à part un troupeau de chèvres placides et un chien mécontent d'être dérangé, il n'y a pas âme qui vive. Ils avancent si discrètement que je pourrais les perdre de vue si je ne connaissais pas leur trajet. Des ombres. Pour les deux hommes présents chez leur client, ils sont déjà au courant, je n'ai donc aucune inquiétude à ce sujet quand ils pénètrent à l'intérieur et que le visuel est rompu.

Les minutes s'écoulent. Pas d'échange de tir, ils ont neutralisé la cible en souplesse. Bravo les gars !

Au bout d'une vingtaine de minutes, je commence à douter et lâche ma lunette pour regarder Damien.

— C'est long, non ?

— Ouais, c'est bizarre. Mais c'est calme et pas d'alerte. Il doit y avoir plus de matos que prévu.

Il a raison, ils doivent être en train de tout empiler. Ça doit être un véritable arsenal, purée ! L'idée que toutes ces armes et ces explosifs ne tueront personne me procure une belle satisfaction. Ça mérite un peu de patience pour tout saisir.

Mais quand le coordinateur intervient sur la fréquence radio, je déchante.

— Delta de Papa. Drone inconnu signalé à plusieurs kilomètres au nord. Trajectoire en direction du village. Parlez.

Je blêmis. Ça recommence. Ça n'en finira donc jamais ? Damien n'est pas mieux que moi, il répond d'une voix blanche :

— Papa de Delta. Bien reçu. Quel délai ?

— Sur entrée nord du village dans douze minutes. Nous travaillons sur son identification.

Nos regards se croisent en un échange silencieux. Réagir ou subir. La seconde option ne nous ressemble pas, elle ne se pose même pas, alors Damien rend compte de notre décision.

— Papa de Delta. Nous changeons de position pour mise à couvert. Terminé.

Puis il se tourne vers les légionnaires pour leur crier : « On dégage ! »

Nous nous levons d'un bond. Damien n'a que son fusil à mettre en bandoulière et son sac à enfiler, alors il explique la situation aux légionnaires un peu perdus qui remballent leurs affaires sans hâte, inconscients du danger réel qui file sur nous.

— Un drone non identifié nous fonce dessus ! insiste-t-il pour les presser.

Ils ne répondent pas, car plutôt hommes d'action que de paroles, ils se ruent maintenant sur leur sac.

— Cherche où on peut se planquer pendant que je range le PGM, je déclare en calant la lourde et grande bête dans mon sac.

— Nous n'atteindrons pas le village à temps. S'enterrer sous un amas de roche encore chaude ? propose-t-il.

— C'est jouable. On se décale de…

— Les chèvres ! intervient un légionnaire en train de plier la bâche. On se planque au milieu du troupeau.

Ce gars est génial ! La caméra thermique ne nous repèrera pas au milieu des animaux.

— Vendu ! approuve Damien en rangeant notre bâche. Allez, on dégage !

— C'est parti ! je m'exclame en serrant les courroies de mon sac à doc.

Sans échanger un mot, nous nous plaçons en ligne face à la pente, laissant un écart d'environ cinq mètres entre chacun. Dans cette situation, c'est plus pour ne pas être blessés par les pierres que notre descente fera rouler, que pour éviter les tirs ennemis. Nous vérifions une dernière fois le serrage des sacs, le calage des fusils en bandoulière, histoire de ne pas prendre le canon dans les dents lors d'un saut.

Damien est le chef du détachement, c'est donc lui qui donne les ordres.

— À fond tout droit jusqu'en bas, ensuite direction l'enclos à dix heures. On plonge dedans et on s'aplatit au milieu des bêtes. Go !

À la suite de Damien, je bondis dans la pente raide et la dévale comme une dératée. Au bout de quelques mètres, j'essaie de reprendre le contrôle de mes pieds, mais c'est peine perdue. Le seul truc à faire à cette vitesse, c'est de les poser au plus sûr en évitant les grosses roches. Oh la vache ! Ça décoiffe ! Comme si le poids de mon corps ne suffisait pas, avec ma lourde charge je suis emportée vers le bas, limite aspirée. Je n'entends que le bruit des bottes qui percutent le sol, les pierres qui s'entrechoquent et partent en éboulis autour de nous. Bing ! En voilà une qui vient de taper l'arrière de mon casque. Il ne manquerait plus que mes JVN pètent. Dans ce noir, j'aurais l'impression de sauter dans le vide.

L'arrivée sur le sable est brutale. Mes pieds sont stoppés net et je m'écrase à terre. Les genouillères ont rempli leur rôle, mais pas le temps de maudire ce caillou qui s'est enfoncé dans ma cuisse, un missile cherche ma tête pour la transformer en nuage de particules. Je m'appuie sur mes coudes et je me redresse pour repartir à fond de train derrière les gars, qui ont mieux assuré leur réception et pris quelques mètres d'avance.

— C'est OK ? crie Damien sans se retourner.

— Oui ! Trace !

Nous entendons tout à coup un ronronnement dans le ciel.

— Il arrive ! hurle le légionnaire de tête.

Nous n'étions pas en mode footing découverte du paysage, mais la frousse nous procure encore de la ressource pour envoyer plus de gaz. Je pousse ma machine à fond, j'aurai tout le temps de penser à oxygéner mes poumons plus tard, si je m'en sors. L'instinct de survie est quelque chose de fascinant. C'est dingue ce que l'adrénaline et la crainte de mourir développent en capacités. Nous avons environ quarante kilos sur les épaules, mais nous courons comme des gazelles. On ripe, on dérape, on saute même. La peur nous a fait pousser des ailes dans le dos et un turbo dans le derrière.

L'enclos est à quelques mètres, enfin. Les gars bondissent par-dessus la barrière comme qui rigole. Sans ralentir, je calcule bien mon coup, j'assure mes appuis et la franchis à mon tour. Nickel ! La réception l'est un peu moins, je me ramasse à plat sur le sol, mais j'en profite pour ramper directement vers les bestioles. Elles râlent et bêlent, mais j'arrive à me faufiler dessous.

À plat ventre sur le sable et les crottes, j'hyperventile comme un asthmatique en crise. Je cherche de l'air, j'inspire fort et je crache parce que j'avale la poussière que je soulève. Entre deux toux, je vois Damien en face de moi, également en mode carpe hors de l'eau. Nos regards se croisent et se verrouillent quand nous entendons le drone tout proche. Je prie pour que notre stratagème fonctionne. Il est là, au-dessus de nos têtes. Je refuse de fermer les yeux devant la mort, je reste accrochée à Damien qui en fait autant. Si je meurs ici, mon frère d'armes sera ma dernière vision. Et c'est tant mieux. Nous avons partagé pas mal de galères et il n'a pas hésité à risquer sa vie pour protéger la mienne.

Le calme ambiant est dérangeant. Les chèvres maintenant apaisées ruminent tranquillement, je trouve ça déplacé. Juste quand j'ai cette drôle de pensée, j'entends des avions de chasse approcher. Nos sauveurs envoyés par le CO ! Je commence à espérer lorsqu'une énorme déflagration retentit. Le sol tremble. Une lueur intense, et, l'espace d'une seconde, on se retrouve comme en plein jour. C'est la panique dans le troupeau, ça bêle de peur, ça court dans tous les sens en nous piétinant. Contre la terre, je ne souffre pas du souffle qui suit, mais beaucoup plus de tout ce qu'il charrie en poussière et débris de roches. Les chèvres cessent de m'écraser. Je suis à découvert ! Vite, les rejoindre pour échapper au drone qui pourrait tirer à nouveau !

Je rampe vers les bêtes apeurées, serrées les unes contre les autres à un angle de la clôture, mais un nuage épais nous recouvre rapidement. J'avance malgré tout vers elles, quand une nouvelle détonation retentit, mais dans le ciel cette fois. Je lève la tête, aucune visibilité, mais plus de ronronnement. Juste le son puissant, pourtant si doux à cet instant, des avions de chasse qui nous passent au-dessus. Vive l'armée de l'air !

— Papa vient d'annoncer qu'ils l'ont eu ! s'exclame Damien.

Je me redresse aussitôt en me tournant vers la colline où nous nous trouvions un peu plus tôt. Damien et les légionnaires se postent à mes côtés et, encore essoufflés, nous observons son ombre qui se détache sur le ciel. A priori, rien d'anormal, c'est juste un tas de rochers. Sauf que le sommet n'est plus aussi plat qu'auparavant. D'ailleurs, il manque un bon morceau, celui-là même que nous avons pris sur la tête en une pluie de cailloux brisés. C'est Damien qui rompt le silence le premier.

— On a eu chaud au cul.

— Si je chope le connard qui était aux commandes, je lui fais avaler mon casque, s'énerve un légionnaire.

— Il va déjà falloir trouver qui a envoyé ce drone armé. Les terroristes n'en ont pas à ce que je sache, rétorque le second.

— Pas à notre connaissance, c'est vrai. Mais va savoir, ils se sont peut-être équipés.

— Et il devait être programmé puisqu'il a quand même tiré à l'endroit où il n'y avait plus rien.

Damien et moi restons à l'écart du débat. Nous échangeons un regard furtif, je lis de la rage dans le sien. Ce ne sont pas les groupes terroristes que nous pensons responsables de cette attaque. Bien trop ciblée. Bien trop de coïncidences. Damien pointe son oreille du doigt, signe qu'il reçoit une communication radio.

— Papa de Delta. Parlez.

Pendant qu'il écoute les consignes, les légionnaires ont le même réflexe que moi : contrôle PAM[59]. Dans l'ordre, nous vérifions donc le personnel, un coup d'œil suffit, le compte est bon et tout le monde sur ses jambes. L'armement, tout est là, le matériel aussi.

— PAM RAS, annonce les légionnaires.

— Pareil.

Ensuite, j'inspecte les affaires de Damien, toujours en conversation avec le coordinateur. Dans mon champ de vision, je repère des formes humaines un peu plus loin. Des gens apparaissent devant les maisons.

— Les villageois sortent, il faut se barrer, je le presse en le tirant par le sac.

— Bien reçu Papa. Je collationne : nous nous exfiltrons avec Bravo. Point de regroupement à un kilomètre au sud. Terminé.

Il se tourne vers nous.

— Je prends la tête. Go !

Il démarre à fond de train, je me cale derrière lui, les légionnaires ensuite. Nous sprintons sur cinq cents mètres pour nous éloigner du village, puis nous ralentissons une fois sur le terrain boisé. Les arbres ont beau être clairsemés, il est facile de se dissimuler en s'écartant de la piste. La mer de roche noire apparaît devant, nous nous engageons dessus. Même s'il garde une allure soutenue, Damien est obligé de repasser au pas pour gravir et redescendre les ondes

59 PAM : Personnel-Armement-Matériel.

successives. Ça casse bien les jambes et lorsqu'il nous annonce que nous arrivons au point de rendez-vous, j'ai les talons en feu.

Damien lève la main, nous stoppons net et nous nous accroupissons. Il me fait signe d'approcher, je m'exécute.

— Décale-toi de dix mètres sur la gauche et signale-toi avec l'infrarouge.

Une fois en place, j'attrape la lampe dans une poche de mon gilet, puis je me baisse pour inspecter les alentours. Aucun bruit, aucun mouvement visible. Je ne détecte même pas un animal dans mes JVN. J'allume la torche et envoie des signaux en direction du sud.

J'éteins et j'attends quelques secondes. Un bruit devant moi ! Le doigt tendu au-dessus de la queue de détente, je suis prête à tirer sur la forme noire qui apparaît à une vingtaine de mètres, aussitôt suivie par d'autres. Douze en tout. Je relâche mon fusil sur sa bandoulière en reconnaissant l'équipement des commandos.

Pendant qu'ils nous rejoignent, je range la lampe. J'ai à peine le temps de me relever qu'on me saute dessus. Littéralement. Un gilet tactique rempli de matériel et munitions me percute et deux bras puissants me broient le torse. Outch ! J'encaisse le choc, lui me hurle dessus :

— Bordel !

— Dis donc ! C'est toi qui fonces comme un taré sans rien voir.

— C'est justement parce que je t'ai vue et que je n'y croyais pas. Je t'ai vue exploser ! J'étais fou !

— Mais grave ! J'en avais les tripes autour du cou ! s'exclame Marc avant de sauter sur Damien pour l'enlacer avec force.

Les deux légionnaires observent la scène sans un mot, perplexes. Mais quand Tonio et Olivier viennent sur eux et leur font un gros câlin, ils restent raides comme des piquets avec les bras ballants.

— On vous a cru morts. On est trop heureux de vous retrouver, déclare Olivier aux deux soldats ahuris.

— Nous aussi. Content de vous revoir, finit par répondre l'un d'eux, un peu hésitant.

Marc lâche Damien pour s'approcher de nous, puis se penche sur Gaël pour murmurer entre ses dents :

— C'est bon ? Tu la lâches ou on va être obligés de leur rouler des pelles pour noyer le poisson. Ducon !

— Oups ! Je me suis laissé aller.

Il me tape dans le dos, geste viril pour rattraper sa bourde sentimentale, puis il recule d'un pas. Je ne vois pas le sourire de Damien sous son cache-cou, mais le bout de tissu ne masque pas son ricanement. À mon avis, nous n'avons pas fini d'entendre parler des commandos câlins, même chez les légionnaires. Ils vont se traîner ça jusqu'à la fin de leur carrière.

— On va dire que c'est l'émotion. Trop de joie après l'abattement, déclare Olivier.

— L'émotion ne m'a pas bouché le nez. Vous puez bizarre, commente Tonio.

— C'est notre nouveau parfum. Une note caprine avec une pointe de crotte de bique, rétorque Damien.

Ils comprennent aussitôt la raison de notre incursion dans le troupeau, ils approuvent.

— Bien joué ! Vous avez réagi vite, nous félicite Marc.

— On a eu aussi une visite surprise, on vous racontera ça au camp, ajoute Gaël.

En attendant, il prend le commandement pour le trajet jusqu'au point de rendez-vous avec les hélicos.

— Allez ! Formation en colonne. Les tireurs, vous vous placez au milieu.

Il passe les consignes d'une voix bourrue. S'il croit que ça suffira pour que les autres oublient la scène précédente : il rêve.

Pourtant, nous restons sérieux, car nous n'oublions pas où nous nous trouvons et si nous sommes en retrait du village, nous ne sommes pas à l'abri pour autant. Laurent démarre, nous le suivons un par un pour former la colonne. C'est parti pour quatre kilomètres sous les étoiles. C'est un peu casse-gueule de marcher dans le noir sur du noir, même avec nos JVN. Malgré tout, nous avalons les kilomètres en silence, juste le crissement de la roche que l'on écrase sous nos semelles qui donne le rythme.

Quand nous sortons de cette longue zone de pierre, le sable sous mes pieds me fait l'effet d'un tapis de laine épais. Encore une vingtaine de mètres et nous arrivons sur le point de rendez-vous. Nous nous positionnons sur deux lignes dos à dos, genou à terre. Plus loin sur ma droite, j'entends Gaël communiquer brièvement par radio avec le coordinateur, il demande ensuite à Tonio de marquer la zone. Sans négliger ma surveillance, je tourne légèrement la tête pour le regarder craquer deux Cyalume. Il les secoue pour les activer, la lueur augmente petit à petit. Il les dépose au sol à une dizaine de mètres l'un de l'autre, puis il se place entre les deux, un troisième bâton en main non allumé.

Au loin, le bruit des machines bénies se fait entendre, il s'intensifie rapidement.

— Tonio ! Signal !

Il s'exécute en craquant le dernier Cyalume, puis agite le bâton luisant en l'air avec de grands gestes.

— Émile !

Oups ! Ce n'est pas Tonio que je dois observer. Le premier hélico arrive au-dessus de nous, le déplacement d'air balaye le sable qui me frappe le dos. Le pilote se prépare pour un poser-poussière, il descend lentement vers le sol, aveuglé par le nuage épais qu'il soulève, jusqu'à y disparaître. On comprend vite pourquoi ces gars subissent des heures de simulation et d'entraînement avant d'être déployés ici.

— Première équipe, go ! crie Gaël dans mes écouteurs.

Je n'en suis pas, alors je me courbe en avant pendant l'attente. L'hélico redécolle après quelques minutes, puis le second prend sa place.

— Seconde équipe, go !

Le premier de la file se lève, puis le suivant et ainsi de suite. À mon tour, je cours, j'embarque, puis m'enfonce au fond de la carlingue. J'attrape le câble de sécurité et ferme mon mousqueton dessus. C'est rapide, bien réglé, le groupe est en place en quelques minutes.

Nous décollons. Je souffle. C'est la fin de cette nuit épique. C'est bruyant, agité, inconfortable et toujours en vert avec mes JVN. Je les coupe et les remonte sur mon casque. L'ambiance dans l'habitacle n'est pas propice à la rêverie, pourtant, un sentiment de sérénité s'empare de moi en m'éloignant de cette zone maudite. J'ai failli y rester ! Le missile nous a rasé les moustaches et c'est maintenant, à l'abri, que je mesure l'ampleur de ce que je viens de vivre. Je réajuste mon cache-cou sur mon nez et je m'aperçois que ma main tremble. La peur après coup. Heureusement que je n'y pense pas dans le feu de l'action, au moins, je peux garder la tête froide pour me battre au lieu de rester tétanisée.

J'appuie mon casque contre la paroi en soupirant. Ras-le-bol. Des magouilles politiques. De mes camarades morts. De me cacher depuis des mois. Je veux vivre en toute liberté. Revoir et rassurer ma famille, aussi. Je me reprends aussi sec. Me lamenter n'améliorera pas ma condition, autant m'en dispenser.

Je regarde les gars autour de moi, les braves qui me soutiennent. Ça, c'est positif. Malgré mes déboires, je suis entourée par des gens bien, droits et courageux de nature, qui s'impliquent alors que cette affaire ne les concerne pas. Enfin... le grand brun assis face à moi l'est un peu plus, concerné, mais rien ne l'obligeait à se lancer dans la bataille. Nous nous observons. Voilà mon Gaël. Cet homme incroyable. Bon et généreux. Une montagne de courage et de gentillesse. Quelle chance immense de l'avoir auprès de moi.

Son regard intense me transperce d'amour. Il lâche son fusil et pose la main sur son cœur, puis sans quitter mes yeux, il se met à le tapoter. Sa façon de me répéter qu'il m'aime. Mais je fonds ! Je cache un sourire niais sous le bout de tissu, un état euphorique de jeune fille que je n'ai pas ressenti depuis longtemps. Il faudra que je le remercie aussi pour ça, pour me redonner le plaisir d'être futile.

Puis, Marc me donne un coup de coude. Je quitte les yeux verts si doux pour voir ce que me veulent les marrons d'à côté. Il mime qu'il a eu peur pour nous, lui aussi, geste qu'il conclut en tapotant sa poitrine. Et voilà ! Il vient de ruiner mes rêves de petits cœurs qui envahissent la carlingue et s'éparpillent dans le ciel sous le souffle du rotor. Gaël a juste eu la frousse, et moi, je lui prête des déclarations choupinettes. Bon, il m'aime quand même, c'est déjà ça.

Nous arrivons à Kidal. Je me libère en détachant mon mousqueton quand l'appareil se pose sur la piste. Je me redresse en même temps que Marc, le plus proche de la sortie. Penchée, je fais un pas avant de buter contre son postérieur.

— Mais tu avances ?

— Non. Recule !

Il me pousse rudement en arrière et se tourne vers nous, visiblement inquiet.

— Il y a un comité d'accueil ! On fait comment ?

Gaël se décale discrètement pour vérifier et son grognement confirme les dires de Marc. Damien me saute dessus :

— On échange nos affaires. Si je prends le PGM, ils penseront que je suis Émile.

— Qu'ils te chopent à ma place n'est pas une bonne solution.

Décidé à ne pas perdre de temps à parlementer, il m'arrache le sac à dos puis le remplace par le sien. Il se tourne vers Gaël et Marc qui restent silencieux. Visiblement, ils approuvent son plan pour me protéger, mais moins la partie qui le met en danger, alors ils hésitent. Mais Damien est borné.

— Si on m'arrête pour n'importe quel prétexte foireux, vous placez Julie en sécurité et vous vous occupez de me sortir de là. Ils ne vont pas me buter ici, ils n'oseraient pas. De toute façon, ils cherchent une fille. Ça vous va ?

— Pas trop le choix, ils arrivent, bougonne Gaël en faisant signe à Marc de descendre.

Je m'apprête à le suivre quand il saute de l'appareil, mais Damien me retient d'une main sur le torse.

— Non ! Tu sors dans les derniers.

Quand il est aussi directif, il ne vaut mieux pas moufter. J'attends mon tour pendant que la carlingue se vide. C'est Olivier qui me donne le signal en me tapant sur l'épaule. Lorsque je pose les pieds sur la piste, je fais mine de me désintéresser des hommes qui s'approchent de nous en trifouillant dans mon gilet. Des militaires, pas les fameux types en civil qui me courent après et qu'ils ont croisés deux fois. Ces hommes-là ne semblent pas agressifs ni sur leur garde, bien au contraire puisqu'ils nous approchent avec un air inquiet.

— Mais que s'est-il passé ? ! s'exclame un officier.

— Commandant, le salue Gaël. C'est exactement la question que j'allais vous poser.

Pendant qu'ils parlent de se rendre au CO pour un bilan, je cogite. Un truc me turlupine et ce n'est même pas le fait qu'un drone ait failli me réduire en miettes. Je n'aime pas ne pas comprendre, alors je tire Patxi par la manche pour l'interroger en murmurant à son oreille :

— C'est un colonel et il l'a appelé commandant. Si je fais ça à un de mes officiers, il me soufflera si fort dans les bronches que je m'envolerai.

— C'est un marin, rétorque-t-il en riant.

Je ne vois pas ce qu'il y a de drôle et ça ne répond pas du tout à ma question. Je lui colle un coup dans le bras.

— Ah oui, c'est vrai que tu ne piges rien à la Marine. On appelle tous les officiers supérieurs « commandant ».

— Ce n'est pas logique, vous le savez au moins ?

— Pour nous, ça l'est puisqu'ils sont censés commander un navire. Pigé ?

— Les marins… Ne surtout rien faire comme les autres, ce serait trop simple, je conclus en secouant la tête.

— Tu ne devrais pas trop la ramener, vous avez votre lot de bizarreries chez les terriens.

Pas faux. Damien reste silencieux, attentif aux hommes qui nous entourent. En fait, il semblerait que nous soyons devenus paranos — ce qu'on peut difficilement nous reprocher — car personne ne s'intéresse à lui plus qu'à un autre. D'ailleurs, quand Gaël nous demande de rejoindre notre quartier pendant que lui et Marc se rendent au CO, ses épaules se relâchent.

Comme j'en ai plein les pattes de cette nuit à rebondissements, je salue et remercie chaleureusement les deux légionnaires, compagnons malchanceux d'un soir, puis je tire Damien par la manche pour qu'il me suive. Le reste du groupe nous emboîte le pas, finalement plus désireux de se reposer que curieux de savoir ce qu'ont à dire les gradés.

Une fois au quartier, je me déséquipe, pas mécontente à chaque fois que je me sépare de tout mon barda. Un peu d'eau fraîche dans la gorge et sur le visage, puis je fais la queue devant la soufflette pour dépoussiérer mon équipement et mes armes. Aucun de nous n'a oublié ce que nous venons de vivre, mais nous n'abordons pas le sujet, préférant chahuter pour décompresser. Nous serons sérieux en revenant sur les évènements quand les chefs rentreront.

Sauf qu'ils tardent. Les armes sont nettoyées et rangées, ainsi que tout le matériel avec les batteries en charge.

— Bon, puisque le matos est propre, aux hommes de se décrasser maintenant, déclare Olivier.

— Les deux qui se sont vautrés dans la merde de biques en premier. Vous chlinguez, ce n'est plus possible, plaisante Tonio en se pinçant le nez.

Il peut me charrier autant qu'il veut parce que sur ce coup, ça m'arrange bien.

— Viens, on file avant qu'il change d'avis, me presse Damien en me poussant dehors.

Une heure plus tard, nous sommes détendus, en short et affalés dans le salon, silencieux devant l'écran que nous regardons sans nous y intéresser. D'ailleurs, je ne sais même pas de quoi ça parle. De pêche ? De préservations du milieu marin ? De mer, c'est sûr et c'est certainement la raison qui fait que tout ce bleu captive actuellement les marins. Après tout, regarder des types prendre un grain du diable en étant dans le désert, ce n'est pas si mal.

N'empêche que l'attente commence à durer et que j'ai envie de me coucher. Je tourne la tête vers Damien et je l'interroge du regard. Comme toujours, il comprend.

— Ouais. Si ça se trouve, ils y passent la nuit, alors on verra ça demain, répond-il en se levant.

— Bonne nuit, les gars, je les salue en suivant mon binôme.

Aussitôt dans notre chambre, nous n'allumons même pas la lumière, nous nous effondrons chacun sur notre lit. Épuisée et me sachant en sécurité, je m'endors en quelques secondes.

35

Révélations muettes.

— Julie ! Debout !

Une main me broie l'épaule, une autre me secoue fortement. J'ouvre les yeux d'un coup, la vive lueur du néon me les fait refermer aussi sec. Je papillonne des paupières, puis découvre deux têtes au-dessus moi. Gaël et Marc, tous les deux l'air grave. Pourquoi ai-je la sensation d'avoir déjà vécu un moment similaire ? Ah oui, juste avant qu'on me charge dans un coffre pour m'expédier sur une frégate. Houlà ! Ce réveil en fanfare ne sent pas bon du tout ! Sous le coup du stress, je me redresse vivement. Sur son lit, Damien en fait autant, le visage fermé. Au point où j'en suis, je suis prête à tout entendre, alors d'un geste, je les invite à expliquer le drame qui se joue.

Gaël me fixe intensément, le regard brillant. Il pose lentement une main sur ma joue, qu'il caresse du bout du pouce.

— C'est fini, lâche-t-il d'une voix enrouée par l'émotion.

Je m'attendais à « tu dois fuir, encore », « sauve-toi, tout de suite ». Mais non, c'est pire. Je suis finie. Cette phrase glaçante résonne dans ma tête aussi fort qu'un gong.

— Tu peux être plus clair ? s'agace Damien.

Il reste visiblement plus lucide que moi. D'ailleurs, il regarde sa montre et ne leur laisse pas le temps de répondre.

— Vous revenez du CO à cinq heures du mat' ! Mais vous avez fait quoi ?

— Débriefing de la mission. La version officielle. Nous avons gardé pour nous notre rencontre sur place.

Maintenant, je suis totalement perdue.

— Tu parles des chèvres ?

— Mais non, les mercenaires, rectifie Marc en riant.

J'échange un regard blasé avec Damien qui n'est pas plus d'humeur blagueuse que moi.

— Vous n'avez pas discuté avec le reste de l'équipe ? s'étonne Gaël.

— Nous vous attendions pour ne pas répéter les mêmes choses.

— Ah ! Bon, je t'explique rapidement. Barriand nous les avait envoyés pour qu'ils nous remettent des preuves. Je n'avais pas l'intention de les transmettre ce soir, je cherchais un moyen de le faire en toute discrétion.

— Mais pendant notre briefing, une info est tombée qui a soudainement affolé tous les officiers dans le PC, continue Marc.

— Parce qu'ils ne l'étaient pas déjà à l'idée qu'un drone inconnu tente de faire sauter leurs hommes ? je questionne sur un ton glacial.

— Si, bien sûr. Nous en discutions justement avec certains quand quelque chose d'encore plus important est tombé.

— Vous m'excuserez, mais personnellement, je ne vois pas plus important que ma mort, rétorque Damien qui prend leur détachement aussi mal que moi.

Les deux soufflent en même temps, sur mon visage tant qu'à faire. Nous avons failli y rester et ils ont le culot d'être agacés parce que nous sommes tatillons.

— On va patiner longtemps comme ça ? Je peux finir ou vous préférez qu'on aille brûler un cierge avant ?

— Termine, sinon on va s'engueuler, je bougonne.

— Comme vous êtes d'humeur exécrable, je vais raccourcir. Tant pis pour les effets. Donc, un message urgent est arrivé, stipulant que le Président allait annon...

— Le Président de quoi ?

— De l'association des tireurs d'élite à la retraite ! Dont tu vas bientôt faire partie si tu continues sur ta lancée de chieuse, me rembarre Marc, exaspéré.

Je leur ferais bien remarquer qu'en connaissant déjà l'affaire, c'est plus simple de comprendre, mais je ne pense pas qu'ils soient d'humeur à manger une réflexion pourtant sensée. Je tente une méthode plus sûre :

— Notre Président ?

— Celui de la France ? ajoute Damien.

— Le seul et unique parce qu'il n'y en a qu'un à la fois, raille Marc.

— Et il va annoncer quoi ?

— Que tu es libre ! s'exclame Gaël avec un immense sourire.

Leur blague est de très mauvais goût. Damien le pense aussi car il lève les yeux au ciel en soufflant. Notre envie de les envoyer promener pour nous recoucher ne leur échappe pas, alors Gaël se racle la gorge.

— Oui, bon... Pas en ces termes, mais je trouvais que l'effet serait terrible.

— Terriblement pourri, pas crédible un instant.

— C'est sûr, mais la finalité est la même puisqu'il va révoquer le Premier ministre.

— Il ne peut pas, la Constitution ne l'y autorise pas, je réfute.

— Il le nomme, mais ne peut pas le virer, confirme Damien.

— Je vous trouve un peu pénibles ce soir.

— À cinq heures passées, on peut dire qu'on est le matin.

— Non, mais vous le faites exprès ? Tant qu'on ne s'est pas couché, on est le soir. Vous, vous êtes le matin, nous, on est le soir.

— Mais qu'est-ce que tu racontes ?

— N'importe quoi, vous me faites dire n'importe quoi, soupire-t-il en se passant la main sur le visage. Bref, pour être plus précis, il demande sa démission que l'autre peut difficilement refuser. Ça vous va ?

— C’est plus cohérent. Ensuite, il ne sera plus protégé et la justice fera son travail. C’est le plan ?

— Oui, mais la partie qui nous intéresse, c’est que ça te libère définitivement.

— Ou pas. Je suis toujours un témoin.

— Désormais sans importance, commence Gaël, avant de se reprendre aussi sec en voyant mon air pincé. Je veux dire que tu n’as assisté qu’à un bout de l’histoire et sans que cela l’implique directement. Ce n’est pas le cas de toutes les preuves l’incriminant qui sont tombées récemment entre les mains de l’Élysée, avec copies aux bonnes personnes pour que ça ne soit pas étouffé.

— Les journalistes ?

— Entre autres, mais les documents les plus compromettants que les mercenaires m’ont confiés sont allés plus haut et par la voie militaire.

— Ce qui en soi n’est pas la voie la plus ouverte pour une sortie publique, je grommelle.

— Certes, mais suite à une fausse manip, que l’on doit sûrement au commandant Barriand, tout a été expédié sur Wikileaks… Tout est désormais accessible à n’importe quel citoyen.

Énorme ! Damien et moi sommes sidérés, avant de partir en fou rire rien qu’en imaginant la panique des huiles dans tous les corps, militaires, politiques ou policiers.

— Le Washington Post va se mordre les doigts d’avoir traîné à révéler les têtes pensantes, reprend Damien.

— Sûrement, mais on ne peut pas leur reprocher d'avoir pris des gants et du temps pour vérifier l'authenticité des documents.

— Mais... dis..., je bafouille, confuse.

— Quoi ?

J'hésite tant j'ai du mal à y croire, puis je pose la question dans un souffle :

— Je suis libre ?

— Je pense que oui, répond-il en souriant.

— Tu penses ?

— Disons qu'il vaut mieux attendre que Barriand nous le confirme. Restons prudents.

Oui, faisons cela. À choisir, je préfère me terrer encore quelques jours plutôt que finir enterrée pour toujours. Pour l'instant, je me sens légère et il y a beaucoup plus important : j'ai le ventre vide.

— Qui est de corvée cuisine ce matin ?

Je me lève en même temps que Damien.

— Patxi et Laurent, mais ils sont actuellement en vrac sur le canapé avec les autres.

— Alors je me charge du café, ça réveillera la troupe, dis-je en fouillant dans mon sac.

— Ça serait possible de mettre au moins un short ? demande Gaël en soupirant. Il va falloir qu'on cause.

— Et un t-shirt. Il n'y a rien de plus moche que ces soutifs de guerre, ajoute Marc.

— Ce n'est pas le café que je cherche, c'est ça, je les rembarre en brandissant un pantalon de treillis et un t-shirt marron. Et pour info, c'est une brassière de sport, elle n'a rien de militaire, mais tout à voir avec mon job de baroudeuse.

— Et heureusement que nous sommes aussi blasés qu'un vieux couple, ça simplifie la vie, déclare Damien en enfilant un pantalon.

Une fois en tenue, nous sortons de ce cagibi qui nous sert de chambre et qui commence à empester avec tout ce monde dedans. Dans l'allée, j'inspire fort l'air tiède de l'aube dont je me contente. Dire que c'est l'hiver en France et que je devrais être en train de marcher dans la neige. Le retour chez moi va être rude, mais j'ai tellement hâte de retrouver mes parents.

Pendant que je prépare le breuvage matinal bien noir, toute l'équipe fait du sport devant le barnum. Un sentiment de sérénité m'envahit et ça fait tellement longtemps qu'il me fuit, que j'ai bien envie de me la couler douce aujourd'hui. Je m'installe dans le canapé, les pieds sur la table. À nous deux, petit café à l'odeur merveilleuse.

— Allez, on se fait un footing avant que le soleil nous crame la tronche ! s'exclame Gaël en tapant dans les mains.

La troupe défile devant moi, Marc s'arrête puis m'inspecte.

— Va enfiler ta tenue, on t'attend.

— Non. Je garde le quartier, amusez-vous bien.

— Tu déconnes ? Tu ne pourras pas courir avant ce soir, tu vas péter un plomb.

— Non, je ne crois pas.

— Pour une fois que Julie peut se relâcher, tu ne vas pas la contraindre, si ? renchérit Damien.

— Personne ne le fera. C'est vacances pour le tireur, approuve Gaël qui pousse Marc vers la sortie.

Plutôt que de répondre, je me contente de sourire à mes deux défenseurs et de saluer la troupe en agitant la main, avant de grogner en découvrant son état. Si j'avais du vernis à ongles sous la main, j'irais jusqu'à restaurer un peu de féminité chez moi. Cela dit, il me faudrait une manucure pour ça. Et des ongles sur des pieds féminins que je n'ai pas. Purée, c'est mal barré pour que je puisse enfiler un jour des sandalettes toutes mimi sans mourir de honte. Je ne peux même plus porter de chaussures à talons hauts tant mes pieds se sont aplatis à force de kilomètres dans les bottes militaires. Pas grave, je me trouverai une jolie paire de mules, et hop !

À leur retour, ils me trouvent en train de lire une revue dénichée dans une caisse, datée d'il y a deux ans. Dans l'après-midi, ils vont s'entraîner et je me plonge dans un bouquin trouvé sur une table. Une histoire de militaire, bien sûr. Je ne m'attendais pas à trouver une romance dans leurs affaires, mais changer d'air m'aurait bien tentée.

Une fois lavés et changés, ils viennent s'accorder du repos. Écran allumé, fausses bières et discussions joyeuses, c'est parfait. Mais tout à coup, Gaël m'interpelle :

— On t'avait prévenue que tu ne tiendrais pas toute une journée.

Mon verre à la main, je reste hébétée, ne voyant pas du tout à quoi il fait référence.

— Tu joues du tam-tam sur le sol, précise Damien en les pointant du doigt.

Je baisse la tête pour vérifier ses dires et je constate même le petit nuage de poussière que je crée. De toute évidence, j'ai été présomptueuse quant à ma capacité à feignasser sur une longue durée. Un problème facile à résoudre, plus que dans l'autre sens, alors je me lève avant qu'ils ne me jettent dehors.

— C'est bon, je fais un tour dehors. Vous m'appelez quand on passe à table.

Pendant mes tractions, je cogite à ce que je vais pouvoir raconter à mes parents à mon retour. Me revoir devrait suffire à leur bonheur, mais ils me demanderont des comptes sur mon silence dès les embrassades terminées. Un ou deux mois en mission sans communication extérieure autorisée, ça se défend. Mais presque un an, ils ne me croiront jamais !

Je lâche la barre et passe aux squats.

De plus, ce ne sont pas les mails envoyés régulièrement par le commandant qui vont les calmer. Comme toujours, je parviendrai à me réfugier sous le secret défense, mais ça ne les empêchera pas de me pomper l'air pour en savoir un peu plus.

Un peu de squats latéraux.

Le truc serait peut-être de rentrer chez moi en compagnie de Gaël. Ça ferait une bonne diversion puisqu'ils n'oseraient pas me soumettre à la question devant un invité.

Allez, les pompes maintenant !

Et puis, j'ai bien le temps de les adoucir en les appelant avant mon retour. D'ici quelques jours, je devrais pouvoir communiquer librement. D'ailleurs, je me demande si après ces mois de cavale intenses, ma vie ne va pas me sembler un peu morne.

Deux pieds bottés apparaissent tout à coup dans mon champ de vision, pile sous mon visage pour être exacte. Je m'immobilise en position haute pour les inspecter, et surtout pour ne pas les embrasser. Elles sont bien propres. Pas une trace d'usure. De toute évidence, elles n'appartiennent pas à l'un d'entre nous. Ça sent l'officier à plein nez, alors je me redresse pour lui faire face. Gagné ! Un commandant dans une tenue bien proprette, mais avec les traits creusés et de belles poches sous les yeux. Il arbore malgré tout un large sourire. Sans prévenir, le commandant Barriand me tire dans ses bras.

— On a réussi ! C'est terminé !

— Je… vous en êtes sûr ? je questionne d'une petite voix, les bras ballants car très mal à l'aise d'être ainsi serrée contre lui.

— Mais oui !

Puis il me repousse, plaçant ses mains sur mes épaules pour me garder à bout de bras. Ouf. Les gars arrivent et nous entourent, amusés par la situation.

— Je suis venu exprès pour fêter ça ! J'ai même amené le champagne. Ces derniers mois ont été éprouvants et je ne vous cache pas que je suis ravi que ça prenne fin. J'ai perdu dix kilos et beaucoup de cheveux !

— Je trinquerai avec plaisir. Surtout, je ne vous remercierai jamais assez de m'avoir sortie de ce trou.

— Nous allons le faire maintenant. Mais je dois aussi vous informer des consignes à respecter. Allons nous installer.

Nous prenons place dans le salon. Trois bouchons sautent, les verres de cantine sont remplis. Nous levons chacun le nôtre en nous exclamant « à la vérité » avant de plonger les lèvres dans le breuvage frais et pétillant. Le commandant nous laisse à peine le temps de savourer qu'il embraye :

— Alors justement, en parlant de vérité... Je dois vous informer de l'accord que j'ai passé, en notre nom à tous, avec les autorités et le commandement.

— Je ne vois pas l'intérêt de cette conversation. Nous sommes tous militaires et baignons dans le domaine du secret, commente Damien.

— Les termes de l'accord, nous les connaissons déjà, approuve Gaël.

— Nous ne savons rien. N'avons rien vu ni entendu, conclut Marc.

— Je ne suis jamais montée sur une frégate de ma vie. Mais j'étais où ? Parce que quelques mois, ça fait un joli trou dans mon agenda, fais-je remarquer.

— Ah oui ! Nous avons effacé toutes vos fausses identités, vous avez donc officiellement opéré sous votre matricule. Déjà, ça simplifie votre retour au bataillon. Pour la période en mer, vous êtes officiellement rentrée chez vous avant d'être redéployée.

— Les types qui me cherchaient sont partis ?

— Non. Mieux que ça, ils ont été arrêtés à la frontière du Niger.

— Ce sont eux qui ont tué Lionel et les légionnaires ? Ils dépendent de qui ?

— Caporal-chef… vous vous doutez bien qu'ils n'ont rien révélé, silence total. Mais peu importe dans l'immédiat, car le directeur de cabinet du ministre de l'Intérieur, celui d'avant, a été mis en examen et des documents ont été retrouvés dans son coffre, grâce auxquels les types ont été identifiés. L'enquête est en cours, nous n'avons accès à rien.

— Vraiment rien ? Vous savez y faire, alors j'ai des doutes.

Il s'esclaffe en levant son verre dans ma direction.

— Parce que c'est vous, je vous mets dans la confidence. De toute façon, ce sera public d'ici peu. C'est à tiroir toute cette histoire. Dans le premier, c'est le ministre de l'Intérieur qui a missionné des anciens de la DGSI pour supprimer vos collègues et vous. À leur décharge, on ne leur a pas dit la vérité et ils étaient déjà au Mali pour une livraison, eux aussi.

— Ça ne les rend pas plus sympathiques à mes yeux. Et le commandant pourri, ce sont eux aussi ? Parce que c'était après la mort du ministre.

— Exact, mais son assassinat avait déjà été programmé, et le directeur de cabinet a laissé faire pour protéger ses arrières puisque c'est lui qui était en contact direct avec.

— Et les ministres ?

— Contrairement aux apparences, ce n'est pas la société Volanys pour celui de l'Intérieur. Ils étaient bien à Paris, mais convoqués pour un rendez-vous. Si l'assassinat a eu lieu pendant leur présence dans la capitale, c'était pour détourner les soupçons sur eux en cas de besoin.

— Moisis jusqu'à la moelle, ils pensent à tout pour s'en sortir, grince Marc.

— Donc, vous nous dites que c'étaient les types de la DGSI qui ont buté tout le monde ? questionne Gaël.

— Anciens de la DGSI, ils n'étaient plus en fonction depuis quelques années. J'insiste sur ce point. Ils étaient missionnés par le DIRCAB de l'intérieur au début, par celui du Premier ministre par la suite.

— Là, vous ne pouvez pas nous dire qu'ils ne savaient pas sur qui ils tiraient. Des autorités ! Je ne vous croirais pas ! j'assène.

— Non, ils savaient. Ils se sont laissés embringuer dans une fausse histoire de complots avec promesse de jours heureux sur un territoire sans risque d'extradition.

Plus personne ne parle, nous sommes en pleine réflexion pour compiler tout ce que nous venons d'apprendre, puis Gaël rompt le silence :

— C'était juste une question de pouvoir et d'argent. Il ne manque que le sexe et on a le combo parfait.

— Les motifs sont finalement toujours les mêmes. L'un voulait de l'argent pour obtenir le pouvoir, quand les autres ont tué pour de l'argent, résume le commandant avec un air las.

— Mais au fait, ça n'explique pas le début de l'histoire. Pourquoi le commandant a abattu les deux mercenaires ?

— Figurez-vous que cette partie de l'affaire est encore un tiroir. On pense que les deux mercenaires ont eu la bonne idée de vouloir se faire un peu d'argent de poche en faisant chanter le commandant. Comme il était le donneur d'ordres sur place et qu'ils savaient ce qu'il risquait en étant dénoncé, ça leur a paru trop facile pour ne pas céder à l'appât d'un gain supplémentaire.

— Toujours une histoire de fric.

Cette discussion fait remonter des souvenirs pénibles. J'en ai la tête qui tourne et à vrai dire, j'en ai ma claque. Pour me calmer, je vide mon verre de champagne. Voyant que les gars s'apprêtent à poser des questions, j'interviens pour mettre fin à ces échanges plus agaçants qu'intéressants maintenant que nous en avons fait le tour.

— Ouais, bon, c'est terminé. Ils ont, ou vont tous payer. Personnellement, ça me suffit.

— Juste un truc si tu veux bien, déclare Gaël. Le drone ?

— J'aurais aimé ne pas aborder le sujet, répond-il en grimaçant. Tout ce que je peux vous dire, et là, je vous en conjure, ça ne doit jamais sortir d'ici, c'est qu'un officier de la DRSD déployé sur Barkhane a été rapatrié d'urgence à Paris. Mon contact là-bas, celui qui nous a bien aidés, m'a informé que l'officier en question n'est pas repassé par son bureau, qui a été vidé le jour même. Et c'était juste après la mise en examen du DIRCAB.

— Il aurait refilé des renseignements à une autre armée. Et sûrement faux, du genre un chef terroriste à tel endroit à tel moment, pour qu'ils envoient un drone. Sa fonction faisait qu'on allait le croire sur parole. C'est un truc comme ça, j'en suis persuadé, déclare Gaël.

— C'est ce que nous pensons aussi. Ce n'est malheureusement pas le premier et ça ne sera pas le dernier. Même la DGSE a des pommes pourries de temps en temps et ce n'est pourtant pas faute de les surveiller. Mais cet officier ne sera pas mêlé officiellement à l'affaire, l'armée gèrera en interne son cas, tant qu'ils pourront étouffer ça.

— Je ne serais pas étonné que d'ici peu, les américains annoncent avoir, encore, perdu un drone au Niger[60], commente Marc.

— Ça ne ferait que le troisième, approuve le commandant, amusé.

Et à chaque fois, c'est à cause d'une défaillance mécanique, qu'ils disent. De toute façon, je les vois mal annoncer que, « Oups, nous avions un mauvais renseignement. Mais sans rancune, surtout ! »

Pour le reste, que des types soient prêts à tout, jusqu'à tuer pour obtenir ce qu'ils convoitent, ça ne m'étonne pas, ça arrive tous les jours. Pour une femme, pour de l'argent, une remarque, du pouvoir... Ce qui me chagrine ici, ce sont les dommages

[60] Le dernier perdu en mars 2020 dans la région d'Agadez. Un autre en octobre 2014, écrasé sur l'aéroport de Niamey.

collatéraux, dont j'ai failli faire partie. Pour cette raison, j'ai vraiment besoin de tirer un trait et oublier. J'arrive à saturation.

— Donc, je peux rentrer chez moi ? Vraiment ?

— Oui, je vous le certifie. Votre retour est programmé pour la fin de la semaine, pour vous et votre spotter. Vous passerez par le sas[61] de fin de mission à Chypre, ça vous donnera l'occasion de vous détendre.

— Le sas ? C'est obligé ? Je veux rentrer chez moi.

— Allez ! m'encourage Damien. Bel hôtel, piscine, cocktails, massages, ça va être chouette !

— Excusez-moi, mais ça aurait été mieux qu'ils restent jusqu'à la fin de notre déploiement, intervient Gaël, pas ravi du tout.

— Tu es gentil, mais je suis là depuis beaucoup plus longtemps que toi, je le rabroue.

— C'est vrai, mais bon, tu n'es plus à un mois près. Si ?

— Si. Marre du sable. Du soleil. Des douches aussi, je veux un bain avec des huiles, du savon à la lavande et des cheveux que je peux coiffer sans faire crisser ma brosse.

— Et après ?

---

[61] Depuis 2009 (déploiement en Afghanistan), les militaires en opération passent par un sas de décompression avant le retour chez eux. Il dure trois à quatre jours, dans un hôtel cinq étoiles à Chypre. Au programme : relaxation, piscine, sauna, massage, groupes de paroles et entretiens avec des psychologues pour ceux qui le souhaitent. Le but est de leur permettre d'évacuer le stress vécu en opération, et de repérer/anticiper les syndromes post-traumatiques.

— Un passage chez le coiffeur ?

— Julie, arrête, je suis sérieux. Quand tu auras la peau douce et les cheveux brillants, il se passe quoi pour nous deux ?

— Nous pourrions tenir cette conversation plus tard ? Et ailleurs, en tête-à-tête, par exemple ?

— Ne vous gênez pas pour nous, s'amuse Damien.

— On peut vous conseiller, ajoute Marc.

Nous les envoyons paître, mais je lis dans le regard de Gaël que je ne me coucherai pas sans que nous ayons mis les choses au clair.

D'ailleurs, après une soirée assez calme pour l'occasion, le commandant nous quitte, pressé lui aussi de retrouver sa famille, il s'envole dès demain matin. Sans passer par le sas, le filou. Au moment de me coucher, j'entends Gaël demander à Damien d'aller dormir ailleurs. Ailleurs que dans son lit et dans sa chambre, ce qu'il prend assez bien puisqu'il ne fait que bougonner en ramassant ses affaires avant de sortir.

— Vas-y, je t'écoute, attaque Gaël en s'asseyant sur mon lit.

Un commando marine, c'est tenace. Le mien ne me lâchera pas tant qu'il ne sera pas certain que j'ai bien l'intention de rester en couple avec lui. Je dois le lui répéter au moins trois fois pour qu'il accepte de passer aux questions logistiques de notre vie. Nous mettons sur la table tous les problèmes à résoudre, dont le plus gros vient de nos affectations respectives. On en revient au fait qu'il n'y a pas de montagne à Lorient, que le massif armoricain n'est qu'une vieille légende celtique pour faire croire qu'il y a des reliefs en Bretagne et qu'il n'y a donc pas plus de chasseur alpin là-bas que de marin dans les Alpes.

— Bon, pas le choix, ce sera célibat géographique au début, déclare-t-il finalement, déçu.

— Chacun rejoint l'autre pour ses jours de repos et ses permissions. Nous diminuerons la distance au gré de nos mutations. Enfin… surtout des miennes.

— Marché conclu. Et on se marie, aussi.

— On prend nos marques d'abord. Tu me feras ta demande romantique d'ici quelques mois.

— Une rose entre les dents ?

— C'est le minimum, avec une jolie bague. Il faudra que tu t'habitues à l'autre Julie, celle qui porte des jupes et se maquille.

— J'ai hâte ! s'exclame-t-il en se levant.

Il me soulève dans ses bras, me sourit comme un gamin joyeux, puis m'embrasse avec douceur. Lorsqu'il me repose sur le lit et me dévore des yeux en se déshabillant, je suis prise d'un sentiment inhabituel. Une légèreté soudaine que je n'ai pas ressentie depuis un an. Je l'avais presque oubliée, mais oui, c'est ça. Je suis heureuse.

Épilogue

Hélico — Assaut — Dodo.

Sept mois plus tard – Opération Barkhane – Base opérationnelle avancée de Ménaka.

Gaël

De retour au Mali, mais basés plus au sud, dans le Liptako Gourma. Autre petit changement, nous sommes en juillet et c'est la saison des pluies. Ici, quand le soleil tape, il fracasse le crâne, et lorsque la pluie tombe, c'est un déluge qui provoque des crues éclair. On peut finir avec de la boue jusqu'aux oreilles. Ça colle aux semelles, ça glisse et on s'en fout partout. Contrairement à la poussière de sable, la soufflette n'est d'aucune utilité, si ce n'est à nous transformer en statue de terre.

D'ailleurs, en ce début d'après-midi, nous sommes couchés dans la boue et des trombes d'eau s'abattent sur nous. Pourtant, ce n'est pas ce qui nous préoccupe, mais plutôt les balles arrivant d'en face qui ricochent autour de nous, ainsi que les roquettes qui passent au-dessus de nos têtes. Bam ! Le sol tremble et mon casque résonne sous les éclats. Pas passée loin celle-ci !

— Marc ! Envoie les coordonnées pour l'artillerie !

— L'observateur l'a fait ! Ça devrait pleuvoir d'une minute à l'autre !

À peine a-t-il fini sa phrase que les premiers mortiers sifflent dans le ciel. Nous nous tassons dans les creux du terrain, ça va péter ! À l'impact, le sol vibre et nos carcasses avec, puis le son de l'explosion nous parvient, avec un léger décalage.

Le groupe armé se fait assaisonner pendant quinze bonnes minutes. La fumée nous pique les narines et nous aveugle, on ne voit pas à dix mètres. Marc agite la main en riant. Ils prennent cher en face et c'est tant mieux parce qu'ils ne nous ont pas fait de cadeaux. Nombreux et déterminés, ils ont engagé le combat quelques minutes après que nous ayons posé les pieds dans la plaine, déployant une importante puissance de feu qui rend l'affrontement inéluctable et surtout violent. Soudain, le calme. Juste quelques minutes de répit que nous mettons à profit pour nous réarticuler quand nous entendons les Tigre arriver. À peine à l'abri sur notre nouvelle position, le spectacle commence. Allez hop, deuxième salve !

Deux heures plus tard, fin d'un combat intense. Après avoir ratissé le terrain pour confisquer toutes les armes, matériel de communication ou explosifs ainsi que des motos, nous chargeons le tout dans les camions de l'armée malienne. Ensuite, nous embarquons dans les VAB qui nous ramènent au bercail. Comme une unité de légionnaires opérait en même temps que nous de l'autre côté de la plaine et que nous avons entendu des échanges de tirs soutenus, je me renseigne auprès du chef de bord :

— Ça va pour votre unité ?

— Oui, chef. C'était chaud, ils étaient vraiment mal placés, coincés sans possibilité de reculer. Mais avec l'appui des Tigre et notre tireur longue distance, ils ont pris le dessus. Pas de blessé chez nous.

Parfait ! Pendant le trajet, nous sommes encore excités, bouillants d'adrénaline. Sacré combat !

Lorsque nous débarquons au camp, nous en avons plein les pattes, mais affichons une mine réjouie en nous déséquipant. Marc se bat avec les lacets de ses bottes qu'il n'arrive pas à défaire tant ils glissent entre ses doigts.

— Je vais vraiment finir par me doucher tout habillé. Je n'en peux plus de cette boue qui colle aux fringues, râle-t-il.

— Allez, je te prends au mot, dis-je en m'emparant du tuyau relié à la réserve d'eau de pluie.

Il écarte les bras, je pose le pouce sur le bout du tuyau et je m'en donne à cœur joie pendant qu'il tourne sur lui-même. Finalement, cette méthode fait gagner du temps, alors à mon tour, je lui cède le contrôle du tuyau.

— Approuvé à partir de maintenant !

— À moi ! À moi ! me pousse Olivier.

— Désormais, nous aurons la soufflette d'été et le tuyau d'hiver, ironise Patxi.

Vite changé, pas mécontent d'être au sec, je pars au PC avec Marc pour le débriefing. Arrivés au niveau de la grande place centrale, nous croisons les VAB des légionnaires qui rentrent à leur tour. Ils descendent des véhicules, l'air joyeux et se hèlent en riant, fiers d'avoir vécu ce moment intense, et bien sûr d'être revenus sans casse.

Nous ne sommes pas les seuls à les observer. Tout autour, les militaires qui ne font pas partie des troupes combattantes sont à l'arrêt, une étincelle d'admiration dans les yeux devant ces soldats dont le courage n'est plus à prouver. Ces hommes étrangers, de toutes nationalités, sont devenus des guerriers français et ont depuis longtemps gagné l'estime de leurs pairs.

Puis, apparaît le trinôme de tireurs d'élite qui descend du dernier véhicule. Ils saluent leurs camarades et s'avancent sur la place. Les officiers qui fument devant l'entrée du PC braquent le regard sur eux, respectueux quand il se pose sur Émile et Damien. Même un peu envieux.

Émile, ma Julie, marche devant, son énorme sac sur le dos, l'interminable canon du fusil dépassant au-dessus de sa tête. Elle est trempée, débraillée, sale, couverte de boue jusque sur le casque. Les sangles de son sac pendouillent autour d'elle et se balancent au gré de son pas nonchalant. Elle est l'inverse d'un soldat qui défile bien droit, les épaules carrées et le menton fièrement relevé. Pourtant, elle en impose. Je la trouve magnifique.

Une onde de chaleur m'envahit, et par réflexe, je caresse l'alliance à mon doigt. Bien lisse, encore neuve. Elle le sera moins d'ici quelque temps, même si je l'enlève en mission.

Julie sourit à une remarque de Damien dont la dégaine n'a pas meilleure allure. Ils forment une sacrée équipe.

— Ils nous feraient presque de l'ombre ces deux-là, commente Marc, amusé.

— Presque ? Regarde, on ne voit qu'eux.

— Au fait, cette croisière voyage de noces, tu ne m'as pas raconté.

— Chouette voilier. Temps magnifique. Amour, baignades et encore amour. Le top ! Enfin... pendant les manœuvres, elle trouvait ça moins cool. La marine, je crois que ça ne sera jamais son truc, je conclus en riant.

— Ta famille l'apprécie toujours autant ?

— Tu penses ! Elle est plus qu'adoptée. Mes parents la trouvent audacieuse, dans le bon sens du terme. Pour ma sœur, c'est un monument, pour le physique et le reste. Elles m'en font voir quand elles se liguent contre moi. Quant à ma nièce, elle la trouve carrément badass et veut la présenter à tous ses amis.

— Ça te va bien la vie à deux. Je crois que je vais commencer à y penser.

— Ne compte pas sur moi pour t'en décourager, je vais plutôt t'y pousser.

Avant que le duo ne quitte la place, je me signale en les sifflant. Ils me repèrent et me saluent de la main sans ralentir.

— À tout de suite après la douche ! lance-t-elle avant de souffler un baiser dans ma direction.

Ses yeux pétillent et son sourire me réchauffe toujours autant. Même toute crasseuse, elle me fait fondre. Il ne pouvait y en avoir qu'une au monde pour me rendre aussi heureux.

Fin

Remerciements

La primeur revient à mon mari, Alexandre. Non content de toujours me soutenir, il se plonge à son tour dans mes histoires. Critique avisé, correcteur acharné, et surtout, mari fabuleux.

À mon amie auteure, Loraline Bradern. Pour nos échanges, nos rires et nos encouragements mutuels. Les menaces aussi, parfois, quand l'une de nous a besoin de motivation.

À Juliette Di Cen. Pour son aide précieuse et la justesse de ses remarques. Merci, adjudant-chef !

À mes lectrices bêta : Claudine D., Marie-Pierre F. Avec une mention spéciale à Cathy, l'incroyable correctrice qui, non contente de traquer les fautes sans relâche, a participé à l'accouchement.

Aussi, merci à tous les marins qui partagent leur amour de la mer avec nous.

Et bien entendu, merci du fond du cœur à toutes mes lectrices et tous mes lecteurs, sans qui je ne prendrais pas autant de plaisir à écrire.

Lexique

13e RDP (13e régiment de dragons parachutistes). Il est spécialisé dans le renseignement et intégré aux forces spéciales de l'armée française. Il est basé au camp de Souge, à Martignas sur Jalle (33).
Barkhane : l'opération Barkhane regroupe environ 5 100 militaires et est conduite par l'armée française sur la bande sahélo-saharienne. Son but est de lutter contre la menace terroriste et de soutenir les armées des pays partenaires, qui sont : Burkina Faso, Mali, Mauritanie, Niger, et Tchad.
Bastion wall : cube de toile grillagé rempli de sable utilisé pour créer une enceinte fortifiée.
Bitos (familier) : c'est un bleu, une nouvelle recrue.
BOAT : Base opérationnelle avancée temporaire.
Chest (poitrine) : utilisé pour nommer le gilet tactique.
Cougar : hélicoptère de transport tactique et logistique. En plus des 3 membres d'équipage, il peut transporter environ 14 commandos ou 21 passagers.
Coup de bouc : haussement vif du menton pour saluer.
Coxage : simulation de capture au cours de la formation commando.
CTLO : contre-terrorisme et libération d'otages. Trois commandos marine ont un groupe CTLO : les commandos Hubert, Trépel et Jaubert.
Drill : entraînement sous forme de répétitions des gestes afin qu'ils deviennent des réflexes.
DGSE : Direction générale des services extérieurs (armée).
DGSI : Direction générale des services intérieurs (police).
DRSD : Direction du renseignement et de la sécurité de la Défense — ex DPSD. Service de renseignement dont la mission principale est la contre-ingérence de la Défense, pour assurer la sécurité des personnels, des informations, du matériel et des installations sensibles.
Élingage : levage d'une charge suspendue sous le fuselage d'un hélicoptère, charge sous élingue.
EVASAN : évacuation sanitaire ou MEDIVAC pour évacuation médicale.
FAMa : forces armées maliennes.

FS : forces spéciales.
GAT : groupe armé terroriste.
Ghillie : tenue de camouflage utilisée pour se fondre dans l'environnement.
GSEM : groupe de spécialités état-major. Arme du personnel administratif de l'armée de terre.
GSMA : groupe de sécurité du ministre des Armées.
IED : Improvised Explosive Device, engin explosif improvisé.
JVN : jumelles à vision nocturne. Elles ne grossissent pas contrairement à leur dénomination. C'est un amplificateur de lumière. La vision est en vert car c'est la couleur pour laquelle l'œil humain distingue le plus de nuances.
Manta Strobe : lampe qui se fixe par velcro sur le casque. Elle fonctionne en mode led pour éclairer ou en mode infrarouge pour marquer le personnel « ami ».
MINARM : Ministre des armées (et Minarm : Ministère des Armées).
MO 120 mm RTF1 : mortier rayé tracté de 120 millimètres modèle F1. Il est manuel et s'attelle à un véhicule pour les déplacements. D'une portée de 13 km avec une propulsion additionnelle.
MOS : membre opérationnel de soute (en hélico). C'est la version plus officielle du *gunner*. Il est le responsable de la partie arrière et le tireur de la mitrailleuse embarquée. Il gère les passagers, le stockage ainsi que l'aérocordage, le treuillage...
OPEX : opérations militaires extérieures de la France.
PAM : Personnel-Armement-Matériel. Contrôle à effectuer par chaque personnel avant un déplacement.
PAX : désigne des passagers, mais aussi utilisé pour désigner des personnes ou individus.
PC : poste de commandement.
Pick and run : technique utilisée au combat pour mettre rapidement un blessé à l'abri et le prendre en charge. Couverts par la section, deux soldats courent sur le blessé, l'attrape par le gilet et repartent en le tirant derrière eux.
Rehearsal (répétition) : présentation en 3D d'une mission sur une maquette éphémère. Le but étant que chacun connaisse le déroulé des actions et les particularités du terrain.
Réticule : motif qui apparaît dans l'optique d'une arme pour l'axe de visée. Souvent une croix avec des graduations permettant l'alignement et les calculs de distance.
Rens : personnel des services de renseignements.
Sas : depuis 2009 (déploiement en Afghanistan), les militaires en opération passent par un sas de décompression avant le

retour chez eux. Il dure trois à quatre jours, dans un hôtel cinq étoiles à Chypre. Au programme : relaxation, piscine, sauna, massage, groupes de paroles et entretiens avec des psychologues pour ceux qui le souhaitent. Le but est de leur permettre d'évacuer le stress vécu en opération, et de repérer/anticiper les syndromes post-traumatiques.
SEAL : Acronyme de Sea, Air, and Land, plus communément appelés les Navy SEALs. Ce sont les forces spéciales de la marine de guerre des États-Unis d'Amérique.
SMB : structure modulaire balistique. Gilet de combat modulable. Plus confortable qu'un gilet pare-balle classique, il permet d'y accrocher le matériel (radio, munitions, trousses...) et il est pourvu d'emplacement pour insérer des plaques balistiques en protection (1 devant, 1 derrière et deux pour les côtés).
Tigre : hélicoptère d'attaque. Étroit, maniable et équipé de technologies de pointe, comme la vision de nuit. Il est biplace, juste pour son équipage, avec le navigateur placé derrière et au-dessus du pilote.
Tourniquet : garrot avec poignée que l'on tourne pour serrer.
Tringlots : surnom donné aux militaires de l'arme du Train (logistique de l'armée de terre).
VAB : véhicule de l'avant blindé. Il est utilisé, entre autre, pour le transport des combattants. Il est équipé d'une mitrailleuse sur le toit (en 12,7 mm ou une version en 7,62 mm téléopérée de l'intérieur par le passager avant). Le VAB est en cours de remplacement par le VBMR Griffon (véhicule blindé multi-rôles), qui est climatisé ! (pour protéger son électronique en premier, mais les soldats vont apprécier).
VLB : véhicule léger blindé. Léger, maniable et amphibie, il est utilisé pour les missions de reconnaissance ou d'infiltration, et souvent équipé d'une mitrailleuse sur le toit.
Zéroter : une lunette doit être réglée pour correspondre à l'axe du canon d'un fusil. Le zérotage est un réglage qui sert de base. Une lunette est équipée de deux tourelles (boutons de réglage), un pour l'axe horizontal, l'autre pour l'axe vertical.

Autres romans d'Axelle Auclair

SECRET DÉFENSE d'aimer
Édité chez Hugo New Romance en version poche.

Sublimes cicatrices

Frissons d'enfer

Fugitive

Une fois trois (à venir)

Pour suivre l'actualité d'Axelle Auclair

Page Facebook :
https://www.facebook.com/Axelle.Auteur/

Blog :
https://amoursdenfer.wordpress.com

Compte Wattpad :
https://www.wattpad.com/user/Ceylogique

Printed by Amazon Italia Logistica S.r.l.
Torrazza Piemonte (TO), Italy

23396156R00269